Jessica Winter
Durch die hellste Nacht

TINTE
&
FEDER

Das Buch

Die junge Ruby Danes arbeitet als Sozialarbeiterin in einem New Yorker Frauenhaus. Niemand weiß, wie viel sie mit den Frauen verbindet, die dort Zuflucht suchen, und das muss auch so bleiben. Dann lernt sie auf ihrer morgendlichen Joggingrunde im Central Park einen Mann kennen. Jake Brooks sieht nicht nur gut aus, er weiß es auch. Viel mehr noch ist er aber einfühlsam und bringt Ruby zum Lachen. Je näher sie sich kommen, umso mehr rüttelt er an den Mauern um ihr Herz.

Doch Rubys Glück ist nur von kurzer Dauer. Denn Jake arbeitet beim FBI und ermittelt gegen einen Menschenhändlerring, mit dem Ruby nur allzu vertraut ist. Während die Schatten der Vergangenheit Ruby eingeholt zu haben scheinen, ist eines anders: Diesmal ist sie nicht allein.

Die Autorin

Schon seit frühester Kindheit begeistert sich Jessica Winter für Liebesgeschichten mit Tiefgang. Bereits mit zwölf Jahren wusste sie, dass sie eines Tages selbst Bücher schreiben würde.

Heute lebt die Bestsellerautorin mit ihrem Mann und ihren Zwillingen im Großraum Linz, liebt nach wie vor ihren Beruf als Sonderpädagogin und genießt es, abends ihre endlosen Ideen auf Papier zu bringen und ihren Figuren mit unterschiedlichsten Lebensumständen Stimmen zu verleihen.

JESSICA WINTER

Durch die hellste Nacht

ROMAN

TINTE
&
FEDER

Deutsche Erstveröffentlichung bei
Tinte & Feder, Amazon Media EU S.à r.l.
38, avenue John F. Kennedy, L-1855 Luxembourg
Juli 2022
Copyright © der deutschsprachigen Ausgabe 2022
By Jessica Winter

Umschlaggestaltung: bürosüd⁰ München, www.buerosued.de
Umschlagmotiv: © Bokeh Blur Background © Maridav
© tomertu © New Africa / Shutterstock
1. Lektorat: Sonja Fiedler-Tresp
2. Lektorat und Korrektorat: Media-Agentur Gaby Hoffmann,
www.profi-lektorat.com/
Gedruckt durch:
Amazon Distribution GmbH, Amazonstraße 1, 04347 Leipzig /
Canon Deutschland Business Services GmbH, Ferdinand-Jühlke-Straße 7,
99095 Erfurt /
CPI books GmbH, Birkstraße 10, 25917 Leck

ISBN 978-2-49670-998-8

www.tinte-feder.de

*Das Licht leuchtet in der Finsternis,
und die Finsternis hat es nicht
auslöschen können.*

KAPITEL 1

JAKE

Ich schmunzle, als ich den Namen meines besten Freundes auf dem Handydisplay sehe. Normalerweise gehören die paar Minuten beim Laufen mir und ich hebe nur dann ab, wenn die Welt untergeht und dieselbe Person mindestens schon fünf Mal angerufen hat. Aber wenn es River ist, *muss* die Welt gerade fast untergehen, denn er ist Assistenzarzt am Krankenhaus und hat nie Zeit zum Telefonieren. »Kommt 'ne Infektionskrankheit in 'ne Bar …«, melde ich mich gleich, weil ich es einfach nicht lassen kann.

»Wenn du mir jetzt was von einem schlechten Wirt erzählst, Jake …«, unterbricht River meinen lahmen Witz, was ich irre komisch finde. Alleine schon, weil sein Mein-Daddy-hat-eine-Jacht-in-Australien-Akzent viel stärker durchkommt, sobald er angepisst ist.

»Wie kann ich Ihnen helfen, Doktor Hudson? Denn eigentlich versuche ich gerade, zu innerer Balance zu finden.«

»Warum stehe ich mit Frühstücksbagels vor einer verschlossenen Tür, Alter?«, will er wissen.

»Keine Ahnung, warum du darauf Bock hättest. Mach die Tür doch einfach auf und iss deine Bagels!«, gebe ich zurück, obwohl mir klar ist, dass er wahrscheinlich *meine* Tür meint.

Er täuscht ein lautes Lachen vor. »Witzig. Echt. Vor allem um halb sechs Uhr morgens, wenn ich dich eigentlich bestechen wollte, meinen Hund zu nehmen.«

»Bestechung ist ein Delikt, mein Freund.«

»Nicht, wenn ich auch Donuts dabeihabe.«

Ich grinse, weil das keinen Sinn macht. »Ich bin joggen, River Hudson. Du hast gesagt, du hättest heute Frühdienst und könntest deswegen nicht mit mir den Hudson River entlanglaufen.« Er stöhnt auf, aber ich glaube, dass der Witz, dass seine australischen Eltern ihn nach einem Fluss in New York benannt haben, für mich nie alt werden wird.

»Planänderung. Ich muss für jemanden einspringen und die Schicht bis morgen Abend machen.«

Ich schüttle den Kopf darüber, wie das Krankenhaus ihn langsam aussaugt. Ich bin es auch gewöhnt, lange und viel zu arbeiten. Das gehört zum Job eines FBI-Agenten, aber River muss mehr als achtzig Stunden in der Woche ran. Der Typ verdient eine Pause.

»Dann lass dich doch einfach selbst rein! Dazu hast du einen Schlüssel, *Liebling*.« Ich klimpere mit den Wimpern, auch wenn er meine blöde Geste nicht sehen kann. »Ich gehe mit Balu raus, wenn ich von der Arbeit komme. Die Donuts kannst du dalassen.«

»Cop. Durch und durch«, ertönt es lachend. »Wie geht's deinem Bein?«

»Es läuft«, antworte ich, wieder einmal amüsierter über meine eigene Schlagfertigkeit als mein Gegenüber.

»O mein Gott! Okay, es ist zu früh für diesen Mist. Wenn du übertreibst, trete ich dir in den Arsch.«

»Das glaube ich dir aufs Wort.« River war einer meiner behandelnden Ärzte, als ich vor neun Monaten mit einer entzündeten Schusswunde in seinem Krankenhaus aufgekreuzt bin. Doch danach wurde er so was wie mein persönlicher Physiotherapeut, da ich das Gefühl hatte, von dem mir zugeteilten behandelt zu werden wie ein Blümchen. Damals wusste River nicht, dass er mich auch psychisch mitbehandelt hat, weil er der einzige Mensch war, mit dem ich über das sprechen durfte, was passiert war. Zumindest über Teile davon. Generell war er eigentlich mein einziger sozialer Kontakt hier in New York nach meiner Versetzung. Inzwischen ist das zwar anders, aber River bleibt der beste Freund, den ich je hatte. »Also dann, *Schatz*, ich wünsche dir einen schö…« Mein Handy piepst drei Mal, als River einfach auflegt, bevor ich meinen Satz zu Ende bringen konnte. Ich stecke das Handy zurück in die Hosentasche, die mit Reißverschluss versehen ist, und bemühe mich, wieder in meinen Rhythmus zu finden.

River hat grundsätzlich recht, ich sollte meinen Oberschenkel nicht weiter belasten, wenn er schon sticht, wie er es seit etwa zwei Kilometern tut. Aber nachdem ich angeschossen wurde, konnte ich acht Wochen überhaupt nicht rennen und weitere sechs Monate danach vielleicht lediglich vierzig Prozent meiner Kraft aufbringen. Die Zeit nach dem Kugelhagel war ein Fluch. Erst seit Kurzem habe ich den Eindruck, langsam, aber sicher wieder die körperliche Fitness zu erringen, die ich hatte, als ich beim FBI angefangen habe. Keine Chance, dass ich es nicht auskoste, endlich wieder an dem Punkt zu sein, den ich so lange verzweifelt gesucht habe. Den, an dem mein Körper aufhört, gegen die Erschöpfung und das Brennen der Muskeln anzukämpfen. An dem ich nicht mehr auf mein Tempo achten muss, auf meine Atmung oder darauf, wie mein zusammengeballtes Shirt aus dem Bund meiner Shorts rutscht. Ich musste es vorhin bereits ausziehen, weil so gut wie ganz Amerika gerade in einer

Hitzewelle steckt. Es tut gut, an diesem Punkt angekommen zu sein, an dem sich der Gedanke, einfach weiterzulaufen, leichter anfühlt als die Vorstellung, stehen zu bleiben, und ich die Ruhe um mich herum genießen kann. Alles, was ich höre, sind meine eigenen Schritte auf dem Asphalt. Alles, was ich fühle, ist mein Herzschlag und sonst nichts.

Das ist unbezahlbar.

In einem knappen Kilometer werde ich die Fähre erreichen, die in wenigen Stunden Touristen ohne Ende rüber nach Ellis Island bringen wird. Das ist das Zweitbeste an dieser Laufroute, die ich immer dann wähle, wenn River keine Zeit hat. Zu sehen, wie das erste Licht des Tages auf die Freiheitsstatue fällt, während die letzten Wolken der Nacht in allen Farben darüber hinwegziehen. Das hat was.

Das Beste an dieser Route ist allerdings das, was mich auch in diesem Augenblick zum Lächeln bringt, als ich Schritte hinter meinen eigenen höre.

Sie ist die einzige Läuferin, die so schnell die Battery Park City Esplanade entlangfetzt, dass man glauben könnte, sie hätte etwas gestohlen. Sie ist die Einzige, deren Atemzüge zwar kontrolliert klingen, aber gleichzeitig jedes Mal von einem kleinen Seufzer begleitet werden, der verrät, dass auch sie gegen die Grenzen ihres Körpers kämpft. Nicht, dass sie es sich anmerken lassen würde. Sobald sie sich mir nämlich nähert, hört sie für ein paar Sekunden grundsätzlich auf zu atmen, damit ich bloß nichts von ihrer Erschöpfung merke.

Aus dem Augenwinkel beobachte ich, wie sie dicht an mir vorbeiläuft, wie ihr hochgebundener Pferdeschwanz mit den glatten schwarzen Haaren wippend an mir vorbeizieht, als wäre es ihr geheimes Ziel, mich damit zu treffen. Wie immer trägt sie ein schwarzes Shirt und eine lange Leggings in derselben Farbe, was mich durchs reine Ansehen noch mehr schwitzen lässt als ohnehin schon. Die Musik, die sich nach irgendeiner

Form von Elektro anhört, bläst mich wie üblich aus einem Ohrhörer in ihrem linken Ohr weg, während das Kabel des anderen in ihrem Shirt verschwindet. Besser wäre, sie würde gar keine Musik hören, wenn sie hier alleine läuft, denn das hier ist immerhin New York. Trotzdem bringt mich ihre Musik jeden Morgen zum Lachen, weil der Beat in der Lautstärke sogar die Freiheitsstatue dazu bringen muss, sich die Ohren zuzuhalten.

Ich spüre förmlich die Genugtuung, die in Wellen von der schönen Läuferin ausgeht, als sie mich endlich überholt hat, weil ich – nach ihr – hier definitiv das schnellste Durchschnittstempo habe. Manchmal mache ich es ihr schwerer, an anderen Tagen gebe ich mir keine Mühe, weil ich weiß, dass in wenigen Sekunden der Teil kommt, auf den ich mich insgeheim jedes Mal freue. Nachdem sie einige Meter zwischen uns gebracht hat, sieht sie ruckartig über ihre Schulter, ein herausforderndes Blitzen in den braunen Augen, während ihre vollen Lippen sich zu einem verschmitzten Halblächeln formen und sich eine dunkle Augenbraue hebt. Es ist ihre übliche stille Aufforderung, ihr nachzulaufen. Mich doch ein bisschen länger mit ihr zu messen, bevor sich unsere Wege wortlos trennen und jeder in seinen Alltag verschwindet.

Anfangs habe ich lächelnd auf die Herausforderung verzichtet, weil … na ja, weil ich sechsundzwanzig bin und nicht zehn. Und weil mein Bein wirklich nicht in Form war. Das eine oder andere Mal bin ich aber eben dann doch zehn Jahre alt und gehe auf ihr Spiel ein. Heute erst recht. Also beschleunige ich langsam. Sie auch. Als ich sie kurz überhole, weiten sich ihre Augen, bevor sie die Brauen zusammenzieht. Wahrscheinlich ist sie überrascht, weil es das erste Mal ist, dass ich mein maximales Tempo ausnutze, auch wenn mein Bein mich förmlich anschreit, ich möge die Show lassen. Doch der Ausdruck von purer Entschlossenheit in ihrem Gesicht spornt mich an, mit ihr zusammen wie ein Verrückter Richtung Sonnenaufgang zu sprinten. Ich kenne die Kleine nicht, aber bei ihr bekomme ich das Gefühl, dass sie aus Prinzip erst dann aufgeben würde, wenn ihre Beine versagen. Was meines definitiv tun wird, wenn ich nicht bald aufhöre.

Vielleicht ist es das, was mich letztlich doch zur Vernunft bringt, denn wenn ich mir jetzt alles versaue, wofür ich seit Monaten kämpfe, dann tritt mir nicht nur River in den Arsch. Der Schreibtischdienst macht mich langsam wahnsinnig. Widerwillig lasse ich mich demnach zurückfallen, laufe in einem normal menschlichen Tempo, was ihr gar nicht aufzufallen scheint. Sie hechtet einfach weiter, die Hände zu festen Fäusten geballt, der Pferdeschwanz ein einziger Wirbelwind, weil sie so schnell ist. Das bringt mich zum Lachen.

Irgendwann habe ich sie schließlich eingeholt. Schwer atmend lehnt sie ihren Hintern an eine Straßenlaterne, während sie sich auf den Knien abstützt und ihr vor Erschöpfung verzogenes Gesicht in meine Richtung dreht, als sie mich kommen sieht. Ein Auge ist zusammengekniffen, ihr Mund offen, während sie versucht, an mehr Luft zu kommen.

»Bereit für die nächste Runde?«

Sie lacht auf, nur ganz kurz, als wäre sie davon überrascht, und mein Herz schlägt einen Takt zu schnell. Vielleicht zwei. »Da bist du ja«, keucht sie frech. Dann richtet sie sich zu ihrer vollen Größe auf und reckt das Kinn. Ich hätte ihr fast abgekauft, dass der Wettlauf ihr nichts hatte anhaben können, würde sie sich nicht mit beiden Händen an der Straßenlaterne festhalten. »Ich war nicht sicher, ob ich dich suchen sollte.«

Amüsiert stemme ich die Hände in die Hüften. »Manche von uns genießen eben gerne die Aussicht beim Joggen.«

Sie kräuselt die Lippen über meine eindeutig zweideutige Meldung. »Flirtest du gerade mit mir?«

Ich lache über ihren entsetzten Gesichtsausdruck, als wäre der Gedanke so abwegig. Dabei bin ich ziemlich sicher nicht der einzige Schlucker, der ihr hinterherrennen würde wie ein Welpe, nur um sie fünf Minuten länger betrachten zu können. Diese Frau ist bildschön mit ihrem westlichen Einschlag, aber sehr offensichtlichen asiatischen Wurzeln, die auch ihren minimalen Akzent erklären. Ihre sichelförmigen Augen sind größer als der Durchschnitt und geben ihr einen elfenartigen Look. Ihre Lippen sind rund, der Amorbogen vor allem beim Reden so ausgeprägt spitz, dass ich mich ständig dabei ertappe, wie mein Blick zwischen den ausdrucksstarken Augen und den sinnlichen Lippen hin- und herwandert. Am meisten beeindruckt mich allerdings ihr Biss, weil der mich unentwegt angetrieben hat, selbst dann nicht aufzuhören, wenn es verdammt schwer war, und trotz des Schmerzes noch einen Fuß vor den anderen zu setzen. Öfter als einmal habe ich mich gefragt, was sie wohl anstachelt.

»Eigentlich meinte ich die Freiheitsstatue«, erkläre ich unschuldig und deute zu Lady Liberty, die im morgendlichen Licht richtig türkis aussieht.

Die dunkelhaarige Läuferin vor mir versteckt ihr beginnendes Lächeln durch geschürzte Lippen und eine gerümpfte Nase. »Mhm«, summt sie. »Okay. Du kannst weiterlaufen. Morgen überhole ich dich wieder«, verkündet sie kess.

Schmunzelnd tue ich so, als würde mir nicht auffallen, wie ihre Beine zittern, während sie ihre Wasserflasche beäugt, die sie zwischen uns ins Gras geworfen hat. Überanstrengung. Sie kann wahrscheinlich gerade nicht einmal gehen. Deswegen würde ich in diesem Moment ohnehin noch nicht abhauen. Stattdessen greife ich nach der Flasche und reiche sie ihr. Ertappt lächelt sie und bedankt sich, bevor sie einen Schluck nimmt. Ihre Musik schreit mich weiter durch die herabhängenden Hörer an und ich gehe in die Hocke und halte mir einen davon ans Ohr. »Die Neue von Taylor Swift?«

Sie leckt sich über die Lippen, als sei sie nicht sicher, ob es okay wäre zu lachen. »Don Diablo.«

»Auch nett. Das erklärt, warum du so leichtfüßig und lieblich läufst wie eine Gazelle. Ernsthaft, gelegentlich hört man den Boden unter deinen Füßen ächzen.«

Ihre Augen blitzen auf, während sie sich die Kopfhörer schnappt, die ich ihr hinhalte. »Wer sagt, dass ich die Gazelle sein will? Ich bin der Gepard.« Sie sagt es mit emporgerecktem Kinn und bleibt in dieser Haltung, selbst, nachdem ich mich aufrichte und ihr zumindest im Größenverhältnis überlegen bin. »Hörst *du* denn Taylor Swift?«

»Manchmal«, gebe ich unbeirrt zurück, womit ich sie wohl aus der Reserve locke, denn ihr strenges Gesicht wird weicher, während sie sich auf die Unterlippe beißen muss.

»Ich kann dir ja mal meine Playlist borgen, dann musst du vielleicht nicht immer beim Joggen einschlafen.«

Ich lache über ihre Schlagfertigkeit. »Hast du einen Namen?«

Ihre braunen Augen treffen meine, wandern dann meinen Körper entlang, als hätte sie eben erst bemerkt, dass ich kein Shirt trage. Daraufhin sieht sie sich subtil nach ihrer besten Fluchtoption um und der plötzliche Umschwung der Stimmung zwischen uns weckt den Cop in mir.

»Weißt du was? Sag's mir nicht. Ich errate es. Du bist eine ... Hildegarde.« Meine unerwartete Bemerkung lässt sie etwas entspannter schmunzeln. Trotzdem kann ich beobachten, wie sie sich unterschwellig wappnet und vorsichtig die Kraft ihrer Beine testet. Aber von mir geht keine Gefahr aus, also lasse ich mich ein paar Schritte zurückfallen, um ihr Raum zu geben, und beobachte dabei, wie sie mir mit wachsamem Blick folgt. Ich lege eine Hand auf meine Brust. »Jake.«

Sie nimmt einen Schluck Wasser und nickt, während sie bereits rückwärtsgeht. »Ich muss los, Jake«, murmelt sie, aber nicht, ohne noch ein letztes Mal nachzulegen. »Aber du kannst ja inzwischen über meinen Vorschlag mit der Musik nachdenken.«

»Ganz bestimmt mache ich das.« Ich salutiere ihr, mein Grinsen ist nicht wegzukriegen. »Bis zum nächsten Mal, Hildegarde.«

Kapitel 2

Ruby

»Ich glaube, ich hatte heute einen Schlaganfall«, teilt mir meine beste Freundin und Mitbewohnerin Scarlett emotionslos mit, während wir die Straße zum Sozialzentrum entlangmarschieren, in dem wir arbeiten.

»Schon wieder?« Ich lächle heimlich. Scarlett ist der größte Hypochonder, den ich kenne. Sie googelt sogar Fotos von Bakterien und erstellt Gefahrenrankings für ihre Freunde. »Ist das wie letzte Woche, wo du das Gefühl hattest, eine Blinddarmentzündung zu haben, obwohl du keinen Blinddarm mehr hast?«

Sie kneift ihre grünen Augen zusammen, bevor sie versucht, mir den Erdbeershake wieder wegzunehmen, den sie uns vorhin gekauft hat. »Mach dich nicht lustig über mich. Ich hab nur gesagt, dass sie möglicherweise etwas da drinnen vergessen haben.«

Amüsiert überlasse ich ihr den Shake und hake mich bei ihr ein. »Welche Symptome hattest du denn bei deinem Schlaganfall?«

»Hauptsächlich eigentlich Kopfschmerzen. Aber richtig fiese Kopfschmerzen.« Sie zieht beide Mundwinkel straff und denkt angestrengt nach. »Wobei die auch damit zu tun gehabt haben könnten, dass ich heute Morgen nicht eins, nicht zwei, sondern gleich *drei* graue Haare gefunden habe.«

»Nein!«, staune ich gespielt.

»Doch! Natürlich musste ich die sofort ausreißen und auf der Herdplatte verbrennen, um ein Exempel für all die zu statuieren, die ich noch nicht entdeckt habe.«

Ich pruste los. »Ach, deswegen roch es so verkohlt, als ich vom Joggen gekommen bin.«

»Ja, klar«, gibt sie ungeniert zurück, angespornt von meinem Lachen. »Weißt du nämlich, was das Ganze noch unfairer macht? Ich bin so groß wie ein Gnom und weder mein Gesicht noch meine Stimme haben bemerkt, dass der Rest meines Körpers älter geworden ist. Gestern, als ich mir neue Unterwäsche bei Victoria's Secret kaufen wollte, wurde ich in die Kinderabteilung geschickt.« Sie übertreibt maßlos. Und Victoria's Secret *hat* überhaupt keine Kinderabteilung. »Ernsthaft, fast hätte mich einer der Securitytypen zum Disney Store einen Stock darüber begleitet.«

»Du bist verrückt«, erkläre ich ihr liebevoll, weil das genau eines der Dinge ist, die ich an ihr so mag. In meinem gesamten Leben habe ich nicht so viel gelacht wie mit Scarlett oft an einem Tag. Nicht, dass ich sehr viel zum Lachen hatte, bevor ich sie kennengelernt habe, aber sie beherrscht es einfach.

»Was ist eigentlich mit dir los? Du hängst an mir wie meine Oma«, kommentiert sie meine Gangart, weil ich mich inzwischen wirklich an ihr festhalte.

»Chronisches Seitenstechen seit heute Morgen.«

»Du?« Mit aufgerissenem Mund bleibt sie stehen und hält sich eine Hand an den Kopf. »O Gott, die Welt steht nicht mehr lange. Wie sollen wir unsere letzten Stunden verbringen?«

Ich gebe ihr einen kleinen Rempler. »Jake ist heute schneller gelaufen als sonst und ich habe wohl einfach nicht auf meine Atmung geachtet.« Weil es mir auch ein bisschen schwer gemacht wurde. Und damit meine ich nicht nur beim Laufen.

Scarlett zerrt an meinem Ärmel. »Oh, Jake, hm? Der süße Läufer hat also nun endlich einen Namen?« Sie wackelt mit den Augenbrauen und ich verfluche das Grinsen, das sich auf meinem Gesicht ausbreitet.

»Er ist nicht süß.« An diesem Jake ist nichts süß. Weder die markanten blauen Augen noch die braunen Haare, die irgendwie dauernd in alle Richtungen abstehen, oder der Waschbrettbauch mit all seinen Muskeln. So, so viele Muskeln, dass ich mich frage, ob sie ihre Freunde zum Spielen eingeladen haben, denn so sieht doch kein normaler Mensch aus, oder?! Zumindest ist es mir bisher noch bei keinem anderen Mann aufgefallen, und ich habe schon viele Männer gesehen. Und selbst wenn jemand von denen so ausgesehen hätte, hat es nie so ein komisches Kribbeln in meinem Bauch ausgelöst wie bei ihm heute. Eines, das mich ehrlich gesagt ziemlich ins Straucheln gebracht hat, weil ich nicht darauf vorbereitet war, derart auf ihn zu reagieren. Klar, ich werde nicht leugnen, dass ich ihn schon davor bemerkt habe. Ist auch nicht schwierig – bei der Größe, dem Aussehen und dem Körperbau. Ich muss sogar zugeben, dass ich mich morgens tatsächlich darauf freue, ihm buchstäblich über den Weg zu laufen, und im Gegenzug fast enttäuscht bin, wenn ich ihn nicht treffe. Aber bisher war alles harmlos und unpersönlich. Und jetzt musste er alles kaputt machen und mich zum Lachen bringen mit seinem selbstironischen Humor, dem Lächeln, das so schwer zu ignorieren ist, und der Stimme, die unter die Haut geht. Auf erschreckend positive Weise. Denn während Lächeln, nackte Oberkörper und Stimmen, die unter die Haut gehen, mich normalerweise nur in die andere Richtung jagen, kann ich nicht leugnen, wie sehr Jake mir seither durch den Kopf geistert. Vielleicht war es eben diese mir ungewohnte Situation. Vielleicht, weil er trotzdem geblieben ist, obwohl ich ihn auf mehrere Weisen in die Wüste geschickt habe. Wie auch immer, Jake wirkt nicht wie der Typ Mann, der leicht vor einer Herausforderung zurückweicht. Aber ich will keine Herausforderung sein. Da verlassen wir beide als Verlierer den Ring.

»Du hast recht. Süß ist nicht der passende Ausdruck«, pflichtet Scarlett mir bei und holt mich damit aus meinen gedanklichen Kreisen. »Heiß trifft es besser. So wie der aussieht, könnte er selbstbewusst wie King Kong durch die Stadt stampfen und sich am Empire State Building auf die Brust schlagen.«

Ich kichere. »Du hast ihn ein einziges Mal gesehen, und zwar für ungefähr fünf Sekunden.« Und das nur, weil sie unbedingt mit mir laufen gehen wollte, um den Typen zu begutachten, den ich vielleicht einmal beiläufig erwähnt habe. Na gut – eventuell war Jake in meinem Kopf nie wirklich *harmlos*.

»Ja, bitte entschuldige. Ich war beschäftigt damit, nicht abzukratzen bei dem Tempo, das du vorgibst.« Scarlett lässt die Zunge raushängen. »Außerdem: Braucht es länger, so was festzustellen?« Sie zuckt mit den Schultern und zwinkert. »Bei unserem Selbstverteidigungskursmann hat es mich auch nur einen Blick gekostet, um mich zu verlieben.« Sie rempelt mich mit ihrem spitzen Hüftknochen an und ich stöhne lachend, weil ich noch nie jemanden getroffen habe, der sich so oft in wen auch immer »verliebt« wie meine beste Freundin. Letzte Woche war es unser Nachbar, der alte Mr Pierson, weil er ihr die Tür mit seinem Gehstock aufgehalten hat.

Ich lasse Scarletts Arm los, um das »Jasmin« aufzuschließen. Eine Einrichtung, die mir das Leben gerettet hat, als ich das erste Mal einen Fuß hineingesetzt habe, und die ich jetzt aktiv mitgestalten darf, seit ich vor einigen Wochen mein Studium zur Sozialarbeiterin abgeschlossen habe. Wir haben es uns zur Aufgabe gemacht, Mädchen, die von Menschenhandel betroffen sind oder die gefährdet sind, ausgebeutet zu werden, ganzheitlich zu unterstützen. Das machen wir einerseits durch traumasensible Betreuung und Programme, die den Zwölf- bis Zweiundzwanzigjährigen dabei helfen sollen, Lebenskompetenzen für ihre Zukunft zu erlangen. Andererseits aber auch, indem wir ihnen all die grundlegenden Dinge zur Verfügung stellen, die sie brauchen. Ob das nun Essen ist, Kleidung oder Bildung. Oder eben Kurse wie Töpfern, Tanzen oder Selbstverteidigung. Und ich liebe es, Teil davon sein zu dürfen. Liebe es, hier reinzukommen. Liebe die Atmosphäre und die Tatsache, dass wir denen einen Zufluchtsort bieten können, die nur wenige Minuten, nachdem wir öffnen, erscheinen und Zeit mit uns verbringen. Manche können lediglich ein paar Stunden hier sein, andere bleiben den ganzen Tag.

So wie Zahara. Ein Mädchen, das in etwa so lange hier ist wie ich. Im Laufe der Jahre gab es immer wieder Wochen, Monate, in denen sie gar nicht aufgetaucht ist. Aber sie weiß, dass man sie jedes Mal mit offenen Armen empfangen wird, wenn sie wiederkommt, ohne dass jemand Fragen stellt. Wir sind einfach für sie da. Das hat sie stets zurückgebracht.

»Schreibt man Brüste mit zwei s oder einem?«, fragt mich Zahara später, während Scarlett mit ein paar Mädchen Mittagessen kocht und der Geruch von Curry und Zitrone in der Luft liegt. Auf der übergroßen Couch lümmeln drei Teenager. Die eine flicht der anderen die Haare, während die Dritte in einem Comic blättert. Die zwei Computer, die wir zur Verfügung stellen, sind wie immer besetzt. Und ein paar andere Mädels kichern drüben am Billardtisch. Es ist laut, und gleichzeitig herrscht einfach Ruhe.

»Mit einem«, erkläre ich Zahara und achte darauf, keine Miene darüber zu verziehen, dass die knapp Achtzehnjährige weniger Rechtschreibkenntnisse hat als die Vierzehnjährige drüben am Computer. Vor ein paar Jahren ging es mir noch ähnlich.

»Gut, dann bin ich fertig.« Sie schiebt mir den Zettel unter die Nase, auf den sie schreiben sollte, was sie gerne an sich mag. Ich lese nur zwei Wörter: Fingernägel und Brüste. Eigentlich wollte ich mit dieser Übung ihren Selbstwert stärken. Wenn ich sie nun anschaue, bekomme ich den Eindruck, genau das Gegenteil bewirkt zu haben.

»Ich finde noch eine Menge anderer Sachen gut an dir, Zahara.« Ich mache einen Punkt daraus, jedes dieser Mädchen oft und ausschließlich mit ihrem Namen und keiner Abkürzung, keinem Kosewort anzusprechen. Gott weiß, sie haben ihn lange genug nicht gehört. »Zum Beispiel sehe ich, dass du eine tolle Freundin bist. Dein Lachen ist ansteckend und du kannst richtig gut Gitarre spielen.«

Ungläubig rümpft Zahara die Nase. »Ich kann nur zwei Lieder.«

»Aber die hast du dir selbst beigebracht. Ich treffe nicht einmal einen Ton auf der Triangel.« Sie lacht dieses laute, hyänenartige Lachen, das tief aus ihrem Inneren kommt, und ich beobachte, wie zwei der Mädchen von der Couch hochsehen und mitgrinsen. »Na los, schreib es dazu!«

Sie stützt sich theatralisch an ihrer Wange ab, während sie langsam und mit viel Bedacht die Wörter nebeneinander kritzelt.

Am Ende stehen sieben Dinge auf Zaharas Liste. Verlegen betrachtet sie ihre Fingernägel, als ich sie dafür lobe und den zusammengefalteten Zettel in einen schönen Umschlag lege, der ihren Namen trägt. »Du wirst sehen, mit der Zeit werden noch weitere Sachen dazukommen, und irgendwann brauchen wir einen zweiten Zettel.«

Sie schnaubt spöttisch, als wäre der Gedanke daran absurd und Zeitverschwendung. »Kann ich jetzt kochen gehen?«

»Natürlich.« Als sie aufsteht, bemerke ich den Schmerz in ihrem Gesicht, den die Bewegung verursachen muss, und ein Knoten formt sich in meinem Magen. Sie sieht schlimm aus. Wie jedes Mal eigentlich, wenn sie nach langer Abwesenheit wieder zu uns kommt. Und es bricht mir das Herz, dass ich nichts anderes dagegen tun kann, als ihr ins Gewissen zu reden. »Zahara?« Sie dreht sich noch einmal zu mir um. »Hast du über meinen Vorschlag nachgedacht?«

»Das Frauenhaus meinst du?« In einer sichtbar unbequemen Art versucht sie, ihr Gewicht zu verlagern. Man merkt, dass ihr alles wehtut. »Das brauche ich nicht. Wäre wirklich übertrieben.« Sie belächelt den Gedanken, weil sie denkt, dass ein Frauenhaus nichts ist für Mädchen wie sie. »Ich gehe aber auch nicht zu ihm zurück, Ruby. Nie wieder«, erklärt sie mir mit Überzeugung, und ich bete zu Gott, dass das stimmt und sie eine Wahl haben wird. »Aber danke, dass du dich sorgst.«

Mit schwerem Herzen nicke ich. Das Letzte, was die Mädchen brauchen, ist noch jemand, der ihnen sagt, was sie zu tun und zu lassen haben. Die ganze Initiative beruht auf Selbstbestimmung der Mädchen. Ich kann nur dann handeln, wenn sie mich lässt.

Also reiche ich ihr den Umschlag, damit sie nachlesen kann, was wir geschrieben haben, wenn sie eine Erinnerung daran braucht. Zahara winkt jedoch ab. »Den brauch ich nicht.« Entschlossen humpelt sie zu den anderen in die Küche.

Ich starre auf den Umschlag und lege meine Hand darauf, als wäre der Inhalt ein verborgener Schatz, den der Finder noch nicht geborgen hat. Auch etwas, was sich ein wenig zu vertraut anfühlt.

***

Es ist mein erster richtiger Schultag. Die ganze Zeit zupfe ich an der Bluse, die Mami für mich geflickt hat, weil sie ein paar Löcher hatte. Ich habe sie von einem anderen Mädchen bekommen, das in unserem Dorf lebt, weil die sie nicht mehr braucht. Die Bluse ist nicht mehr wirklich weiß und stinkt ein bisschen nach altem Schweiß, aber sie hat Rüschen, und das fühlt sich beim Anfassen lustig an. »Lass das!«, schreit Mami und schlägt meine Hand weg. »Wenn du die abreißt, hast du gar nichts mehr.« Oh, oh. Das will ich nicht. Mami drückt mir die alten Bücher in die Hand, die wir auch von jemandem bekommen haben, und ich grinse von einem Ohr zum anderen, als ich mein Spiegelbild in der großen Wasserlache vor unserem Schuppen sehe, weil ich ab heute endlich lernen darf, wie man liest und schreibt. Es ist hier in Thailand nicht selbstverständlich, dass man zur Schule gehen kann, sagt Mami, vor allem nicht als Mädchen. Und obwohl ich nicht genau verstehe, was selbstverständlich *bedeutet, weiß ich, was sie meint. Daddy ist oft sehr böse auf Mami, weil sie keine Jungen zur Welt gebracht hat. Und wenn er mich anschaut, ist er meistens noch böser auf sie als sonst. Ich weiß nicht, warum. Nur, dass er manchmal mit mir schimpft, weil meine Augen anders aussehen als die von allen anderen in der Familie. Das stört ihn, aber ich kann doch nichts dafür. Ich hab ja auch keine Ahnung, warum das so ist. Meistens glaube ich aber, dass er mich trotzdem irgendwie lieb hat. Er sagt, er müsse besonders streng mit mir sein, denn Frauen seien unbrauchbar, wenn es um Geld geht. Der einzige Weg, wie sie Geld verdienen können, sei, sie zu verkaufen. Am besten in der Stadt. An weiße Männer, die extra herfliegen, um Frauen zu kaufen. Aber ich möchte nicht gekauft werden. Daddy sagt, die Männer geben sie danach wieder zurück, aber ich verstehe das nicht. Dann bin ich froh, dass ich nicht Mami bin und noch keine Frau. Mami sagt, man ist eine Frau, wenn man zu bluten beginnt. Das macht mir ein bisschen Angst, denn ich habe schon oft geblutet. Zum Beispiel, als ich mir beim Spielen das Knie aufgescheuert habe. Oder vor ein paar Wochen, als ich mir beim Tomatenschneiden ganz tief in die Hand geschnitten habe. Das habe ich keinem erzählt, nicht einmal Mami. Ich habe mich schnell auf dem Klo versteckt, die Wunde sauber gemacht und gewartet, bis das Bluten stoppte. Dann habe ich Daddys Kleber genommen, den er für seine Holzarbeiten benutzt, und habe mir was davon draufgeschmiert. Das hat schrecklich gebrannt, aber nachher ist es keinem aufgefallen und darum wurde mir der Schmerz egal. Jetzt passe ich besser auf, denn solange ich nicht blute, bin ich keine Frau, und dann kann Daddy mich immer noch lieb haben und muss mich nicht verkaufen.*

KAPITEL 3

JAKE

»Sie wollten mich sehen, Sir?« Ich klopfe an den Türrahmen zum Büro meines Bosses.

Special Agent in Charge Thompson winkt mich herein und bedeutet mir, mich hinzusetzen, ohne von seinem Schreibtisch hochzusehen. »Komm rein!« Es dauert noch eine volle Minute, die sich anfühlt wie ein Jahr, bis er den Kopf hebt. »Darf ich mitlachen, Agent Brooks?« Jeder andere in meiner Position sollte sich das Grinsen spätestens jetzt aus dem Gesicht wischen, um sich nicht vor dem Boss um Kopf und Kragen zu reden. Er ist bekannt als »der FBI-Drache«. Keiner will das Büro neben seinem haben, weil seine Stimme durch Mark und Bein geht, wenn er sauer ist. Mehr als einmal habe ich beobachtet, wie andere Agents mit metaphorisch verkohlten Haaren aus diesem Raum gekommen sind, nachdem er sein Feuer auf sie hat regnen lassen. Aber ich war noch nie bekannt dafür, dass ich mich vom großen, bösen Wolf einschüchtern lasse. Außerdem ist unser Verhältnis seit Beginn an irgendwie anders.

»Ich fühle mich wie früher, wenn ich zum Direktor musste, weil ich etwas angestellt haben soll.«

Thompson nimmt seine Lesebrille ab und legt sie fein säuberlich auf den Stapel Akten neben sich. »Hattest du denn etwas angestellt?«

Ich zucke lässig mit der Schulter. »Nur, wenn ich einen guten Grund dafür hatte. Er mochte mich nicht besonders. Aber nicht jeder kann guten Geschmack haben.«

Thompson spielt wie immer den Harten, aber unter dem Schnauzer erkenne ich ein Lächeln. Ich grinse auch, weil es mich an die schöne Läuferin erinnert, die sich ebenfalls größte Mühe gegeben hat, nicht zu zeigen, dass sie mich lustig fand. Nur, dass ihr Killerlächeln mich komplett umgehauen hat und mir nach wie vor nicht recht aus dem Kopf gehen will. Denn ich will es wiedersehen. *Sie* wiedersehen. Vielleicht sollte ich River dazu überreden, die Route zu unserer Standardeinstellung zu machen.

Thompson räuspert sich und mustert mich wieder streng. Dabei bin ich mir zu dreiunddreißig Prozent sicher, dass er mich tatsächlich insgeheim gut leiden kann. Könnte aber auch damit zusammenhängen, dass er wohl oder übel letztes Jahr mehr von meinem Privatleben mitbekommen hat, als ihm und mir lieb war. Und ich habe dem Mann mehr zu verdanken, als ich je zurückzahlen könnte.

Er greift nach einem Schnellhefter, den er kurz hochhebt und dann auf den Tisch klatschen lässt. »Du hast erneut um frühzeitige Aufhebung deines Innendienstes gebeten.«

Ich halte seinem Blick stand. Ich weiß, dass ich ihm damit auf den Sack gehe. Ist nicht das erste Ansuchen, das ich stelle, obwohl mir klar ist, dass zwölf Monate Innendienst der Deal waren. »Ich will mich beweisen können. Nicht, dass die Arbeit hier drinnen nicht wichtig ist, aber ich bin eben eher der Typ zum Draußenspielen … Sir«, hänge ich an, als diesmal nicht einmal seine Lippen zucken.

»Brooks, wir wissen beide, dass ein mangelnder Beweis deiner Qualitäten weder der Grund für den verordneten Innendienst noch für die Versetzung aus Chicago ist«, beginnt er letztlich. »Dort war man gar nicht glücklich, dich zu verlieren. Oder liege ich da falsch?«

»Ach, lassen Sie sich nicht täuschen, Sir. Zum Schluss war ich wie der graue Streusel auf der Regenbogenglasur.«

Er mustert mich, als hätte mein Satz irgendeine tiefere Bedeutung. Dann faltet er die Hände und legt sie auf den Schreibtisch. »Da ist sie wieder«, bemerkt er unbeeindruckt.

»Was, Sir?«

»Deine miese Angewohnheit, unangenehme Fragen mit einem Witz zu beantworten.« Sein Blick penetriert in diesem Moment so gut wie all meine Barrieren, die ich mir über die Jahre fein säuberlich aufgebaut habe, weshalb ich lieber zu all den Urkunden schaue, die an der Wand hinter Thompson hängen.

»Selig sind die geistig Armen«, antworte ich dennoch rollenkonform. Was will er denn auch von mir hören? Dass ich mir in Chicago den Arsch aufgerissen habe bei dem arroganten Versuch, der beste Agent zu werden, den die Welt je gesehen hat? Nur um auf die harte Tour zu lernen, dass ich nicht jede Situation kontrollieren kann? Das weiß er doch längst.

Thompson lässt sich ein paar verflixt lange Sekunden Zeit, ehe er sich zurücklehnt. »Du hast deinen Partner verloren, als du angeschossen wurdest. Der ganze Einsatz verlief nicht gerade nach Plan.« Da hat er verflucht recht. Wenn er allerdings denkt, dass ich mich deswegen nun bei ihm ausheulen werde, liegt er falsch. Der Einzige, mit dem ich – abgesehen von River – darüber gesprochen habe, war der Psychologe in Chicago, und auch nur deshalb, weil ich sonst überhaupt nicht zurück in den Dienst gelassen worden wäre. Ich Idiot dürfte allerdings damals zu viel gequatscht haben, denn er war danach der Meinung, ein

Jahr im Innendienst würde mir guttun. Na ja, aus Fehlern lernt man, also halte ich seither lieber die Klappe.

»Sie wissen, dass das nicht der Grund ist, weshalb ich mich habe versetzen lassen, Sir«, kläre ich ihn auf, jeglicher Humor aus meinem Ton verschwunden.

Er nickt langsam. »Ja … Hast du deinen Bruder denn inzwischen besucht?« Monatelanges Training zu Vernehmungsmethoden und Körpersprache hindern mich daran, den Kopf zu senken, was bei dieser Frage meine natürlichste Reaktion wäre. Aber Thompson weiß sowieso bis ins Detail, wie sich mein kleiner Bruder vor einiger Zeit in eine ganz beschissene Situation gebracht hat, als er mit einer jungen Frau am Campus geschlafen hat, die unmittelbar danach mit schwersten Verletzungen ins Krankenhaus gebracht wurde. Sie hat ihn beschuldigt, sie misshandelt zu haben, es jedoch später zurückgenommen. Allerdings, *während* er bereits seine Strafe absaß. Bis überhaupt irgendjemand bereit war, ihre revidierte Aussage ernst zu nehmen, war Gabriel im Knast bereits beinahe umgebracht und behandelt worden wie ein Schwerstverbrecher. Mein Special Agent in Charge Thompson hat direkt nach meiner Versetzung dafür gesorgt, dass Gabriel so bald als möglich in ein anderes Gefängnis verlegt wurde. Und er hat mich dabei unterstützt, jeden Stein umzudrehen, damit Beweise und Zeugenaussagen noch einmal überprüft wurden. Schließlich wurde der Antrag gestellt, das Urteil aufzuheben. Und das ist eine einmalige Chance, dass Gabriel nicht die nächsten neun Jahre seiner Strafe absitzen muss. Jetzt muss der Prozess noch einmal geführt werden, und bis dahin ist Gabriel auf freiem Fuß. *Frei* ist er jedoch noch lange nicht.

»Bald, Sir. Danke der Nachfrage«, lüge ich trotzdem, weil ich nicht vorhabe, hier oder sonst wo tiefer über Gabriel oder das verkorkste Verhältnis zwischen uns einzusteigen. Natürlich weiß jeder in diesem Laden, dass mein kleiner Bruder auf

Bewährung draußen ist und in der Autowerkstatt meines Vaters versauert, bis eine endgültige Entscheidung getroffen ist. Das hier ist immerhin das FBI. Das heißt allerdings nicht, dass ich darüber schwatzen würde wie eine Omi beim Tee auf der Veranda. Nicht über diesen beschissenen Einsatz in Chicago und erst recht nicht über Gabe.

Thompson räuspert sich, während er den Schnellhefter öffnet. »Du bist ein guter Agent, Brooks, und ich werde dich nicht wie einen Welpen mit Samthandschuhen anfassen. Ich will dich genauso da draußen haben wie du, aber ich muss mich auf dich verlassen können.«

Mein Körper spannt sich an und ähnlich wie heute Morgen macht mein Herz einen Salto. Wird er mein Ansuchen dieses Mal befürworten?

»Bist du bereit?«

»Die ärztlichen und psychologischen Gutachten sind schon seit Monaten abgesegnet, Sir.«

»Das war nicht meine Frage, Brooks.«

Meine Hände klammern sich etwas fester an die Polsterung meines Stuhls. »Bei allem Respekt, Sir. Wenn ich mich inkompetent fühlen würde, meinen Job zu machen, hätte ich gekündigt.« Die Antwort scheint ihm zu gefallen, denn er sieht summend auf den Antrag vor sich. »Also gut, Brooks. Ich will, dass du beim Zugriff von diesem Drecksack Novak nächste Woche dabei bist. Du hast den Großteil der Informationen ausgewertet, bist also mit den Details vertraut. Wenn nicht, dann sorg dafür, dass du sie bis dahin im Schlaf beherrschst.«

Innerlich gebe ich mir selbst ein High five. Er hat ja gar keine Ahnung, wie sehr ich das brauche. »Ja, Sir. Danke«, sage ich mit fester Stimme und stehe schnell auf, bevor er vielleicht seine Meinung ändert.

»Und, Brooks?« Ich bleibe noch mal bei der Tür stehen und beobachte, wie er im Versuch, gleichgültig zu wirken, seine

Lesebrille aufsetzt. »Versuch bitte, am Leben zu bleiben, verstanden? Ich brauche dich noch.«

Ich grinse. Er erinnert mich an meinen Dad. Nach außen unnahbar, innen ein Softie. »Alles klar, Sir.«

»Und?«, will mein Kollege Sanders wissen, der versucht, trotz seiner eins neunzig und der Statur eines Leistungsschwimmers unauffällig im Eck an der Kaffeemaschine zu stehen, seit ich in Thompsons Büro zitiert wurde. Er rührt nun schon so lange in seinem Becher, dass die gesamte Flüssigkeit inzwischen verdampft sein müsste. Darius und ich haben uns auf Anhieb gut verstanden. Liegt vielleicht am ähnlichen Alter, nachdem wir im ganzen Stockwerk mehr oder minder Babys sind, wo das Durchschnittsalter bei hundertzwanzig zu liegen scheint. Er weiß, wie dringend ich wieder rauswollte, um bei einem Zugriff dabei zu sein, wenn sich monatelange, verflucht harte Arbeit bezahlt macht. Ganz besonders beim Fall Novak. Einem Drecksack, der sich seine Villa und drei Autos damit finanziert, dass er Mädchen und Frauen verkauft. Und das ist nicht alles, was er mit ihnen macht. Höchste Zeit, dass das aufhört. Verdammt, ich hoffe, *ich* darf ihm die Handschellen anlegen.

»Er hat das Ansuchen befürwortet«, antworte ich scheinbar gelassen, obwohl ich ihm heimlich die Faust hinhalte, die er grinsend abschlägt. Er kennt meine Motivation für diesen Job. Ebenso wie ich seine kenne. Denn jeder, der in der Menschenhandelsdivision arbeitet, hat eine besondere Agenda. Eine Motivation, warum er sich ständig mit den düstersten Untiefen der Menschheit auseinandersetzen will. Sanders' Schwester ist mit sechzehn Jahren wegen einer schlechten Schulnote von zu Hause weggelaufen. Zwei Jahre später fanden sie sie in einem Leichenschauhaus wieder. Die Polizei hatte die Familie gebeten, den Körper der jungen Frau zu identifizieren, die zu Tode geprügelt worden war. Es stellte sich heraus, dass ihr ein sogenannter Loverboy schöne Augen gemacht und das Blaue vom Himmel versprochen hatte, um sie dann in die Prostitution zu treiben. Sanders sucht in diesem Job nach Absolution, indem er anderen hilft, weil er seiner Schwester nicht helfen konnte. Ich suche auch nach etwas. Nach jemandem. Das ist meine Agenda.

»Jawohl, Kumpel! Willkommen im Team der coolen Kids. Das müssen wir feiern. Am besten gleich am Schießstand. Dein Finger muss inzwischen eingerostet sein.«

»Ich übe mehrmals wöchentlich am Schießstand, du Saftsack. Meinem Finger geht's blendend.«

Er gibt einen wackeligen Ton von sich und hält mir seinen eiskalten Kaffee hin, weil er selbst eigentlich gar keinen trinkt. »Bist du sicher? Denn so langsam, wie du am PC tippst …«

»Doch, ja«, bestätige ich und präsentiere ihm einen ganz bestimmten Finger. »Siehst du? Allen geht's bestens.«

Kapitel 4

Ruby

Zahara schüttelt grinsend den Kopf, als aus unserem Nebenzimmer im Jasmin wildes Kampfgeschrei ertönt. »Und das soll Spaß machen?«, fragt sie, während sie sich den nächsten Stapel gefalteter Klamotten vornimmt, die uns heute gespendet wurden. Wir haben die ganze letzte Stunde sortiert, ausgesondert, was wir nicht brauchen, und zusammengelegt. Die meisten Mädchen sind nun drüben im Selbstverteidigungskurs oder schon nach Hause gegangen, weil wir nach dem Kurs schließen. Zahara ist allerdings geblieben und hilft nun eben mir mit den Kleiderspenden, während Scarlett zur Aufsicht drüben ist. Darius ist beim FBI und schon seit zwei Jahren bei uns. Sozusagen Mädchen für alles. Er repariert, was repariert werden muss, gibt eben Kurse und bietet auch Beratung für die Mädchen an, die ihre Rechte und Möglichkeiten erfahren wollen. Darius ist der einzige Mann, den wir in die Nähe unserer Schützlinge lassen. Obwohl das Vertrauensverhältnis sehr groß ist, ist er mit den Mädchen nie alleine. Weil man eben nicht vorsichtig genug sein kann. Und Scarlett stört es ja nicht gerade, sich so oft wie möglich in Darius' Gegenwart aufzuhalten.

»Mir hat es immer ganz gutgetan, irgendwo meine Wut rauszulassen. Auch wenn es nur darum ging, einem meiner Lehrer ins Gesicht schreien zu können.«

Zahara kichert verhalten. »Echt? Mir hilft das gar nicht. Ich muss irgendetwas tun. Mit meinen Händen. Arbeiten. Meine Energie in etwas Produktives stecken.«

Ich will ihr sagen, dass es nichts Besseres gibt, als ihre Energie in sich selbst und ihren Schutz zu stecken, aber wir alle wissen, dass Zahara noch nicht in der Lage wäre, bei dem Kurs dabei zu sein. Zu groß sind ihre Verletzungen. Darius hat sie gesehen und mir einen unheimlichen Blick zugeworfen, als er reinkam. Ich bin sicher, er hätte sie am liebsten gleich befragt und zur Anzeige überredet. Aber das liegt eben nicht in unserer Entscheidungsmacht, so schwierig es auch zu akzeptieren ist. Stattdessen überlege ich, was wir für sie tun könnten. »Hm, die Wände könnten ganz gut einen neuen Anstrich gebrauchen, findest du nicht auch?«

Ein Lächeln breitet sich auf ihrem Gesicht aus, als sie hochsieht. »Wirklich?! Kann ich helfen?«

»Unbedingt. Welche Farbe gefällt dir denn? Das Orange passt irgendwie nicht so recht, finde ich.«

Sie tippt sich ans Kinn. »Ich mag Blau.«

»Ja.« Ich senke lächelnd den Kopf. »Ich auch.« Vor allem, seit mir dieses Vergissmeinnichtblau eines Typen namens Jake nicht mehr aus dem Sinn gehen will, obwohl ich seit fast einer Woche weder ihn noch seine Augen gesehen habe. Und jeden Morgen ärgere ich mich darüber, wie sehr ich nach ihm suche. Wie ich ständig über meine Schulter spähe, ob ich das Timing irgendwie verkackt habe, ihn zu treffen, weil ich vielleicht zu früh oder zu spät von zu Hause fort bin. Heute bin ich dumme Kuh die Runde sogar zweimal gelaufen, um sicherzugehen. Das Einzige, was ich davon hatte, war ein Gesicht so rot wie Blut und Lippen so weiß wie Schnee statt umgekehrt. Als ich wieder in der Wohnung war, lag ich erst mal eine halbe Stunde flach auf dem kalten Fußboden neben der Klomuschel, bis ich meine untere Hälfte endlich spüren konnte. Ehrlich, ich benehme mich wie ein hirnrissiger Teenie, weil wir drei Wörter miteinander gewechselt haben. Und weil ich nicht gleich über alle Berge laufen wollte, als er mir so nahe war, um meinen Ohrhörer zu nehmen. Die feinen Härchen, die sich da bei mir aufstellten, hatten nichts damit zu tun, dass ich mich unwohl gefühlt oder Angst gehabt hätte. Und das passiert nicht oft. Denn meine Instinkte sind scharf wie Rasierklingen, und Vertrauen in Menschen allgemein zu haben ist nichts, was mir besonders leichtfällt. Ich weiß nicht genau, warum das bei Jake anders sein sollte, aber er weckt ganz besondere Gefühle in mir. »Perfekt. Blau also«, hole ich mich selbst aus meinen Gedanken und nehme mir vor, gleich morgen ein paar Farbeimer zu besorgen, damit wir starten können, wann immer Zahara Lust dazu hat.

»Na gut. Ich haue dann mal ab«, sagt sie, als sie das letzte Shirt auf den Stapel gelegt hat und sich auf die Oberschenkel klopft. Ich weiß, sie geht nicht gerne zurück in ihre behelfsmäßige Übergangsunterkunft, weil dort die Einsamkeit nun mal stärker durchkommt, als wenn man sich tagsüber ablenken kann. Meine große Vision ist es ja, eines Tages ein eigenes Wohnprojekt für Mädchen zu starten, die über achtzehn und damit zu alt für eine staatliche Pflegeunterkunft sind, sich aber einen Ausstieg oder zumindest eine Auszeit aus der Prostitution wünschen. Darauf arbeite ich hin.

»Okay, bis morgen, Zahara.«

Sie zögert einen Moment, bevor sie mich schüchtern beäugt. »Du, Ruby, könnte ich vielleicht doch diese komische Liste haben, die ich letztens schreiben musste?«

Innerlich strahle ich. »Na klar. Warte kurz!« Ich hole den kleinen Brief im Umschlag aus der Kiste, in der ich alle aufbewahre, und reiche ihn ihr. Sie nickt langsam, der Ausdruck in ihrem Gesicht immer zerrissener, während sie offensichtlich gerade mit sich kämpft. Und ich warte, weil ich genau weiß, wie schwer es manchmal sein kann, Worte zu finden.

»Ich hab echt gedacht, das war's, weißt du?«, flüstert sie schließlich, während sie den Umschlag in ihre Hosentasche steckt. »War mir sicher, dass er mich zu Tode geprügelt hat. Aber irgendwie habe ich es überlebt und da raus geschafft.« Zahara zieht die Ärmel ihres Pullovers bis zu ihren Fingerspitzen und umarmt sich selbst. Es ist das erste Mal, dass Zahara darüber spricht, was in der Nacht vor knapp einem Monat passiert ist, bevor ein Motelbesitzer sie halb tot in einem der Zimmer gefunden hat. Ich habe nie gefragt, weil sie bereit sein muss, darüber zu reden. »Und auch, wenn ich immer noch nicht genau weiß, warum ich's geschafft habe oder wofür, find ich's cool von dir, dass du versuchst, es mir irgendwie zu zeigen.« Sie bricht ab, als ihre Stimme versagt und sie sich räuspern muss.

Und weil Zahara nicht die Einzige mit einem Kloß im Hals ist, greife ich nach ihrer Hand und drücke sie ganz fest, weil der Rest ihres Körpers voller Hämatome ist. »Ich bin froh, dass du da bist, Zahara!«

Sie schenkt mir ein schwaches Lächeln und marschiert dann los, während ich die Tür schließe. Gerade als ich mich wegdrehen will, fällt mir durch den Vorhang des Fensters neben dem Eingang ein dunkles Auto auf, das langsam neben Zahara herfährt. Plötzlich springt auch schon ein Kerl aus dem Auto und packt sie am Arm. Das Herz rutscht mir in die Hose, als meine Hände zu zittern beginnen. Nein, nein, nein ... Das ist er. Das ist *er* ...

Zahara reißt sich los und sieht sich hilfesuchend um, während der Mann die Hintertür aufmacht und erneut nach ihrem Arm greift. Sie braucht meine Hilfe, und ich bin gelähmt von der Angst, der ich eigentlich abgeschworen habe. Und die Leute, die beim Vorbeigehen zweimal hinschauen, denken wahrscheinlich, es sei nichts weiter als ein Beziehungsstreit. Aber es ist alles andere als das. Erinnerungen prasseln auf mich ein. Ich finde meine Stimme, bevor ich die Fähigkeit zurückerlange, mich zu bewegen. »Nein!«, schreie ich. »Darius!«

Endlich schaffe ich es, mich aus meiner Schockstarre zu lösen, die Tür zu öffnen und ausgerechnet auf *ihn* zuzurennen. Auf Zaharas Gesicht spiegelt sich Resignation wider. Was hat er zu ihr gesagt? »Zahara! Nicht!« Sie sieht mich an, als wolle sie sich bei mir entschuldigen, bevor sie ins Auto steigt. »Nein!«, flüstere ich. In dem Moment wendet er sich zu mir um und legt mich mit einem verächtlichen Schnauben lahm, bevor auch er einsteigt und die Tür hinter sich schließt.

»Ruby! Was ist?«, ertönt nur wenige Sekunden später Darius' Stimme hinter mir.

»Er hat sie mitgenommen«, stammle ich vor mich hin, bevor mir klar wird, dass so gut wie alle Mädchen, die ich eben aus dem Selbstverteidigungskurs gebrüllt habe, nervös und verängstigt zuhören. Meine Panik ist das Letzte, was sie brauchen können.

»Wer?«, will Darius wissen, in Alarmbereitschaft und im FBI-Agent-Modus mit der Hand an seiner versteckten Waffe.

Scarlett läuft an meine Seite und greift mit großen Augen nach meiner Hand. Beide warten auf meine Antwort. Obwohl ich die doch gar nicht geben kann. Ich hole tief Luft und bemühe mich, meine Emotionen wieder unter Kontrolle zu bekommen.

»Ich weiß nicht«, hauche ich mit dem Gefühl, dass mir meine Stimme schon wieder genommen worden ist. »Ich dachte erst, ich kenne ihn. Aber vielleicht auch nicht. Ich weiß es nicht.« Weil ich keinen Namen habe. Weil ich manchmal nicht mehr sicher bin, ob ich noch in der Lage bin, all die Gesichter zu unterscheiden, die für mich alle nur eins repräsentiert haben. Die Hölle.

Kapitel 5

Ruby

Ein paar Männer aus dem Dorf haben ein Lagerfeuer gemacht, weil wir zu viel Müll haben. Ich sitze mit drei Freundinnen aus der Schule davor und zeige ihnen, wie man Heuschrecken grillt. Das hab ich von dem Mädchen gelernt, von dem ich die Bluse habe. Aber sie ist gar nicht mehr im Dorf. Vor ganz langer Zeit hat ihr Daddy seinen Job verloren, und Arbeit zu finden ist hier nicht leicht, sagt Mami. Jetzt muss Thida arbeiten. Und Thidas Daddy sitzt nun den ganzen Tag da drüben in einer der Hütten, trinkt Bier, raucht Zigarren und spielt mit den anderen Männern Spiele. Ich glaube, sie wird verkauft. Dabei ist sie doch noch gar keine Frau. Die Heuschrecken sind voll lecker. Wir müssen aber keine von denen essen. Noch sind wir reicher als Thida und haben richtiges Essen. Thidas Familie musste die fressen, weil sie sonst nichts hatten, hat mein Daddy gesagt. Aber vor ein paar Tagen habe ich gehört, wie Daddy Mami erklärt hat, dass er sein Geschäft zumachen muss, weil keiner mehr kommt. Und ich habe Angst, dass er mich dann auch verkauft. Ich bin die Älteste und mich mag er am wenigsten, weil ich anders aussehe als er. In der Schule redet man auch schon darüber. Manche Kinder sagen, mein Daddy ist sicher gar nicht mein Daddy, weil ich Augen habe wie die Männer aus dem Westen.

»Was willst du mal arbeiten?«, fragt Malisa mich.

»Ich weiß nicht … Präsident vielleicht.« Das wäre cool. Vielleicht könnte ich dann unseren Leuten mehr Geld geben.

»Hahaha«, lacht Chai mich aus, was ich gemein finde. »Du bist doof. Du wirst nicht Präsident. Du bist ein Mädchen.« Ich starre auf meine Heuschrecke. Plötzlich schmecken sie gar nicht mehr so gut.

»Ich will Lehrer werden, so wie Mrs Hitapot. Das ist ein azzeptabler Job für Frauen.«

»Waaas?« Malisa kichert. »Das heißt akzeptabel, du Dummkopf.« Sie ist schlau. Sie ist älter als wir.

»Stimmt nicht, meine Mama hat das so gesagt.«

»Dann ist deine Mama auch ein Dummkopf. So ein Wort gibt es nicht.«

Chai steht auf. Sie ist böse auf Malisa. »Sag nicht, meine Mama ist ein Dummkopf!« Chai schubst Malisa, aber die steht auf und schubst zurück. Malisa ist auch größer als wir, deswegen wird sie gewinnen. Allerdings ist Chai wirklich sauer und zerrt an ihrer Bluse, bis beide über mich stolpern und mich aus dem Weg schubsen. Ich falle nach vorne und fühle das Feuer auf meiner Schulter. Bei Verbrennungen gibt es kein Blut, denke ich als Erstes, bevor ich vor Schmerz überhaupt aufschreie. Meine schöne Bluse! Mami und Daddy werden so wütend sein.

»O kacke … das ist nicht gut«, weiß Malisa, die so lange auf meine Schulter klopft, bis das kleine Feuer weg ist.

»Ja, ich weiß, ich muss irgendwie versuchen, das zu flicken. Du schuldest mir weißen Stoff«, motze ich sie an, weil die Bluse dort jetzt schwarz ist und so komisch an meiner Haut klebt.

»Das meine ich nicht, du Blödi! Du hast dich verbrannt.« Sie greift hin und es tut richtig weh, also schlage ich ihre Hand weg. »Das wird hässlich. Mein Bruder hat sich mal am Arm verbrannt.

Dem ist die Haut dann abgegangen und alles, und nun hat er da für immer so einen grausigen hellen Fleck, ganz schrumpelig und so.« Ja, toll, danke. »Aber er ist ein Junge, da macht es nichts, wenn er hässlich ist. Für uns ist das voll schlecht, wenn wir hässlich sind. Dann will uns ja kein Mann.« Ich glotze noch mal auf den verbrannten Fleck und hab ein schlechtes Gewissen, weil ich kurz darüber nachdenke, mehr zu verbrennen, damit ich nicht machen muss, was Thida macht, wenn Daddy auch keine Arbeit mehr hat.

***

Das Nächste, was ich spüre, ist ein Arm, der sich um mich legt. Im ersten Moment bin ich kurz davor auszuschlagen, doch da verschränken sich Scarletts Finger mit meinen, wie immer, wenn sie mitten in der Nacht zu mir ins Bett kriechen muss, und ich erlaube mir, wieder zu atmen.

»Es ist alles gut. Du bist hier«, versichert sie mir nuschelnd, todmüde wahrscheinlich, weil es wie gesagt mitten in der Nacht ist. »Soll ich dir einen Tee machen?«, bietet sie wie jedes Mal an und streicht noch zweimal mit ihrem Daumen über meine Hand, bevor sie einschläft.

Ich wische mir die Feuchtigkeit von Wange und Nase und nötige meine Muskeln, wieder runterzukommen, auch wenn nicht wirklich alles gut ist. Zahara wurde vorgestern mitgenommen. Darius sagt, ihm seien die Hände gebunden, weil das Sache der Polizei ist. Die Polizei sagt, ihnen seien die Hände gebunden, bis Zahara zweiundsiebzig Stunden vermisst wird, weil sie schon so oft zurückgegangen ist. Aber das ist Schwachsinn. Sie ist nicht zurückgegangen. Nicht freiwillig. Nicht wirklich.

Schweißgebadet sehe ich rüber zur Uhr. Es ist halb fünf Uhr morgens. Weil an Schlaf sowieso nicht mehr zu denken ist, krieche ich leise aus dem Bett, damit wenigstens Scarlett weiterschlafen kann, putze mir im Bad die Zähne und greife nach meinem Sport-BH, der über dem Heizkörper liegt. Denn ich kenne nur einen einzigen Weg, um die Rastlosigkeit und Unruhe zu beseitigen, die mich gerade auffressen. Schon jetzt etwas atemlos marschiere ich zur Tür und ziehe mir die Laufschuhe an, weil ich dringend hier rausmuss. Manchmal fühle ich mich, als würde ich eine Überdosis an Schmerzen der anderen übernehmen, obwohl ich meine eigenen noch nicht unter Kontrolle habe. Aber deswegen bin ich doch da, oder? Um den Zaharas dieser Welt das Gefühl zu geben, dass sie nicht alleine sind. Dass jemand hier draußen nach ihnen sucht und dass sie ihr Martyrium durchstehen werden. Nur heißt das eben, dass ich meines dabei im Kopf ebenfalls in Dauerschleife durchstehen muss.

Als ich eine halbe Stunde später den Bogen um den Jachthafen mache und mein Blick dabei auf das One World Trade Center fällt, dessen Spitze in den dunklen Morgenhimmel sticht, bleibe ich stehen. Nicht, weil ich will, sondern weil mir weiß vor Augen ist und alles brennt. Beinahe blind durch mein eingeschränktes Sichtfeld taumele ich noch Richtung Gras, bevor ich mich übergebe. Für jeden, der gerade an mir vorbeigeht, muss ich aussehen wie eine von vielen, die zu hart die Nacht durchgefeiert hat. Nur haben die keine Ahnung, dass ich eigentlich noch nie freiwillig getrunken habe. Wieder und wieder würge ich in dem Versuch, alles loszulassen, alles loszuwerden. Die Erinnerungen. Die Gesichter. Den Frust darüber, dass ich sie alle schon so oft losgelassen habe und sie sich trotzdem unaufhörlich den Weg in mein Gedächtnis und vor allem meine Gefühle brennen. Und darüber, dass ich das Arschloch genau erkannt habe, das Zahara mitgenommen hat, weil sich *sein* Gesicht in den vier Jahren meiner Freiheit nicht geändert hat, ich aber nicht einmal einen brauchbaren Namen zum Gesicht habe. Irgendetwas, um Zahara zu helfen.

Meine Augen tränen, mein Magen fühlt sich übersäuert an. Jegliche Energie liegt mit dem Rest von mir irgendwo da im Gras, als ich gerade noch das letzte bisschen Kraft in mir bündele, um ein paar Schritte weiterzustolpern, bevor ich mich auf die Knie und dann auf meinen Hintern fallen lasse. Keine Ahnung, wie lange ich hier sitze, doch ich kann beobachten, wie der erste Schlitz der Dämmerung bereits hereinbricht, als ich jemanden hinter mir höre.

»Hey! Alles okay?«, fragt die männliche Stimme im selben Moment, als sich eine Hand auf meinen Arm legt. Obwohl sich Stimme und Hand in Kombination vertrauter anfühlen, als sie sollten, zucke ich zusammen und drehe mich so, dass ich ihm frontal gegenübersitze. Es ist Jake. Verwirrt über das Kribbeln, das zurückbleibt, als seine Wärme weg ist, fasse ich selbst noch mal an die Stelle, wo seine Hand eben lag, und reibe daran.

Ein extrem haariger Hund steht hechelnd neben ihm, den ich bereits das eine oder andere Mal mit ihm gesehen habe. Trotzdem rutsche ich ein Stück weiter von den beiden weg. Nicht nur, weil mein Mageninhalt wenige Meter von uns entfernt liegt, sondern weil meine Gefühle gerade komplett durcheinander sind. Jake, der eben noch in der Hocke war, steht mit erhobenen Händen auf und gibt mir meinen Sicherheitsabstand, ohne mich dabei aus den Augen zu lassen.

»Mir war nicht so gut«, erkläre ich das Offensichtliche.

Jakes Stirn furcht sich im grellen Licht der Straßenlaterne leicht, während er nickt und sich argwöhnisch umblickt. »Ist etwas passiert?« Bilde ich mir das ein, oder klingt seine Stimme bei dieser Frage mit einem Mal richtig bedrohlich? Auf eine Art, die nicht mich bedrohen würde, sondern wen auch immer er gerade sucht.

Ich wünschte, ich könnte einfach lachen und verneinen, vielleicht wirklich so tun, als wäre ich nach einer Nacht mit meinen Freunden stockbesoffen, aber wer geht schon mit

Laufschuhen und einem Pyjamashirt in eine Bar? Also sehe ich auf eine der Jachten, die im Meerwasser hin und her schaukeln, und entscheide mich für die einfachste Antwort. »Einfach ein mieser Tag.«

Jake wirkt etwas erleichtert und zieht den Hund dicht an sich. »Ja, solche Tage kenne ich.« Jake lässt sich an der Stelle nieder, an der er steht, und winkelt die Beine an. Der haarige Hund setzt sich ebenfalls hin und ruht seine Schnauze auf Jakes Knie aus.

Auch wenn ich nicht will, lächle ich schwach über das süße Bild. »Wer ist das?«, will ich wissen, denn wieder einmal wirkt es so, als hätte Jake nicht vor zu verschwinden, und warum auch immer stört mich das überhaupt nicht.

Jake grinst, während er den Riesenhund mit beiden Händen wild krault, dem das mächtig zu gefallen scheint. »Balu, der Bär. Ich habe mir ihn aber nur geliehen. Er gehört meinem besten Freund. Der ist Arzt, und wenn seine Schicht es erlaubt, gehen wir zusammen joggen. Wenn er mal wieder gefühlte neunzig Stunden am Stück macht, nehme ich den Hund.« Ich schmunzle über den Namen, denn trotz seiner Größe wirkt dieses Tier wirklich wie ein flauschiger Teddybär.

Jakes Lächeln verrutscht leicht, als er ein Bein ausstreckt und gedankenverloren den Oberschenkel massiert. »Was ist mit dir passiert?«, frage ich vorsichtig, was mir schon seit Wochen auf der Seele brennt. Einerseits, weil ich gerne an irgendetwas anderes denken will als an meine eigenen Dämonen. Andererseits, weil es mich wirklich interessiert, mehr über diesen Jake zu erfahren, der hier gemütlich bei einer Fremden sitzt und mir mit seinem Hund Gesellschaft leistet, als wäre es keine große Sache, dass er mir eben beim Kotzen zugeschaut hat. Ich kenne Narben wie seine, habe sie oft genug gesehen. Eine einzelne würde vielleicht nicht gleich hervorstechen, aber als ich ihn letztes Mal ohne Shirt laufen gesehen habe, ist mir eine zweite an seinem Rücken aufgefallen. Ich hab auch die Tattoos auf seiner Brust und seinem Arm bemerkt, danach frage ich jedoch bestimmt nicht. Jake studiert mich jedenfalls fragend. Ich deute auf seinen Oberschenkel. »Das sind Schusswunden, nicht wahr?«

Wider Erwarten leuchtet sein Gesicht auf, während er sich selbstgefällig zurücklehnt. »Hört sich an, als wäre ich nicht der Einzige, der beim Joggen die Aussicht genossen hat.« Seine Bemerkung kommt wieder einmal so unerwartet und unverfroren, dass ich tatsächlich lachen muss. »Deswegen lässt du dir beim Überholen immer so viel Zeit.«

Mein Mund klappt auf, bevor ich ihn zur Show mit meinen eigenen Fingern schließe. Dieses Blitzen in seinen Augen ist alles, was ich brauche, um meinen Kampfgeist wiederzufinden. »Ja, ich kann mich meistens kaum zurückhalten.«

»Kann ich nachvollziehen«, gibt er frech zurück. »Spiegel lügen eben nicht.«

»Gut für dich, dass sie nicht lachen können.« Ich versage ziemlich dabei, mein Lächeln zu verstecken, die Mühe ist letztlich sowieso umsonst, als Jake lacht. Dieses verflixte Lachen. Wenn ich es mit zwei Worten beschreiben könnte, wären die *warm* und *einladend*. Und das, obwohl die Witze meistens auf seine Kosten gehen. Umso mehr erringt er meinen Respekt, weil er so anders damit umgeht, als ich es kenne.

Letztlich senkt Jake den Blick. »Ja, es sind Schusswunden.« Ein winziges Lächeln liegt noch auf seinen Lippen, die vom Hauch eines Bartschattens umgeben sind, allerdings ist es trüber als vorhin.

»Wann war das?«

»Vor zehn Monaten.«

»Was ist passiert?« Ich kann es einfach nicht lassen. Dabei geht mich das doch alles gar nichts an.

Er holt fast unmerklich Luft, spielt mit Balus Halsband. »Lass uns einfach sagen, ich war zur falschen Zeit am richtigen Ort.«

Nickend trete ich ein paar kleinere Kiesel vom Asphalt. »Wird es wieder passieren?«, frage ich, ohne überhaupt darüber nachzudenken, was ich da eigentlich von mir gebe. Ich beobachte, wie Jakes Gesichtsausdruck zu einer undurchdringlichen Mauer wird. Freundlich, aber unnahbar. Ein Blick, der mir bekannt vorkommt. Der sagt: *So viel kannst du von mir haben, aber ab hier ist Schluss.* Und es ist das erste Mal, seit ich ihn »kenne«, dass seine leichte, lockere Art wie weggeblasen ist. Vielmehr ist da in diesem Moment eine Schwere, die sich auf meine Brust setzen will. Als würde das bedeuten, ich könnte ihm zumindest einen Teil davon abnehmen. Was auch immer das tatsächlich zu bedeuten hat. Ich kenne Jake doch gar nicht.

»Du stellst ziemlich direkte Fragen, *Hildegarde*«, witzelt er, aber ich verstehe die Bedeutung dahinter. Ich habe ihm bisher nicht einmal meinen Namen verraten. Plötzlich flattert mein Herz schneller als die Flügel eines Kolibris, als ich darüber nachdenke, es doch zu tun. Warum ist das so gruselig? Ruby *ist* mein Name.

Ich schließe die Augen. »Ruby. Ich heiße Ruby.«

»Ruby«, wiederholt er, und es fühlt sich gar nicht so schlecht an, meinen Namen aus seinem Mund zu hören.

Der Hund trottet auf mich zu, erst bei der Bewegung fällt mir auf, dass er nicht an einer Leine hängt, worauf ich abrupt aufstehe und nervös zu Jake schiele. »Ich mag eigentlich keine Hunde«, erkläre ich simpel, dankbar, dass er ihn sofort mit einem Kommando zum Stillstand bringt. Dann steht auch er auf und kommt rüber, um Balu anzuleinen.

»Mal gebissen worden?« Ich nicke lediglich. Nicht nur einmal und nicht unabsichtlich, sondern auf Befehl. Und dann kommt auch bei meinem Körper an, wie ruckartig ich aufgestanden bin. Ich spüre, wie das Blut neuerlich aus meinem Gesicht weicht und mein Magen rebelliert.

»Whoa! Sachte«, murmelt Jake, der meine Unterarme stützt, als ich kurz davor bin, wieder in die Knie zu gehen. Und obwohl seine warmen Hände erneut wie ein unerwünschtes Feuer auf meiner Haut brennen, starre ich auf einmal auf meine eigenen Hände, die sich am Shirt über seiner Brust festkrallen, um Balance zu finden. »Lass dir Zeit!«

Schnell reiße ich mich von ihm los und bereue es doch im nächsten Moment. »Tut mir leid.« Verwirrt starre ich auf meine Hände. Eigentlich habe ich mich lediglich aus Reflex zurückgezogen. Aber war es denn wirklich so mies, mich für einen Moment bei ihm festzuhalten? Wärme zu spüren, die mir in Nächten wie heute unglaublich fehlt, wenn alles in mir eiskalt ist?

Jake steckt seine Hände in die Taschen der Trainingshose. »Darf ich dich nach Hause begleiten? Wäre mir ehrlich gesagt wohler dabei.«

Mir ehrlich gesagt nicht. Mir werden meine Emotionen gerade generell schon zu viel. »Ich nehme einfach die U-Bahn zurück. Ich komme klar.«

»Da bin ich mir sicher. Darf ich trotzdem meterweit vor dir gehen und mich immer mal wieder umdrehen, um zu kontrollieren, dass du noch da bist?« Da ist wieder dieses Lächeln, das dieser Typ perfektioniert haben muss und mich durch die Spitzbübigkeit zum Schmunzeln bringt. »Zumindest bis zur U-Bahn-Station.«

Ich will mich wehren, mich weigern, aber eigentlich weiß ich gar nicht, weshalb. Von Jake geht keine Gefahr für mich aus. Das weiß ich intuitiv. Zumindest nicht, was meinen Körper betrifft. Was mein Herz betrifft, ist es eine andere Sache. »Okay!«, stimme ich zu, woraufhin er gemütlich losspaziert und ich folge. Alle paar Minuten macht er eine Show daraus, über seine Schulter zu spähen, als würde er nach etwas suchen, das nichts mit mir zu tun hat, und bringt mich damit zum Lachen. Balu hingegen kennt sich nicht aus und zieht Jake an der Leine ständig wieder zurück, bis ich letztlich aufgebe und die beiden einhole.

Ein wissendes Grinsen liegt auf seinen Lippen, als er mich neben sich auftauchen sieht. »Ruby!«, ruft er aus. »So ein Zufall, dich hier zu treffen.« Ich gebe ihm einen halbherzigen Schubs, bevor wir eben nebeneinander in ein angenehmes Tempo fallen. »Hey … warum isst der Gepard nicht gerne Fast Food?« Ich werfe ihm einen »Wirklich?«-Blick zu, weil er damit auf unsere Unterhaltung vom letzten Mal anspielt. »Weil er es nicht fangen kann.« Obwohl ich die Augen verdrehe, platzt ein Lachen aus mir heraus, erstaunt darüber, wie er das immer wieder schafft.

Wir unterhalten uns ein paar Minuten über Balu und seinen Arztfreund und Jake macht noch den einen oder anderen bescheuerten Witz, der mich trotzdem zum Lachen bringt, bevor diesmal er mir einen spielerischen Schubs versetzt, als er stehen bleibt. »Da sind wir!« Etwas verwirrt erkenne ich erst in diesem Augenblick, dass wir uns bereits vor der Rolltreppe unter dem leuchtenden U befinden. »Pass auf dich auf, Ruby!«, sagt er, die Hände zurück in den Hosentaschen, und plötzlich bin ich mir gar nicht mehr so sicher, ob es mich gestört hätte, wenn er mich bis nach Hause begleitet hätte.

Kapitel 6

Jake

»Hey, Ironman, vielleicht solltest du es trotzdem ein bisschen langsamer angehen«, mahnt River, während ich mich durch meinen achtzehnten Klimmzug quäle.

»Langsam kann ich sein ... wenn ich tot bin«, keuche ich. »Was ich ... auch sein werde ... wenn ich nicht in Form bin.« Nun, da ich endlich die Freigabe habe, zurück in den Außendienst zu gehen, will ich auch leistungstechnisch top sein. Mein Körper wartet mittlerweile seit Monaten darauf, die Fitness wirklich zu nutzen, an der ich täglich arbeite.

»Alter, ich habe gar nicht gewusst, dass du so einen Hang zur Dramatik hast. Sag Bescheid, wenn ich dir was gegen die Regelschmerzen verschreiben soll, okay?«

»Leck mich!«, lache ich, weil mein Mittelfinger gerade nicht zur Verfügung steht. Nach dem zweiundzwanzigsten Klimmzug lasse ich mich fallen und nehme mir einen Moment zum Verschnaufen. Mein Rücken ist noch ein bisschen sauer auf mich von der Menge an Sit-ups, die ich vorhin gemacht habe, was natürlich mit der verdammten Kugel zusammenhängen könnte, die in meinen Lenden sitzt. Nicht umsonst hat

River mir den Spitznamen *Ironman* verliehen. Nachdem ich bei der Razzia letztes Jahr im Krankenhaus erstversorgt wurde, erklärte man mir, es wäre gefährlicher, die Kugel zu entfernen als dort zu belassen. Man hat mich zwar über die Risiken einer eventuellen Bleivergiftung in ein paar Jahrzehnten informiert. Allerdings klang das im Vergleich zu einer möglichen Lähmung durch die Entfernung der Kugel wie ein Trip nach Disneyland. Die andere, die ich mir im Oberschenkel eingefangen hatte, war ein glatter Durchschuss, hat aber deswegen nicht unbedingt weniger Schaden angerichtet. Vor allem nicht, nachdem die Wunde sich entzündet und mich damit erneut außer Gefecht gesetzt hatte.

»Ich frage mich ja immer noch, wie du deinen Boss rumgekriegt hast.« River beendet seine Liegestütze und legt verschwörerisch den Kopf schief. »Sag bloß, du hast für ihn auch dein Shirt verloren? Damit wendet sich ja bekanntlich dein Blatt.«

Ich deute einen Tritt in seine Seite an und greife grinsend nach meiner Wasserflasche. Natürlich weiß ich ganz genau, worauf er anspielt. Ich war ja der Idiot, der ihm wie ein kleines Schulmädchen gleich vom ersten Wortwechsel mit Ruby erzählen musste. Natürlich hat der Saftsack mich sofort damit verarscht, dass die Kleine nach all den Wochen ausgerechnet dann mit mir geredet hat, als ich mein Shirt nicht anhatte. Von unserem Aufeinandertreffen heute Morgen habe ich ihm nicht viel berichtet. Ich weiß, es klingt bescheuert, aber irgendwie fühlt sich das zu persönlich an. Und ganz ehrlich gesagt bin ich auch noch etwas durch den Wind, weil ich so einen massiven Beschützerinstinkt entwickelt habe, als ich dachte, jemand hätte ihr was getan. Und weil es mir so schwerfiel, sie an der U-Bahn gehen zu lassen.

Ich erzähle *niemandem* von meinen Wunden. Nicht einmal kryptisch. Aber so, wie sie mich angesehen hat, voller Neugier,

Mitgefühl und Sorge, war es, als würde sie zwischen den Zeilen lesen und mitleiden. Als wüsste sie Bescheid, ohne dass ich ein Wort gesagt hätte. Ich war kurz davor, aus dem Nähkästchen zu plaudern, als hätte ich das Recht dazu. Ruby drückt irgendwie die richtigen Knöpfe bei mir, ohne es zu wollen. Ihr heimgesuchter Blick und dass sie so verletzlich und dennoch verflixt stark gewirkt hat, bevor sie sich umgedreht hat, das alles hat den Wunsch in mir geweckt, meine ganze Geschichte mit ihr zu teilen. Einfach, um selbst einen kleinen Einblick in das zu bekommen, was sie beschäftigt. Das Einzige, was mir echt auf den Sack geht, ist, dass ich sie nicht um ihre Telefonnummer oder ein Date gebeten habe. Allerdings schmunzle ich umso breiter, als ich darüber nachdenke, dass sie mich hundertpro zum Teufel gejagt hätte.

»Dieses Detail scheint dir besonders wichtig zu sein, hm?«, antworte ich River jetzt feixend. »Vielleicht kann ich ja eine Ausrede finden, dir meinen nackten Oberkörper zu präsentieren, wenn du das Bedürfnis danach hast.«

Grunzend fasst River nach seinem Handtuch und wirft es sich über den Nacken. »Ich dachte schon, du würdest nie fragen.«

Mit wackelnden Brauen checke ich mein Handy, überfliege die Infos, die warten können, bis ich wieder im Büro bin, bestätige die Meldung zum morgigen Briefing für den Einsatz am Mittwoch und tippe dann auf die Nachricht meiner Mutter.

Mom: Nur für den Fall, dass du es vergessen haben solltest, diese Woche ist ein besonderer Tag für jemanden aus deiner Familie.

Schmunzelnd verdrehe ich die Augen, entscheide mich, ihr sofort zurückzuschreiben, bevor sie mir sonst nachher wieder die Hölle heißmacht.

Ich: Ich weiß, dass du Dienstag Geburtstag hast, Mom, aber danke für den subtilen Hinweis.

Ihre Antwort kommt prompt.

Mom: Kommst du? Ich könnte dein Lieblingsessen kochen.
Ich: Du spielst nicht fair. Für dein Essen würde ich die Fahrt jederzeit auf mich nehmen … Äh, ich meine natürlich für deinen Geburtstag.

Ich kann praktisch sehen, wie sie die Augen zusammenkneift, und schreibe noch eine Nachricht, während die drei kleinen Punkte abwechseln.

Ich: Aber ich kann diese Woche wirklich nicht weg.
Mom: Ist es etwas Gefährliches? Es ist immer etwas Gefährliches. Toll, jetzt werde ich an meinem Geburtstag zehn Jahre älter aussehen, weil ich bis dahin nicht schlafen kann. Ruf mich später an!

Ich setze mich auf die Bank und stütze die Ellbogen auf den Knien ab, während ich die übliche Antwort tippe.

Ich: Ich darf nicht drüber reden, Mom.
Mom: Ja, ich weiß. Aber deswegen sollst du auch nicht anrufen. Es ist wegen Gabriel.

Seufzend fahre ich mir durch die schweißnassen Haare und reibe mir mit dem Unterarm über das Gesicht.

Ich: Okay.

»Was ist?«, will River wissen.
    »Gabe«, erwidere ich knapp, weil ich weiß, dass er versteht.

»Ist etwas passiert?«

»Keine Ahnung. Gut möglich bei Gabe.« Frustriert reibe ich mir die Augen und lese dann die nächste Nachricht meiner Mutter.

Mom: Weißt du ungefähr, wann du anrufen wirst? Dein Vater und ich wollen es uns heute Abend auf der Couch gemütlich machen und vielleicht etwas fernsehen.

Ich: Grenzen, Mutter. Es gibt bestimmte Dinge, die ein Sohn nicht wissen muss.

Mom: !!!

Ich: Ich kann es noch nicht einschätzen, aber wenn du um mein Wohl besorgt bist, dann heb einfach BITTE nicht ab, wenn ihr gerade beschäftigt seid.

Damit werfe ich mein Handy zurück in die Sporttasche und trinke noch mal eine Gallone Wasser. »Hat er inzwischen auf einen deiner Anrufe reagiert?«, fragt River, worauf ich meine Wasserflasche in die Tasche schmeiße.

»Nope.« Weil ich nicht weiß, was ich sonst mit den Emotionen machen soll, die die Fragen rund um meinen Bruder auslösen, hänge ich mich gleich für eine neue Runde an die Klimmzugstange. Ich kann an einer Hand abzählen, wie oft Gabe und ich uns in den letzten drei Jahren unterhalten haben.

»Wirst du es ihm irgendwann erzählen?«, will River wissen.

Meine Hand rutscht ab, weil meine Konzentration dahin ist. Ich lande hart auf einem Fuß. Wenn River »es« sagt, dann meint er den Fall letztes Jahr, der mich beinahe *Gabriels* Leben, mein eigenes und letztlich auch die Beziehung zu meinem Bruder gekostet hat. »Er ist noch nicht bereit, es zu hören.« Vor allem, weil er generell nicht bereit ist, mir zuzuhören.

Ich stütze mich an der Stange ab, während ich mich durchstrecke und meine Turnschuhe fixiere.

River verschränkt die Hände hinter dem Nacken. »Jake, ich bin wirklich nicht der beste Ansprechpartner in familiären Fragen, aber du bist fast abgekratzt und kein Mensch aus deiner Familie weiß darüber Bescheid. Das ist doch nicht normal, oder?« Er ist sauer. Für mich. Das weiß ich zu schätzen, aber River kennt nur die Fakten, nicht die Umstände. Meine Eltern hatten gerade mit ansehen müssen, wie ihr Kind zu zehn Jahren Haft verurteilt wurde. Einen Monat später meine zusätzliche Ladung Müll obendrauf zu kriegen wäre das Letzte gewesen, was sie gebraucht hätten. Und irgendwie zieht sich das so ähnlich bereits durch unser ganzes Leben. Aber ich habe kein Problem damit, die Rolle des Sohns zu spielen, der alles im Griff hat.

»Ich bin schon ein großer Junge, River. Mommy muss nicht mehr auf meine Auas pusten«, erkläre ich River demnach.

Er verzieht keine Miene, genehmigt allerdings meinen Wunsch nach einem Themenwechsel, bevor er mich zur Seite schiebt, um sein letztes Set an der Klimmzugstange zu beenden. »Stimmt. Das könnte ja in Zukunft die hübsche Läuferin übernehmen, für die du wahrscheinlich sogar beim ersten Frost dein Shirt verlieren würdest, Mr Sixpack.« Dieses Detail wird er mich wohl nie vergessen lassen. Zufrieden mit sich über diese lahme Retourkutsche lässt er sich von der Stange fallen und leert seine Trinkflasche in einem Zug.

»Für dich heißt das immer noch Special Agent Sixpack.« Mit heraushängender Zunge greife ich nach seiner Sporttasche und pfeffere sie ihm in die Arme.

Kapitel 7

Jake

»Gesichert!«, ertönt es per Funk alle paar Sekunden durch mein Headset, während das Team jedes Stockwerk, jedes Zimmer durchkämmt. Erst als auch das letzte Zimmer als leer gemeldet wird, senke ich mein Sturmgewehr und erlaube mir, tief auszuatmen und einen Blick auf die Uhr zu werfen. Drei Uhr vierundzwanzig. Acht Minuten hat das ganze Spiel gedauert. Meine Sinne bleiben geschärft, bis wir hier rauskommen, aber zu wissen, dass Novak, seine Frau und ihr gemeinsamer Sohn Sergej gleich alle einzeln und in Handschellen weggeführt werden, bringt schon Genugtuung. Denn sie hatten keine Ahnung. Zu verdammt hochmütig, um zu denken, dass sie jemals erwischt werden könnten. Vor allem Sergej, der zwanzigjährige Goldjunge, der gerade von zwei Agents abgeführt wird, bedenkt mich dabei mit einem Blick, der mich wohl einschüchtern soll. Stattdessen hat irgendetwas an dem Bild einer kaum getrockneten Wunde an seiner Lippe, der offenen Jeans und den Kratzspuren auf seinem nackten Rücken meine Antennen ausfahren lassen.

»Alles klar, Brooks?« Mein Assistant Special Agent in Charge Keaton stellt sich neben mich und studiert mich aufmerksam durch das Visier seines Schutzhelms. Die Sturmhaube bedeckt das meiste seines Gesichts, dennoch verrät ihn sein Erkennungszeichen – der Kaugummi, den er immer kaut, wenn gerade keine Zigarette in Reichweite ist.

»Ja, Sir«, bestätige ich. »Ich habe mich nur gefragt, wer ihm die blutige Lippe verpasst hat, wenn er laut Überwachungsteam die letzten Tage immer zu Hause war.«

»Vielleicht hat der Goldjunge Daddy verärgert, weil er seine Geschäfte nicht ordentlich verrichtet hat. Oder Mommy, weil er sein Zimmer nicht aufgeräumt hat.« Keatons braune Augen blitzen amüsiert auf, doch als er mein Zögern sieht, legt er seine Hand auf meine Schulter. Er weiß von meinem Einsatz in Chicago und wie die Fehlinformationen, die wir hatten, uns zum Verhängnis wurden. »Das Haus ist leer, Jake. Wir haben mit Wärmebildkameras kontrolliert. Aber wenn du das hier lieber noch aussitzen möchtest …«

»Nein, Sir! Das möchte ich nicht«, unterbreche ich ihn, weil das Letzte, was ich brauchen kann, ist, wieder in den Innendienst geschickt zu werden, weil mein ASAC das Gefühl bekommt, dass ich mir in die Hosen mache. Und eher friert die Hölle zu, als dass ich hier draußen rumsitze, während mein Team da alleine reinmarschiert. *Vor allem*, wenn ich daran denke, dass dieser Einsatz so enden könnte wie der in Chicago letztes Jahr. Eher gehe ich drauf, als noch mal dabei zuzusehen, wie einer meiner Partner das tut.

Keaton kaut einem Moment länger an dem Kaugummi, der wie Hubba Bubba riecht, und klopft mir dann fest auf den Rücken. »Sehr gut. Der aufregende Teil der Nacht ist vorbei, Jake. Für die nächsten Stunden brauchen wir nur noch Hirn, keine Muskeln mehr.« Er zwinkert mir zu und geht dann ins Haus, in dem wir den Rest der Nacht damit verbringen werden, das gesamte Anwesen auf den Kopf zu stellen und alles zu sichern, was auch nur ansatzweise essenziell für den Staatsanwalt sein dürfte.

Zu sechst teilen wir uns auf die Stockwerke auf. Sanders und ich sind für die oberste Etage verantwortlich. Sergejs Reich. Ich mache Fotos von jedem Detail im Schlafzimmer, bevor ich es auseinandernehme, weil alles eine Rolle spielt. Das transparente Klebeband und die Schachtel Munition auf der Kommode. Offene Kondompackungen und eine halb leere, offene Flasche Wodka auf dem Nachttisch. Die blickdichten Vorhänge, die schlampig zugezogen sind, und das ungemachte Bett, in dem offensichtlich jemand gelegen hat. Aber wenn er hier seit Tagen mit sich selbst gefeiert hat, wozu dann die Kondome? Irgendetwas ist hier faul.

»Fuck, Brooks, sieh dir den Scheiß an!«, ruft Sanders von nebenan. Ich gehe durch die Verbindungstür in das, was Sergejs Arbeitszimmer zu sein scheint. In diesen Raum konnten wir von außen nie sehen, weil er keine Fenster hat. »Das lief gerade im Bearbeitungsprogramm auf dem Computer. Sieht aus, als würde der Herr Sohn seine eigenen Hauspornos schauen, während er nebenbei einen neuen schneidet.« Ich beiße die Zähne zusammen, als Sergejs Körper auf dem Computerbildschirm den einer Frau freigibt und das schmerzerfüllte Wimmern ein Gesicht bekommt. Eines, das nicht nur mit Klebeband geknebelt, sondern auch offensichtlich geschlagen wurde. Blut läuft ihr aus der Nase. Meine Hände knacken leise, als ich sie zu Fäusten balle. Dieses verdammte …

Mein innerer Wutausbruch wird jäh unterbrochen, als Sergej das Gesicht kurz zur Kamera dreht. Die blutige Lippe. »Whoa! Warte! Geh zurück!« Sanders tut, worum ich ihn gebeten habe, und studiert dann mit mir zusammen die Sequenz noch einmal, in der Sergej erst von der Frau unter ihm wegzuckt und sie dann am Schopf packt.

»Sie hat ihm einen Kopfstoß verpasst«, stellt Sanders fest und drückt auf Pause.

Paranoia, Intuition oder wie auch immer man es nennen will, bewirkt, dass sich bei mir die Nackenhaare aufstellen. Ich ziehe meine Handfeuerwaffe aus der Halterung. Sanders' Augenbrauen ziehen sich zusammen. Er spiegelt meine Bewegung, auch wenn er noch nicht weiß, wo mein Problem liegt. »Dieses Video ist definitiv nur ein paar Stunden alt. Stunden, in denen niemand rein- oder rausgekommen ist«, murmle ich Sanders leise zu und fasse an mein Funkgerät. »Indiz auf Anwesenheit einer weiteren Person im Haus. Weiblich. Verletzt, unbekannt, ob bewaffnet.« Und dann fällt mein Blick auf den Laptop, wo der Mistkerl eine andere Frau im Video am Nacken packt und sie direkt zur Kamera dreht.

Ein eiskalter Schauer fährt mir über den Rücken.

»Fuck!«, fauche ich atemlos, während ich mit zusammengekniffenen Augen näher an den Bildschirm trete. Und da knallt die Gewissheit in mich hinein, dass ich genau weiß, wen er da quält. Denn ihre Nase mag blutig sein und ein altes Hämatom unter ihrem Auge schillert gelb, aber ich kenne dieses Gesicht. Ich wurde als Teenager ständig genötigt, sie und ihre Schwester babyzusitten, um mir ein paar Dollar dazuzuverdienen. Als ich meinen Heimatort in Iowa verlassen habe, um in Chicago zu studieren, wollte sie tagelang nicht aus ihrem Zimmer kommen, weil ich damit ihr zehnjähriges Herz gebrochen haben soll. Fünf Jahre später wurde sie entführt und ihre Schwester getötet.

Und jetzt …?

Sollten sich die Befürchtungen, was mit Lydia geschehen ist, bewahrheiten?

Ein innerer Kampf in meiner Brust bringt die Waffe in meinen Händen zum Beben. Ein Teil von mir wünscht sich, dass sie es wirklich ist und wir sie endlich gefunden haben. Der andere betet, dass ich mich täusche. Dass es eine Halluzination ist.

Denn nur, weil das Mädchen in diesem Video noch am Leben war, ist es nicht selbstverständlich, dass sie es immer noch ist.

»Kennst du sie?«, fragt Sanders aufmerksam, während er sich im Gegensatz zu mir bereits im Raum nach der Gefahrenquelle umsieht, die ich angedeutet habe. Ich allerdings unterdrücke im Moment lediglich den Instinkt, zu Sergej zu rennen und die Information, wo Lydia steckt, aus ihm herauszuprügeln. Sanders' leiser Pfiff holt mich aus meiner Schockstarre. Mit seiner Pistole deutet er auf das Kabel des Kühlschranks, das neben der Steckdose liegt, und ich weiß, was er damit sagen will, denn der Energydrink neben dem Laptop hat Kondenswasser gebildet. Das bedeutet, er war vor Kurzem gekühlt. Jemand muss erst vor Kurzem den Stecker gezogen haben.

Fokussiere dich, Brooks!

Alles, was im Moment zählt, ist dieser Job und dass wir beide hier heil wieder rauskommen. Alles andere muss warten. Sanders legt seine unbewaffnete Hand auf den Griff und formt mit den Lippen einen Countdown, während ich versuche, meinen Puls zu entschleunigen. Vorsichtig öffnet Sanders den Kühlschrank.

Ein Körper fällt vor unsere Füße. Eine junge Frau. Halb nackt und geknebelt.

»Was zum …« Mein Finger gibt den Abzug frei und ich sichere meine Waffe, während Sanders meldet, dass wir die Person gefunden haben und einen Krankenwagen brauchen. Rasch ziehe ich meine Jacke aus und knie mich vor die Frau hin. Vorsichtig ziehe ich das Klebeband von ihrem Mund. Es ist das Mädchen vom frisch bearbeiteten Video. Nicht Lydia. Enttäuschung überschwemmt mich, bevor ich das Gefühl beiseiteschiebe und mich auf die Frau vor mir konzentriere.

»Haut ab, ihr Scheißbullen!«, flucht sie kaum verständlich zwischen dem Klappern ihrer Zähne. Unbeirrt davon nehme ich das Messer aus meiner Tasche, um ihre Hände zu befreien.

»Wo ist das andere Mädchen?«, will ich wissen. Ihre Augen weiten sich kurz, als sie das Messer entdeckt, und sie beginnt, mit dem Rest ihrer Kräfte nach mir zu treten. Sanders reagiert sofort, indem er ihre Beine fixiert.

Schließlich schaffe ich es, ihr das Klebeband von den Handgelenken zu entfernen. Doch sie hört nicht auf, benutzt sowohl Arme als auch Beine und trifft Sanders dabei mit einem Knie im Gesicht. »Fuck!«

»Schluss damit!«, schreie ich sie an, weil der Mist einfach nicht geht.

»Fass mich nicht an!«

Zwei andere Kollegen erreichen uns. Mulligan inspiziert sofort Sanders, der sein Kinn hält, während Keaton perplex und schuldbewusst auf das unterkühlte Mädchen starrt. So viel zu den Wärmebildkameras.

»Keiner wird dir mehr wehtun, okay?«, erkläre ich dem Mädchen schroffer als beabsichtigt. »Aber du musst aufhören, gegen uns zu kämpfen. Sonst muss ich dir Handschellen anlegen.« Was ich vermeiden will, weil ihre Handgelenke aufgescheuert sind. Und das ist nicht die einzige Verletzung. An verschiedenen Stellen ihres Körpers sind Hämatome oder klebt Blut. Dieser Hund hat sie übel zugerichtet. »Hast du mich verstanden?«, frage ich die verängstigte junge Frau noch einmal, woraufhin sie nickt und ich spüre, wie ihre aufgeflackerten Kräfte schwinden. Was bleibt, ist das heftige Zittern, das sie durchschüttelt.

»Ich will hier raus!«, nuschelt sie. Ich bringe sie in eine aufrechte Haltung und versuche, ihr meine Jacke anzuziehen. Sie schlägt meine Hand weg.

»Wie heißt du?«, will Keaton wissen.

»Candy«, antwortet sie fast zynisch.

»'ne Prostituierte«, schließt Mulligan, und ich frage mich, warum er es so klingen lässt, als wäre das Ganze deswegen weniger verstörend. Beim nächsten Versuch lässt die Frau zu, dass ich ihr die Jacke anziehe, und mustert mich mit Befremden, bevor sie den Stoff enger um sich wickelt und eine Hand fest auf ihre Brust presst. Als ihr Blick die widerlichen Szenen am Computer streift, in denen Lydia gerade missbraucht wird, verzieht sich ihr Gesicht schmerzhaft. Der Laptopbildschirm, der ihren eigenen Albtraum wiedergegeben hat, hat sich wenigstens auf Stand-by geschaltet.

»Mach das aus!«, sage ich zu Sanders und beschwöre dann die Frau vor mir. »Kennst du das Mädchen aus dem Video?« Sie schluckt hart und sieht weg, während sie den Kopf schüttelt. Sie lügt. »Weißt du, ob sie noch im Haus ist?«, versuche ich es trotzdem noch mal, weil ich muss.

»Ich will hier raus. Ich kann nicht atmen«, flüstert sie, und ich kann das Gefühl in diesem Augenblick verflucht gut nachempfinden. Und da ist auch noch ihr verheultes Gesicht, durch das sie plötzlich viel jünger aussieht als eben noch. Also nicke ich und hebe sie in meine Arme.

»Brooks, was machst du? Die Sanitäter werden gleich da sein«, wendet Mulligan ein.

»Dann können sie draußen auf uns warten«, erkläre ich überzeugt und trage die junge Frau aus dem Zimmer, in dem sie höchstwahrscheinlich tagelang festgehalten wurde. Sie winselt, als ich mit ihr die Treppen hinuntergehe. »Was tut weh?«, will ich wissen, bemühe mich, meine Schritte mit Bedacht zu setzen.

»Alles«, gesteht sie, und ich presse die Zähne zusammen. Ich schwöre bei Gott, ich kriege diesen Mistkerl dran.

»Scheiß auf diesen Scheiß!«, formuliert Sanders am nächsten Abend eloquent, was ich fühle, und reibt sich die Augen, als könne er damit irgendwie ausradieren, was wir in den letzten paar Stunden gesehen habe. Wir sind beide kurz davor, den

Monitor aus dem Fenster zu schmeißen, nachdem wir uns Stück für Stück durch jedes einzelne Video kämpfen, die wir vergangene Nacht mitgenommen haben. Auf der Suche nach Hinweisen, nach irgendetwas Brauchbarem, Verwendbarem, um die Frauen auf den Bildern zu identifizieren und hoffentlich lebend aus ihrer persönlichen Hölle zu holen. »Stopp! Das Mädchen kenne ich.« Er schlägt mit der Faust auf die Leertaste des Laptops, um das Video an der Stelle einzufrieren, an dem man die junge Frau am besten erkennen kann. »Das ist Zahara. Sie ist mehr oder weniger direkt vor meinen verdammten Augen mitgenommen worden und ich konnte nichts tun.« Er schüttelt den Kopf und fährt sich durch die kurzen Locken. »Fuck!«, flucht er und steht auf. Ich halte die Klappe, weil es nichts gibt, was ich dazu sagen könnte. Ich habe das Gleiche gefühlt, als ich Lydia in dem Video gesehen habe. Seit Jahren suchen wir nach ihr und nun war sie da. Beinahe direkt vor meiner Nase, und trotzdem habe ich sie wieder verpasst. »Ich geh pissen«, informiert er mich, weil er offensichtlich eine Pause braucht. Diesen Dreck hält keiner auf Dauer aus.

Seufzend reibe ich mir selbst über das Gesicht, als auf einmal Thompsons Stimme hinter mir erklingt. »Geh endlich nach Hause, Brooks!«

»Bald, Sir. Ich möchte das hier noch fertig machen.« Das habe ich ihm schon heute Morgen gesagt, als er mich bereits das erste Mal in die Wüste schicken wollte. Inzwischen bin ich seit vierzig Stunden auf den Beinen. Erst in Novaks Haus, jetzt im Büro. Zwischenzeitlich habe ich mich im Auto eine Stunde aufs Ohr gehauen, aber Schlaf ist nicht unbedingt leicht zu finden, wenn man sich als Abendprogramm ansehen muss, wie ein Zwanzigjähriger Mädchen, die zu hundert Prozent jünger sind als er, peinigt und quält.

»Ein müder Agent ist ein verflucht schlechter Agent. Das kannst du auch Sanders mitteilen. Und für schlechte Agents habe ich hier keine Verwendung.« Ich antworte nicht, weil ich gerade nicht in der besten Verfassung dazu bin. »Geht nach Hause, schlaft ein paar Stunden und macht euren Job danach weiter! Das ist ein Befehl.«

Ich kratze mir frustriert den Nacken, als Thompson sich bereits zum Gehen abwendet. »Hat schon jemand mit dem Mädchen gesprochen?«

»Sie gibt uns nichts.«

»Würden Sie mich mit ihr reden lassen, Sir?«, frage ich mit einer verzweifelten Nuance in der Stimme. Und Thompson hört sie.

Er setzt sich auf die Kante des Schreibtisches und mustert mich. »Hier geht es um weit mehr als um Lydia Cassley, Jake. Das weißt du, nicht wahr?« Es ist das erste Mal, dass er mich mit meinem Vornamen anredet. Das in Kombination mit den Worten lässt mich kurz schlucken.

»Selbstverständlich, Sir«, versichere ich ihm, weil es wahr ist. »Aber Lydia ist eine der wenigen, deren Identität wir kennen. Natürlich möchte ich sie endlich finden und nach Hause bringen. Aber das gilt auch für all die anderen Mädchen. Und dazu brauche ich Informationen.«

Ich halte Thompsons durchdringendem Blick stand. »Du kannst sie morgen befragen. Jetzt gehst du endlich nach Hause und schläfst. Ist das klar?«

»Ja, Sir«, bestätige ich mit Überzeugung und bete, dass die Erschöpfung heute Nacht lauter sein wird als die Bilder, die nun permanent in mein Gedächtnis gebrannt sind.

KAPITEL 8

RUBY

»Miss Danes, wie kann ich Ihnen heute helfen?« Mir gefällt der Sarkasmus im Ton des Polizisten nicht. Es gefällt mir generell nicht, dass ich nun den fünften Tag in Folge in dieser Dienststelle stehe und nicht wirklich das Gefühl habe, ernst genommen zu werden.

»Ich möchte gerne wissen, ob es von Zahara etwas Neues gibt, nachdem ich seit vorgestern auf den versprochenen Anruf warte.« Ich hatte ihnen die Farbe, Marke und das Kennzeichen des Autos mitgeteilt, in dem Zahara mitgenommen wurde, dazu die detaillierte Beschreibung eines Mannes, von dem ich weiß, dass er schon längst auf ihrem Schirm ist, aber unberührbar zu sein scheint. Stöhnend, weil ich ihm auf die Nerven gehe, schiebt Officer Barnes seine Tastatur von sich und blickt zu mir auf. »Ich bin nicht verpflichtet, mit Ihnen über den Fall zu sprechen. Sie sind keine Angehörige.« Er sagt es nicht einmal in einer präpotenten, gemeinen Art und Weise. Er sagt es sachlich.

Trotzdem straffe ich die Schultern. »Richtig. Zahara hat nämlich keine«, kontere ich, weil ich längst darauf vorbereitet war.

»Miss Danes«, beginnt er, und ich spüre, wie ich mich unwillkürlich anspanne. »Wissen Sie eigentlich, wie viele Menschen jährlich nur in New York City als vermisst gemeldet werden? Mehr als dreizehntausend. Das sind im Schnitt sechsunddreißig pro Tag. Jeder Einzelne zählt für uns, aber wir müssen Prioritäten setzen, so hart es klingt, weil wir schlicht und ergreifend keine Kapazitäten haben. So wie Sie mir das beschrieben haben, ist Zahara nicht gewaltsam ins Auto gezerrt worden. Ist das korrekt?«

Diese Frage macht mich so wütend. Hat er mich natürlich schon beim ersten Mal gefragt, als ich die Sache gemeldet habe. »Sie wollte aber nicht einsteigen.«

»Bitte beantworten Sie meine Frage: Ist Zahara durch Gewalteinwirkung in das Auto gesetzt worden oder ist sie freiwillig eingestiegen?«

Verzweifelt werfe ich die Hände in die Luft. »Sie haben gestritten. Wer weiß, womit er ihr gedroht hat?«

»Haben Sie das Gespräch verfolgen können?«

Er weiß genau, dass ich das nicht konnte. Ich war zu weit weg. Aber man braucht keine Untertitel, um Körpersprache zu lesen. »Wie kann man das *freiwillig* nennen, wenn er sie nur Wochen zuvor fast zu Tode geprügelt hat?«

»Miss Danes, es gibt weder Beweise, dass er das war, noch dass er damit etwas zu tun hatte. Zahara hat ja nicht einmal etwas zur Anzeige gebracht.«

Ich senke den Blick, weil ich ihn gerade nicht ansehen kann. »Officer Barnes, spätestens seit Jack the Ripper werden Prostituierte wie Freiwild behandelt. Sie sind die beliebtesten Opfer der bekanntesten Serienmörder Amerikas. Laut FBI beträgt die durchschnittliche Lebenserwartung der Frauen, die in den Sexhandel gezwungen werden, nur sieben Jahre.« Barnes hört sich meine Rede geduldig an. Ich weiß, dass ich ihm nichts erzähle, was er nicht schon lange weiß, aber ich will trotzdem, dass es ihn erschüttert. Ich will, dass es ihn *kümmert.* »Sie wissen genauso gut wie ich, dass niemand nach Mädchen wie ihr sucht. Es gibt ja niemanden, der sie als vermisst melden könnte.« Niemanden, der *uns* vermissen würde, füge ich in Gedanken hinzu, behalte den Teil allerdings für mich, weil meine Stimme ohnehin wackelig erscheint.

Barnes steht leise seufzend auf und umrundet seinen Schreibtisch. Als ich den Kopf wieder hebe, ist sein Blick weicher geworden. Er kennt meine Geschichte. Das macht den Moment noch schwieriger und ich falle ein paar Schritte zurück.

»Miss Danes. Ich kann Ihnen nur versprechen, dass ich tue, was ich kann. Was in meiner Macht steht. Wenn Zahara tatsächlich polizeiliche Hilfe benötigen sollte, werden wir sofort zur Stelle sein.« Schluckend bleibe ich stehen, weil das einfach nicht ausreicht. Doch dann verabschiede ich mich und verlasse die Station. *Sollte sie polizeiliche Hilfe benötigen?* Dass ich nicht lache …

***

Meine Eltern kommen immer seltener, um mich nach Hause zu holen. Sie sagen, es wäre nicht gut für meine jüngeren Schwestern, wenn sie sähen, wie oft ich verprügelt werde, weil ich mal wieder nicht kooperiert habe. In einer Korsage, die mir überhaupt noch nicht passt, stehe ich hier in der Schlange mit vielen anderen Mädchen, während ein paar Männer hereinkommen, um sich auszusuchen, mit wem sie den Abend verbringen werden. Der eine runzelt die Stirn, als er näher kommt und mein blaues Auge sieht. Die Frau, die uns beaufsichtigt, hat mir vorhin Make-up draufgeschmiert, damit ich heute arbeiten kann. Man erkennt es trotzdem noch, aber sie sagt, wenn es keine offene Wunde sei, die auf den Kunden bluten würde, könne ich arbeiten. Dennoch geht der Kunde weiter, und ich habe ein schlechtes Gewissen, weil ich mit dem Gesicht heute wahrscheinlich gar nichts verdienen werde. So ist es immer. Das Allerletzte, was jede von uns will, ist, ausgewählt zu werden, aber wenn uns keiner auswählt, haben unsere Familien wieder nichts zu essen. Der Mann, der mich nicht wollte, bleibt bei dem Mädchen neben mir stehen. Vorsichtig schiele ich zu ihr rüber, sehe, wie sie zittert. Die Männer, die nicht aus unserem Land kommen, sind am schlimmsten, und Lawan ist sogar noch jünger als ich. Wir werden hart bestraft, wenn wir untereinander darüber sprechen, wie alt wir sind, aber ich habe mal gehört, wie unser Händler einem Kunden aufgezählt hat, welche von uns die Jüngsten sind. Und Lawan erinnert mich an meine jüngere Schwester Maya. Als sie zu weinen beginnt und der Händler auf uns zukommt, kriege ich Angst um sie. »Nimm mich!«, stottere ich leise in dem gebrochenen Englisch, das uns für die Fremden beigebracht worden ist. Angeekelt mustert er mich. »Nimm mich! Bitte«, wiederhole ich. Genervt sieht er zu unserem Händler, der Lawan inzwischen am Arm gepackt hat, und die Männer beginnen zu streiten. Ich verstehe nicht, was sie sagen, aber der Händler schüttelt Lawan und stößt sie an die Brust des Mannes. In unserer Sprache wirft er ihr alle Drohungen und die schlimmsten Wörter an den Kopf, die ihm einfallen. Über sie, ihre Familie, ihre Schwestern. Letztlich geht sie winselnd mit. Die Madame, die mir das Make-up aufgetragen hat, erhält von ihm ein Handzeichen, sich um mich zu kümmern, und jeder weiß, was das bedeutet. Sie wollen mich wieder brechen. So nennen sie das, was sie da mit uns machen, bis wir aufhören, uns zu wehren. Aufhören zu kämpfen. Aber natürlich nicht hier. Die Madame schiebt mich mit einer Hand auf meinem Hals aus dem Club, Richtung Auto, wo ich in das Haus gebracht werden soll, wo wir alle wohnen. Wenn sie eine von uns brechen, müssen die anderen zusehen, damit sie nicht auf die gleichen blöden Ideen kommen. Ich habe Angst. Ich habe wirklich Angst, aber es ist nur die Madame, und ich ergreife die einzige Chance, die ich vielleicht kriege, bevor ich sterbe, und boxe ihr in den Bauch, so fest ich kann.

Ihre Überraschung nutze ich, um wegzulaufen. Ich kenne mich hier nicht so gut aus, weil wir immer nur mit einem Auto zum Haus und wieder zurückgebracht werden, aber ich renne einfach. Renne so lange, bis ich zwei Polizisten am Gehsteig sehe. »Hilfe! Bitte helfen Sie mir!«, rufe ich, und es ist mir egal, wie viele Leute mich blöd anschauen, weil ich nur diese Korsage und Strümpfe trage. Und dann erzähle ich den Polizisten alles, was passiert ist. Erzähle, was man mit mir machen wird, wenn sie mich finden, und wie alt die Mädchen in dem Club sind. Der eine Polizist schaut den anderen komisch an, aber der andere ist nett. Er verspricht, mir zu helfen. Erklärt mir, dass die Straße nicht der richtige Ort ist, um meine Aussage aufzunehmen. Er führt mich zum Streifenwagen und hilft mir einzusteigen, und zum ersten Mal kann ich trotz Korsage wirklich Luft holen, weil das alles hier endlich vorbei sein wird. Meine Familie kann anders Geld verdienen. Daddy findet bestimmt einen Job, oder Mom. Oder ich kann etwas anderes machen. Irgendetwas. Alles. Nur nicht das. Das Polizeiauto hält und der Polizist kommt an meine Seite, um mir wieder die Tür zu öffnen. Aber das ist nicht die Polizeistation. Meine Augen weiten sich, als ich die Madame erkenne, die an der Tür steht. Sie sieht nicht mal böse aus, sondern schadenfroh. Ich rutsche weg von der Tür auf die andere Seite, weil ich auf gar keinen Fall aussteigen werde. Aber dort macht der zweite Polizist auf und ich falle praktisch auf die Straße. Sie haben mir nicht geholfen.

Sie haben mich zurückgebracht.

KAPITEL 9

JAKE

Ein paar Minuten, nachdem Candy von einer Krankenschwester in den Mitarbeiterraum geführt wurde, in dem ich sie befragen darf, betrete ich das Zimmer. Ich wollte ihr etwas Zeit geben, um anzukommen. Zu sehen, dass dies kein Verhörraum, sondern ein neutraler Ort ist, an dem sie sich frei bewegen kann. Und das hat sie offensichtlich getan, denn sie sitzt auf dem Sofa statt am Tisch und starrt mit der Fernbedienung in der Hand auf den Bildschirm an der Wand. »Braucht man nicht irgendeinen Schickimicki-Schulabschluss, um Cop zu werden? Ihr kommt mir dumm vor wie Brot. Ich werde nicht mit euch reden.« Sie betont jedes Wort einzeln, damit die Ansage rüberkommt. Nichts, worauf ich nicht vorbereitet war.

»Geht klar. Dann hänge ich eben einfach so hier rum und sehe mir mit dir das Zeug da an.« Ich deute zum kleinen Fernseher an der Wand und verziehe das Gesicht bei dem Zeichentrickbaby, das von einem sprechenden Hund im Auto herumgefahren wird und in geschwollenem britischem Akzent mit ihm diskutiert. »Was auch immer zur Hölle das ist.«

»Das ist *Family Guy*, du Fuchs, und es ist mir scheißegal, was du machst«, gibt sie zurück und verschränkt demonstrativ die Arme vor der Brust, um zu unterstreichen, dass ich Luft für sie bin. Und das respektiere ich vorerst, weil ich weiß, dass ich mit Druck bei ihr nichts erreichen werde. Ich muss so tun, als hätte ich alle Zeit der Welt und den längeren Atem, ohne dabei als Bedrohung rüberzukommen. Was ich aus ihrer Sicht natürlich grundsätzlich bin. Für Mädchen wie Candy bin ich der Feind. Niemand, dem sie vertrauen würde. »Cool«, erkläre ich demnach und drehe einen der Stühle zum Fernseher, um genau das zu tun, was ich versprochen habe.

Eine Stunde später sitzen wir immer noch so da und Candy ist es gelungen, mich in all dieser Zeit perfekt zu ignorieren. Ich hingegen habe mir inzwischen ein ganz gutes Bild gemacht. Mit dem übergroßen Pulli und der Jogginghose, die man ihr wohl zur Verfügung gestellt hat, sieht sie noch viel jünger aus als halb nackt auf dem Boden. Ihr geschlagenes Gesicht ist hart und kalt, während ihre Körperhaltung verletzlich und gebrochen wirkt. Wiederholt zieht sie sich die Pulliärmel über die Finger und versteckt ihre in dicke Socken gepackten Füße unter einem Kissen. Es ist die Haltung eines Teenagers, der in passender Kleidung und einer anderen Umgebung die Chance bekommen sollte, Teenager zu sein. Schließlich klopft eine Schwester und linst vorsichtig herein. »Agent Brooks, Sie haben Pizza bestellt?«

»Perfekt, ich verhungere.« Stimmt eigentlich nicht. Es ist gerade mal halb elf Uhr vormittags. Ich hätte schon um halb sechs hier auf der Matte gestanden, wenn ich gedurft hätte. Stattdessen habe ich mir im Büro die Videos fertig angesehen. Umso weniger hungrig bin ich. Meine Gedanken wandern zu Ruby, die ich heute Morgen verpasst habe, weil ich nicht joggen gegangen bin. Doch ich habe immer wieder ihr Gesicht vor mir gesehen, wenn ich die Augen schließen musste, um nicht den Verstand zu verlieren. Mir völlig egal, ob es eigenartig oder bescheuert ist, dass ich mich an dem Lächeln einer praktisch Fremden festhalte, als wäre sie ein Engel, der immer dann auftaucht, wenn ich sie am meisten brauche. Wie gestern Nacht, als sie der letzte Gedanke war, bevor ich endlich eingeschlafen bin. Ich werde mich weiter daran festhalten. Und wenn ich sie das nächste Mal wiedersehe, werde ich sie um ein Date bitten, weil ich noch nie so schnell auf diese Weise für jemanden empfunden habe.

Ich bedanke mich bei der Krankenschwester und stelle die zwei Pizzakartons auf den Tisch. »Was ist dir lieber? Peperoni oder Schinken?«

»Ich kann beides nicht leiden.« War zu erwarten. Wenigstens hat sie reagiert.

»Na, einen Versuch war's wert. Dann muss ich mich eben opfern und beide essen.«

Ich mache einen Punkt daraus, so geräuschvoll wie möglich den Karton zu öffnen und zu kauen, bis Candy endlich hasserfüllt in meine Richtung sieht. Ich erwidere ihren Blick, indem ich kurz die Augenbrauen hochziehe. »Du kannst auch dort drüben essen, wenn dir das lieber ist.«

Langsam verändert sich ihr Gesichtsausdruck. Aus der puren Ablehnung wird so etwas wie Neugier. »Du bist der, der mir seine Jacke gegeben hat, als die anderen bloß blöd gegafft haben. Der, der mich rausgetragen hat.«

Ohne zu antworten, greife ich nach dem nächsten Stück Peperonipizza und stopfe mir einen Bissen in den Mund. Sie braucht meine Antwort nicht und ich will nicht, dass sie etwas als heldenhaft empfindet, was alle anderen auch hätten machen sollen. Nach kurzer Stille bläst Candy eine Menge Luft aus und wirft die Fernbedienung auf die Couch, bevor sie langsam auf mich zukommt und sich – weit weg von mir – rittlings auf einen der Stühle setzt. Ich nehme an, die Stuhllehne vor ihr soll eine weitere Barriere zwischen uns schaffen. Ich deute auf den ungeöffneten Pizzakarton vor mir. Sie beäugt erst ihn kritisch und dann mich, bevor sie sich schließlich rüberbeugt und ein Stück von meiner Pizza nimmt. »Das bedeutet gar nichts!«, stellt sie klar, während sie die Peperonischeiben abzupft und auf die Pizzaschachtel wirft. »Du benimmst dich nicht wie ein Cop«, sagt sie dann und stopft sich einen so großen Bissen in den Mund, als hätte sie Angst, ich würde ihr das Essen gleich wieder wegnehmen.

Ich ergreife meine Chance. »Das ist, weil ich kein *Cop* bin. Ich bin Federal Agent und Teil einer Taskforce, die den Menschenhandel bekämpft.« Ich schiebe meine Pizzaschachtel zu ihr und nehme mir stattdessen die andere. »Du bist nicht mein Angriffsziel.«

Candy betrachtet mich eine Weile. Dann greift sie nach dem nächsten Stück Pizza. Diesmal lässt sie die Peperoni drauf. Wann sie wohl das letzte Mal richtig gegessen hat? »Die eine, von dem Film am Computer …« Ich nicke. »Was willst du von ihr?«

»Ich will sie finden und zu ihren Eltern zurückbringen, die sie seit bald drei Jahren suchen.« Eigentlich sucht nur noch ihr Vater nach ihr, Hank. Lydias Mutter hat das Verschwinden der einen Tochter und den Tod der anderen nicht verkraftet und ist aus Ceasar City weggegangen. Aber das muss Candy jetzt nicht erfahren. »Das Gleiche würde ich gerne für dich tun.«

»Lass den Scheiß, okay? Ich will nicht zurück und ich brauche niemanden.«

»Verstehe. Es gibt aber auch andere Möglichkeiten, wenn du rauswillst, okay?«

»Ja, genau«, schnaubt sie und verdreht die Augen. »Wenn ich dir verrate, wo du sie finden kannst … bin ich dann frei?«

»Wenn du mir sagst, wo ich sie finde, dann kann ich sie aus dem Leben holen, das sie brutal behandelt hat, seit sie entführt wurde. Ihre Schwester wurde vor ihren Augen ermordet.«

Candy gibt sich Mühe, meinem Blick mit Coolness standzuhalten, aber ihr Kiefer mahlt.

»Was dich betrifft, habe ich ein Problem, und ich werde dich nicht anlügen: Ich glaube weder, dass du volljährig bist, noch, dass es niemanden gibt, der sein dreckiges Geld mit dir verdient und dem es scheißegal ist, was kranke Bastarde wie Novak mit dir machen.« Sie senkt den Blick. Wenn sie wüsste, dass ich auch ihr Video angeschaut habe, würde sie mich wahrscheinlich überhaupt nicht ansehen, und ganz ehrlich – es fühlt sich an wie die schrecklichste Form des Missbrauchs ihrer Privatsphäre, dass ich all das gesehen habe. Da würde es auch nicht das Geringste nutzen, ihr zu versichern, dass mir jedes Mal selbst zum Kotzen ist, wenn ich darüber nachdenke, was ihr dieser Mistkerl angetan hat. »Aber auch wenn du bei deiner Geschichte bleibst, dass du einundzwanzig bist und alles freiwillig gemacht hast, hast du immer noch offiziell das Gesetz gebrochen.« Candy wurde bereits zweimal verhaftet. Jedes Mal hat jemand Kaution für sie gestellt. »Und wenn ich dich dafür einsperren muss, um deine Sicherheit zu garantieren, dann ist mir das immer noch lieber, als beim nächsten Mal deine Leiche zu finden. Denn ob du es mir glauben willst oder nicht: Novak wird alles tun, was er kann, um seinen Sohn vor einer Verurteilung zu schützen. Auch wenn das bedeutet, dich und all die anderen Mädchen verschwinden zu lassen.«

Candy wirft das letzte halb gegessene Pizzastück zurück in die Schachtel. »Hör auf! Die Masche zieht bei mir nicht, okay? Und ihr könnt mich alle mal mit eurer beschissenen Doppelmoral. Ein Kerl, der mit einer Sechzehnjährigen Sex hat, wird wegen Vergewaltigung einer Minderjährigen eingebuchtet. Aber wenn er ihr ein paar Scheine auf dem Nachttisch hinterlässt, geht sie für Prostitution in den Knast und ihm passiert gar nichts, weil er sich einen super Anwalt leisten kann.« Womit sie nicht unrecht hat. Prostitution ist in fast allen Staaten Amerikas illegal.

Aber etwas anderes, was sie eben gesagt hat, lässt mich Lunte riechen. »Bist du sechzehn?«

Bei meiner Frage zucken ihre Augenbrauen und sie hört auf zu kauen, bevor sie den Kopf schüttelt und desinteressiert wegsieht. »Ich bin einundzwanzig. Habe ich doch schon gesagt.« Also ja, sie ist sechzehn. Das ist ein Anhaltspunkt. Candy schiebt sich vom Stuhl, die Arme um den Körper geschlungen. »Bei uns hieß sie Layla, also keine Ahnung, ob sie die ist, die du willst. Von mir kriegst du exakt einen Namen, Bulle, und zwar von dem Schuppen, wo uns der Bastard aufgelesen hat: ›Prestige‹. Und jetzt habe ich keine Lust mehr. Buchte mich ruhig ein, wenn du es nicht lassen kannst, aber wenn du glaubst, dass ich dir dann mehr erzähle, hast du dich geschnitten.«

Als ich nach diesem Gespräch ins Auto einsteige, gebe ich mir einen Moment, um mich zu sammeln. Ich weiß, ich muss das Mädchen auch weiter als Informationsquelle benutzen, weil ich sonst nichts habe. Und sobald sie aus dem Krankenhaus spaziert, ist sie von der Bildfläche verschwunden. Ich habe also keine Wahl. Ich brauche Antworten und sie ist die erste Person seit zwei Jahren, die mir diese Antworten geben kann. Die Einzige, die mir helfen kann, Lydia zu finden. Aber der Gedanke, Candy für irgendetwas zu benutzen, fühlt sich so verdammt falsch an. Das Mädchen ist sechzehn Jahre alt, wenn ich richtig liege. Sie sollte einen Kinderpsychologen, einen Jugendschutzbeauftragten, einen verfluchten Elternteil an ihrer Seite haben, wenn ich mit ihr rede, aber weil sie immer noch darauf besteht, erwachsen zu sein, wird sie auch so behandelt. Und das geht mir mächtig gegen den Strich. Ich drücke aufs Display des Autos. Auch wenn ich schon ganz genau weiß, wo ich heute Nacht sein werde, muss ich noch meinen Boss einweihen.

Doch bevor ich das tue, scrolle ich zu Gabriels Nummer und hasse es, dass ich bereits nervös bin, weil er vielleicht wieder einmal nicht abheben wird, bevor ich es überhaupt versucht habe. Hat er bisher jedes Mal getan, wenn ich angerufen habe. Weil ich es aber satthabe, ständig von ihm ignoriert zu werden, wähle ich eine interne FBI-Nummer, die von einem Computer beantwortet wird. Über mein Handy tippe ich Gabes Nummer ein und anschließend jene, die er auf seinem Display als eingehenden Anruf sehen soll. Eine mit der Vorwahl für Iowa, weil er dann bestimmt nicht damit rechnet, dass ich es bin. So verzweifelt bin ich inzwischen.

Es klingelt drei Mal, ehe er tatsächlich abhebt. »Ja?«

Ich brauche einen Moment, um zu sprechen, weil ich seine Stimme schon so lange nicht mehr gehört habe. Die Stimme meines kleinen Bruders, der zu mir aufgesehen hat, als wir Kinder waren. Der mich als Held gefeiert hat, weil ich meine Eltern überredet habe, dass er sich ein saudämliches Tattoo stechen lassen darf. Der, der mich unter Tränen angefleht hat, ihm zu helfen, nicht ins Gefängnis zu müssen für etwas, was er nicht getan hätte. Dem ich nicht helfen konnte.

»Wer zur Hölle ist da?!«, fragt er, dieses Mal angepisst.

Ich räuspere mich. »Gabe, ich bin's«, krächze ich wie ein Weichei, woraufhin er eine gefühlte Unendlichkeit schweigt. Und auch ich habe auf einmal keine Ahnung, was ich eigentlich sagen soll. Will. Darf.

»Ruf mich nicht mehr an!«, faucht er und beendet das Gespräch.

Genervt, weil ich es schon wieder verkackt habe, reiße ich mir die Sonnenbrille vom Gesicht und werfe sie auf das Armaturenbrett. »Verdammt noch mal!«

Kapitel 10

Ruby

Ich wische mir die Schweißperlen von der Stirn, während ich mich durch das Prestige bewege und mir Mühe gebe, nicht an dem Knopf meiner schwarzen Bluse herumzufummeln, der gar kein Knopf ist, sondern eine versteckte Minikamera. Dabei versuche ich, so wenig Aufmerksamkeit wie möglich zu erwecken. Soweit das eben als Frau in einem sogenannten Gentlemen's Club machbar ist. Die Bezeichnung bringt mich heute noch zum Lachen, denn hier drinnen gibt es keine Gentlemen. Nur verheiratete Männer, die ihre Frauen betrügen. Und Junggesellen, die morgen heiraten und sich noch ein letztes Mal austoben wollen. Oder gewalttätige Kerle, die mit den Prostituierten und Stripperinnen kranke Fantasien ausleben wollen, für die sie mit jeder anderen Frau in den Knast gehen würden. Und natürlich diejenigen, die generell keinen Respekt vor Frauen haben.

»Ich glaube, ich kann das nicht«, nuschelt Scarlett direkt an meinem Ohr, ohne dabei den Mund zu bewegen. Es ist so laut, dass man kaum sein eigenes Wort hört, und die flackernden Lichter machen es unmöglich, eine Person zu fixieren. Aber Scarlett ist total nervös und hat wohl Angst, dass jemand ihre

Lippen lesen könnte. Und ich verstehe sie, wenn man bedenkt, was hinter den Kulissen grölender Männer, wedelnder Scheine und lachender Stripperinnen passiert. Im Gegensatz zu Scarlett fühlt es sich für mich allerdings nicht fremd an, hier zu sein. Ich weiß, wie es ist, auf der anderen Seite dieser Männer zu stehen. Nur diesen Teil der Gesellschaft zu sehen, bis man zwangsläufig irgendwann überzeugt ist, dass die ganze Gesellschaft so ist. Letztlich kommt man an den Punkt, an dem man so wenig Selbstwertgefühl und Respekt vor sich selbst hat, dass man einfach akzeptiert, hier wie Dreck behandelt zu werden. In dieser Phase fühlt man sich tatsächlich in diesem Umfeld, in diesen Clubs sicherer als außerhalb. Hier weiß man wenigstens, woran man ist.

»Es ist okay, wenn du draußen wartest. Ehrlich!«, versichere ich meiner besten Freundin, die sowieso nicht hier sein sollte. Genauso wenig wie ich. Aber Zahara ist nun seit einer Woche verschwunden. Wenn eine vermisste Person innerhalb von zweiundsiebzig Stunden nicht gefunden wurde, wird die Suche heruntergeschraubt, weil die Wahrscheinlichkeit, sie zu finden, mit jeder Stunde kleiner wird. In Zaharas Fall hat man sich meiner Meinung nach gar keine Mühe gegeben. Mag sein, dass sie tatsächlich wieder freiwillig für Joker arbeitet. Mag aber auch sein, dass sie völlig verzweifelt, verletzt oder halb tot darauf wartet, gerettet zu werden. Und daher muss ich eben selbst etwas tun. Scar hat Wind davon bekommen und gedroht, mir ihren Vater auf den Hals zu hetzen, wenn ich nicht wenigstens sie als Unterstützung mitnehme. Da ihr Vater mich sicher endgültig ins Zeugenschutzprogramm gesteckt hätte, hatte ich keine Wahl.

Während mein Kopf mich weiterhin anschreit, mit Scarlett den nächsten Ausgang zu suchen und so schnell wie möglich abzuhauen, mache ich mir gleichzeitig klar, dass dieses Mal *ich* die Gefährliche in diesem Raum bin. Dass die Männer, die mit jungen Frauen und Minderjährigen ihre Profitgier und ihre Lust stillen, vor *mir* Angst haben sollten, weil ich Beweise sammle, die sie einige Jahre hinter Gitter bringen könnten. Denn Zahara hat hier zuletzt unter dem Namen »Amber« gearbeitet. Das hat sie mir erzählt. Und dass sie nicht die Einzige unter achtzehn war.

»Ich warte auf keinen Fall draußen. Wenn du bleibst, bleibe ich auch«, erklärt Scarlett. Ich hoffe, dass mir das nicht zum Verhängnis wird. Denn Scarlett ist nicht nur nervös, sie sieht auch so aus. Was ich ihr nicht verübeln kann, denn mein Herz klopft ebenso wild. Trotzdem könnten wir durch unser Verhalten Verdacht erregen.

Die Menge johlt und klatscht, als eine der Stripperinnen ihre Nummer beendet und auf Plateausohlen von der Bühne stolziert. Das Flackern der Lichter, das die Show untermalt hat, wechselt in angenehmes Blau, und ich lasse meinen Blick kreisen, weil ich endlich in die Gänge kommen will. Meine Augen landen an der Bar, wo ein paar Stripperinnen mit den Männern etwas trinken und … Unwillkürlich schlägt meine Hand aus und trifft Scarlett am Oberschenkel, als mein Herz stehen bleibt.

»Was?! Was ist los?«, will sie wissen und sucht nach der Bedrohung. Doch die gibt es nicht. Nur pure Enttäuschung über den, der dort an der Theke lehnt und grinsend mit der Bardame flirtet. Die Erkenntnis trifft mich so hart, dass ich das Gefühl habe, kurz keine Luft zu bekommen, weil ich mir so sehr gewünscht hatte, dass er anders ist.

»Das ist Jake«, erkläre ich Scarlett mit schwacher Stimme und schüttle den Kopf über mich selbst, denn warum sollte er anders sein? Weil er so nett war, mich zur U-Bahn-Station zu begleiten? Weil er gut aussieht? Was bedeutet das schon … Orte wie dieser diskriminieren nicht. Im Publikum befinden sich einundzwanzigjährige Wirtschaftsstudenten und fünfundsechzigjährige Hausmeister. Richter, Models, Polizisten. Viele von denen sind wahrscheinlich »nett«. Einfach jeder ist willkommen, sich sexuelle Befriedigung an zwielichtigen Orten wie diesem zu holen. Kaum einen von ihnen interessiert das Mädchen hinter dem Körper, den sie für eine Nacht benutzen. So gut wie niemand von ihnen will wissen, wie dieser Körper dorthin gekommen ist oder unter welchen Bedingungen er arbeiten muss.

»Echt? Tut mir leid, Rubik's Cube«, beteuert sie mitfühlend, weil sie weiß, dass das ein K.-o.-Kriterium für mich ist. Ich kann Männern wie ihm nicht in die Augen schauen. Nicht nach allem, was solche Typen mit mir gemacht haben, weil sie dachten, sie hätten irgendein Recht dazu. Aber wen interessiert das gerade? Ich bin für Zahara hier und werde hellwach, als die Stripperin, die eben die Nummer beendet hat, an die Bar geht. Mit ihr will ich reden.

»Okay, los geht's«, gebe ich das Kommando zu dem Plan, den wir besprochen haben. Scar atmet tief durch, nickt und setzt sich zu der Gruppe besoffener Junggesellen neben uns, die sie gleich extrem erfreut in ihrer Runde aufnehmen. Ist doch egal, dass sie keine Ahnung haben, wer sie ist. Hauptsache, der Ausschnitt ist tief und das Kleid kurz genug.

Ich nehme indessen all meinen Mut zusammen und marschiere an die Bar, mache einen Punkt daraus, mich genau neben Jake zu quetschen, damit er weiß, warum ich mir ab morgen eine neue Laufroute suchen werde. Und als er den Kopf zu mir dreht, um zu sehen, wer ihn da bedrängt, wird der abwertende und böse Blick, den ich ihm verpassen will, von einem kurzen Schockmoment seinerseits unterbrochen, bevor die blauen Augen eiskalt werden. Pures Missfallen liegt in seinem Gesicht. Als wäre ich buchstäblich das Letzte, was er hier sehen wollte. Ich kneife die Augen zusammen. Tja, dito, Freundchen, aber damit müssen wir nun wohl beide leben. Ich ignoriere den Stich in meiner Brust, drehe mich zu der Stripperin, die auf meiner anderen Seite steht, und lächle sie an. »Darf ich dir einen Drink bestellen?«

Sie lächelt zurück mit dem Lächeln, das nach außen hin einladend und fröhlich erscheint, obwohl innen drin alles tot ist. »Kommt drauf an, welche Pläne du danach hast?«, flirtet sie schamlos zurück, auch wenn man den Widerwillen in ihren Augen erahnen kann.

»Die Feiglinge da drüben sind richtig scharf auf einen privaten Lapdance, haben aber zu wenig Eier in der Hose, danach zu fragen«, lalle ich belustigt und deute mit dem Daumen über meine Schulter zu den Junggesellen, bei denen Scarlett sitzt und ihre Rolle spielt, alles witzig zu finden, was sie sagen.

Sie hebt halb skeptisch, halb in Hoffnung auf extra Geld heute Nacht eine Augenbraue. »Und du?« Sie riecht Zoff, weil Kerle hier normalerweise ohne ihre Freundinnen antanzen.

Mit spitzen Lippen lege ich den Kopf schief. »Ich habe kein Problem mit einem guten Lapdance«, verkünde ich lachend und hasse das Geräusch. »Die Kleine dort zwischen den Kerlen ist meine Freundin.«

Sie zögert. Mist. »So was machen wir hier eigentlich nicht.« Natürlich nicht.

Beleidigt ziehe ich eine Schnute. »Aber Amber hat's beim letzten Mal auch gemacht, als die Jungs hier waren. Liegt's jetzt an mir?«

Ich fühle Bewegung hinter mir, fühle Jake, spüre regelrecht sein Unbehagen. Gut so. Soll er sich ruhig unwohl fühlen. Das Problem ist nur, *ich* fühle mich auch richtig mies. Weil es unglaublich heiß ist in diesem Blazer, der Schweiß sich auf meinem Oberkörper ausbreitet und mir schon ganz schwindelig ist. Noch schlimmer ist allerdings das Brennen *unter* meinem Blazer, das nicht weggehen will. Zuerst dachte ich, es sei einfach psychisch, weil ich weiß, was dort liegt. Aber das ist es nicht. Ich verbrenne. Buchstäblich. Zumindest ein Teil von mir. Nämlich der Teil, auf dem die Minikamera liegt … sie überhitzt! Kacke! Ich überspiele den Schmerz, so gut ich kann, und versuche, mich so zu bewegen, dass die Kamera nicht mehr direkt auf der Haut ruht. Berühre dabei mit meiner Rückseite Jake, ignoriere ihn aber. »Arbeitet sie noch hier? Ist schon 'ne Weile her«, stoße ich durch schmale Lippen hervor. Kitty, wie die Stripperin vorhin auf der Bühne angekündigt wurde, beäugt mich kritisch und sieht sich um. Fast nervös. Scheiße, ich habe die Falsche gefragt.

»Ich kenne keine Amber«, antwortet sie letztlich, sucht aber weiter nach etwas oder jemandem. Also folge ich ihrem Blick und meine Augen treffen auf eine Tänzerin, die mich hier wirklich nicht sehen sollte. Denn sie kennt mich. Wir haben beide gleichzeitig für denselben Clubbesitzer gearbeitet.

»Okay, schade. Na ja, dann vielleicht ein anderes Mal«, beende ich das Gespräch rasch, auch, weil ich es wirklich eilig habe, die Kamera zu entfernen, bevor sie nicht nur meine Haut versengt, sondern auch meine Kleidung, und mich dadurch endgültig überführt. Der Ausgang ist von hier zu weit, und so, wie das gerade wehtut, komme ich auf gar keinen Fall am Türsteher vorbei, ohne mich zu verraten. Ich schiebe mich von der Bar weg und schaffe es nur mithilfe jedes Fitzelchens Selbstdisziplin zur Toilette, wo ich mir sofort die Bluse aufknöpfe und das Teil vom Körper reiße. »O mein Gott! Au, au!«, zische ich schmerzerfüllt, bevor ich das glühende Ding fallen lasse, das mir nun auch noch die Finger verbrannt hat.

»Du hast eine verdammte Kamera dabei?«, ertönt auf einmal eine wütend klingende männliche Stimme hinter mir, und ein Schrei droht sich in mir zu entladen. Ein Schrei, der sich aufgebaut hat, seit ich diesen verfluchten Ort betreten habe. Auch wenn ich genau weiß, dass die Stimme zu Jake gehört. Er ist mir gefolgt. Er weiß, was ich mache, und gepaart mit dem

Blick vorhin und diesem Tonfall bläst es jegliches Gefühl von Sicherheit weg, das ich je in seiner Gegenwart empfunden habe. Er packt mich am Arm, und alle möglichen Szenarien, was er mit mir vorhat, wachsen in meinem Kopf. Doch ich wehre mich gegen die Panik, die aufsteigen will, denn ich bin nicht mehr hilflos. Über ein Jahrzehnt war ich von Männern umgeben, die sich an meiner Angst, meinem Schmerz geweidet haben. Nie wieder gebe ich einem davon diese Genugtuung. Also ziehe ich die Waffe, ohne die ich nie mehr einen dieser Clubs betreten würde, und halte Jake die Mündung meines kleinen Kaliber-22-Revolvers vors Gesicht.

»Verdammte Scheiße!«, flucht er, jedoch ohne die Hände hochzunehmen oder zurückzuweichen, was mich extrem irritiert. Er nimmt mich nicht ernst. »Wie zum Teufel bist du mit dem Ding reingekommen?«

Nope, er ist bestimmt nicht derjenige, der die Fragen stellt. Und seine Coolness stört mich massiv. »Warum bist du mir gefolgt?«

Er starrt mich an, als käme ich von einem anderen Planeten. »Weil jeder Blinde hier sehen konnte, dass du irgendetwas Zwielichtiges machst. Bist du scharf darauf, dich umbringen zu lassen?«

Ist das eine Drohung? Ich hasse es, dass meine Hände am Revolver leicht zittern. Ich habe zwar einen Waffenschein, jedoch noch nie geschossen. Jake nutzt meine Unsicherheit sofort aus. Mit einem Griff fasst er mich am Handgelenk und entreißt mir den Revolver, entriegelt die Trommel und schwenkt sie aus. Dann klopft er die Patronen in seine freie Hand und lässt die Trommel wieder einrasten. Ist offensichtlich nicht das erste Mal, dass er das macht. Jetzt bin ich mir umso sicherer, dass er nicht der ist, für den ich ihn gehalten habe. Als er dann auch noch beginnt, den Knopf seiner Hose und den Reißverschluss zu öffnen, hebe ich den Metallkorb für die Papierhandtücher aus der Halterung, das nächstbeste Verteidigungsmittel, das ich finde.

»Bloß nicht!«, warnt Jake. Ja, klar, als ob ich auf ihn hören würde. Er weicht zwar aus, als ich das Ding auf ihn werfe, doch es trifft ihn an der Schulter. Ich nutze die Zeit und laufe zur Tür, doch er packt mich und hält mich an den Oberarmen fest. Seine blauen Augen brennen vor Zorn. »Mach so was nie wieder!« Seine Stimme ist bedrohlich leise. »Wir haben wahrscheinlich dreißig Sekunden, bis jemand hier reinstürmt, der uns gehört hat. Wenn du also jetzt so rausgehst ...«, er deutet auf meine halb offene Bluse und die Kamera, die ich noch nicht vollständig von mir entfernt habe, »... bist du definitiv tot.« Damit lässt er mich los, schiebt die Patronen nacheinander in die Löcher des Waschbeckens und wickelt den Revolver in einem Haufen Papiertücher ein, bevor er das Bündel tief in den nun am Boden liegenden Metallkorb drückt. Er will mir helfen? Zu viel spielt sich gerade in mir ab, um zu begreifen, was hier vor sich geht, doch trotzdem ist mir klar, dass er recht hat, wenn ich lebend aus der Sache rauskommen will. Was danach kommt, werde ich dann sehen müssen.

Mit verzweifelten Fingern fummle ich an dem Tape, das das Kabel an meinem Oberkörper befestigt, welches zu dem kleinen Festplattenrekorder unter dem Blazer führt. Jake zögert nicht lange und zerrt in einem Ruck an dem Kabel, wirft die kleine Kamera auf den Boden und steigt drauf. Die Festplatte steckt er sich in die offene Jeans. Gerade als ich Stimmen vor der Badezimmertür höre, trete ich die Teile der Kamera in eines der WCs, bevor Jake nach mir greift und mich neuerlich gegen sich zieht. Er dreht mich so, dass ich mit dem Rücken an der Wand stehe und sein Körper eine Barriere zwischen mir und dem, der gleich durch diese Tür kommen wird, bildet. Unsere Blicke treffen sich und mir stockt der Atem. Weil mir klar wird, dass er mir vielleicht von Anfang an bloß helfen wollte und nun sogar bereit ist, meine Tarnung zu spielen. Und weil es das erste Mal ist, dass ich einem Mann so nahe bin und nicht die Krise kriege.

Die Tür schwingt auf und ein Securitymann, so groß wie ein Hochhaus, tritt ein. »Was zur Hölle wird das hier?«, verlangt er zu wissen.

Jake schiebt sich wie ertappt von mir weg und tut atemlos so, als hätten wir hier gerade wild rumgemacht. »Ups. Falsches Klo«, nuschelt er lachend und wischt sich mit dem Handrücken über den Mund.

Meine Nerven liegen viel zu blank, um zu lachen, aber ich habe genügend Verstand, um mitzuspielen. »Sorry. O Gott, wie peinlich«, erkläre ich dem Hochhaus, während ich mir die Bluse zuknöpfe.

»Raus hier!« Zu gerne folge ich der Anweisung und will mich an dem Securitytyp vorbeischieben, als der sich mir in den Weg stellt. »Du nicht. Er.« Mit einer fast schmerzhaften Geschwindigkeit pumpt jegliches Blut in meine Füße und ich blicke zu Jake, der einen Moment lang zögert.

»Hör mal, Mann …«, beginnt er, doch der Kerl legt seine Hand auf seine Waffe. »Jetzt! Raus!«

Jake presst kurz den Kiefer zusammen, bevor er die Hände hebt und ein Nichts-wie-weg-hier-Gesicht aufsetzt. Dann verschwindet er und mein Herz sinkt mir zum wiederholten Mal heute Abend in die Hose. So viel zu Jake.

»Dein erster Fehler war herzukommen«, informiert mich der Securitymann, sobald die Tür zufällt, und das Blut gefriert mir in den Adern. »Eine der Tänzerinnen hat dich erkannt. Dein zweiter Fehler war, dumme Fragen zu stellen. Selbst Kitty fand dich verdächtig.«

Ich entscheide mich, ihm weder zu antworten, noch mich zu verteidigen. Alles, was ich von jetzt an tue, zieht den Strick enger, also zwinge ich mich, normal weiterzuatmen. Dafür, mich dumm zu stellen, ist es zu spät.

»Ich werde dich durchsuchen und wenn ich rauskriege, dass du hier gefilmt oder irgendetwas aufgenommen hast, bist du in weniger als fünf Minuten tot.« Unsanft wandern die ekelhaften Hände des Hochhauses über jeden Millimeter meines Körpers, und während alles in mir danach schreit, ihm die Augen auszukratzen und mich danach zu übergeben, presse ich die Lippen zusammen und lasse es über mich ergehen. Bete, dass er nicht auch noch die gesamte Damentoilette durchsucht.

»Und, schon was gefunden?«, frage ich voller Abscheu, nachdem er sich an meinem Oberkörper besonders viel Zeit lässt, und danke Gott, dass Jake mitgedacht hat. Auch wenn ich es hasse, wie sehr ich mich an ihm festhalten wollte, als er rausgestürmt ist und mich hier alleine gelassen hat.

»Zu deinem Glück nicht, *Joy*.« Alle Nervenenden meines Körpers wehren sich gegen diesen Namen, den die Tänzerin ihm verraten haben muss. »Aber an deiner Stelle würde ich mich hier nicht mehr blicken lassen. Wenn du das nächste Mal kommst, bin ich nicht mehr so nett.«

Wie einer dieser Fake-Gentlemen öffnet er mir mit dreckigem Grinsen die Tür und bedeutet mir mit einer Geste, dass ich abhauen soll. Jede Faser meines Körpers vibriert vor Wut. Vor Angst. Vor allem, was der Name »Joy« an Erinnerungen mit sich bringt. Jede Silbe seiner Worte klingt nach einer Drohung. Ich wünschte, ich hätte jede einzelne mitschneiden können. Stattdessen zwinge ich mich dazu, die Toilette lebendig zu verlassen. Nichts, was ich heute hier getan habe, hat Zahara geholfen. Ganz im Gegenteil.

KAPITEL 11

JAKE

Ich sollte retten, was noch zu retten ist, bevor auch ich ins Kreuzfeuer gerate, und mir schnellstmöglich die Informationen beschaffen, die ich brauche. Nur zwanzig Minuten, nachdem Candy das Prestige erwähnt hat, hatten wir alle Fakten über diesen Stripclub zusammen und alles, was davor und dahinter abgeht, auf dem Schirm. Um herauszufinden, was drinnen passiert, gibt es allerdings nur einen Weg: selbst vor Ort zu sein. Während ich also vorhin so getan habe, als wäre ich von der Blondine an der Stange hypnotisiert, habe ich mir gedanklich einen internen Plan des Schuppens gezeichnet. Habe mir eingeprägt, wo Kameras hängen, wo Ein- und Ausgänge sind und wer durch die von einem Securitymann bewachte Tür neben der Bühne kommt und geht. Wir brauchen Informationen und Antworten. Es ist mein Job, mich darum zu kümmern, während Sanders mir draußen mit meiner Waffe und Dienstmarke Rückendeckung gibt, sollte etwas schieflaufen. Weil es Selbstmord wäre, mit einem von beidem hier reinzukommen.

Aber jetzt ist Ruby verdammt noch mal da drinnen mit Kleinteilen *ihrer* Waffe und der verfluchten Kamera, die quer durch das ganze WC verteilt sind. Weshalb ich mich auch nicht von der Stelle rühren kann. Je mehr Zeit verstreicht, umso mehr muss ich mich zusammenreißen, nicht die Tür aufzutreten und Ruby da rauszuholen, sondern überlegt und vernünftig zu bleiben, auch wenn meine Coolness schon aus dem Fenster geflogen ist, als Ruby sich an der Bar neben mich gestellt hat. Was zur Hölle sucht sie hier? Vor allem, weil sie in diesem Club raussticht wie ein bunter Hund. Nicht nur, weil sie im Vergleich zu den anderen Frauen praktisch ungeschminkt ist und viel zu viel anhat, trotzdem aber alle in den Schatten stellt. Sondern vor allem, weil ihre reservierte Haltung, ihre wachsamen Augen und ihr missbilligender Blick so deutlich vermitteln, dass sie nicht hierhergehört. Dass sie lieber überall anders wäre als hier. Und während sie mich sofort gelabelt und abgestempelt hat, als sie mich gesehen hat, war ich mit einem Mal so locker wie eine Klapperschlange, die mit einem Stock gepikst worden ist. Zu Recht, wie sich nun rausgestellt hat. Und verflucht, wenn sie da drinnen auch nur ein wenig lauter atmet, werde ich Sanders wohl oder übel um Unterstützung bitten müssen, um sie heil hier rauszubringen. Scheiße, ich kann mir schon bildlich vorstellen, wie Thompson das finden wird.

»… bin ich nicht mehr so nett«, höre ich da gerade noch, als der Typ von der Security die Klotür öffnet und Ruby unmittelbar darauf alleine aus der Damentoilette kommt. Ihr ganzer Körper wirkt verspannt und für den kürzesten Augenblick kann ich die Angst in ihrem Gesicht erkennen, bevor sie mich sieht und diese sofort wieder maskiert. Ich zögere keine Sekunde und lege meinen Arm um sie, während ich uns beide bereits in Bewegung setze.

»Nimm deine Finger von mir!«, faucht sie leise genug, dass niemand uns hört, und versucht, sich herauszuwinden.

»Er ist immer noch da drinnen. Was denkst du, wird er mit dir machen, wenn er die kleinen Ostereier entdeckt, die wir versteckt haben? Also halt einfach mal für fünf Minuten die Luft an und vertrau mir!« Mit einer Hand an ihrem Nacken führe ich sie unsanft Richtung Ausgang, schiebe sie praktisch zur Tür raus. Während wir am letzten Securitymann vorbeigehen, kommuniziere ich mit kalten und wachsamen Blicken, dass ich bereit bin, meine Fracht skrupellos und ohne Rücksicht auf Verluste zu verteidigen, sollte es nötig sein. Ich weiß, dass er es sieht. Ich weiß auch, dass ich damit jede Chance, jemals zurückzukommen, in den Wind schieße, was mich verflucht nervt.

Nachdem wir weit genug vom Club weg sind und ich mir selbst zum ersten Mal erlaube aufzuatmen, schlägt Ruby meine Hand weg. Doch wenn sie denkt, dass ich sie einfach abhauen lasse, hat sie sich geschnitten.

»Meine Freundin ist noch da drinnen. Ich muss sie holen.«

Noch einmal greife ich nach ihrem Arm. »Dann ruf sie an! Auf gar keinen Fall gehst du da noch mal rein.«

»Was glaubst du, wer du bist? Du hast mir gar nichts zu sagen«, entgegnet sie empört, und ich wäre genervt von ihrer Biestigkeit, wenn ihre Stimme nicht zittern würde.

»Ich bin der, der dir eben den Arsch gerettet hat. Was zur Hölle hattest du da drinnen zu suchen? Warum hattest du eine Kamera dabei?«

»Ich bin dir keine Rechenschaft schuldig, *Jake*.«

Damit boxt sie mir ihren Ellbogen in die Rippen, und langsam reicht es mir mit ihr. Ich festige meinen Griff um Ruby und drehe sie, bis ihr Rücken unsanft mit der Mauer eines Ladens kollidiert. Da wir eine Menge Zuschauer um uns haben, stütze ich den Unterarm über ihr ab und lasse es so wirken, als hätten wir einfach einen erhitzten Streit. »Nein, aber dem Richter, wenn ich dich wegen Behinderung einer bundespolizeilichen Ermittlung festnehmen lasse«, murmle ich, sodass nur sie mich hören kann. »Ganz zu schweigen von dem tätlichen Angriff auf einen FBI-Agenten.« Auf ihrer Stirn entsteht eine Furche, und ich schenke ihr ein falsches Lächeln. »Richtig. Special Agent Jake Brooks.«

Ruby kneift die Augen zusammen. »Ich sehe keine Marke.«

»Die wirst du noch früh genug sehen. Greif mich noch einmal an, und du findest dich in Handschellen wieder.«

»Press mich noch einmal gegen die Wand und ich gebe dir wirklich einen Grund, mir Handschellen anzulegen!«, grummelt sie durch zusammengebissene Zähne. Beim Laufen mag mich ihr Kampfgeist beeindruckt haben. Die Kleine gibt nicht auf. Aber hier geht es um mehr als harmlosen Wetteifer.

»Klingt ziemlich verlockend. Und im Vergleich zu den Kerlen, die ich täglich verhafte, wird es sich anfühlen, als würde ich Barbie festnehmen. Also hör auf, mich zu provozieren, und überleg dir gut, ob du Lust hast, die Nacht in einer Zelle zu verbringen.« Damit rücke ich von ihr ab, in der Hoffnung, dass sie nicht in zwei Sekunden die nächste Szene macht. Den Blick, der töten könnte, kann sie sich sparen. Ist nicht die Erste, von der ich den kriege.

»Wenn du so ein starker Agent bist, wieso hattest du es dann derart eilig, mich da drinnen alleine zu lassen?« Sie klingt enttäuscht und beleidigt. Verdammt! Deswegen benimmt sie sich also so bockig? Begreift sie es denn nicht?

»Was hätte ich deiner Meinung nach machen sollen? Mich als Agent offenbaren und uns damit beiden eine Schlinge um den Hals legen? Ich hab die Toilette verlassen, weil ich überzeugt war, dass du ohne mich sicherer wärst. Zumindest für den Moment.« Nicht eine Sekunde hätte ich gezögert, den Kerl auseinanderzunehmen, hätte er ihr ein Haar gekrümmt. Ob mit Dienstwaffe oder ohne. Ruby wirkt allerdings nicht besonders überzeugt, als sie schnaubend die Augen verdreht und die Arme vor der Brust verschränkt. »Zweihundert Meter weiter wartet ein Auto auf mich, das uns zum FBI bringen wird. Da kann ich deine Aussage aufnehmen und du kannst dir in aller Ruhe meine Marke ansehen.«

»Du denkst, ich steige freiwillig mit dir in ein Auto?«

Ich bin bestimmt nicht der Typ, der darauf steht, Frauen einzuschüchtern, doch in diesem Fall mache ich gerne eine Ausnahme. Sie hat sich da eben in eine richtig beschissene Situation gebracht und ist auch jetzt noch nicht außer Gefahr. Ich will daher, dass sie Angst hat. Will, dass sie nachgibt. Damit ich sie in Sicherheit bringen kann. »Oder unfreiwillig. Das ist mir an diesem Punkt scheißegal, ehrlich gesagt. Wenn ich dich hätte töten wollen, wärst du bereits tot. Der einzige Grund, dass du noch lebst, bin *ich*, auch wenn du das nicht wahrhaben willst.« Sie reckt das Kinn noch weiter. Traumhaft, Brooks. Mit dieser Taktik kommst du bestimmt an dein Ziel. Müde fahre ich mir über das Gesicht. »Hör zu! Meine Ermittlung ist gerade den Bach runtergegangen und nachdem ich mit dir gesehen wurde, werden die ahnen, dass hier irgendetwas läuft. Jede Minute, in der wir hier diskutieren, ist eine mehr, die ich für etwas verliere, was größer ist als du und ich. Ich war da drinnen, um ein Mädchen zu finden, und das habe ich nicht geschafft. Sie ist immer noch in Gefahr. Also steig bitte in das Auto dort drüben ein, ohne Theater zu machen.« Und zu meiner größten Überraschung verändert sich etwas in ihrem stolzen Blick, ihrer Leck-mich-Haltung, bevor sie ihr Handy zückt.

»Ich muss Scarlett Bescheid geben.«

»Mach das. Die kann auch gleich mitkommen, wenn sie an dieser schwachsinnigen Aktion beteiligt war.«

Doch Ruby kann sich den Anruf sparen, so wie es aussieht, denn im selben Moment kommt eine schnaufende Blondine auf uns zugelaufen. Sie sieht aus, als wäre sie bereit, mich in Stücke zu reißen oder mir mit ihren High Heels die Augen aus-zustechen, doch Ruby hebt die Hände. »Ich habe mich wohl geirrt, Scar«, sagt sie. »Jake ist nicht der, für den ich ihn gehalten habe.« Sie wirft einen Blick über ihre Schulter, der unterstreichen soll, dass sie das nicht unbedingt positiv gemeint hat, aber ich habe keine Zeit, mir Gedanken darüber zu machen.

»Können wir im Auto weiterreden? Ich bin nicht besonders scharf darauf, noch länger hier rumzustehen.«

Endlich setzen sich die Damen in Bewegung, bis wir das unmarkierte FBI-Auto erreichen, in dem Sanders wartet. Ich öffne die Hintertür, woraufhin Scarlett reinhüpft. Ruby natürlich nicht. »Wirst du mir jetzt die Hand auf den Kopf legen und mir beim Einsteigen helfen?«, fragt sie zynisch.

»Du bist nicht verhaftet. Noch nicht.«

»Du?«, ruft da Scarlett entgeistert, als sie Sanders sieht, und auch Ruby klappt der Mund auf. Die drei kennen sich? Ich muss Sanders so schnell wie möglich fragen, was es damit auf sich hat, sobald wir nicht mehr zwei wütende Frauen hinter uns haben, die uns kastrieren wollen.

»Da bist du aber in ein ziemliches Wespennest getreten, mein Freund«, murmelt Sanders, als Ruby und ich eingestiegen sind und er losfährt.

Ich verzichte vorerst auf die Antwort, krame stattdessen meine Dienstmarke aus dem Handschuhfach und halte sie Ruby demonstrativ vor die Nase. »Zufrieden?«, fordere ich sie ebenso zynisch heraus wie sie mich eben. Im selben Atemzug frage ich mich, wo meine Professionalität bei der Frau bleibt.

Ruby zuckt mit der Schulter in einem Versuch, gelassen zu wirken. »Könnte Fake sein.«

Sanders unterdrückt ein Grinsen, indem er die Fingerknöchel über seine Lippen reibt. Ich hingegen finde sie im Augenblick nicht allzu witzig.

»Vielleicht hättest du dich mal in der Toilette als Special Agent identifizieren sollen, statt mich zu bedrohen.«

»Ist dir denn nicht aufgefallen, dass ich nicht einfach nur irgendein Kerl bin, als ich deine schwachsinnigen Versuche, Privatdetektivin zu spielen, ausgebügelt habe?«

»Warte!« Sie hält einen Zeigefinger hoch. »War das bevor oder nachdem du deine Hose für mich geöffnet hast? Denn in dem Moment sahst du genauso aus wie jeder andere Perverse da drinnen.«

»*Was?*«, ruft Scarlett entsetzt, und auch Sanders reißt die Augen auf.

Ich balle die Hände zu Fäusten. »Das. War. Schadensbegrenzung. Um deinen Arsch zu retten.«

»Tja, Agent Brooks, ich hab dich aber gar nicht gebeten, mir meine Waffe wegzunehmen und mich gegen meinen Willen dort rauszuschleifen.«

»Stimmt. Ich hatte einfach keine Lust, einen weiteren Mordfall am Hals zu haben. Und apropos Waffe: Allein dafür könnte ich dich einbuchten. Schusswaffen sind in New York City an öffentlichen Orten ohne Genehmigung illegal.«

»Und wer sagt dir, dass ich keine habe?«

»Wo ist die Waffe denn?«, mischt sich Sanders ein, der mir etwas zu belustigt wirkt.

»Ich musste sie dort verstecken. Wahrscheinlich haben sie sie inzwischen gefunden.«

Sanders beobachtet, wie ich mir die Schulter reibe, die mit dem Metallkorb abgeschossen wurde. »Bist du verletzt?«

»Ich werd's überleben. Auf der Rückbank sitzt ein Tornado.«

»Komisch …«, gibt Ruby trocken ihren Senf dazu. »Ich kämpfe nur, wenn ich angegriffen werde. Bin mir auch ziemlich sicher, dass ich die Abdrücke einer Ziegelmauer auf meinem Rücken finden würde.«

»Wenn man bedenkt, dass ich dir heute Abend zweimal das Leben gerettet habe, ist das wohl das geringste Übel.«

Sanders pfeift leise durch die Zähne, während wir in die Tiefgarage zum FBI-Gebäude abbiegen. Wie durch ein Wunder scheint das zu reichen, um Rubys Mund zuklappen zu lassen. Stattdessen sinkt sie tiefer in den Sitz und verschränkt die Arme vor der Brust.

»Verdammt, Rubik's Cube, wir sind Toast«, kommentiert ihre Freundin, die ebenfalls nicht mehr so kampflustig rüberkommt, seit sie meine Marke gesehen hat.

»Endlich überzeugt?«, frage ich provokativ, nachdem wir mit dem Fahrstuhl hochgefahren sind und ich Ruby in einen Verhörraum ohne Einwegspiegel führe. Sanders macht das Gleiche mit Scarlett. Ruby lasse ich ein paar Minuten schmollen, in der Hoffnung, dass sie sich gut überlegt, ob sie mir weiterhin die Hölle heißmachen will, und weil ich die Zeit nutze, um mir ein Bild von Miss Veronica Mars, der Möchtegern-Privatdetektivin, zu machen.

Wesentlich kleinlauter als eben im Auto sitzt sie auf dem Stuhl, als ich eintrete, den Kopf in die Hand gestützt. »Bin ich jetzt verhaftet oder nicht, *Special Agent*? Denn wenn nicht, würde ich gerne gehen.« Okay, vielleicht doch nicht weniger kleinlaut.

»Ich habe ein paar Fragen an dich. Nicht mehr und nicht weniger. Wann wir fertig sind, hängt von deiner Kooperation ab. Danach bringe ich dich nach Hause und du kannst morgen früh an mir vorbeilaufen, als hätten wir uns nie zuvor gesehen. Deal?« Ich halte meinen Ton gelassen und unpersönlich. Hätte mir vorhin schon nicht geschadet. Aber nun wird das Gespräch aufgezeichnet.

Ihre Finger trommeln wiederholt auf dem Tisch. »Wir werden uns auf jeden Fall nie wiedersehen. So viel ist sicher.«

Ich ignoriere den Hieb und komme zum Punkt. »Ich habe mir ein paar Minuten deiner Aufzeichnungen aus dem Prestige angesehen. Wer ist Amber?« Natürlich weiß ich das schon. War eine Sache von zwei Minuten, die Verbindung zwischen den beiden herauszufinden, und Sanders hat mich über das gebrieft, was ich sonst noch wissen muss. Dennoch frage ich, um herauszufinden, wie kooperativ Ruby sein wird. Denn das ist noch eine der leichteren Fragen.

»Jemand, den ich gesucht habe.«

Unkooperativ. War irgendwie zu erwarten.

»Zahara Kennedy. Du bist diejenige, die sie als vermisst gemeldet hat.« Über Ruby selbst habe ich weit weniger herausgefunden. Und das Wenige macht mich stutzig. Denn so richtig auf der Bildfläche erscheint diese Ruby Danes erst vor zwei Jahren. Ich weiß inzwischen, dass sie Sozialarbeit und Kriminalpsychologie studiert hat und in derselben Sozialeinrichtung tätig ist, in der Sanders regelmäßig arbeitet. Davor existiert sie nur inoffiziell und das ist immer suspekt. Doch sie ist nicht hier, damit ich sie über sich selbst ausfrage. Auch wenn ich definitiv vorhabe nachzuhaken, sobald dieses Interview abgeschlossen ist. »Arbeitest du mit mehr Mädchen zusammen, die Verbindungen ins Prestige haben?«

Das Trommeln ihrer Finger hört auf. Stattdessen zeichnet sie Kreise auf dem Metalltisch. »Wir erfahren nicht von allen Mädchen, wo oder für wen sie arbeiten. Das ist auch nicht unser Ziel. Unsere Priorität ist, für sie da zu sein und dafür zu sorgen, dass sie sich wohl genug fühlen, um zu uns zu kommen.«

Sie weicht aus. »Beantworte bitte meine Frage!«

Ruby beißt kurz auf ihrer Wange herum, bevor sie mir direkt ins Gesicht starrt. »Ja, ich kenne Mädchen, die im Prestige oder einem anderen Club des Besitzers gearbeitet haben.«

»Ich hätte gerne eine Liste.«

»Nein.«

Mit ineinander verschränkten Fingern lehne ich mich vor. »Nein?!«

»Ich kenne meine Rechte, Agent Jake, und auch meine Pflichten. Und keine davon besagt, dass ich sensible und vertrauliche Informationen mit jemandem teilen muss, der die Stimmen dieser Frauen sowieso nicht hören will. So läuft das nicht.« Sie sagt es nicht einmal präpotent, wie man vielleicht an diesem Punkt erwarten würde.

»Sondern?«

»Ich habe versucht, Zahara zu finden, weil ihr es nicht getan habt. Frag doch Darius. Ihn habe ich als Erstes um Hilfe gebeten. Er hat gesagt, er hätte keine Berechtigung in dem Fall.«

»Das bedeutet aber nicht, dass nicht hinter den Kulissen Dinge passieren, die wir mit Zivilisten nicht teilen.«

Sie lacht sarkastisch über das Wort. »Zivilisten wie mir?«

»Ja, Ruby. Wir sind nicht in einem Schwarzenegger-Film, wo wir rumlaufen und die Bude eintreten können, wenn wir Bock dazu haben. Und abgesehen davon, dass dich die kleinen Aufnahmen, die du da gedreht hast, fast das Leben gekostet hätten, würde sie jeder Verteidiger vor Gericht als Beweis in der Luft zerfetzen, weil sie unzulässig sind. Du hast keine Berechtigung, auf eigene Faust FBI zu spielen.«

Ruby strafft die Schultern, als hätte sie genau auf diesen Moment gewartet. »Eine Resolution der Vereinten Nationen besagt, dass jeder Mensch das Recht hat, den Schutz und die Verwirklichung der Menschenrechte und Grundfreiheiten zu fördern und darauf hinzuwirken. In der UN-Kinderrechtskonvention von 1990 steht, dass die Vertragsstaaten alle Maßnahmen zu treffen haben, um die Entführung und den Handel mit Kindern zu verhindern. *Das* ist meine Berechtigung.« Zufrieden mit sich selbst legt sie den Kopf schief. »Nicht schlecht für 'ne Barbie wie mich, nicht wahr?«

Wunderbar. Von allem, was ich heute gesagt habe, ist das hängen geblieben. Zugegeben, nicht einer meiner besten

Momente. Und ja, im Augenblick bin ich tatsächlich ein bisschen beeindruckt, wie vorbereitet sie ist. Allerdings komme ich nicht mehr dazu, ihr zu erklären, warum das nicht bedeutet, dass sie als Rächerin durch die Stadt streifen kann, denn es klopft einmal an der Tür, bevor mein Special Agent in Charge reinmarschiert und mich ins Visier nimmt.

»Lass uns ein paar Minuten alleine und schalte die Kamera aus!«

Ich will widersprechen, nachhaken, wissen, warum er überhaupt hier ist, wo er doch normalerweise bei keiner Befragung dabei ist. Doch sein Blick sagt mir, dass er im Moment weder Spaß versteht, noch scharf darauf ist, sich zu erklären. Mit einem letzten Blick auf Ruby, die die Augen abgewandt hat und mit einem Bein wippt, verlasse ich widerwillig das Zimmer. Vor der Tür treffe ich auf Sanders, der ebenso perplex wirkt wie ich.

»Was geht denn jetzt ab? Bist du auch gerade rausgeschmissen worden?«

»Ja. Und ich habe keine Ahnung, warum«, erkläre ich, einfach kaputt von der gesamten Nacht und komplett irritiert von der Reaktion der beiden eben aufeinander. Wer zur Hölle ist diese Frau?

Kapitel 12

Ruby

Ich bin so müde und mein Körper tut weh, aber die Madame, die im Eck sitzt und uns beobachtet, lässt mich durch ihre Blicke genau wissen, was ich zu tun habe und was mich erwartet, wenn ich es nicht tue. Ganz am Anfang dachte ich, sie wäre im Karaokeclub, um aufzupassen, dass die Männer uns nichts tun. Aber das stimmt nicht. Sie ist da, um aufzupassen, dass wir alles tun, was sie will. Dass wir die Männer heißmachen, damit sie später viel für uns zahlen. Aber ich kann nicht mehr. Ich kann einfach nicht. Doch ein anderes Mädchen zieht mich zu einem der beiden Typen und hilft mir. Ich weiß nicht, warum. Wir haben uns noch nie unterhalten, aber wir müssen auch nicht reden, um zu wissen, wie es den anderen geht. Jede von uns fühlt es jeden Tag selbst. Der Mann entscheidet sich, uns und noch ein anderes Mädchen mit zu seinem Hotel zu nehmen. Meine linke Wange ist noch geschwollen von dem Typen, der mich gestern mitgenommen hat. Normalerweise ist es nicht erlaubt, dass Kunden uns verletzen, aber mir hat er gesagt, er hätte so viel für mich bezahlt, dass er mit mir machen könne, was immer er wolle. Und das hat er. Und irgendwie fehlt mir langsam die Kraft, dagegen zu kämpfen, mitgenommen zu werden, weil es doch sowieso nichts ändert. Wenn dieser Mann, der eben um uns verhandelt hat, und der andere, der eher ruhig im Hintergrund geblieben ist, mir nicht wehtun, dann tut man es hier.

Beim Rausgehen packt mich die Madame noch mal am Arm und erklärt mir, dass ich die ganze Zeit über lächeln müsse. Wenn nicht, würde sie davon erfahren. Dann schubst sie mich förmlich raus. Den durch die Sprachbarriere beschränkten Small Talk, den die Männer mit den anderen beiden Mädchen führen, kriege ich gar nicht mit, bin zu beschäftigt damit, mir die Straßen Thailands anzusehen und mir zu wünschen, ich müsste all das hier nie wiedersehen. Die Bars, die Menschen, die Tuk-Tuks und alles andere, was zu dem Ort gehört, den man mein Zuhause nennt.

Wir erreichen das Hotel und Sanya tritt mir keuchend auf die Füße, als sie vor der Zimmertür plötzlich rückwärtsgeht, statt vorwärts. Nervös hebe ich den Kopf. Drinnen stehen drei Frauen, eine aus dem Westen und zwei, die aussehen wie aus unserem Volk. Sie bitten uns höflich lächelnd, hereinzukommen, was wir widerstrebend tun, weil wir nicht sicher sind, was uns erwartet. Wenn die Frauen der Männer dabei sind, ist es meistens nur schlimmer. Aber dieses Mal ist es anders. Wir sollen uns hinsetzen, und die westliche Frau beginnt, auf Englisch zu reden. Weil wir aber nur wenig verstehen von dem, was sie sagt, übersetzt die zweite Frau.

»Mein Name ist Monica. Das sind mein Mann Brian und sein Kollege James.« Die Übersetzerin zeigt auf die Amerikanerin, dann auf den Mann mit dem Schnauzer, der uns gekauft hat, und zum Schluss auf den Typen, der eigentlich gar nichts gesagt hat. »Wir werden euch nicht wehtun. Wir wollen euch einen Ausweg bieten. Wir haben ein Haus hier, wo wir andere Mädchen betreuen, die ausgestiegen sind, mit guten Ärzten, gutem Essen, Ausbildungsmöglichkeiten. Ein neues Leben für euch.«

Noch bevor sie fertig übersetzt hat, heulen wir alle drei. Es klingt zu gut, um wahr zu sein, aber ich wünsche es mir so sehr. Ich wünsche mir so sehr, dass es wahr ist, dass ich nicht anders kann, als zu nicken. Sie erzählen uns, dass sie sich auch um unsere Familien kümmern werden, wenn wir uns deswegen Sorgen machen. Und dann rufen sie unsere Eltern an, weil sie sagen, dass sie ihre Zustimmung brauchen. Die Übersetzerin erzählt meinen Eltern das, was sie uns eben gesagt hat. Dann schweigt sie und berichtet der amerikanischen Frau, was meine Mom geantwortet hat, aber ich verstehe nichts. Ich sehe nur, dass die Frau entgeistert blinzelt.

»Wir geben euch das Geld«, übersetzt die thailändische Frau dann wieder. »Wir geben euch ein Darlehen, Training und alles, was sonst nötig ist, um euer Geschäft wiederaufzubauen. Eure Tochter kann zur Schule gehen und mit einer guten Ausbildung viel mehr Geld verdienen als jetzt.«

Ich halte den Atem an, während ich die Reaktion der Übersetzerin beobachte, als sie fertig ist. Sie beißt sich auf die Lippe und schielt rüber zu mir, bevor sie sich abwendet, sodass ich ihr Gesicht nicht mehr erkennen kann. Dann schaut sie zu der Amerikanerin und schüttelt leicht den Kopf. Was auch immer in mir bis jetzt noch nicht tot war, stirbt genau in dieser Sekunde. Meine Mom hat Nein gesagt. Sie wollen mich nicht rausholen …

Sie hat Nein gesagt. Maylins Mutter auch. Sanyas Eltern sagen Ja. Maylin und ich müssen zurück zum Karaokeclub. Die Amerikanerin weint. Der Typ, der Brian heißen soll, sieht aus, als würde er gleich alles in Stücke reißen. Ich weine nicht mehr. Nie wieder.

***

Als ich vorhin befürchtet habe, dass Jake doch einer der bösen Jungs sein könnte, habe ich ernsthaft mit dem Gedanken gespielt, mich im Auto zu verbarrikadieren. Hätte ich es bloß getan … Denn bei all dem Adrenalin in meinem Körper kam mir nicht in den Sinn, dass mir eine Begegnung bevorsteht, auf die ich noch weniger scharf bin als auf jene mit dem

Securitytypen vorhin. Als der Mann dann tatsächlich eintritt, wünsche ich mir fast, Jake würde bleiben.

»Erklär mir bitte nur eines, Ruby: Was hast du dir dabei gedacht, als du heute in den Club gegangen bist? Dass du Zahara findest, und dann was? Dass du sie einfach mitnehmen würdest? Und dann? Nachdem dich alle dort gesehen haben … denkst du, Joker hätte dir eine Glückwunschkarte geschrieben, weil du ihm genommen hast, was er nicht hergeben will?«

Wenn ich dachte, dass ich Brian schon wütend erlebt hätte, dann nur, weil ich noch nie vorher die war, gegen die sich sein Zorn richtet. Eine Sekunde lang bemitleide ich jeden Kriminellen, der es mit ihm zu tun bekommt, bevor ich meine Stimme wiederfinde. »Mach dich nicht über mich lustig, Brian! Ich bin vielleicht kein Profi, aber vergiss nicht, dass ich lange genug auf der anderen Seite stand. Ich war vorbereitet. Wenn Jake nicht gewesen wäre …«

»Wenn Agent Brooks nicht gewesen wäre, wärst du jetzt wahrscheinlich tot oder schlimmer«, fällt er mir ins Wort. Laut. Und ich hasse es, dass ich zusammenzucke.

»Ich kann nicht einfach rumsitzen und nichts tun, Brian. Das *kann* ich nicht.« Ich fasse mir ans Herz, weil es wehtut und weil ich will, dass er versteht, wie sehr. »Ich kann meine Freiheit nicht als selbstverständlich hinnehmen. Das weißt du besser als jeder andere, den ich kenne.«

»Vergleich ihre Situation nicht mit deiner, Ruby.« Brian schneidet mir sanft das Wort ab. »Das ist gefährlich und wird dir nicht helfen. Und Zahara ebenfalls nicht. Du hast deinen Kampf bereits ausgefochten, das war dein Job. Alles andere ist nicht deiner.«

»Freiheit wächst, wenn man sie weitergibt. Das sagt Monica immer zu mir.« Die Frau, die für mich geweint hat, als ich keine Tränen mehr übrig hatte. *Seine* Frau.

»Aber nicht auf aufopfernde Weise, Ruby. Da liegt ein großer Unterschied.«

Ich bin mir nicht sicher, ob ich da unterscheiden kann. Denn wie soll man seine Freiheit ausleben, wenn man weiß, dass mehr Menschen von Sklaverei betroffen sind als je zuvor in der Geschichte? Geschätzte zwanzig bis vierzig Millionen Menschen weltweit, fast die Hälfte davon unter achtzehn. Nach Drogen und Waffen ist Menschenhandel der drittstärkste illegale Handelszweig. Und warum? Weil man Drogen und Waffen eben nur einmal verkaufen kann. Frauen, Kinder und auch Männer immer wieder.

»Ich wollte sterben, als ihr damals in das Freudenhaus gekommen seid, Brian.« Tränen kündigen sich an und ich unterdrücke sie, indem ich an der kleinen goldenen Creole in meinem Ohr ziehe. »Ich war bereit zu sterben.« Ich schüttle den Kopf. »Ich weiß, es macht keinen Sinn, weil ich zurückmusste, aber ihr habt mir Hoffnung gegeben. Weil ihr mir gezeigt habt, dass es da draußen Leute gibt, die hinschauen. Die sehen. Die *mich* sehen. Denen ich wichtig war, auch wenn ich damals keine Ahnung hatte, weshalb.« Ich schließe die Augen, sammle mich, auch wenn der Druck in meiner Brust stetig größer wird. »Und als ich vor viereinhalb Jahren tatsächlich fast gestorben bin, auf der Straße in New York, hast du mir noch mal das Leben gerettet. Und damit meine ich nicht physisch. Ihr habt meine Seele gerettet.« Als ich mit nichts dastand, wurden er und seine Familie für mich alles. Sie waren für mich da, gaben mir alles, was ich brauchte – und mehr. Sie wurden zu den größten Helden meines Lebens. Weil ich zum ersten Mal Menschen begegnet war, die nicht auf mich herabsahen. Die mir nicht das Gefühl gaben, irrelevant zu sein, sondern mich Stück für Stück ins Leben zurückgebracht haben. Eines, das tatsächlich lebenswert ist. Dass ich heute der Mensch sein kann, der ich bin, bin ich wegen Monica, Brian und Scarlett.

Brian setzt sich endlich hin und lehnt sich zu mir über den Tisch zwischen uns. »Du kannst aber dein Leben nicht für das von jemand anderem aufs Spiel setzen, Ruby.«

»Hast du denn nicht das Gleiche getan, als du damals in meine Welt hineinspaziert bist?«, fordere ich ihn heraus. »Hätten die dich denn nicht umgebracht, wenn sie geahnt hätten, wer du wirklich bist?«

Er sagt nichts, weil die Antwort natürlich Ja ist. Er hat damals noch nicht für das FBI gearbeitet, aber als Agent bei der Homeland Security.

Brian sucht meinen Blick. »Ich muss dir nicht erklären, dass du und ich nicht in derselben Position sind, Ruby.« Nein, das muss er nicht. Ich weiß das. Ich senke den Kopf, kurz vorm Implodieren, und Brian sieht es. Seufzend lehnt er sich zurück. »Ich werde jetzt meiner anderen Tochter den Kopf waschen. Sie habe ich zappeln lassen. Und dann fahre ich euch beide nach Hause. Wir reden ein anderes Mal weiter.«

Ich will protestieren, Scarlett in Schutz nehmen. Allerdings weiß ich, dass Brian ihr gegenüber höchstens den Zeigefinger erheben würde. Nie die Hand. Nie die Stimme. Er würde ihr nie wehtun. Weder auf die eine noch die andere Weise. Also halte ich die Klappe, und als Brian die Tür öffnet, verschwinde ich so schnell aus dem Zimmer, wie ich nur kann, weil ich es hasse, eingesperrt zu sein, egal, ob in einem FBI-Gebäude oder sonst wo auf der Welt.

Ich stolpere in die Damentoilette und kann mich gerade noch am Waschbecken festhalten, weil meine Knie weich werden. Ich gehe in die Hocke und atme durch spitze Lippen, versuche, wieder zu mir zu kommen. Was habe ich mir bei der Aktion nur gedacht? Normalerweise treffe ich eigentlich keine dummen Entscheidungen mehr. Doch da war diese Furcht in Zaharas Augen gewesen. Sie hat mich daran erinnert, wie oft ich mir früher gewünscht habe, dass irgendjemand meine eigene Angst gesehen und gehandelt hätte. Sofort war mein Selbsterhaltungstrieb verdrängt.

Mir ist nach Heulen zumute, aber ich weiß, dass ich es nicht kann. Es geht nicht. Da ist diese Blockade. Ich bin nicht sicher, wann genau sie entstanden ist. Ich weiß allerdings sehr wohl, warum. Weil Tränen so oft als Ansporn dienten, mir weiter wehzutun. Oder als gewonnenes Machtspielchen. Auch wenn das mittlerweile nicht mehr der Fall ist, wollen sie nicht kommen, obwohl das Gefühl, daran zu ersticken, mich panisch macht. Mit bebenden Händen drehe ich den Wasserhahn auf, starre hypnotisiert auf das Wasser, bis es zumindest für den Moment alles weggeschwemmt hat, was mich lähmt.

Erst dann wage ich es, wieder aufzustehen. Mein Spiegelbild schüttelt den Kopf über mein käseweißes Gesicht und die Ringe unter meinen Augen, als ich das Wasser schließlich wieder abdrehe und das Bad verlasse. Dabei stoße ich beinahe mit Jake zusammen. Seine vergissmeinnichtblauen Augen wandern mit einem undefinierbaren Ausdruck über mein Gesicht, bevor sie weicher werden, als sie meine treffen. »Bist du okay?«, fragt er mit angespanntem Kiefer, offenbar scheint es sichtbar zu sein, dass es mir *nicht* gut geht. Und weder verstehe ich es, noch weiß ich, was ich damit anfangen soll, dass mein Körper in seine statt in die entgegengesetzte Richtung schwankt, bevor ich mich wieder zur Ordnung rufe. Weil Jake alle meine Reflexe komplett durcheinanderbringt und ich mich am liebsten einen Augenblick lang an ihn lehnen will. Einfach, weil er mir das Gefühl gibt, mich halten zu können. Und plötzlich wird mir bewusst, wie sehr ich mir wünschte, der heutige Abend wäre nie passiert. Ich hätte nie erfahren, was Jake macht, und mich weiterhin auf die harmlosen Sticheleien mit ihm freuen können, vielleicht eines Tages sogar den Mut gehabt, ihn zu fragen, ob er nach dem Joggen einen Kaffee mit mir trinken möchte. Hätte irgendwann die Chance dazu bekommen festzustellen, ob ich mich überhaupt verlieben kann. »Normal« mit ihm zu sein.

Ich reibe mir das Gesicht, weil das doch Schwachsinn ist. Denn der Abend *ist* passiert. Als ich die Hände wieder absenke, fällt mein Blick auf die zwei kleinen Löcher im Shirt an seiner Schulter. Rundherum ist es dunkler gefärbt als das restliche Blau, und ich schlucke. *Das war ich*, denke ich und bekomme sofort ein schlechtes Gewissen. Ich habe ihn mit dem Metallkorb verletzt. Als ich dachte, dass Jake *mich* verletzen wollte.

»Kein Wunder, dass ich immer wieder mit einem Kind verwechselt werde«, höre ich Scarlett motzen, als Brian mit ihr im Schlepptau aus dem anderen Zimmer kommt, was mich aus meinen verwirrten Gefühlen reißt. »Ich werde ja auch ständig behandelt wie eines.«

»Ruby«, zitiert mich Brian da zu sich, und ich blinzle. Ein letztes Mal trifft mein Blick kurz Jakes. Er sieht mich mit Sorge, Verwirrung und noch etwas anderem an, und ich schiebe mich an ihm vorbei, während ich achtgebe, ihn nicht zu berühren. Einfach deshalb, weil ich ihn so gerne berühren würde.

Kapitel 13

Jake

»Hm, ich hatte fast bunte Ballons als Wegweiser erwartet«, sage ich nur halb im Spaß zu River, während wir die Treppe der Pizzeria hochgehen, wo seine Nachbarin Liza heute ihren vierundzwanzigsten Geburtstag feiert.

»Oder ein Plakat von ihr in Menschengröße, das zum oberen Zimmer deutet«, ergänzt er, und ich grinse.

»Gentlemen, ich verstehe euren Sarkasmus nicht. Ich finde, beide Ideen wären grandios gewesen«, sagt Lizas Schwester Becca stockend und außer Atem, weil die Treppen anstrengend für sie sind, auch ohne dabei zu reden. Becca hat Mukoviszidose und kurz nach Weihnachten eine neue Lunge bekommen, die ihr Immunsystem allerdings leider immer wieder abstößt. Und auch, wenn Becca nicht anders behandelt und schon gar nicht bemitleidet werden will, ist es ziemlich ernüchternd, dass die Frau mit fünfundzwanzig Jahren nicht alleine hier hochsteigen kann. River stützt sie, während ich den Infusionsständer und die Sauerstoffflasche nach oben trage, die sie konstant bei sich haben muss. »Ich werde mir beides auf jeden Fall für meinen eigenen Geburtstag merken.«

»Weißt du was? Ich auch«, gebe ich noch mal meinen Senf dazu ab. »Ich wollte in Wahrheit schon immer so eine Pappfigur in Lebensgröße von mir haben.«

»Siehst du?«, kommentiert Becca amüsiert, als wir endlich oben ankommen. Sie legt eine Hand auf meine Schulter, als ich ihren Tank und die Stange abstelle. »Danke, Jake.«

Meine Reaktion darauf wird abgeschnitten von Lizas Quietschen, als sie auf uns zugerannt kommt und ihrer fünfundvierzig Kilo schweren Schwester so heftig um den Hals fällt, dass es diese um ein Haar umhaut. »Überraschung!«, nuschelt Becca lachend in den Arm ihrer Schwester. Ich sehe schmunzelnd rüber zu River, der diese Überraschung arrangiert hat. Becca war heute zu einer Therapie im Krankenhaus, die sich nicht verschieben ließ. Normalerweise hätte sie über Nacht bleiben müssen, doch River durfte sie mitnehmen, weil er ihre Vierundzwanzig-Stunden-Pflegekraft spielt. Er weiß, wie wichtig es Liza ist, ihre Schwester an ihrem Geburtstag dabeizuhaben. Vor allem, weil keiner sagen kann, ob es vielleicht der letzte sein wird, an dem Becca teilhat.

River bemerkt meinen Blick gar nicht, weil er zu beschäftigt damit ist, das Geburtstagskind anzuschmachten. Und als sie seinen Blick erwidert und ihn anschaut, als wäre er ihr größter Held, verdrehe ich innerlich stöhnend die Augen, weil man die beiden einfach anschreien will, sich endlich die gegenseitigen Gefühle einzugestehen, anstatt so zu tun, als wären sie nur Freunde.

»Partyhüte für euch!«, singt eine von Lizas Freundinnen und setzt mir tatsächlich einen dieser lächerlichen Partyhüte, die Fünfjährige tragen, auf den Kopf. Konzentriert passt sie den Gummizug unter meinem Kinn an und strahlt dann über ihr Kunstwerk. »Perfekt.«

»Okay, ich bin bereit für den Eierlauf«, bemerke ich im Scherz, woraufhin Lizas Freundin mich mit zusammengekniffenen

Augen anfunkelt. Ich ziehe für River eine Grimasse über ihr böses Gesicht, die er mit einem lachenden Schulterzucken quittiert, weil er diesen Wahnsinn schon länger gewöhnt ist als ich.

»Ich wäre mir gar nicht so sicher, ob uns etwas Ähnliches nicht noch bevorsteht«, erklärt er mir, woraufhin ich mit dem Finger schnipse.

»Da fällt mir ein, dass ich heute leider noch mal ins Büro muss. Wie schade!« Das ist nicht mal gelogen. Wenn man an einer Sache dran ist, spielt es keine Rolle, ob man zufällig eigentlich frei hätte. Nicht, wenn einem die Zeit davonläuft.

»O nein, Jake! Vergiss es!«, beschwert sich Liza. »Ich habe dich seit hundert Jahren nicht gesehen und nur einmal im Jahr Geburtstag. Die bösen Jungs werden warten müssen. Und wenn ich dich zu einer Runde Sackhüpfen zwingen muss, damit du mal fünf Minuten abschalten kannst.«

Sie umarmt mich ebenfalls zur Begrüßung und schiebt mich dann tiefer in das italienische Restaurant oder besser in die beste Pizzeria New Yorks, wie wir sie liebevoll nennen. Sie hat den Schuppen heute für ihre Feier gemietet. Und auch, wenn ich es zu schätzen weiß, dass sie mich dabeihaben will, weiß ich schon jetzt, dass es ein Ding der Unmöglichkeit sein wird, abschalten zu können. Vor allem, da meine Gedanken nonstop um die Frau mit den Elfenaugen kreisen, die mich letzte Nacht den Schlaf gekostet hat, als ich endlich im Bett lag. Nicht nur die ganze Szene im Prestige hat mich noch ewig beschäftigt. Es war vor allem der Ausdruck in Rubys Gesicht, als sie aus dem Interviewraum mit Thompson gerast kam. Keine Ahnung, ob es mich auf persönlicher oder professioneller Ebene mehr nervt, dass ich nicht die geringste Ahnung habe, was da los war und was mein Boss mit ihr zu tun hat. Und vor allem, was er zu ihr gesagt hat, um sie dermaßen zu erschüttern.

Alles, was ich weiß, ist, dass ich nicht bereit bin, sie loszulassen. Auf beiden Ebenen.

Am nächsten Tag im Büro klopfe ich bei meinem Boss an.

»Was gibt's, Jake?«

Ich hebe eine Augenbraue. Da wäre so einiges … Zum Beispiel, dass ich noch keine Erklärung dafür bekommen habe, warum er vorgestern in mein Interview geplatzt ist und mich rausgeschmissen hat. Dass er danach komplett fertig wirkte und Ruby kurz vorm Heulen war. Vielleicht das?

»Ich möchte Miss Danes gerne noch einmal befragen.«

Ohne die Miene zu verziehen, lehnt er sich entspannt zurück. »Das halte ich nicht für notwendig.«

Noch nie habe ich an meinem Boss gezweifelt. In diesem Augenblick schon. »Sir, bei allem Respekt. Miss Danes hat durch grob fahrlässiges Handeln nicht nur ihr eigenes Leben aufs Spiel gesetzt. Sie hat aus einer Ermittlung Fischfutter gemacht, weil sie sich im Club nach einer Frau erkundigt hat, deren Namen mit meinem Fall zusammenhängt. Wenn sie also keine Undercoveragentin ist oder Ähnliches, dann möchte ich sichergehen, dass sich eine Situation wie die im Prestige nicht wiederholt. Ich habe nämlich keine Lust, Miss Danes' Namen bald ebenfalls auf meiner Liste verschwundener junger Frauen zu finden, weil sie sich mit den falschen Leuten angelegt hat.« Der Gedanke verrenkt mir jedes Mal aufs Neue den Magen.

Thompson hört sich meine Rede mit Pokerface an, bevor er seine Lesebrille abnimmt und mir doch seine volle Aufmerksamkeit schenkt. »Ich habe das Ganze mit Miss Danes besprochen. Sie wird sich ab jetzt raushalten.«

Der Satz erscheint mir ebenso zweifelhaft, wie er mir aufstößt. Hat er ihr gedroht? Sie eingeschüchtert? Nur, dass sie nicht aussah, als hätte sie Angst vor ihm. Eher, als wäre ihr das Ganze peinlich. Wie auch immer. In dieser Sache bleibe ich stur. »Von den Mädchen in den Videos, die wir durchgesehen haben, wissen wir von einer, dass sie noch am Leben ist. Sie will aber nicht reden. Vier können wir nicht identifizieren und die anderen werden alle vermisst. Das einzige Bindeglied, das ich habe, ist Ruby Danes, die bis zu Zahara Kennedys Verschwinden Kontakt zu ihr hatte. Es könnte gut sein, dass sie durch ihre Arbeit mit weiteren Mädchen Kontakt hatte, die wir suchen. Eventuell sogar mit Candy. Ihre Erkenntnisse könnten Gold wert sein.« Inzwischen habe ich seine Aufmerksamkeit, auch wenn er so aussieht, als hätte er einen bitteren Geschmack im Mund. »Wir müssen alle Möglichkeiten ausschöpfen.«

Man sieht, dass er alles andere als begeistert ist, aber weiß, dass ich recht habe. Mit einer Hand massiert er sich die Schläfen, während er mit der anderen in der Luft wedelt. »Also schön. Lass sie helfen, wo es nötig ist, aber nicht mehr. Ruby kann sehr sturköpfig sein.« Ach ja? Ist mir noch gar nicht aufgefallen. »Vor allem in Bezug auf diese Mädchen. Wenn du sie einbeziehen willst, bist du auch für sie verantwortlich, ist das klar?«

»Ja, Sir.« Ich könnte mir gerade dafür in den Arsch treten, wie laut mein blödes Herz klopft.

»Und das gilt für meine *beiden* Töchter. Wenn eine der beiden noch einmal zu tief oder an den falschen Ecken schnüffelt, wenn sie irgendetwas im Alleingang machen, kommst du auf der Stelle zu mir. Ist das klar?«

Moment mal ... was?

»Ihre Töchter?« Das erklärt einiges. Vor allem, warum ich nur so wenig über Ruby gefunden habe.

»Du hast mich richtig verstanden. Die beiden Mädchen bedeuten mir alles. Wenn einer von ihnen etwas zustößt, ziehe ich dich zur Rechenschaft. Ist das klar?«

Verdammt. Wo habe ich mich da reingeritten?

Kapitel 14

Ruby

Ich hole tief Luft, gehe in die Hocke und versuche noch einmal, das tonnenschwere Sofa des Jasmin mehr als einen Millimeter pro Minute von der Wand wegzuziehen. Wieder scheitere ich und lasse mich gerade resigniert auf den Hintern fallen, als ein Klopfen mich herumfahren lässt. In der Tür steht Jake. Die Erkenntnis, wer da gekommen ist, löst in mir eine Welle unerwarteter Reaktionen aus. Mein Herz macht eigenartige Sachen, und der nächste Atemzug fällt mir irgendwie leichter als alle vorherigen, während mich eine gewisse Sicherheit durchströmt. Vielleicht, weil ich im Grunde Angst habe, alleine hier zu sein, seit Zahara mitgenommen wurde. Vielleicht aber auch, weil Jake dieses Gefühl bereits in mir ausgelöst hat, als ich noch keine Ahnung hatte, wer er ist. Und gleichzeitig stört mich das, denn eigentlich ist der einzige Polizist, dem ich vertraue, Brian. Und das aus gutem Grund.

»Wir haben geschlossen«, informiere ich Jake und wende mich dann wieder ab, weil ich nicht will, dass er sieht, wie sehr sein Besuch mich erwischt.

»Die Tür war offen.« Verflixt. Diese Stimme … so ruhig und *beruhigend*. Obwohl es nicht beruhigend ist, dass ich vergessen habe abzuschließen, nachdem das letzte Mädchen gegangen ist. »Kann ich helfen?«, bietet er an und deutet auf die Couch. Mein Stolz will ablehnen, doch mein Rücken erklärt meinem Stolz, dass er den Mund halten soll.

»Ich muss alles in die Mitte des Raumes schieben.«

»Willst du die Wände streichen?«

Ich beiße mir auf die Unterlippe und sehe zur blauen Farbe, die ich heute Morgen hier reingeschleppt habe. »Zumindest alles vorbereiten. Wenn Zahara zurückkommt, streichen wir die Wände blau.« Ich weiche seinem Blick aus, weil ich nicht sehen will, was er denkt. Ich weiß selber, dass es naiv ist zu glauben, sie würde zurückkommen und gleich in der Lage sein, mit mir die Wände zu streichen. Dass es wenig Sinn und auch kein sonderlich schönes Bild macht, den ganzen Kram bis dahin in der Mitte stehen zu lassen, teilweise mit Abdeckfolie beklebt, aber … da bin ich wie Zahara. Ich muss irgendetwas tun, sonst drehe ich durch.

Jake sagt nichts dergleichen, sondern tritt lediglich an die andere Seite der Couch und hebt sie an, als wäre das Ding nichts weiter als ein Sitzsack. »Ich mag Blau«, kommentiert er unsere Farbwahl, und ich grinse heimlich.

»Ja. Wir auch.« Wenn er meine Gründe dafür kennen würde, müsste ich leider im Erdboden versinken. Ich platziere meine Hände an der gegenüberliegenden Seite von Jake und schaffe es, das Ding ungefähr einen Zentimeter vom Boden zu heben, bevor ich es lachend wieder fallen lassen muss. Jake hat seine Seite beinahe um fünfundvierzig Grad gedreht, bevor er sie langsam abstellt. »Schätze, wir müssen das Sofa im Zickzack bewegen.« Amüsiert luge ich unter meinen Haaren hervor und bemerke, dass Jake mir zuzwinkert.

»Ich habe heute nichts mehr vor.«

Ich bleibe kurz an seinem Lächeln hängen, das so ungezwungen ist und mir jegliche Befangenheit nimmt. Wie er das wohl macht, dass ich in seiner Gegenwart all den Mist vergesse, der sich rundherum abspielt, und einfach da bin?

Jake tritt an meine Seite und hebt auch den Rest der Couch in die Mitte. Ohne meine Hilfe. »Was kommt als Nächstes?«, will er dann wissen. »Abkleben?«

Ich lege den Kopf schief, weil er doch bestimmt nicht gekommen ist, um mir beim Arbeiten zu helfen, und setze mich auf die Lehne, sodass er mich noch mehr überragt als ohnehin schon. Aber es stört mich nicht, was definitiv neu ist. Denn Jakes Körper strahlt pure Stärke und körperliche Überlegenheit aus, was sich spätestens in der Toilette im Prestige bestätigt hat. Dennoch habe ich nicht einen einzigen Kratzer oder blauen Fleck von dem Zusammentreffen davongetragen, wohingegen er durch meine Schuld sogar geblutet hat. Bei der Erinnerung daran verziehe ich das Gesicht, was Jake sofort registriert.

»Was ist?«

»Es tut mir ein bisschen leid, dass ich den Metallkorb nach dir geworfen habe.« Ich rümpfe die Nase. »Auf der anderen Seite tut es mir gar nicht leid, weil du dich da drinnen benommen hast wie ein Arsch. Danach auch, genau genommen.«

Jake schlägt sich lachend eine Hand auf die Brust. »Das muss die mieseste Entschuldigung in der Geschichte der Entschuldigungen sein, aber ich nehme sie trotzdem an.«

Ich unterdrücke ein Lächeln, bevor mir wieder einfällt, wo wir sind. Mich räuspernd stehe ich auf und entferne mich ein paar Schritte von ihm. »Also, Agent Brooks. Du bist wahrscheinlich aus einem bestimmten Grund hier, oder? Wird Barbie jetzt doch verhaftet?«, fordere ich ihn heraus, woraufhin er aufseufzt.

»Ja, nicht einer meiner stärksten Momente, muss ich zugeben. Dich in dem Club zu sehen hat irgendwie den

Neandertaler in mir geweckt. Ich wollte dich da einfach nur wegbringen.«

Das war eine echte Entschuldigung und ich mag es, dass er nicht zu stolz ist, eine zu geben. Dann geht er zum großen Esstisch und zieht eine Mappe aus seiner Laptoptasche. »Wir haben bei einer Festnahme eine junge Frau gefunden, zusammen mit einundzwanzig Videos weiterer Mädchen«, erklärt er sanft, und ich schließe die Augen, weil ich mir gut vorstellen kann, was auf den Videos zu sehen ist. »Wir konnten nicht alle identifizieren und hoffen auf deine Mithilfe und die von deinem Team. Deswegen würde ich dir gerne ein paar Fotos von jungen Frauen zeigen. Vielleicht erkennst du ja jemanden.«

Ich lege eine Hand auf meinen Bauch, als ich näher trete, die Leichtigkeit von eben ist wie weggeblasen. »Sind diese anderen Mädchen … tot?«, frage ich vorsichtig, damit ich weiß, worauf ich mich vorbereiten muss.

»Das wissen wir nicht.«

Ich wappne mich für das Schlimmste, hole noch einmal Luft und öffne dann die Mappe. Gleich auf dem ersten Foto ist ein Mädchen mit verängstigtem Blick und Klebeband auf dem Mund zu sehen. Ich weiß nicht, ob Jake bemerkt, wie schwindelig mir mit einem Mal ist, oder ob er einfach will, dass ich mich setze, doch er zieht einen Stuhl hervor, auf den ich mich gerne fallen lasse. Ich zwinge mich, noch einmal hinzuschauen, weil es das Mindeste ist, was ich für dieses Mädchen tun kann, auch wenn mich die Panik in ihrem Gesicht absolut triggert. »Sie kommt mir leider nicht bekannt vor«, flüstere ich fast, wünschte, es wäre anders. Wünschte, ich könnte all diese Mädchen benennen. Irgendetwas dazu beitragen, dass sie gefunden werden. Ich gehe zum zweiten Bild und irgendwann zum dritten, das ich mit derselben Intensität betrachte. Beim fünften Foto versteife ich mich. »Das ist Zahara.« Meine Finger sind inzwischen dermaßen zittrig, dass ich die Fotos kaum greifen kann und eines beim Umblättern tollpatschig davonsegeln lasse. Jake hebt es auf und zieht einen Stuhl neben meinen. Er blättert für mich weiter. Ich verstecke meine Hände zwischen meinen Knien. »Dieses Mädchen kenne ich auch, allerdings nur unter dem Namen Candy. Sie hat sehr wenig über sich erzählt und war auch schon seit einiger Zeit nicht mehr hier. Ich dachte …« Dachte, sie wäre zurückgegangen, denn sie hatte immer darauf bestanden, alles freiwillig gemacht zu haben.

Für den Hauch einer Sekunde berührt Jakes Hand meinen Oberarm, bevor er sie wieder wegnimmt. »Hey! Das hier ist nicht deine Schuld.«

Ich weiß. Und doch weiß ich es nicht. Also nicke ich lediglich. Da fällt mir etwas ein. »Wir haben letztes Jahr ihren Geburtstag hier gefeiert. Scar hat ihr ganz spontan einen Kuchen gebacken, weil sie so eine beiläufige Bemerkung gemacht hatte. Warte!« Ich springe vom Stuhl und hole aus dem Safe die Mappe, in der wir alles Wichtige notieren. »Hier! Das war …« Ich schaue aufs Datum meiner Uhr. »Vor einem Jahr und einer Woche.« Ich sehe zurück zu Jake. »Sie hatte also letzte Woche Geburtstag.« Und musste einen Albtraum über sich ergehen lassen. Die Frage ist bloß, ob sie je eine Pause von den Albträumen hatte?

Jake zückt sein Handy und tippt die Info ein. Mit meiner Mappe setze ich mich zurück an den Tisch, kann aber nur zwei weitere Mädchen benennen, bevor die Fotos endlich ein Ende nehmen und ich erschöpft zusammensacke.

»Danke, Ruby. Das war wirklich hilfreich.«

Ach ja? Fühlt sich nicht so an.

»Welche von ihnen hast du im Prestige gesucht?«, frage ich Jake und wünsche mir wirklich, dass er es mir erzählt.

»Lydia.« Ohne mich anzuschauen, schließt Jake die Mappe und stopft sie zurück in die Tasche.

»Tut mir leid, dass du sie nicht gefunden hast.«

Er übergeht meine Bemerkung. »Diese Candy. Weißt du, ob sie sich hier bei euch irgendjemandem anvertraut hat?«

Bedauernd schüttle ich den Kopf. »Sie wirkte immer sehr einsam. Erschien hier nur, um zu essen und sich am Computer irgendeine Serie anzuschauen.« Da kommt mir ein Gedanke. »Ist sie das Mädchen, das ihr gefunden habt?«, erkundige ich mich hoffnungsvoll, obwohl ich es mir für jede der jungen Frauen gewünscht hätte.

»Ja.«

»Wie … geht es ihr?« Die Frage erscheint mir so dumm, denn wie ging es mir denn damals, als man mit mir fertig war?

Zum ersten Mal heute wirkt Jake angespannt. »Den Umständen entsprechend gut. Morgen wird sie aus dem Krankenhaus entlassen.«

»Und bringt ihr sie dann in ein Frauenhaus?«, erkundige ich mich weiter, ein komisches Gefühl in meiner Brust, weil Jake mich auf einmal nicht mehr ansehen will. »Oder in eine sichere Einrichtung für Jugendliche?«

»Solange sie behauptet, dass sie Candy heißt, einundzwanzig ist und freiwillig in dem Business arbeitet, können wir das leider nicht tun.«

Ich beiße mir auf die Zähne, ärgere mich ein bisschen darüber, dass sie nicht die Wahrheit sagt und sich helfen lässt. Allerdings kenne ich halt auch die andere Seite der Medaille. Jahrelang wird man indoktriniert, dass Behörden der Feind sind. Und mit allen Mitteln wird dafür gesorgt, dass man kein Wort gegen seinen Zuhälter verliert. »Okay. Sondern? Geht sie einfach zurück auf die Straße?«

»Sie ist derzeit in Untersuchungshaft.«

Es dauert kurz, bis ich begriffen habe, was er geantwortet hat. »Was?! Aus welchem Grund?«

»Sie weigert sich, uns zu sagen, wer sie wirklich ist, und das ist in New York mitunter eine Straftat.« Jake steht auf und geht langsam zur Tür. Doch ich habe meine Kraft wiedergefunden und laufe ihm hinterher. Mit funkelnden Augen marschiere ich um ihn herum und zwinge ihn, stehen zu bleiben.

»Ist das dein Ernst? Du sperrst sie ein, weil sie nicht reden will?«

»Das hat nichts damit zu tun, was ich will, Ruby. Das gehört zu meinem Job, und im Augenblick ist es der einzige Weg, sie vor sich selbst zu schützen.« Jake studiert mich einen Moment lang. »Danke noch mal für deine Mithilfe.«

Ich presse einen Handballen auf meine Stirn, während ich die andere auf seine Brust lege, weil er sonst nicht stehen bleibt. Seine Muskeln unter meiner Hand verspannen sich. »Jake! Sie ist ein Opfer, keine Täterin! Das ist doch krank.«

»Ich weiß *nicht*, dass sie ein Opfer ist, Ruby. Verstehst du nicht?« Wie macht er das, dass sein Ton weiter so beherrscht und souverän bleibt, ohne herablassend zu klingen, während ich hier vorm Durchdrehen bin? »Wenn sie darauf besteht, über einundzwanzig und aus freien Stücken dort gewesen zu sein, dann hat sie von einem streng rechtlichen Standpunkt aus gesehen das Gesetz gebrochen. Und wenn sie bei dieser Geschichte bleibt, sind mir die Hände gebunden. Das Einzige, was ich für sie tun kann, ist, sie eine Weile aus der Schusslinie zu nehmen.«

»Vertrauen muss man aufbauen, Jake, und dazu benötigt es Zeit. Nach allem, was das Mädchen erlebt hat, braucht es dafür mehr als ein oder zwei Besuche. Woher soll sie wissen, dass du sie nicht genauso verarschen wirst wie alle anderen in ihrem Leben bisher?«

»Klar. Aber die Zeit habe ich nicht. Nicht, wenn sie gleichzeitig wichtige Informationen zurückhält, die anderen das Leben retten könnten.«

Kopfschüttelnd balle ich die Hände an seinem Shirt zu Fäusten und presse die Lider zusammen, als die Gesichter der anderen Mädchen an meinem inneren Auge vorbeiziehen. Ich spüre, wie sich mein Frust langsam in etwas anderes verwandelt, und dass Tränen, die ich nicht vergießen kann, mir die Kehle zuschnüren. Im nächsten Moment finde ich meine Hand in Jakes wieder. Der Ausdruck in seinem Gesicht ist komisch, als versuche er, hinter ein Geheimnis zu kommen, obwohl wir doch beide wissen, dass ich ein offenes Buch bin. Mein Blick fällt zu unseren verwobenen Händen; das Bedürfnis ist groß, sie weiter zu halten, bis er versteht. Allerdings mehr aus egoistischen Gründen, als mir lieb ist. Weil ich will, dass er es *für mich* versteht. »Verzweiflung und mangelnde Optionen sind nicht die besten Voraussetzungen für gute Entscheidungen.«

»Das verstehe ich, Ruby. Aber ich bin verpflichtet, meinen Job zu tun. Ich habe einen Eid abgelegt, die Verfassung der Vereinigten Staaten zu ehren und zu schützen, egal, um welches Thema es geht. Ich kann mir nicht rauspicken, was mir heute oder morgen gefällt.«

Auch wenn ein nerviger Teil von mir begreift, was er mir erklären will, kriege ich trotzdem nicht die Vorstellung in meinen Kopf, dass Candy nach allem, was sie bei diesem Foto gefühlt haben muss, in einem Gefängnis sitzen soll. Ich reiße meine Hand aus Jakes und lege sie in meine andere, weil ich die Leere nicht mag, die auf meiner Haut zurückbleibt. Jake hingegen steckt seine in die Hosentasche und lässt die Schultern hängen.

»Darf ich mit ihr reden?«

»Ruby, ich …«

»Bitte, Jake«, flehe ich und hasse mich dafür. Hasse mich dafür, wie erstickt meine Stimme klingt und dass ich mich fühle, als hätte mir jemand die Hände um den Hals gelegt. Rückwärts entferne ich mich immer weiter von Jake, weil es mich stört, wie sehr ich mich in seiner Gegenwart ausruhen will, statt weiterzukämpfen. »Ich kann nichts versprechen. Aber ich kann es versuchen. Sie wird ohnehin eine Sozialarbeiterin brauchen, wenn rauskommt, wie alt sie ist.«

Sein Gesicht wirkt zerrissen, während er mit sich selbst einen Kampf auszufechten scheint. »Okay«, beschließt er dann, auch wenn er nicht besonders begeistert wirkt. »Wir fahren morgen Vormittag zusammen ins Krankenhaus.«

Ich bin so erleichtert, dass ich mich am Tisch abstützen muss. »Okay.«

»Soll ich dich nach Hause bringen?«, bietet er mit rauer Stimme an, die sich warm um mich legt. Wahrscheinlich, weil ich todmüde bin und mir nichts sehnlicher wünsche, als eine Nacht ohne die Albträume schlafen zu können.

»Nein, danke. Ich bleibe noch«, antworte ich dennoch, weil ich weiß, dass der Schlaf sowieso nicht kommen wird und es nichts Schlimmeres gibt, als sich gedankenbeladen im Bett zu wälzen.

Jakes Kiefer verspannt sich, als würde er sich davon abhalten müssen, mir von der Idee abzuraten. Stattdessen richtet er seine Aufmerksamkeit auf die Tür. »Dann schließ bitte nach mir ab, in Ordnung?«

»Mache ich«, versichere ich ihm. Trotzdem rührt er sich eine Weile nicht vom Fleck, und ich frage mich, ob es ihm ebenso schwerfällt, sich von mir zu verabschieden.

Letztlich schluckt er und öffnet die Tür. »Okay, Ruby! Bis morgen!«

»Bis dann«, murmle ich, als die Tür schon zu ist und er mich nicht mehr hören kann. Nun bin ich diejenige, die noch eine Weile einfach blöd dasteht, weil ich auf die Erleichterung warte, dass er weg ist. Doch sie kommt nie.

Kapitel 15

Jake

»Du bist mein Held! Hör mal!« Liza dreht das Handy um und hält es so, dass ich nicht nur hören, sondern auch sehen kann, wie sich die Trommel ihrer Waschmaschine wieder dreht, die ich gestern Nacht für sie repariert habe. Dann rückt ihr grienendes Gesicht wieder ein Stück in die Kamera, als sie sichergeht, dass sie das Handy auch wirklich richtig hält.

Ich schmunzle. »Ist kein Thema, Liza.«

»Na ja. Eigentlich schon. Die paar Extradollars unter meiner Matratze betten mich zu gut, als dass ich sie für eine neue Maschine ausgeben will. Falls es überhaupt Waschmaschinen für achtundvierzig Dollar gibt.«

Ihr Humor bringt mich zum Lachen. Wahrscheinlich, weil er oft ähnlich stumpf ist wie meiner. Ganz besonders, wenn uns ein Thema zu nahegeht oder eine Person zu nahekommt. Als sie mich letzte Nacht angerufen hat, nachdem ihre Waschmaschine eine Fehlermeldung nach der anderen angezeigt und dann auch noch ein Leck hatte, war ich extrem dankbar für die Ablenkung. Thompson hatte endlich die ganze Akte zu dem Zuhälter freigegeben, der nicht nur der Kopf des Prestige und einer Menge anderer Clubs ist, sondern dessen Name auch in direkter Verbindung zu Sergej Novak steht, der im Knast singt, weil er auf eine mildere Strafe hofft. Was ich da gesehen habe, hat mein Blut gefrieren lassen und mich für eine ganze Weile zum Schweigen gebracht. Denn da waren Bilder von Ruby. Fotos von ihr mit schlimmen Verletzungen. Das Ausmaß dessen, was man ihr angetan hatte, in Befunden festgehalten, sowie ihre Zeugenaussage, die vom Generalstaatsanwalt, der mit dem Fall betraut war, zerfetzt wurde, weil Beweise fehlten, um Joker aka Shawn Veneer auch wirklich belangen zu können. Sanders hat mich angesehen, als hätte ich den Verstand verloren, als ich so fest gegen meinen Schreibtisch getreten habe, dass er einige Zentimeter vom Platz verrutscht ist. Ich bin kein Idiot. Mir war spätestens bei unserer Unterhaltung im Jasmin klar, dass Ruby die Rechte der Mädchen auch deswegen so vehement vertritt, weil sie selbst in einer ähnlichen Situation war. Aber diese Bilder! Das Wort-für-Wort-Transkript ihrer Aussage zu lesen mit jedem festgehaltenen Detail ihres Martyriums, jeder Pause, die sie benötigt hatte, um weitersprechen zu können, und die Tatsache, dass das alles umsonst gewesen sein soll und das Arschloch weiterhin da draußen frei herumläuft … Das hat mich fast umgebracht.

»Eigentlich sind es jetzt nur noch vier Dollar«, erklärt Liza mir gerade. Ich bemühe mich, mit voller Aufmerksamkeit zuzuhören, als Ruby plötzlich die Tür öffnet, vor der ich inzwischen seit ein paar Minuten stehe, ohne geläutet zu haben, und mit diesen unglaublich braunen Augen zu mir hochsieht. »Den Rest habe ich für die Deko an meinem Geburtstag ausgegeben«, erzählt Liza unbeirrt, die nicht mitbekommt, dass ich den Blick nicht von Ruby abwenden kann.

»Ich wusste, ich habe jemanden gehört«, sagt Ruby leise, aber offenbar nicht leise genug, denn sofort sehe ich auf dem

Display Lizas Ohr in Großformat, während sie näher an den Hörer geht.

»Das hat sich angehört wie eine Frau«, bemerkt sie am anderen Ende.

Ich blinzle und starre wieder auf Lizas Ohr. »War es auch.«

»Aber eine *schöne* Frau.«

Ruby leckt sich belustigt über die Lippen und ich räuspere mich wie der Idiot, der ich in ihrer Gegenwart werde. Denn ja, sie raubt mir wie immer auch in diesem Moment buchstäblich den Atem, wie sie dasteht in Jeans, einem simplen weißen Shirt und hohem Pferdeschwanz. Aber nicht nur mit ihrer natürlichen Schönheit. Vor allem mit dem kleinen Grinsen, das ihr Gesicht erhellt und mir das Gefühl gibt, Superman zu sein, weil ich derjenige bin, der es bekommt. »Das willst du gehört haben?«

»Korrigiere mich doch bitte, wenn ich falsch liege.« *Du liegst nicht falsch.*

»Diese Unterhaltung führt irgendwie zu nichts.«

»Ha!«, schreit Liza am anderen Ende. »Ich wusste es! Jakey-Boy hat doch noch ein Leben außerhalb der Arbeit. Hallelu…«

Alter! Manchmal benimmt sich diese Frau wie eine Zehnjährige. Kopfschüttelnd beginne ich wild mit dem Handy zu wackeln. »Oh, oh! Der Empfang ist auf einmal ganz schlecht. Ich … dich … nicht mehr …« Und schon drücke ich das rote Icon meines Displays und stecke das Handy in die Hosentasche. »Das war die Freundin von River, meinem Kumpel mit dem Hund«, erkläre ich Ruby, die mich nach wie vor belustigt anschaut, während sie am Türrahmen lehnt.

»Ich wusste gar nicht, dass man schlechten Empfang sogar *sehen* kann.« Sie führt eine Hand an ihren Mund, als wolle sie ihr Lächeln verstecken, und ich wünschte, sie würde es nicht tun.

»Jap«, überspiele ich. »Das ist jetzt neu.«

119

Das bringt sie dann doch zum Lachen, und sie deutet mit dem Daumen über ihre Schulter. »Wolltest du reinkommen?«

»Wenn ich darf? Ich wollte fragen, ob Scarlett eventuell die Bilder durchsehen könnte.«

Rubys Blick wirkt schlagartig nüchtern und sie tritt zur Seite. »Sie schläft noch, aber ich kann sie wecken.«

»Ist schon gut. Ich kann warten. Wir sollen ohnehin nicht vor zehn im Krankenhaus aufkreuzen.« Ich gehe an ihr vorbei und werde wie gestern und im Prestige schon von ihrem Duft überfallen, der mich fertigmacht. Süß und feminin. Nach Orange und Jasmin – wie passend. Ich lenke mich mit einem Blick durch ihre Wohnung ab und schmunzle. Jeder dritte Artikel hier ist rosa oder golden. Außerdem springt mir gleich ein Vers aus der Bibel ins Auge, der über dem Esstisch hängt. *Der Herr ist meine Stärke und mein Schild. Ich habe ihm vertraut und er hat mir geholfen.* Die Couch ist klein, aber bereichert mit etwa siebenunddreißig Decken und Kissen. Als ich mich wieder umdrehe, steht Ruby in der Küche vor einem äußerst traurigen Kühlschrank, der so gut wie leer ist. »Was gibt's zum Frühstück?«, erkundige ich mich im Spaß.

»Sag du es mir! Was macht man aus Eiern, wenn man keine Milch für Pancakes hat? Erdnussbutter ohne Brot und …« Sie wickelt etwas Papier auf und kräuselt die Lippen, als sie daran riecht. »Ist das Speck?«

Ich stütze die Ellbogen auf den Tresen und lehne mich vor, um nachzusehen, was sie meint. »Mal sehen. Hartes Ei. Weiches Ei. Spiegelei. Rührei. Erdnussbutter braucht nur einen Löffel, kein Brot. Und das ist Prosciutto, nicht Speck.«

Sie zieht ihre kleine Nase kraus. »Riecht irgendwie eigenartig.«

»Ist eben Rohschinken. Keine Zeit zum Einkaufen?«

»Eher keine Lust«, antwortet sie. »Wir essen meistens im Jasmin oder nehmen uns etwas mit.«

»Aber echten Prosciutto habt ihr. Feinschmecker.«

Sie verdreht schmunzelnd die Augen. »Vor allem, wenn man bedenkt, dass ich vor zwei Minuten nicht mal wusste, was das ist. Ich glaube, ich mache Spiegeleier«, beschließt sie.

Ich beobachte Ruby dabei, wie sie etwas Öl in die Pfanne schüttet, dann etwas mehr, weil sie offensichtlich keine Ahnung hat, wie viel Öl man für ein Spiegelei braucht. Dann schlägt sie beide auf und scheint unzufrieden damit zu sein, dass eins ins andere fließt. »Ich glaube, das Öl sollte vorher heiß werden«, biete ich an, wobei ich aufpasse, nicht zu lachen.

»Hm.« Sie öffnet eine Bestecklade und sucht nach einem Hilfsmittel, wobei sie sich nachdenklich auf die Wange tippt.

»Ein Pfannenwender vielleicht?«, biete ich an. Sie furcht die Stirn. »Soll ich dir beim Suchen helfen?«

Genervt kneift Ruby die Augen zusammen. »Ich weiß, was ein Pfannenwender ist, okay? Habe ihn schon oft verwendet, um Schinken-Käse-Toasts umzudrehen, und ob du es glaubst oder nicht, die sind mir auch ohne das ständige Zuflüstern eines Fünfsternekochs gelungen.«

Touché. Als sie im nächsten Moment dann aber plötzlich die Eier verquirlen will, obwohl die Unterseite schon spiegeleiartig ist, kann ich meinen geschockten Gesichtsausdruck nicht mehr stoppen, woraufhin sie kichert. »Ich habe doch eher Lust auf Rührei.« Entsetzt sehe ich hoch zu ihr, die grinsend die Unterlippe zwischen ihren Zähnen gefangen hält, und vergesse komplett, weshalb ich überhaupt entsetzt war. Verdammt, wenn sie so lächelt, glänzen ihre Augen wie Bernsteine, und ich habe nicht die geringste Chance gegen diese Art der Schönheit. Irgendwann beginnt sie, den Prosciutto zu schneiden, was gut ist, weil ich so mein Hirn wiederfinde und sagen kann, was ich sagen muss.

»Hör zu, Ruby. Ich möchte etwas mit dir besprechen, bevor wir fahren.« Rubys Augen wandern vom Schinken zu mir. »Es ist, glaube ich, klar, dass wir nicht unbedingt in allen Dingen einer Meinung sind. Das müssen wir auch nicht sein. Du bist nicht auf den Mund gefallen und das mag ich an dir. Aber wenn wir zusammen vor Candy auftreten, dann sollten wir das als gemeinsame Front tun. Alles andere wird sie verunsichern und unwillig machen, mit uns zu reden.«

Ruby tritt einen Schritt zurück und verschränkt die Arme vor der Brust. »Du willst damit also sagen, dass ich deine Meinung vertreten soll, auch wenn ich anderer bin?«

»Nein. Was ich will, ist deinen Respekt, ebenso wie ich dich respektiere. Du musst meine Arbeit nicht mögen, aber eins solltest du wissen: Ich bin bereit, für dich und jedes dieser Mädchen mein Leben hinzugeben, sollte es dazu kommen, weil auch das zu meinem Job gehört.« Ich ziehe das Schneidbrett mit dem halb geschnittenen Schinken zu mir und mache weiter, wo sie aufgehört hat. »Dein gerührtes Spiegelei verbrennt«, informiere ich sie, woraufhin sie zusammenzuckt und beginnt, das halb verbrannte Spiegel-Rührei von der Beschichtung zu kratzen. »Ich habe die Gesetze nicht geschrieben, vertreten werde ich sie deswegen trotzdem. Ich halte mich an die Spielregeln, auch wenn sie Schönheitsfehler haben. Weil es das ist, was uns von den bösen Jungs unterscheidet. Dass wir Gesetze achten und verteidigen und nicht so drehen und verbiegen, wie wir sie gerade brauchen. Und solange die Welt sich nicht in Disneyland verwandelt, wird es nötig sein, harte Entscheidungen zu treffen, weil am Ende des Tages eben das große Ganze zählt.«

Der Ausdruck in ihrem Gesicht ist undefinierbar, bevor sie den Versuch aufgibt, die Was-auch-immer-Eier in der Pfanne zu retten und den Inhalt stattdessen einfach auf einen Teller kippt. Sie holt eine Gabel aus der Lade und steckt sie mitten hinein. »Okay«, äußert sie sich nach ein paar Sekunden endlich. »Ich verspreche, deine Meinung zu respektieren, selbst wenn sie falsch ist.«

Herrgott, diese Frau ist eine verflixte Nervensäge. Lachend verdrehe ich die Augen, greife nach den kleinen Salz- und Pfefferstreuern, würze ihr Essen, sodass es vielleicht doch nach irgendetwas schmeckt, und verteile die feinen Streifen des Schinkens darauf. Und einfach, um ihr auf die Nerven zu gehen, lade ich mir einen Bissen auf die Gabel und stopfe ihn mir in den Mund. O Mann! Dieses Essen braucht echt Hilfe.

»Vielleicht sorge lieber ich in Zukunft für unser Frühstück«, schlage ich vor, wofür ich einen halbherzigen Stoß kassiere. Aber sie grinst. Und das ist, was mir an uns gefällt. Wir können debattieren wie in einer Diskussionsrunde auf CNN, uns danach und davor aber trotzdem in die Augen sehen und darüberstehen.

»Eigentlich habe *ich mir* Frühstück gemacht«, stellt sie klar.

»*Du* hast es gestohlen.«

»Du kriegst es zurück.« Damit schiebe ich den Teller zu ihr und stütze lachend den Kopf in die Hände. »Ich hoffe, unsere Kinder mögen Müsli.«

Sie prustet los und wirft demonstrativ meine Gabel mit Pinzettengriff in den Geschirrspüler, um sich anschließend eine neue zu nehmen. »Ich habe mal gelesen, dass man mit jedem Lachen sein Leben ein wenig verlängern würde. Dich an meiner Seite zu haben, wird mich unsterblich machen.«

»Gern.«

»Hab ich was verpasst?«

Ich drehe mich um. Scarlett taucht grinsend auf der Türschwelle auf und sieht dabei so aus, als würde sie schon länger zuhören.

»Ruby hat Frühstück gemacht.«

»Ja, und er hat es gestohlen.« Ich höre, wie Ruby selbst einen Bissen nimmt, und schaue gerade noch rechtzeitig zu ihr, um sie dabei zu ertappen, wie sie das Gesicht verzieht. Aber weil Ruby eben Ruby ist, tut sie natürlich im nächsten Moment so, als wäre ihre Kreation köstlich.

Lachend schüttle ich den Kopf. »Ich habe es gerne zurück-gegeben. Ab morgen bin ich für das Frühstück zuständig.«

Ruby legt den Kopf schief. »Du meinst, ich muss öfter mit dir rechnen?« Sie mag so tun, als würde ihr das auf die Nerven gehen, aber ich kaufe es ihr nicht ab. Stattdessen lehne ich mich noch einmal über den Tresen und studiere ihr bildschönes Gesicht.

»Du wirst sehen, der Tag wird kommen, an dem du unglücklich bist, wenn ich wieder gehe, weil ich dich mit meinem Charme – und meinem Essen – um den Finger gewickelt habe.«

Ruby hebt beide Augenbrauen und nickt langsam. »Alles klar«, flüstert sie. »Sag bitte, wenn es so weit ist. Nur für den Fall, dass ich es verpasst haben sollte.« Mit einem breiten Lächeln über mein leises Lachen drückt sie sich von der Küchentheke weg und lässt mich alleine sitzen.

Kapitel 16

Ruby

Als Jake mir die Autotür aufhält, verkneife ich mir, ihm zum dritten Mal zu erklären, dass ich das selber kann. Auf dem Weg nach unten hat er das schon bei zwei anderen Türen gemacht, und wenn ich ihn böse angefunkelt habe, hat er nur unschuldig geblinzelt. Während ich mich ins Auto setze, stelle ich mir eine Frage: Was, wenn er das gar nicht macht, weil er mich für zu unfähig hält, die Tür selbst zu öffnen, oder mich mit einer Straftäterin verwechselt? Was, wenn er einfach nur ein Gentleman ist? Ein echter Gentleman? Nicht wie einer aus diesen Clubs?

Ich sinke tiefer in den Ledersitz und beobachte ihn dabei, wie er ums Auto herumgeht. Erlaube mir, lediglich für einen Augenblick den Duft einzusaugen, der den Innenraum des Autos erfüllt. Der, den ich schon jetzt so mit Jake verknüpfe, dass er in mir ein angenehmes Gefühl weckt. Und das, obwohl ich Männergerüche normalerweise überhaupt nicht mag. Weder den penetranten Schweißgeruch, den ich früher oft ertragen musste, noch die extrem parfümierten oder mit Rasierwasser getränkten Typen. Jake riecht frisch. Nach Lavendel und Vanille. Beruhigend eben. Wie er.

»Hey, ich habe hinten etwas für Candy«, sagt er, nachdem er eingestiegen ist, und greift auf den Rücksitz. »Da sie Geburtstag hatte, dachte ich, das könnte ihr gefallen. Was meinst du?«

Ziemlich überrascht, dass Jake auf einmal beinahe verlegen wirkt, als er mir das Geschenksäckchen hinhält, nehme ich es auf meinen Schoß und sehe mir an, was drinnen ist. »Ein Oversize-Stewie-Pullover«, sage ich lächelnd. »Das ist perfekt. *Family Guy* hat sie immer bei uns am Computer geschaut. Woher wusstest du das?«

Er streicht sich schmunzelnd über die Lippe. »Als ich das erste Mal bei ihr war, hat sie mir erklärt, dass ich unter einem Stein leben müsse, um nicht zu wissen, wer Stewie ist.«

Ich lache leise. »Jap. Klingt richtig.«

»Kannst du ihn ihr geben?«

Ich ziehe die Brauen zusammen. »Ich? Aber du hast ihn gekauft.«

»Egal. Sie soll ihn einfach haben. Wenn ich ihn ihr gebe, wird sie darin eine Aufforderung sehen, und darum soll es nicht gehen.«

Weil ich keine Ahnung habe, was ich darauf erwidern soll, glotze ich ihn einfach an, während er sich die Sonnenbrille aufsetzt und den Motor startet. Ja, sieht so aus, als hätte ich eventuell falsch gelegen, was ihn betrifft. Es gehört *nicht* zu seinem Job, einem Mädchen, das er überhaupt nicht kennt, ihren Lieblingspulli zu kaufen. Es gehörte auch nicht zu seinem Job, mich aus dem Prestige zu holen, als er noch praktisch nichts über mich wusste und bestimmt nicht meinetwegen dort war. Also ja, er hat meinen Respekt. Nicht nur dafür, sondern auch, weil er recht hat. Leute, Behörden, Regierungen, die das Gesetz so gedreht haben, dass es ihrer Profitgier dienlich ist, gibt es wie

Sand am Meer. Jake ist keiner davon. Natürlich könnte er mir auch etwas vorspielen, aber Brian vertraut ihm und …

»Was brennt dir auf der Zunge, Ruby?«, unterbricht Jake meine gedanklichen Selbstgespräche und schielt zu mir rüber, wodurch er mich beim nicht so heimlichen Starren erwischt.

Ich räuspere mich und richte meinen Blick wieder nach vorne. »Ich versuche nur, dich zu durchschauen.«

»Benötigst du Hilfe dabei oder schaffst du das alleine?«

Ich brauche gar nicht hinzusehen, um zu wissen, dass er schmunzelt.

»Ich hab ja nicht mal eine Ahnung, wie alt du bist und ob Jake der Spitzname von Jacob oder Jackson ist.«

»Sechsundzwanzig. Und Jake ist in meinem Fall keine Abkürzung. Ich heiße tatsächlich so. Mein Dad hat sich durchgesetzt.«

Erst sechsundzwanzig? Seine autoritäre und besonnene Ausstrahlung lässt ihn irgendwie älter erscheinen. »Du bist sehr jung für einen Special Agent, oder?«

Er tut es mit einem Schulterzucken ab. »Hab mich auf der Academy nicht so blöd angestellt.«

Muss ziemlich untertrieben sein. Von Brian weiß ich nämlich, dass so gut wie alle Agents in seinem Team über dreißig sind, weil ihm Berufserfahrung total wichtig ist.

»Hast du eine persönliche Verbindung zu Lydia?«, stelle ich die Frage, die mir schon länger auf der Zunge brennt, und hoffe, dass ich damit keine Grenzen überschreite.

»Wir sind im selben Kaff aufgewachsen. Ich habe öfter auf sie und ihre Schwester aufgepasst. Die beiden wurden entführt, als ich auf dem College war, und logischerweise hat mich das nie wirklich losgelassen.« Kann ich mir vorstellen. Ob irgendjemand aus meinem kleinen Dorf damals nach mir gefragt oder gesucht hat? Ich bezweifle es.

»Sind sie der Grund, dass du zum FBI wolltest?«

Er lässt sich einen Moment Zeit, als würde er abwägen, ob er mir auf diese Frage antworten soll. Und es ist fast erbärmlich, wie sehr ich mir plötzlich wünsche, dass er es mir erzählt und nicht etwa einen Witz draus macht, um seine Gefühle kleinzureden. Schließlich nickt er. »Sie sind der Grund, dass ich Teil der Taskforce Menschenhandel sein wollte. Zum FBI wollte ich eigentlich immer, ich hab schon als kleiner Junge davon geträumt, ein Superheld zu sein, um das Böse zu bekämpfen.« Er salutiert lachend, aber sein Blick erscheint hinter der Sonnenbrille plötzlich ganz weit weg. »Bis ich gelernt habe, dass Superhelden eben nur in Comics existieren.«

Und dann sieht er mich ganz kurz direkt an und lässt mich hinter seine Fassade blicken, wo unter allem Witz und aller Coolness tiefer Schmerz, Enttäuschung und Entmutigung verborgen zu liegen scheinen. Ich klemme meine Handflächen zwischen meine Oberschenkel, bevor ich etwas Doofes mache und nach seiner Hand greife, die so lässig am Schaltknüppel liegt. »Kann ich dich noch etwas anderes fragen?« Gott, ich hoffe, ich bereue diesen Vorstoß nicht.

»Raus damit!«

»Denkst du, dass Prostitution legal werden sollte?« Ich halte die Luft an, sobald die Frage sich im engen Raum des Autos ausbreitet. Denn alle Argumente, die wir in den letzten Tagen ausgetauscht haben, basieren darauf, dass Prostitution in fast allen Staaten Amerikas illegal ist. Doch seit geraumer Zeit wird gerade hier in New York der Ruf nach Legalisierung lauter. Ausgerechnet in einem der vier Staaten, in denen die meisten Fälle von Menschenhandel bekannt sind. Wie so oft eben. Alles, was man nicht mit Verbot kontrollieren kann, will man erlauben, damit es so aussieht, als hätte man einen Sieg errungen, weil die Zahl der Festnahmen zurückgeht.

»Es spielt nicht wirklich eine Rolle, was ich denke.«

Weil er Federal Agent ist und sich an die Gesetze halten muss, ja, ich weiß. Aber das reicht mir gerade einfach nicht. »Für *mich* spielt es eine Rolle.«

Jake seufzt sanft und lehnt sich zurück. »Ich denke, dass ich nicht alle Antworten habe. Ich denke, dass es Nachteile wie Vorteile einer Legalisierung gibt.« Er sieht mich kurz an, weil ihm bestimmt klar ist, dass es mir schwerfällt, die Vorteile zu erkennen. »Da draußen wird es immer kranke Bastarde geben, die sich an Schmerz und Leid anderer erfreuen, ganz egal, ob Prostitution legal ist oder nicht. Und genau diese Bastarde werde ich auch dann noch jagen, wenn das Gesetz geändert werden sollte. Deswegen macht es für mich grundsätzlich keinen Unterschied.«

Okay, vielleicht ist das nicht das, was ich hören wollte, aber es ist eine der besten Antworten, die ich bisher zu diesem Thema bekommen habe. Weil es keine Standardantwort war, sondern eine überlegte. Ich hole wieder Luft und lasse die Anspannung in mir los. »Eine letzte Frage habe ich noch.« Er schmunzelt, als würde er mir das nicht abkaufen. »Warum diese beiden Tattoos?« Ohne groß nachzudenken, lege ich meine Finger um sein Handgelenk, beinahe überrascht davon, wie weich die Haut dort ist, und drehe es so, dass das Tattoo an der Innenseite seines Unterarms sichtbar wird. *Freiheit ist die letzte, beste Hoffnung auf Erden.*

Jake lacht leise. »Ich wünschte, dazu gäbe es eine tiefsinnigere Geschichte, aber in Wahrheit wollte ich einfach etwas, was die Mädchen beeindrucken würde. Der Satz ist von Abraham Lincoln und ich habe versucht, gebildet rüberkommen.«

Ich lache mit über seine Ehrlichkeit, schiebe seinen Arm weg und lehne meine Schulter an die Scheibe. Irgendwie kann ich mir gar nicht vorstellen, dass Jake Probleme hatte, Mädchen zu beeindrucken. »Und das auf deiner Brust? Ist das ein Unendlichkeitszeichen?« Ich sehe das selbstzufriedene Grinsen, das sich auf seinen Lippen ausbreitet, weil sich seine Theorie mit der *Aussicht genießen* bestätigt. Lachend verdrehe ich die Augen. »O mein Gott! Vergiss, dass ich gefragt habe.«

»Es ist ein Malin-Pfeil«, antwortet er dann trotzdem. »Den habe ich mir zusammen mit meinem Bruder stechen lassen. Er bedeutet, dass Rückschritte nötig sein werden, um vorwärtszukommen.«

Ich denke über die Worte nach. »Das ist ziemlich tiefsinnig. Ich denke, damit hättest du die Mädchen beeindruckt.«

»Ja?« Er wackelt mit den Augenbrauen und ich stöhne auf, als ich seinen Blick auffange. »Im Moment gibt es allerdings nur ein Mädchen, das ich gerne beeindrucken würde«, sagt er ohne den Hauch von Verlegenheit oder Nervosität, und ich ertappe mich dabei, wie ich hoffe, dass er mich meint. Auch wenn ich keine Ahnung habe, ob das je eine Möglichkeit sein könnte. »Ihr Name ist Hildegarde.« Und wie immer trifft er mich unerwartet und ich pruste los.

Misstrauisch sieht Candy wenig später zwischen Jake und mir hin und her, bevor sie das Geschenksäckchen begutachtet, als wäre es der vergiftete Apfel. »Du kannst es ruhig öffnen. Geschenke sind an keine Bedingungen geknüpft.«

Candys eiskalter Blick trifft mich. »Dort, wo ich herkomme, schon.«

»Ich verstehe. Aber das hier ist in jedem Fall deins. Du kannst es öffnen und behalten oder wegschmeißen. Wir werden es nie erfahren. Was wir damit sagen wollen: Wir sehen dich, Candy, und du bist uns wichtig.«

»Wichtig genug, um mich zu verraten?«, kontert sie zynisch in meine Richtung.

»Wie habe ich dich denn verraten?«, will ich wissen und versuche, dabei möglichst sanft zu klingen, weil ich ihr nicht vermitteln will, dass ihre Gefühle nicht legitim sind. Aber

Candy schüttelt nur den Kopf und richtet ihre Aufmerksamkeit auf Jake. »Ich bin euch wichtig genug, um mich in den Knast zu stecken?«

»Du weißt, dass ich dich am liebsten in ein Frauenhaus bringen würde, wenn du hier raus bist, so lange, bis die Arschlöcher, die dir all das angetan haben, hinter Gittern sind. Aber das liegt bei dir.«

»Und dann? Nach Hause gehe ich auf gar keinen Fall zurück.« Das Mädchen, das bisher so hart im Nehmen war, wirkt beim Gedanken an ihre Familie auf einmal noch jünger, als sie ist. Zerbrechlich. Kurz vorm Weinen. »Da wandere ich lieber in den Knast. Wäre ja nicht das erste Mal, dass ihr mich da reinsteckt.«

»Hilf mir dabei, rauszufinden, wer du bist. Dann kann ich dir helf…«

»Wer sagt, dass ich eure Hilfe will? Hm?«, unterbricht Candy, lehnt sich provokativ nach vorne und durchbohrt Jake mit ihrem Blick. »Jemals daran gedacht, dass mir gefällt, was ich tue? Dass ich gelogen habe, weil ich eine Nutte sein *will*? Wer ich wirklich bin, ist euch doch im Grunde sowieso scheißegal, genau wie allen anderen. Die Infos, die ihr tatsächlich wollt, wollt ihr sowieso von Candy.« Sie sieht mich an mit Augen, die zu alt wirken für ihren siebzehnjährigen Körper. Ihre Worte unterstreichen ihre Einsamkeit durch all die Wut umso deutlicher.

»Du *bist* aber nicht Candy. Der Name, der dir gegeben wurde, definiert dich nicht. Nichts von dem, was mit dir passiert ist, oder was du getan hast, tut das. Und du bist uns nicht egal.« Am liebsten will ich ihr Jakes Pullover vor die Nase halten und ihr verraten, dass das Geschenk seine Idee war. Will ihr erklären, wie erleichtert ich war, als ich von ihrer Befreiung erfahren habe, und dass ich nie aufgehört habe, an sie zu denken. Aber dann erinnere ich mich zurück an die ersten Monate, das erste Jahr, nachdem Brian mich gefunden hatte, und wie schwer ich es ihnen allen gemacht habe. Einfach, weil ich nicht fassen, nicht verstehen konnte, dass plötzlich jemand ehrliches Interesse an mir und meinem Wohlergehen hatte, ohne etwas dafür zu wollen. Also schließe ich die Augen und hole tief Luft, weil ich weiß, dass die nächsten Sekunden die Hölle werden. Eine Hölle, die ich immer und immer wieder durchlebe, wenn ich darüber rede, davon träume oder auch nur einen Pullover trage, bei dem der Kragen etwas höher ist.

»Für mich war das Würgen immer am schlimmsten«, beginne ich schließlich und verschränke die Hände fest ineinander. »Ich kann nach wie vor keine Kleidung anziehen, die meinen Hals berührt, ohne in Panik zu verfallen. Und ich erinnere mich an jedes Gesicht, das Genugtuung empfand, wenn mir die Luft abgeschnürt wurde.«

Ich verlagere das Gewicht auf meinem Stuhl und öffne vorsichtig die Augen, wobei ich Jakes Blick allerdings total umgehe. Es stört mich, dass er auf diese Weise davon erfährt. Weil ich nicht will, dass er mich danach in einem anderen Licht sieht und sich mir gegenüber anders verhält. Aufhört, mich zu berühren. Mich als kaputt einsortiert. Gleichzeitig *will* ich ihn ansehen und Kraft aus seiner Besonnenheit schöpfen, weil ich im Moment um normalen Atem ringen muss. »Einmal sollte mir eine Lektion erteilt werden. Mit einem Gürtel um den Hals. Und jedes Mal, wenn ich gerade das Gefühl hatte, das Bewusstsein zu verlieren, lockerte er ihn, nur um mich unmittelbar darauf in die volle Badewanne zu drücken, damit ich Wasser einatmen musste. Ich war davon überzeugt, dass es das Ende war. Dass ich beim nächsten Eintauchen weg wäre. Und ich habe es mir so sehr gewünscht.«

»Aber es war nie das Ende«, beendet Candy leise meinen Satz, die genau zu wissen scheint, wovon ich spreche.

Ich hebe eine Schulter an mein Ohr, muss Jake gar nicht ansehen, um den Tornado zu fühlen, der dort wütet, wo er sitzt. »Nein.«

»Wie alt warst du da?«

Ich zögere, weil dieses Detail die ganze Geschichte einfach noch hässlicher macht.

»Zwölf.« Ich warte nicht auf die Reaktionen. »Was ich sagen will: Ich weiß, wie es ist, dort zu sitzen, wo du gerade sitzt, und keinem einzigen Menschen auf der ganzen Welt zu trauen. Aber ich will dir auch zeigen, dass es so nicht bleiben muss. Wenn du einverstanden bist, werde ich dich bei dem Prozess begleiten und für dich da sein. Ob du uns nun hilfst oder nicht. Aber ich werde dich nicht *Candy* nennen. Weil das nicht dein Name ist.« Ich reibe mir über die Arme. »Du kannst es dir ja noch überlegen. Ich komme dich morgen wieder besuchen. Vielleicht verrätst du mir dann einfach deinen Vornamen. Oder einen Spitznamen. Wie du möchtest.«

KAPITEL 17

JAKE

Ich zucke zusammen, als hinter mir jemand hupt. Offensichtlich war ich an der roten Ampel wohl etwas zu lange auf Ruby fixiert. Inzwischen ist es grün. Ich reiße mich los von Ruby, die neben mir eingenickt ist und nichts mitbekommen hat. Und ich sollte sie wahrscheinlich nach Hause bringen, damit sie dort ihren Mittagsschlaf halten kann. Stattdessen fahre ich zu einem öffentlichen Parkplatz, wo ich einfach mal eine Weile stehen kann, ohne Kreise durch die Straßen New Yorks drehen zu müssen. Weil ich egoistischerweise noch nicht bereit bin, mich zu verabschieden. War ich bei Ruby eigentlich noch nie, aber inzwischen ist es noch mal anders, seit ich jeden Funken Selbstdisziplin aufbringen musste, bei Candy nicht den Tisch umzuwerfen. Weil ich keine Ahnung hatte, wie ich sonst mit dem umgehen sollte, was sich da in mir zusammengebraut hat. Dabei arbeite ich nicht erst seit gestern in der Menschenhandelsdivision. In den zwei Jahren, in denen ich beim FBI bin, habe ich ähnliche Geschichten gehört, die oft sogar ein wesentlich brutaleres Ende genommen haben. Und dennoch fühlte es sich in dem Moment an, als würde jemand versuchen, mir die Eingeweide rauszureißen. Weil Ruby trotz allem, was sie erlebt haben muss, lachen kann, lustig ist und schlagfertig. Stark und gleichzeitig mitfühlend ohne Ende. Und das ist nicht selbstverständlich. Denn unser Job hört oft an der Stelle auf, wo wir die Frauen rausholen, die hasserfüllt, abgestumpft oder apathisch sind, weil die Psyche den Dreck auf Dauer einfach nicht mitmachen kann. Und wir müssen häufig zusehen, wie sie wieder zurückgehen in das Leben, das sie kennen, weil alles andere so viel schwieriger erscheint. Nur sehr selten sehen wir die Frauen, die es geschafft haben. Frauen wie Ruby. Vielleicht gibt es Superhelden ja doch nicht nur in Comics.

Leise greife ich nach meinem kleinen Arbeitslaptop und nutze die Zeit, um ein paar Sachen zu erledigen, die ich sonst im Büro machen würde. Unentwegt schiele ich rüber zu der schlafenden Prinzessin. Ihre Hände liegen offen in ihrem Schoß, die Stirn lehnt an der Beifahrerscheibe und ihre glatten, schwarzen Haare fallen ihr ständig wie ein Vorhang über das Gesicht. Immer wieder stößt sie dabei ein kleines, hörbares Seufzen aus, das verflucht niedlich klingt, doch irgendwann werden die Seufzer zu einem leisen Wimmern. Ich lehne mich vor, bemerke, dass ihre geschlossenen Augen tränen.

»Ruby!«, sage ich sanft und rüttle sie sanft am Unterarm, während sich ihr ersticktes Weinen wie Stacheldraht über meine Nervenbahnen zieht. »Wach auf!« Ich werfe den Laptop auf den Rücksitz und verschränke unsere Finger miteinander. »Ruby!«, versuche ich es noch einmal, worauf sie endlich die Augen aufschlägt, mit ihrer zweiten Hand nach unseren verwobenen Händen greift und sie fest drückt. Ihr Atem kommt in Stößen und ihre Pupillen sind weit, während sie sich panisch umblickt. »Hey! Sieh mich an! Alles gut. Nur ein Albtraum.« Sie nickt, nachdem sie endlich zu begreifen scheint. Ich wische ihre Tränen weg, während mein Puls rast, bevor ich auch die zweite Hand auf ihre lege. Ein paar Sekunden starren wir uns einfach an, während mein Daumen Kreise über ihre Haut zieht. »Okay?«, murmle ich mit kratziger Stimme.

Es dauert eine Weile, bis ich fühle, wie ihre angespannten Muskeln unter mir nachgeben. »Okay«, flüstert sie, auch wenn es nicht wirklich den Eindruck erweckt. »Tut mir leid«, nuschelt sie dann, fährt sich über das Gesicht und durch die Haare.

»Es gibt nichts, für das du dich entschuldigen müsstest.«

Ruby löst ihre Finger aus meinen und umklammert ihre Oberarme, während sie aus dem Fenster starrt. Wahrscheinlich, weil sie weiß, dass ich gerade einen unfreiwilligen Einblick in ihre Seele erhalten habe. Einen Einblick, der sich anfühlt, als wäre ich von einem Pferd in die Brust getreten worden. »Hey …« Ich räuspere mich, ziemlich übermannt davon, wie nahe mir ihre Tränen gegangen sind. »Warum haben parallele Linien die saftigsten Telefonrechnungen?«, frage ich, um uns beide abzulenken. Sie sieht mich etwas verzweifelt an. »Weil sie so viel gemeinsam haben, sich aber nie treffen können.«

Ruby tippt ihre Stirn gegen die Fensterscheibe. Ich mag ihre Stimme, aber ihr Lachen mag ich noch mehr. Vor allem, wenn sie sich alle Mühe gibt, es zu unterdrücken, und daran scheitert. »Woher nimmst du bloß immer all diese schlechten Witze?«

»Normalerweise muss man sich bei der Geburt zwischen Humor und unglaublich gutem Aussehen entscheiden. Mir wurde beides geschenkt.« Ich seufze dramatisch. »Manchmal ist es eine große Last, aber ich habe mich inzwischen daran gewöhnt.«

»O mein Gott!«, kichert sie, und ich schwöre, mein Shirt fühlt sich nicht mehr so eng an wie eben gerade noch.

»Was machen wir eigentlich hier?« Sie schaut sich auf dem Parkplatz um.

»Ich habe ein bisschen gearbeitet.«

»Damit ich schlafen kann«, fügt sie hinzu, ein schüchternes Lächeln auf den Lippen.

Ich zucke mit den Schultern. »Purer Zufall, dass sich das so ergeben hat.«

Sie hebt die Augenbraue. »Aha.« Rasch kämmt sie sich wilde Haarsträhnen hinters Ohr. »Wie lange war ich weg?«

»Zweiundvierzig Minuten«, antworte ich, woraufhin sie lacht.

»Alles klar. Die Sekunden vielleicht auch noch, Special Agent?« Könnte ich ihr tatsächlich nennen, würde sie das nicht im Scherz meinen. Ich schüttele innerlich den Kopf über mich. Wir kennen uns noch nicht besonders lange und trotzdem bin ich so abgestimmt auf ihre Gefühle, Bewegungen, Mimik. Obwohl ich normalerweise der Coole bin, dem vieles am Arsch vorbeigeht. Aber bei dieser Frau klappt das nicht. Ich frage mich, ob das Ganze ein verfluchter Fehler ist. Brian sagte, ich solle sie beschützen, nicht alles noch schlimmer machen.

»Hey, ich habe Hunger. Wie sieht's bei dir aus?«, frage ich stattdessen, weil manchmal Ablenkung die beste Medizin ist.

Sie fasst sich an den Bauch, als der uns die Antwort gibt, und lacht verlegen. »Schätze schon.«

Ich sehe auf die Uhr. Normalerweise würde ich mir jetzt irgendwo einen Hotdog oder einen Burger holen, der mich die nächsten paar Stunden ablenken würde, denn ich habe keine Zeit zu essen. Aber mit Ruby neben mir habe ich plötzlich gar keine Lust, mich durchs Mittagessen zu hetzen. »Perfekt. Dann stelle ich dir gleich die beste Pizzeria New Yorks vor.«

Sie zieht Luft durch die Zähne. »Oje. Ich hasse Pizza.« Ich starre sie an. Bestürzt, woraufhin sie kichert. »Das war ein Scherz. Niemand hasst Pizza.«

Ich fasse mir ans Herz und schüttle den Kopf. »Lady … es gibt Grenzen.«

Ruby lacht. Lauter diesmal, was das Durcheinander in mir etwas beruhigt. *Das ist ein gefährlicher Weg, auf den du dich da begibst, Jake.* Denn ich kann mir nicht erlauben, mehr als professionelle Zuneigung für Ruby zu empfinden. Darf den Fokus nicht verlieren. Warum – verdammt noch mal – ist es dann so schwierig, zurück auf die Straße zu sehen?

Kapitel 18

Ruby

Amüsiert ducke ich mich unter Jakes Arm hindurch, als er mir wieder einmal die Tür aufhält, diesmal zu einem Eckgebäude, das aus simplen Ziegelsteinen gebaut ist. Über eine Treppe gelangen wir zu dem Eingang, an dem sich eine riesige amerikanische Flagge mit einer italienischen duelliert. Eine der Mauern ziert ein gigantisches Wandtattoo in Form eines Pizzastücks, von dem Käse tropft. »Subtil«, murmle ich schmunzelnd.

Jake stößt mir spielerisch den Ellbogen in den Oberarm. »Der Sarkasmus wird dir vergehen, sobald du einmal reingebissen hast.« Er organisiert uns einen Platz in der Nähe der Küche und setzt sich dann mit dem Rücken zur Wand auf die Bank der Sitznische. Vielleicht sollte ich protestieren und darauf bestehen, den Überblick zu behalten, weil ich eigentlich immer mit dem Gesicht zu Türen sitze, egal, ob zu Hause oder sonst wo. Ist einfach eine Angewohnheit. Aber irgendwie stört es mich gar nicht, diese Bürde heute mal abzugeben. Es gefällt mir sogar, es jemand anderem zu überlassen, ein Auge auf jeden zu werfen, der den Raum betritt. Ich fokussiere mich währenddessen auf die Eindrücke rund um mich. Obwohl ziemlich viel los ist,

ist es hier hinten dennoch gemütlich. Nicht so hell wie draußen, aber beleuchtet genug, um nicht zwielichtig zu erscheinen. Musik spielt leise im Hintergrund, sodass man sich nebenbei gut unterhalten kann.

»Ich habe noch nie in einem richtigen Restaurant gegessen«, plappere ich, ohne groß nachzudenken, während ich fasziniert in das Feuer des Steinofens blicke, in den gerade eine Pizza geschoben wird. Die Wärme erreicht mich bis hierhin und fühlt sich irgendwie kuschlig an, auch wenn es draußen nicht gerade kalt ist.

»Nein?«

Ich schüttle den Kopf, begeistert davon, wie der Mann neben dem Steinofen den Pizzateig in der Luft herumwirbelt, bis er die richtige Größe hat und mit Tomatensoße bestrichen werden kann. »Ich bin eigentlich täglich im Jasmin, da kocht immer jemand. An den Wochenenden sind wir oft bei Brian und Monica. Und wenn es wirklich mal nix gibt, nehmen wir uns irgendwo etwas mit.« Ich lächle verhalten, als der Pizzabäcker mich beim Glotzen erwischt und mir ein breites, verführerisches Grinsen schenkt. Rasch widme ich mich den Salz- und Pfefferstreuern, die zusammen mit Essig, Öl und Besteck auf unserem Tisch stehen. »Ich bin nicht so der Fan von Orten mit vielen Menschen.«

»Wir können die Pizza auch gerne im Auto essen, wenn dir das lieber ist.«

»Nein, das hier ist okay.«

Deinetwegen, ergänze ich gedanklich, was ich bestimmt nicht laut aussprechen werde. Aber es ist wahr – und das liegt nicht etwa an der goldenen FBI-Marke oder der Waffe, die er unter dem locker sitzenden offenen Hemd trägt. Es liegt an Jake. Weil ich mich nicht nur körperlich in Sicherheit wähne, sondern auch auf den anderen Ebenen. Der Großteil meines Lebens bestand aus Machtspielchen, Manipulation und Situationen, in denen ich genau abschätzen musste, was und wie viel ich sage. Situationen, in denen mich ein falsches Wort bereits mehrmals um ein Haar getötet hätte. Aber mit Jake fühle ich mich … einfach wohl. Es ist ungezwungen. Nicht nur meine Haltung, mein ganzes Wesen entspannt sich in seiner Gegenwart. So sehr ich das auch leugnen will, spätestens nachdem ich in seinem Auto eingeschlafen bin, ist mir klar, dass er diesen Effekt auf mich hat. Ich war schon oft todmüde, aber noch nie habe ich in der Gegenwart eines Mannes die Deckung aufgegeben.

Jakes wachsame Augen verengen sich etwas, als ein Schatten über meinen Rücken kriecht. Jemand legt mir eine Hand auf die Schulter und ich zucke weg. Doch es ist nur der Pizzabäcker von vorhin, den ich so angestarrt habe. Wahrscheinlich hat er mein Lächeln falsch interpretiert, aber Gott – ich hasse es, wenn mich jemand berührt, von dem ich nicht berührt werden will. Immer noch. Etwas vor den Kopf gestoßen von meiner Reaktion tritt er einen Schritt zurück und räuspert sich. »Wisst ihr bereits, was ihr wollt?«

Ich schüttle die Gänsehaut ab, die jeder deutlich auf meinen Armen erkennen kann, und greife mit ungeschickten Händen nach der Speisekarte. Ich bestelle eine einfache Margherita und Jake nimmt die Peperonipizza, wobei mir auffällt, dass er mit diesem Mann ganz anders redet als mit dem, der uns zum Platz geführt hat. Vorhin war er charmant und hat sein übliches Jake-Lächeln sprechen lassen. Jetzt klingt er kühl, beinahe feindselig. Ich beobachte, wie er sich alle Mühe gibt, gelassen dazusitzen, während er dem Pizzabäcker hinterherschaut und ich ans andere Ende der Sitzbank rutsche, bis ich praktisch an der Wand klebe. »Möchtest du dich hierhin setzen?«, bietet Jake an, dem natürlich klar ist, was ich mache.

Ich winke ab, als wäre das eben keine große Sache gewesen. »Er wollte bestimmt einfach nur freundlich sein. Ich kann mich durchaus wehren, wenn es nötig wird.«

»Ich weiß, dass du das kannst. Er ist derjenige, um den ich mir Sorgen mache.« Sein schiefes Lächeln trifft mitten ins Schwarze und plötzlich bin ich nicht sicher, ob mein Magen leer oder doch voll mit etwas anderem ist. Diesen berühmt-berüchtigten Schmetterlingen vielleicht? »Ich habe eine kleine Narbe, die mich daran erinnert, mich nicht noch mal mit dir anzulegen.« Amüsiert reibt er an der Stelle, an der ich ihn mit dem Metallkorb getroffen habe.

Ich lege den Kopf schief. »Jake, wir wissen doch beide, dass ich nicht den Hauch einer Chance gehabt hätte, wenn du mir wirklich etwas hättest antun wollen.«

»Manchmal geht es gar nicht ums Gewinnen«, sagt Jake und klaut mir den Pfefferstreuer, um selbst damit zu spielen. »Manchmal geht es einfach darum, sich lange genug zu wehren, zu kämpfen, bis Hilfe kommt.« Das lässt mich hochsehen. Ich will lachen, ihn fragen, ob er das wirklich glaubt, aber sein Blick hält mich davon ab. Ein Blick, der unterstreicht, was er heute Morgen zu mir gesagt hat. Dass er sein Leben für meins geben würde, wenn es darauf ankäme. Etwas, was sich leicht verkünden lässt, aber er hat es im Prestige bewiesen, bevor wir uns überhaupt richtig kannten. Und zu wissen, dass man das jemandem wert ist, dass *ich Jake* sein Leben wert wäre, ist ziemlich heftig. Also halte ich den Mund. »Fakt ist: Wenn der Typ eben dich noch einmal berührt hätte, hätte ich ihm in den Arsch getreten. Aber zuzusehen, wie du es gemacht hättest, hätte mir besser gefallen.« Er zwinkert mir zu und setzt sich kerzengerade hin, als der Kellner mit den Getränken kommt. Ich brauche einen Moment länger, mich aus den Gefühlen von eben zu blinzeln, und bedanke mich dann beiläufig bei der Bedienung. Während wir auf die Pizza warten, erzählt mir Jake, wie lange er und sein Freund River gebraucht haben, um die beste Pizza New Yorks zu finden. Dass River zwar aus Australien komme, aber schon länger in New York lebe als er und vor einer Weile gemeinsam mit Liza über dieses mittelgroße, von außen eher unscheinbar wirkende Restaurant gestolpert sei.

Als dann die hochgepriesene Pizza serviert wird, reibt Jake sich grinsend die Hände. »Probier mal!«, fordert er mich auf, aufgeregt wie ein kleines Kind. Es ist irgendwie süß, dass er seine Freude mit mir teilen will. »Keine Pizza wird je wieder so gut schmecken wie diese.«

Also schneide ich mir ein Stück ab und stopfe es mir enthusiastisch in den Mund. Natürlich verbrenne ich mir dabei bestialisch die Zunge und fächere mir am Ende wie ein Dummkopf Luft zu. »Kann ich mir vorstellen. Denn ich habe eben alle meine Geschmacksnerven verloren.« Jake lacht verhalten und reicht mir meine Cola, damit ich den Brand löschen kann. »Aber ja, sie schmeckt wirklich gut«, gestehe ich. Zumindest besser als alle, die ich bisher mit Scarlett bestellt oder am Pizzastand gegessen habe. Wahrscheinlich vor allem, weil sie frisch ist. Sie ist aber auch dünn, knusprig und leicht süßlich, während der Käse herb hervorsticht.

»Nicht gut. Fantastisch.« Jake pfeift aufs Besteck, nimmt sich einfach ein Achtel und isst mit den Fingern. »Das hier ist das Beste an New York.«

»Das Beste? Wow. Jetzt verspürt die Pizza aber schon ziemlich viel Druck.«

Er grinst. »Na ja, das Zweitbeste. Das Beste ist eigentlich die Aussicht beim Joggen.« Er zwinkert mir zu und kaut fröhlich vor sich hin, während mir sehr bewusst ist, dass er damit auf unser erstes Gespräch anspielt.

»Bist du schon lange in der Stadt?«

»Nicht ganz zehn Monate«, erklärt er mit vollem Mund.

»Kurz nachdem du angeschossen wurdest.«

»Jap.« Als er nach seinem Wasser greift, rechne ich eigentlich damit, dass er es dabei belassen wird. Tut er aber nicht. »War nicht unbedingt das beste Jahr meines Lebens.«

143

»Warum?«, flüstere ich beinahe und klammere mich an meinem Besteck fest, weil etwas in mir sagt, dass es diesmal Jake ist, der mir einen Vertrauensvorschuss gibt. Ich will auf keinen Fall vermasseln, mehr von ihm zu bekommen, als er der Welt zeigt.

»Iss!«, sagt er und deutet auf meine Pizza. Sofort lasse ich das Besteck fallen und nehme mir einfach so ein Stück. Das bringt ihn zum Lachen, bevor sich seine Miene wieder verfinstert. »Bei meiner ersten Razzia konnten wir sieben junge Frauen befreien. Aber nicht alles lief nach Plan, und am Ende stellte sich heraus, dass eins der Mädchen in Wahrheit die Zuhälterin war. Sie hat wild um sich geschossen und mich am Oberschenkel getroffen und dort so ziemlich alles zerfetzt. Meinen Kollegen hat sie am Hals erwischt.« Ich halte die Luft an. »Ich wollte ihn vor dem Kugelhagel schützen und hab mich auf ihn geworfen. Dabei hab ich mir eine Kugel im Rücken eingefangen.« Ich kralle meine Fingernägel in meine eigenen Lenden, als würde ich spüren können, was er beschreibt.

»Und dein Kollege?« Mein Herz pocht so schnell, dass ich meinen eigenen Puls im Ohr hören kann.

Zorn schwimmt in den blauen Tiefen seiner Augen. Zorn über die Täterin? Über sich selbst? Oder seine Machtlosigkeit? »Er hat es nicht überlebt. Ich habe versucht, die Blutung zu stoppen, aber …«

»Du warst selbst angeschossen.«

Er blinzelt einige Male, kehrt allmählich zurück in diesen Raum. »Ich glaube, das Schwierigste war für mich, mit niemandem darüber reden zu können. Umso dankbarer bin ich, dass ich River kennengelernt habe.« Ja, das kenne ich.

»Warum konntest du es deinen Eltern nicht erzählen? Habt ihr kein gutes Verhältnis?«, hake ich nach, hungrig, mehr von diesem Mann zu erfahren.

»Doch. Sehr sogar. Mein Dad hat meinen größten Respekt.«
Er lächelt, doch es verrutscht, als er meinen Gesichtsausdruck
wahrnimmt. Ich kann mir vorstellen, was er darin sieht. Interesse
und Schmerz. »Aber das war kurz nach der Verurteilung von
meinem Bruder. Es war für sie schon schwer genug, sich um das
Leben *eines* Sohnes sorgen zu müssen.«

Ich halte die Luft an. Was?! »Verurteilung? Wofür?«

»Für eine Tat, die er nie begangen hat. Zehn Jahre Haft.
Elf Monate davon hat er abgesessen, bevor das Urteil aufgehoben wurde.« Jake nickt, als würde er sich selbst Mut machen,
weiterzureden. »Aber in seinem zweiten Monat wurde er im
Gefängnis von einem Mitinsassen angegriffen. Hat es gerade so
überlebt.« Seine Gesichtsmuskeln zucken. »Stellte sich schnell
heraus, dass das ein Akt der Vergeltung war für einen der Gang-
Brüder, den wir bei dieser Razzia ausgeschaltet hatten.« Ich
schiebe meinen Teller von mir, auf einmal gar nicht mehr so
hungrig, höre praktisch die Schuld, die er sich da aufgebürdet
hat. »Blutrache, weil die ihre Augen und Ohren überall haben
und es so was wie ein Todesurteil ist, wenn du im Knast mit
einem Cop oder – noch schlimmer – einem FBI-Schwein in
Verbindung gebracht wirst.«

»Du brauchst mich bestimmt nicht dazu, um es zu hören,
aber du bist nicht für das verantwortlich, was passiert ist, Jake.«

Er knackst sich den Nacken frei, vielleicht um Zeit zu
gewinnen. Denn ich erkenne, wie schwer es für ihn ist, darüber zu sprechen. »Aber Gabe wäre beinahe gestorben. Und ich
konnte nichts für ihn tun. Ich konnte nur dafür sorgen, dass
er verlegt und ich versetzt wurde, und hoffen, dass er lebend
wieder aus dem Gefängnis rauskommt. Zu seiner Sicherheit
durfte ich ihn in all der Zeit nicht ein einziges Mal kontaktie-
ren, geschweige denn besuchen. Nur weiß er das nicht.«

»Warum?«

Er schluckt schwer. »Weil ich denke, dass es im Moment weitaus leichter für ihn ist, mich zu hassen, als mir zu vergeben.«

Sprachlos presse ich die Lippen zusammen. Unvorstellbar, dass ich ihn vor ein paar Tagen noch als unbarmherzig und gefühllos beschrieben habe. Als jemand, der sich ausschließlich für sich selbst und seinen Job interessiert. In diesem Augenblick frage ich mich, wie viele Leute ich kenne, die dermaßen selbstlos sind wie er. Und ich will irgendetwas sagen, was alles besser machen würde, doch aus eigener Erfahrung weiß ich, dass es da nichts gibt. Also gebe ich ihm etwas zurück.

»Meine Familie lebt in Thailand«, berichte ich, und sofort studiert mich Jake mit Interesse. »Aber Eltern habe ich keine. Schon ganz lange nicht mehr.« So, wie ich das sage, hört es sich an, als wären sie tot. Was sie auch sind. Zumindest für mich. »Sie haben mich verkauft«, bekenne ich zum ersten Mal in meinem ganzen Leben. Schon oft wurde es mir so gesagt. Von Polizisten, Therapeuten. Aber ich selbst habe es noch nie ausgesprochen. Es tut verflucht weh und ich kralle meine Fingernägel in die Sitzbank. »Im Nachhinein weiß ich, dass mein Vater mich gehasst hat, da ich eigentlich das Kind eines westlichen Mannes bin. Er hatte immer ein Problem mit meinen Augen.« Weil ich nicht reinpasste. Weil es so offensichtlich war, dass ich ein Bastardkind war, auch wenn sie nie ein Wort darüber verloren haben. Ironischerweise war es ein Freier, der mich das erste Mal auf die Idee brachte. Ich weiß nicht, ob meine Mutter meinen Vater betrogen hat oder selbst zur Prostitution gezwungen wurde. Ich werde es auch nie erfahren. »Meine Mutter war einfach …« Ich überlege. Ich weiß nicht, was man sein muss, um sein Kind freiwillig den Händen von brutalen Menschenhändlern zu überlassen, also sage ich einfach gar nichts. Ob man die Pizza wohl auch einpacken kann? Denn der Hunger ist mir definitiv vergangen. »Ich habe in Thailand drei Schwestern, allerdings bezweifle ich, dass ich die je wiedersehen werde, weil ich nicht vorhabe, noch mal einen Schritt in dieses Land zu setzen.« Jeden Tag bete ich zu Gott, dass meine Eltern meine Schwestern mehr lieben als mich, um sie vor dem Leben zu beschützen, in das sie mich versklavt haben.

Ich bemerke, wie sehr ich meine Serviette in wenigen Sekunden zerfetzt habe, und werfe die zerrissenen Teile verlegen auf den Teller. »Heute sind die Thompsons die einzige und beste Familie, die ich habe.« Ich schiele zu Jake, wappne mich für den Gesichtsausdruck voller Mitleid und weiß Gott was noch. Ekel vielleicht, weil er sich vorstellen kann, wie alt ich war, als ich verkauft wurde. Die meisten Mädchen und Jungen werden im Alter von zehn bis zwölf Jahren zum ersten Mal für den Sextourismus Thailands ausgebeutet. Stattdessen sehe ich bei Jake eine deutliche Wut, die tiefer liegt. Vor allem aber registriere ich Bewunderung in seinen Augen.

»Jap, bin mir ziemlich sicher, dass ich eine echte Superheldin gefunden habe.«

Mein Herz stolpert über diese Bemerkung, idiotischerweise stolz darauf, von diesem Mann so eingeschätzt zu werden. »Davon habe ich keine Ahnung«, erwidere ich mit gesenktem Blick, weil ich mich sehr selten wie eine Heldin fühle. »Aber weißt du was, Jake? Ich glaube, du musst kein Superheld sein, um das Böse zu bekämpfen. Du musst nur Mensch sein. Wir haben die Wahl, wer wir sein wollen. Und diese Wahlmöglichkeit und vor allem, was wir damit anstellen, ist es, was uns zu Helden machen kann.«

Helden, die in einer perfekten Welt nicht existieren müssten, weil es dort keine Bösewichte gäbe. Aber unsere Welt braucht Superhelden, die bereit sind, für etwas Größeres einzustehen als für sich selbst. Und je mehr Zeit ich mit Special Agent Jake verbringe, umso mehr bekomme ich das Gefühl, dass er auf dem besten Weg ist, sich seinen Kindheitswunsch zu erfüllen.

Kapitel 19

Jake

»Was ist denn los mit dir heute? Hast du Flöhe, weil du keine einzige Sekunde lang still sitzen kannst?«, lacht Sanders mich aus. Bei seiner Bemerkung höre ich auf, mit dem Bein zu wippen, und greife nach dem Sandwich, das er mir von Subway mitgebracht und liebevoll quer über den Tisch geschleudert hat.

»Alles bestens.« Ich nehme einen Riesenbissen und kaue kaum, bevor ich ihn schlucke, als würde dadurch die Zeit schneller vergehen.

»Cool. Genauso siehst du aus.« Belustigt schüttelt er den Kopf. Und er hat recht. Wie ich selbst fühle ich mich heute wirklich nicht. »Ist es, weil *ich* hier mit dir sitze und nicht Ruby?«

Er zieht mich auf, aber ich werde nicht darauf einsteigen, auch wenn er vielleicht, eventuell, unter Umständen nicht ganz unrecht hat. Denn ja, verdammt, es ist erbärmlich, aber ich kann seit gestern nicht aufhören, an sie zu denken. Habe heute den ganzen Tag überlegt, ob ich eventuell einen Grund finde, sie zu besuchen. Weil ich sie sehen will.

Ich hatte nie vor, ihr von dem Einsatz oder von Gabriel zu erzählen. Ich bin ein verfluchter FBI-Agent. Diese Informationen sind klassifiziert und ich könnte meinen Job verlieren, wenn etwas an die Öffentlichkeit dringt, was die Untersuchung in Chicago auch rückwirkend beeinträchtigt. Und trotzdem reichte ganz offensichtlich der Anblick ihrer sichelförmigen braunen Augen und der halb offenen roten Lippen, dass ich brabbelte wie ein Schulmädchen. Am liebsten hätte ich ihr alles erzählt. Alles offen auf den Tisch gelegt. Vor allem, was Gabe betrifft. Aber das konnte ich nicht, denn ob ich nun weiß, dass Gabriel unschuldig ist oder nicht, würde für Ruby keine Rolle spielen. Wenn sie eines Tages davon erfährt ... bin ich nicht sicher, ob sie mich überhaupt noch ansehen kann.

Der nächste Bissen meines Sandwiches schmeckt beim Gedanken daran ziemlich bitter. Ich werfe es zurück aufs Papier. »Wie lief dein Gespräch mit Dana?« Einem der Mädchen, die Scarlett benennen konnte. Wir haben sie in einem Krankenhaus in New Jersey gefunden.

»Zumindest gut genug, um auch das letzte Mädchen zu identifizieren. Aussagen will sie allerdings nicht.« Verdammt. Wir stolpern immer tiefer in eine Sackgasse, was den Fall betrifft. Langsam brauchen wir Antworten. »Hey, gehst du noch mit in die Kraftkammer? Ich muss mich ein bisschen abreagieren.«

Ich lehne mich zurück und knackse meinen Nacken frei, weil ich schon viel zu lange hier rumsitze. Aber für die Kraftkammer habe ich momentan einfach null Zeit. Wenn ich die hätte, würde ich lieber morgens wieder Ruby beim Joggen treffen. Aber das Problem ist das Gleiche wie bei jedem anderen Agent. Ich arbeite nicht nur an diesem Fall. Die anderen haben ebenso ihre Wichtigkeit, auch wenn derzeit meine ganze Energie und Zeit nur für diese Sache draufgeht. Weil es für Lydia und Zahara und all die anderen einen Unterschied macht, ob wir uns den Arsch aufreißen, um sie zu finden. Sie nicht zu suchen ist keine Option, also ... habe ich derzeit eben keine Zeit für die Kraftkammer oder zum Joggen. »Geht nicht. Ich will das hier noch fertig machen.« Ich deute auf die Akte für den Staatsanwalt, der immer wieder absegnen muss, was wir hier treiben. Wenn er zu etwas Nein sagt, dreht er uns alles ab.

»Okay, aber wundere dich nicht, wenn du aussiehst wie Thompson, bevor du dreißig bist.«

»Wo wäre das Problem, Sanders?«, ertönt da eine Stimme, und auch wenn ich nicht sehen kann, wer da spricht, höre ich, dass Thompson selbst dort steht. Ich will gerade losprusten, doch ich ersticke an meinem Lachen, als ich Ruby neben ihm wahrnehme. Heute sind ihre Haare offen und sehen aus wie Seide oder so was, während sie ihren Kopf bis zu den Schultern wie ein Bilderrahmen umspielen. Außerdem trägt sie ein bodenlanges Sommerkleid, das gar nicht viel von ihrer Figur zeigt und sie trotzdem noch weiblicher macht, als sie sowieso ist.

»Überhaupt kein Problem, Sir. Sie sehen knackig aus für Ihre sechzig«, versucht Sanders, sich zu retten, während ich aufstehe. Obwohl ich gar nicht weiß, wofür.

»Fünfzig«, flüstert Ruby, wohingegen Thompson so tut, als wäre er sauer.

»Fünfzig«, korrigiert Sanders sich sofort. Am besten hält er endlich die Klappe, bevor er sich noch weiter reinreitet. Auch wenn es für mich witzig ist. Für Ruby offensichtlich auch. Ihr Schmunzeln wird um eine Spur breiter, als sie kurz zu mir herüberblinzelt. Und verdammt, wie kann es sein, dass ich jedes Mal, wenn ich sie sehe, fast vergesse, wie ich heiße?

»Bist du sicher, dass ich dich nicht nach Hause bringen soll?«, fragt Thompson sie dann in einem Ton, der so massiv anders ist als der, in dem er mit einem von uns spricht.

»Nein, schon gut, danke. Ich komm klar.«

»Ich kann sie fahren«, mische ich mich hastig ein, obwohl das unklug ist, weil ich ja nicht mal weiß, warum sie hier ist.

Thompson zieht auch gleich die Augenbrauen ein bisschen zusammen und stiert mich für meinen Geschmack etwas zu lange an. Sanders, der Feigling, nutzt die Ablenkung, um das Weite zu suchen, bevor er sich weiter um Kopf und Kragen quatscht.

»Also gut, dann sehen wir uns am Wochenende, okay? Pass auf dich auf!« Ich beobachte, wie Ruby Thompson einen kleinen Kuss auf die Wange gibt und er kurz ihre Hand drückt. Ich muss schlucken. Weil ich kein Problem damit hätte, in diesem Augenblick mit ihm zu tauschen.

Als Thompson geht, kommt Ruby mit einer dicken Plastiktüte an meinen Schreibtisch und stellt sie dort vorsichtig ab. »Hi«, begrüßt sie mich mit einem schelmischen Lächeln.

»Hey! Ist das etwa Essen, was ich da rieche?«

»Ich hoffe doch, sonst fühle ich mich irgendwie betrogen«, antwortet sie keck. »Hast du Hunger?«

Vergiss das dämliche Sandwich. Wenn Ruby hier ist, um mit mir zu essen, dann habe ich auf jeden Fall Hunger. »Immer«, antworte ich, und sie grinst stolz. Dann mache ich ein gespielt ernstes Gesicht. »Warte. Du hast das doch nicht gekocht, oder?«

Sie reißt den Mund auf und bewirft mich mit einem Set Stäbchen. »Ich bin so froh, dass dein Humor auch um diese Uhrzeit noch so unterhaltsam ist wie sonst.« Sie nimmt eine der Boxen aus der Tüte und hält sie mir vor die Nase. »Ist vom Chinesen um die Ecke. Weshalb ja auch ›Chinese um die Ecke‹ draufsteht.«

Belustigt helfe ich ihr, den Rest auszupacken. »Verstehe.«

»Außerdem sind meine Kochkünste gar nicht so mies. Bisher hat der Toaster nur einmal Feuer gefangen und ich bin zu vierzig Prozent sicher, dass das nicht meine Schuld war.« Das bringt mich zum Lachen und sie auch. »Möchtest du lieber Ente oder Huhn?«

»Was auch immer du nicht am liebsten hast«, lautet meine Antwort, weil es mir auch wirklich gleich ist. Ich ziehe ihr Sanders' Bürosessel rüber an meinen Tisch und wir setzen uns. »Danke jedenfalls, aber womit habe ich das eigentlich verdient?«

»Ich wollte dir etwas erzählen und habe festgestellt, dass ich deine Nummer nicht habe.« Etwas, was ich gleich ändern werde. Vorher öffne ich allerdings den Karton, den sie mir gegeben hat, und schnüffle an den gebratenen Nudeln mit Ente. »Ich war heute noch mal bei Candy im Krankenhaus«, berichtet Ruby, und meine Ente ist vergessen. Alleine? Ich weiß nicht, ob mir das gefällt. Nicht, weil ich ihr nicht traue, sondern weil die Medien bereits über die derzeit einzig Überlebende aus dem »Horrorhaus« berichten und damit verdammt viel unerwünschte Aufmerksamkeit auf das Mädchen lenken. »Wir haben einfach gequatscht. Zusammen *Family Guy* gesehen und oft auch geschwiegen. Ich habe ihr von Ausstiegsmöglichkeiten erzählt und sie hat es sich wenig überzeugt angehört. Aber, Jake …« Rubys Strahlen versetzt mir einen Stich. »Sie hat gesagt, ihr Name sei Nikki.«

Wow. Sie ist echt gut. »Das ist toll, Ruby. Mit dem Namen und Tag und Monat ihres Geburtstages haben wir eine ehrliche Chance herauszufinden, wer sie ist.« Sofort tippe ich die Anhaltspunkte in die Suchleiste unserer Datenbank. Sofern Nikki tatsächlich ihren Vornamen genannt und nichts erfunden hat, können wir vielleicht noch heute Nacht mit einem Ergebnis rechnen. Ruby rutscht mit ihrem Stuhl dicht an meinen, um ebenfalls den Bildschirm sehen zu können, und mir fällt es sofort deutlich schwerer, mich auf die Daten zu konzentrieren.

»Über vierhundertsiebzigtausend Nicoles in Amerika?«, fragt sie resigniert. Dabei berührt ihr Knie meinen Oberschenkel und ich fühle mich wie ein Teenie, da ich plötzlich um Beherrschung kämpfen muss, nicht meine Hand draufzulegen.

»Ja, aber nicht alle haben am selben Tag Geburtstag und wurden als vermisst gemeldet. Wir werden sie schon finden, Ruby.« Gott, ich hoffe, dass das kein leeres Versprechen war. Als ich bewusst zu der atemberaubenden Frau neben mir sehe, fange ich ihren vertrauensvollen Blick auf, der mich beinahe in die Knie zwingt. Von ihr bedeutet mir das die Welt. Mein Blick kippt zu ihren Lippen, und für den Bruchteil einer Sekunde lehnt sich Ruby ein Stück in meine Richtung, bevor sie rasch Luft holt und mit ihrem Stuhl wieder etwas von mir wegrutscht.

»Bedanken kannst du dich übrigens bei Brian. Also, fürs Essen.« Ihr Stammeln ist süß. Wir bringen uns eben gegenseitig ziemlich aus dem Konzept. »Er hat es spendiert.«

»Und weiß *Brian* auch, dass er *mir* das spendiert hat?«

»Ich glaube, er konnte zwei und zwei zusammenzählen.«

Ich grinse, schüttle den Kopf. »Ich muss sagen, es ist sehr gewöhnungsbedürftig, wenn ihn jemand mit seinem Vornamen anspricht. Hier stellt er sich ausschließlich unter Herr Oberbefehlshaber Seine Majestät Special Agent in Charge Thompson vor.«

Ruby kichert über meine Übertreibung, wird aber rasch wieder nüchtern und schaut auf ihr Hühnchen. »Ja?« Sie stochert mit den Stäbchen in ihrer Box herum. »Wahrscheinlich löst sich die Etikette in Luft auf, wenn einem jemand wochenlang hilft, aus einem Strohhalm zu trinken.«

Die Wut, die ich schon beim Lesen ihrer Akte und auch gestern im Krankenhaus empfunden habe, trifft mich erneut wie ein K.-o.-Schlag. Und als sie den Blick hebt, weil es eben nichts gibt, was man darauf erwidern könnte, scheint sie mir meine Gefühle anzumerken. Sie schüttelt mit gefurchter Stirn den Kopf, als würde sie den Satz lieber zurücknehmen. »Oder er hat mich einfach lieber als dich.«

»Das steht außer Frage«, gebe ich mit Selbstverständlichkeit zurück. Vorsichtig strecke ich meine Hand aus und hebe ihr

Kinn. »Ruby, ich bin irgendwie nicht in meinem Element, wenn ich nicht auf alles eine Antwort habe. In diesem Fall weiß ich aber nicht, was ich sagen soll. Doch ich will auch nicht so tun, als wüsste ich von nichts.«

Sie zieht die Mundwinkel zur Seite. »Ist schon gut, Jake. Ich wollte dich auch nicht in eine unangenehme Situation bringen. Ich weiß, du hast die Akte gelesen. Ist dein Job.«

»Aber was ich gelesen habe, ist längst nicht alles, nicht wahr?«, stelle ich die Frage, auf die ich seit gestern leider schon die Antwort kenne. Und als Rubys Lider zufallen und ihre langen Wimpern wie Fächer auf ihrer Wange zucken, bereue ich es, gefragt zu haben. »Schon okay, Ruby. Eines Tages wirst du mir von dir erzählen, weil du es willst. Ich kann warten.«

Ein Lächeln geistert über ihre Lippen. »Ich kann sowieso nicht alles teilen. Einerseits, weil ich mich nicht an alles erinnere, andererseits, weil ich im Laufe der Jahre verstanden habe, dass die Vergangenheit eine Einbahnstraße ist. Sie wird sich nicht ändern, egal wie sehr ich grüble und versuche, Antworten zu finden, wo es keine gibt.« Ich sitze einfach da, die Nudeln hängen rund um meine Stäbchen, ich aber hänge an ihren Lippen. »Das heißt nicht, dass es mir nicht schwerfällt oder wehtut, aber für mich ist es einfach der bessere Weg, Frieden zu finden, so gut ich eben kann.«

»Das bewundere ich.« Meine Stimme klingt heiser.

»Die Thompsons und ein Bekannter von ihnen haben mir damals in Thailand den Glauben zurückgegeben, dass ein anderes Leben auf mich warten könnte. Sie waren Fremde und doch waren sie mehr an meinem Wohlergehen interessiert als meine eigenen Eltern, die mir gerade erst wieder bewiesen hatten, wie wenig ich ihnen wert war. Was ich nicht wusste, war, dass Brian ein halbes Jahr später wiederkommen würde.«

154

Kapitel 20

Ruby

»*Und die? Macht die alles?*«

Ich lächle den Mann an, der auf mich zeigt, wie es mir schon so oft eingebläut wurde, auch wenn ich innerlich tot bin. Auch wenn ich ihn am liebsten töten würde. Die Augen auskratzen, verstümmeln, egal was ... Hauptsache, er lässt mich in Ruhe.

»*Alles. Die macht alles.*« *Ich könnte kotzen.* »*Die Kleine da drüben ist noch Jungfrau. Da müssen wir über den Preis erst noch verhandeln. Die kriegt ihr nicht unter tausend Dollar.*«

»*Kommt, Mädchen! Hier hinten gibt's Essen und einen Pool für euch*«, *ruft ein anderer Kerl grinsend und denkt wohl, es uns damit besonders schmackhaft zu machen, dass wir hier sein dürfen. Dass wir die Glücklichen sind, die auserwählt wurden, um diesen reichen Schweinen mit unserem Körper zu dienen. Viel wissen wir natürlich nicht, weil uns nie jemand sagt, wohin wir gehen. Alles, was wir wissen, ist, dass diese Touristen eine Sexparty mit möglichst jungen Mädchen wollen und auch bereit sind, viel Geld dafür zu zahlen.*

Trotzdem gehe ich dorthin, wo das Essen ist, weil ich den Männern nicht mehr zuhören kann. Als könne man für tausend

Dollar eine Seele verkaufen. Meine wurde für hundert Dollar verkauft. Muss wohl weniger wert gewesen sein.

Minuten verstreichen, in denen ein Perverser nach dem anderen sich an uns anschmiegt, versucht, Witze zu reißen, uns füttert, bis auf einmal ein lauter Knall zu hören ist, darauf kreischende Mädchen und panische Männer.

»Runter auf den Boden. Alle auf den Boden. Gesicht nach unten«, brüllen uns uniformierte Polizisten an, und ich habe Angst. Nicht, weil ich Angst habe, erschossen zu werden. Ich habe Angst vor den Polizisten selbst.

Als alle am Boden liegen, werden wir Mädchen gezwungen, wieder aufzustehen, und eilig raus auf die Straße begleitet, wo wir zusammengepfercht werden. Keine von uns weiß, was mit uns passiert, sodass wir zittern, winseln oder hysterisch weinen. Ich selbst weiß nicht, was ich fühle. Es ist alles zu viel. Und dann sehe ich ein Gesicht, von dem ich mir sicher war, es nie wiederzusehen. Es ist der Amerikaner, Brian, mit den gütigen Augen. Er ist zurückgekommen. Sicher nicht für mich. Bestimmt wird er mich nicht einmal wiedererkennen. Aber ich fixiere nur ihn. Beobachte ihn, als er mit einem Polizisten streitet. Der Polizist schüttelt den Kopf, worauf Brian — wenn er denn wirklich so heißt — sich abwendet und sein Blick meinen trifft. Doch anders, als ich erwartet hätte, schaut er nicht gleich wieder weg. Er erwidert meinen Blick, und mein Herz klopft hoffnungsvoll. Könnte es sein, dass er tatsächlich auch für mich zurückgekehrt ist?

Eine Gruppe Polizisten kommt auf uns zu und will, dass wir in den Bus steigen. »Wir bringen euch aufs Revier und werden dann eure Daten aufnehmen.« Jetzt schüttle ich den Kopf, gehe rückwärts aus der Gruppe und beachte den Polizisten nicht einmal, der mir befiehlt, mich wieder zu den anderen zu stellen. Aber ich gehe nicht mit der Polizei mit. Auf gar keinen Fall mache ich das noch einmal mit.

»Hey!« Von hinten versetzt mir jemand einen Stoß, damit ich nicht weitergehen kann. »Zurück in den Kreis, hat er gesagt.«

»Nein!«, schreie ich ihn an. Als er seine Arme um meine Mitte schlingt und mich zurücktragen will, werde ich hysterisch und trete wild um mich. Doch plötzlich ist Brian da und entreißt mich dem Uniformierten, bevor er sich zwischen uns stellt und irgendetwas auf Englisch sagt, das sich wütend anhört. Und weil ich so verzweifelt bin, dass ich nicht weiß, was ich sonst machen soll, und dieser Mann da der Einzige ist, der bisher in meinem Leben gütig zu mir war, klammere ich mich an seinem Shirt fest.

»Bitte nicht. Bitte nicht Polizei«, flehe ich ihn in den wenigen Worten an, die ich auf Englisch kann, nicht bereit, ihn loszulassen. Er dreht sich um, legt seine Hände auf meine und drückt fest. Er sagt wieder irgendetwas auf Englisch, was ich nicht verstehe, doch ich sehe Kummer in seinen Augen.

»Lass ihn los! Er entscheidet hier nicht.« Jetzt ist es eine Polizistin, die spricht und sich bemüht, mich sanft, aber bestimmt von Brian wegzuziehen. »Er kann hier nichts für dich tun.« Und damit verlässt mich die Kraft, weil ich weiß, dass sie vergeudet ist. Ich lasse Brian los, ohne ihn noch einmal anzusehen, und werde in den Bus verfrachtet. Zwei Mal hat er versucht, mich zu retten. Niemand bekommt drei Chancen. Offensichtlich soll es einfach nicht sein.

***

»Ich glaube, Brian hat dieser Tag bis heute nicht losgelassen. Zumindest finde ich den Kummer immer wieder in seinen Augen, wenn er mich ansieht. Dabei war ich ihm nie böse. War nicht einmal enttäuscht. Es war einfach so. Nachdem sie uns tagelang in der Polizeistation festgehalten hatten, bis sie alle Informationen von uns bekommen hatten, die sie wollten, brachten sie uns in eine staatliche Einrichtung für Opfer von

Menschenhandel«, erzähle ich Jake. Bisher hat er kommentarlos zugehört, was mir ehrlich gesagt recht war. Ich spüre nur seine Präsenz und seine Wärme neben mir und halte mich daran fest. »Sechs Tage später war jedes einzelne Mädchen weggelaufen, entlassen oder wegen widerspenstigen Verhaltens rausgeschmissen worden. Wie ich zum Beispiel. Bis heute frage ich mich manchmal, was genau sie eigentlich von uns erwartet haben, was ihr Ziel war.« Angewidert nehme ich mir eine Serviette und zupfe daran, um mich irgendwie zu beschäftigen. »Ich glaube, die Zeit dort war später für mich die größte Motivation, Sozialarbeiterin zu werden und im Jasmin zu arbeiten. Weil es einfach so sehr auf die Nachbetreuung ankommt. Auf die richtige Form der Kommunikation, die langfristige Begleitung, eine Unterstützung auf dem Weg, plötzlich nicht mehr ganz alleine zu sein. Nicht mehr nur auf sich selbst angewiesen zu sein.« Ich bemerke, dass ich meine Serviette in wenigen Sekunden zerfetzt habe, und werfe das, was davon übrig ist, neben meine Box.

»Zwei Monate später wurde ich in einem Container per Schiff nach Amerika gebracht. Sie sagten, ich sei schon zu alt für den Club. In Amerika könne man mich in Zukunft besser verkaufen. Damals war ich gerade mal fünfzehn.« Einer der schrecklichsten Tage meines Lebens. »Wir hatten kein Licht da drinnen, weshalb ich nicht einmal weiß, wie viele Tage vergangen waren, bis man uns wieder rausließ. Es roch nach Kotze und Fäkalien und wir hatten kaum zu essen oder zu trinken. Und als wir den Hafen erreichten ...« Die Hilflosigkeit über die Erinnerung überwältigt mich und der Kloß in meinem Hals wird überdimensional groß. Ich habe das Gefühl, nicht atmen zu können, und stehe kopfschüttelnd auf, weil ich dringend ein Ventil brauche. Doch bevor ich flüchten kann, fasst Jake sanft nach meinem Arm und hält mich auf.

»Geh nicht, Ruby ...«

Ich weiß nicht, ob er weiß, wohin ich will oder was ich dort mache, aber die Art, wie er meinen Arm berührt, hält mich tatsächlich auf, auch wenn ich mit dem Rücken zu ihm stehe. Weil ich nicht will, dass er loslässt. Nicht ausflippen und ihm die Augen auskratzen will, weil er mich anfasst. Da fühle ich, wie seine Hand an meinem Arm abwärtsrutscht, bis seine Finger sich mit meinen verschränken. Genau wie Scarlett es immer tut, wenn ich mich nicht selbst aus meinen Träumen holen kann. Wie er es bereits im Auto gemacht hat, als er ebenso wenig wie gerade wusste, wie bedeutungsvoll diese Geste für mich ist. Meine Form der Intimität. Etwas, das ich mit Freiheit und Sicherheit verbinde, weil bisher niemand außer den beiden meine Hand auf diese Weise gehalten hat, trotz allem, was man mit dem Rest meines Körpers gemacht hat. »Du musst damit nicht alleine sein«, murmelt er. Und irgendwie ist der Satz der letzte Anstoß, den ich gebraucht habe, um mich ächzend zurück zu Jake zu drehen, wo meine Stirn seine Schulter findet. Ich habe es satt wegzulaufen. Stattdessen bündle ich den Stoff von Jakes T-Shirt in meiner Hand, während er mich einfach festhält.

»Die Schlepper haben ein Mädchen über Bord geworfen, weil sie dachten, sie sei im Container gestorben. Aber sie war nicht tot, Jake. Sie war nur richtig, richtig krank und schwach von der Überfahrt und hätte Hilfe gebraucht.« Stöhnend drücke ich meinen Kopf fester an Jake, bevor ich meine Hände von ihm löse und mir die brennenden Augen reibe.

»Vier Jahre, drei verschiedene Bundesstaaten und so viele Städte später, dass ich den Überblick bald verloren hatte, bin ich im Jasmin gelandet und habe Scarlett kennengelernt. Irgendwann habe ich ihr verraten, woher ich kam. Sie hat mir darauf von ihrem Dad erzählt, von Brian, und dass er viele Jahre in Thailand versucht hatte, den Menschenhandel mit Kindern und Jugendlichen zu bekämpfen. Da hat es bei mir geklickt, auch wenn ich zunächst nicht glauben wollte, dass es solche

Zufälle gibt. Sie hat mir seine Visitenkarte gegeben und mich ermutigt, mit ihm zu sprechen.« Ich entferne mich ein Stück von Jake und setze mich auf die Schreibtischkante. »Was ich auch getan hätte, wenn Joker nicht am selben Abend seine Visitenkarte in meinen Sachen gefunden hätte.«

In diesem Moment ist Jake derjenige, der sich irgendwie kraftlos zurück auf seinen Stuhl fallen lässt. Seine Schultern hängen und sein Gesicht sieht düster aus.

»Als er mit mir fertig war, war mein Kiefer gebrochen und mein Körper ein einziger Scherbenhaufen von den Stockschlägen, ich hatte Verbrennungen an der Brust und lag eine Woche im künstlichen Koma. Was mir anscheinend das Leben gerettet hat, war, dass man mich in den East River geworfen hatte, wo ich nicht ertrunken bin, sondern dummerweise ans Ufer gespült wurde. Das kalte Wasser hat mein Herz wohl langsamer schlagen lassen, bis ich gefunden wurde. Inklusive Brians Visitenkarte.«

Jake flucht leise. »Ruby, ich ... weiß nicht, was ich sagen kann.«

Ich schüttle den Kopf. »Du musst nichts sagen, Jake. Die Visitenkarte war der Startschuss in die Freiheit.« Ich finde den Mut, ihn anzusehen. »Brian war da, als ich aufgewacht bin, und hat versprochen wiederzukommen. Was er auch getan hat. Vielleicht, weil er wusste, dass ich sonst niemanden hatte, oder weil sich schon damals in Thailand irgendein Band zwischen uns gebildet hat. Auch Scarlett und Monica, seine Frau, haben mich jeden Tag besucht. Monica hat mir Bücher vorgelesen, damit ich besser Englisch lerne. Brian hat bis zum Umfallen Scrabble mit mir gespielt, und Scarlett ...«

Ich lächle, als ich an meine beste Freundin denke, die damals kaum Hemmungen hatte und mich bei jeder Gelegenheit umarmte, berührte, sich zu mir legte, als wäre es selbstverständlich. Anfangs überforderte mich das komplett, gleichzeitig wuchs sie mir damit so schnell ans Herz, weil ich zum ersten Mal nicht das Gefühl hatte, weniger wert zu sein, dreckiger zu sein als der Rest der Welt. »Scarlett ist eben Scarlett.«

Jake zieht einen Mundwinkel hoch.

»Ich hab so viel Zeit bei und mit ihnen verbracht, und es war die beste und schwierigste Zeit meines Lebens zugleich, weil plötzlich alles anders war. Als Brian und Monica dann zwei Jahre später fragten, ob ich Teil ihrer Familie werden würde, war ich komplett von den Socken. Die Vorstellung, dass jemand mich haben wollte, den ich noch dazu so liebte und respektierte, war schwer zu fassen.« Überwältigend und beängstigend. Was, wenn ich nicht genug wäre? Schließlich hatten mich ja nicht mal meine eigenen Eltern genug geliebt. »Eine offizielle Adoption ging nicht. Weil man hier in den USA ausländische Kinder nur bis zum Alter von sechzehn Jahren adoptieren kann.«

»Für Thompson bist du trotzdem seine Tochter. So spricht er jedenfalls von dir«, sagt Jake, und ich muss lächeln. Dann klappe ich meine halb volle Nudelbox samt Huhn zu, sinnbildlich dafür, dass ich sowohl mit dem Essen als auch mit meiner Reise durch die Vergangenheit fertig bin. Jake sitzt immer noch einfach da.

»Ich habe das meiste davon noch nie jemandem erzählt«, offenbare ich ihm, weil es die Wahrheit ist.

»Warum mir?«, fragt er.

»Ich weiß es nicht.« Ich sehe auf meine Schuhe, zucke dann mit den Schultern, weil ich es ja eigentlich sehr wohl weiß. »Vielleicht, weil du einfach gerade zufällig da warst.« Verstohlen schiele ich rüber zu Jake, der mich lächelnd ansieht, weil er weiß, dass das nicht die wahre Antwort ist. Fühle mich wie ein Teenager, weil ich mir ein Schmunzeln nicht verkneifen kann, bevor ich kopfschüttelnd die Augen schließe. Was ist das mit Jake, dass ich mir plötzlich nicht mehr vorkomme wie eine kaputte Frau, sondern einfach nur wie eine Frau? Eine Frau mit Schmetterlingen im Bauch, die sich gar nicht so schlecht anfühlen, ausgelöst durch einen Mann. »Vielleicht hast du mich auch einfach mit deinem Charme um den Finger gewickelt.«

Er gibt ein schnurrendes Lachen von sich, das die Schmetterlinge nur wilder fliegen lässt, und wirft die Hände in die Luft. »Daran hatte ich nie Zweifel.«

Kapitel 21

Ruby

Heute Nachmittag bin ich alleine im Jasmin, weil Scarlett mit Jake nach New Jersey zu dem Mädchen gefahren ist, das sie identifizieren konnte. So wie ich mit Zahara hat Scar zu Dana einen besonderen Draht. Wenn Dana also von jemandem Hilfe annehmen würde, dann von Scarlett. Und während ein doofer Teil von mir gerne dabei wäre, weil ich … na ja, weil ich Jake eben ziemlich gerne habe und gerne bei ihm bin, weiß ich auch, wie wichtig es ist, dass hier jemand die Stellung hält, so wie Scar die letzten Tage, als ich unterwegs war.

Vorhin hatten wir eine ehrenamtliche Mitarbeiterin da, die mit den Mädchen getöpfert hat. Eine extrem coole Sache, die vielen Mädchen total gut gefallen hat. Nur leider ist eine Menge von dem Zeug durch das Zimmer geflogen, das wir morgen wieder für den Selbstverteidigungskurs mit Darius brauchen. Uma, die Töpferin, musste ihre Kinder pünktlich von der Nachmittagsbetreuung abholen, weshalb ich jetzt eben alleine Boden, Flächen und Wände von hart gewordenem Ton reinige. Wenigstens haben wir daran gedacht, den Mädchen andere Kleidung anzuziehen als jene, mit der sie gekommen sind. Das

Zeug habe ich schon so gut wie möglich vorgereinigt und dann alles in die Waschmaschine geschmissen. Gut, dass der Kurs nur einmal im Monat stattfindet, sage ich zu mir selbst und verlasse meine kniende Position, um den Schwamm noch mal nass zu machen. Dabei wird mir allerdings schwindelig und kurz schwarz vor Augen, sodass ich gegen die Wand stolpere. »Whoa!« Ich gebe mir einen Moment, um wieder normal zu sehen, und fasse mir an den Kopf. Wann habe ich das letzte Mal gegessen? Nicht, dass ich hungrig wäre. Bin ich schon den ganzen Tag nicht. Dafür kratzt mein Hals. Vielleicht werde ich einfach krank? Ich gehe zum Badezimmer, um den Schwamm auszuwaschen, und rümpfe die Nase.

Was ist das für ein Geruch? Als ich mittags reinkam, dachte ich einfach, die Luft sei heute besonders dick, weil wir lediglich ein Fenster haben, das man auch nur kippen kann, aber nun läuten bei mir die Alarmglocken, weil es irgendwie immer schlimmer wird. Ich bemühe mich, dem Geruch zu folgen. Mein erster Instinkt ist, den Kühlschrank zu öffnen und dort nach der Ursache zu suchen. Dann will ich den Müll durchforsten. Vielleicht ist da irgendetwas Ekliges drin. Am schlimmsten ist der Geruch aber beim Herd. Ich sehe mir alle Knöpfe genau an und stelle sicher, dass sie alle abgedreht sind. Das ist im Grunde das Einzige, was ich tun kann, außer Hilfe zu holen. Also zücke ich mein Handy und rufe Scar an.

»Hey!«, begrüßt sie mich.

»Hi! Wie war das Gespräch mit Dana?«

»Schwierig, aber gut. Wird vermutlich noch dauern, bis sie wirklich warm wird, aber ich bleibe dran. Alles okay bei dir?«

Na ja … »Ich bin nicht sicher.«

»Warum? Was ist los?«

Ich fasse mir erneut an den pochenden Kopf und überlege, lieber draußen an der frischen Luft zu telefonieren. Vielleicht geht es mir dann besser.

»Wird unser Herd mit Gas betrieben?«

»Ja, warum?«

»Was ist los?«, höre ich Jakes gedämpfte Stimme aus dem fahrenden Auto und schließe kurz die Augen.

»Und Gas sollte nicht austreten, wenn der Herd abgeschaltet ist, oder?«

»Ruby, du machst mir Angst. Riecht es in der Küche schwefelartig?«

Ich reibe mir die Stirn. »Ich hätte auf faule Eier getippt, aber ich weiß nicht, wie Schwefel riecht.«

»Stell sie bitte auf Lautsprecher!« Wieder Jake. »Hey, Ruby!«, sagt er dann, und ich lächle trotz der Müdigkeit, die sogar mir übertrieben extrem erscheint.

»Hi!«

»Hast du schon versucht, den Haupthahn abzudrehen?«

»Ich weiß gar nicht, wo der ist«, gebe ich zu. Scar weiß es auch nicht. Jake flucht, und jetzt werde ich nervös.

»Ich leite das weiter an den Notruf. Ruf von da drinnen niemanden mehr an, Ruby!«

»Warum nicht?«, frage ich nervös.

»Weil dein Handy das Gas zünden könnte«, erklärt Scar unruhiger, als ich sie je gehört habe.

»Dreh kein Licht auf oder ab, sondern geh sofort raus auf die Straße und sag den umliegenden Nachbarn Bescheid. Bleib weit genug weg vom Jasmin, bis die Feuerwehr eintrifft. Wir sind in zwanzig Minuten da, okay?«

»Okay!« Meine Stimme zittert, als ich auf mein Handy sehe, das sich plötzlich anfühlt wie eine Stange Dynamit. Ein Funke und das gesamte Gebäude könnte explodieren, je nachdem, wie lange das Gas schon austritt. So viel weiß sogar ich. Dann verliere ich nicht nur mein zweites Zuhause, sondern auch mein Leben. Ich laufe zur Tür, bete, dass die Feuerwehr bald kommt, und ziehe am Türgriff. Doch es passiert nichts. Ich rüttle, nur für den Fall, dass das Gas mir schon zu sehr zu Kopfe gestiegen ist und man eigentlich drücken muss. Ich taste nach dem Schlüssel, der stecken sollte, seit ich vorhin zugesperrt habe, doch er ist weg. Habe ich ihn in meine Hosentasche gesteckt? Nein, die ist leer.

Okay, jetzt werde ich panisch. Verzweifelt drehe ich mich um, fahre mir durch die Haare, während ich überlege, wo ich den dämlichen Schlüssel hingelegt haben könnte. Ich suche das ganze Zimmer ab und auch das Nebenzimmer, aber ich kann ihn nirgendwo finden. Hektisch laufe ich zurück zur Tür und schlage mit der Faust dagegen, während ich um Hilfe rufe. Jemand hört mich sogar und versucht, die Tür irgendwie von draußen zu knacken, aber auch das klappt nicht. Da wir unseren Mädchen Privatsphäre und Sicherheit geben wollen, hat unsere Tür ziemlich viele Schlösser, und es scheint, als wären alle zu. Aber warum? Wenn ich alleine hier drinnen bin, mache ich nie alle zu. Zitternd vor Panik sinke ich zu Boden, weil ich mal gelernt habe, dass Gas nach oben steigt. Bete, dass nichts hier drinnen einen Funken zündet.

Endlich höre ich Sirenen und spreche ein leises Dankgebet, als die Feuerwehrleute relativ zügig die Türschlösser knacken und mich rauslassen, bevor sie hereinmarschieren und das Problem unter Kontrolle bringen.

»Alles okay, Ma'am? Ist ihnen noch schwindelig?«, will einer der Feuerwehrmänner wissen, der mich auf die andere Straßenseite begleitet. Ein paar andere evakuieren gerade die Nachbarn. Und alles, was ich will, ist, dass Jake und Scarlett kommen.

»Die frische Luft macht es besser, danke.« Nur die Kopfschmerzen sind noch da, vor allem, weil ich mir den Kopf darüber zerbreche, was genau heute passiert ist. Auf keinen Fall habe ich mich selbst eingesperrt.

Genau zwölf Minuten später sehe ich Jakes schwarzen Chevrolet auf uns zukommen und atme erleichtert auf.

»Ruby!« Scarlett fliegt mir gleich um den Hals und umarmt mich fest, während Jake verbissen zwischen dem Jasmin und mir hin- und hersieht.

»Geht es dir gut?«

»Ja. Alles in Ordnung.«

»Bist du sicher? Sonst können wir dir eine Sauerstoffmaske besorgen.«

»Es geht mir gut, Jake. Wirklich.« Und dann überrasche ich mich selbst damit, dass ich nach seiner Hand greife und sie kurz festhalte, bevor mir auffällt, was ich da eigentlich tue. »Aber irgendwer hat meinen Schlüssel gestohlen und mich da drinnen eingesperrt.«

»Was?!«, kreischt Scarlett, und Jakes Blick wird grimmiger, während ich das Gefühl habe, dass er irgendwie größer wird. Ich erzähle den beiden in kurzen Sätzen, was passiert ist, und beobachte, wie Jake mit entschlossenem Gesichtsausdruck sein Handy zückt, bevor ich überhaupt fertig bin. »Der Feuerwehrhauptmann da meinte, der Schaden sei zwar irgendwie komisch, sähe aber nicht zwangsläufig manipuliert aus.«

»Die Polizei soll jemanden von der Spurensicherung herholen, auch wenn ich bezweifle, dass jetzt noch viel zu finden sein wird, nachdem ein Dutzend Feuerwehrleute rein- und rausspaziert ist. Die Schlösser müssen getauscht werden und wir werden uns etwas zu den Sicherheitsvorkehrungen überlegen müssen.« Er ist im FBI-Modus und klingt dabei ziemlich besorgt. Und ganz ehrlich? Ich bin es auch. Denn ich werde das Gefühl nicht los, dass jemand wollte, dass ich das Jasmin heute Abend als Asche verlasse.

Kapitel 22

Jake

Ich bin stinksauer. Obwohl das überhaupt kein Ausdruck für das ist, was ich tatsächlich fühle. Gestern hat jemand versucht, Ruby umzubringen, verdammt noch mal, und der Generalstaatsanwalt will unseren Fall trotzdem schon wieder einstellen? »Er sagte, die Videos würden nur zeigen, dass der Junge Sex mit ein paar Mädchen hatte und ihnen Geld dafür gegeben hat, dass sie grob behandelt wurden.«

»Das muss ein schlechter Scherz sein«, fauche ich ins Telefon und bereue es im nächsten Moment, weil Ruby neben mir auf dem Beifahrersitz zusammenzuckt. Und Sanders gibt ja auch nur wieder, was unser Assistant Special Agent in Charge Keaton ihm gesagt hat.

»Leider nicht. Seiner Meinung nach befinden wir uns auf einer wilden Entenjagd. Er sagt, ein Prozess würde aus Mangel an Beweisen ohnehin im Sande verlaufen. Wenn du mich fragst, hat er einfach Schiss davor, den Fall zu verlieren und damit seine Quote für die Wahlen dieses Jahr zu versauen. War doch vor vier Jahren genau das Gleiche.« Verdammt. Er hat recht. Es war vor vier Jahren mit Ruby *exakt* das Gleiche. Generalstaatsanwälte

168

werden in New York gewählt, was vor Neuwahlen problematisch sein kann, weil die Strafverfolgung plötzlich politisch wird. Es geht nicht mehr um Fairness, sondern um die erfolgreiche Verurteilung in jenen Fällen, die die Menschen New Yorks dazu bewegen werden, ihn wiederzuwählen.

»Was heißt das nun konkret?«

»Wir haben noch bis Ende der Woche Zeit, irgendwas Nennenswertes zu finden, sonst stellt er die Untersuchung ein.«

Genervt lege ich auf, weil wir hier gegen Goliath kämpfen. Nur ohne Steinschleuder, dafür mit nichts. Ermittlungen wie diese brauchen Zeit. Das ist nicht wie im Film, wo einem binnen Stunden Informationen zufliegen, die den Fall entscheiden. Tatsächlich reden wir über Monate. Monate voller Bürokratie, Rückschläge, mehr Bürokratie. Monate, die wir nicht bekommen.

»Schlechte Neuigkeiten?«

Mit einem Seitenblick schaue ich rüber zu Ruby, die mit den Fingern gegen ihren Kaffeebecher tippt, während sie mich anblinzelt. Ich muss lernen, mich neben ihr wieder besser im Griff zu haben. Sie braucht meinen Frust nicht obendrauf. Wir sind auf dem Weg zu Nikki, und das Gespräch wird schwierig genug.

»Ich versuche, es in den Griff zu kriegen«, verspreche ich, weil ich leider nicht mehr tun kann. »Und bei dir? Alles okay?«, will ich wissen, als sie ihren Kopf ans Fenster lehnt und die Augen schließt.

»Ach, ich weiß nicht ... denkst du auch, dass ich den Verstand verloren habe? Dass ich mich selbst im Jasmin eingesperrt habe, ohne mich daran zu erinnern?«

Ich umklammere das Lenkrad fester. Officer Barnes ist gestern ernsthaft zu diesem Schluss gekommen, als sich wie erwartet keine Hinweise auf einen Einbruch oder eine Manipulation am Gashahn finden ließen. Ganz schön kurzsichtig, wie ich finde, diese Sache nicht im großen Gesamtbild der letzten Wochen zu betrachten.

Ich fasse nach Rubys Hand und verschränke ihre Finger mit meinen. Eine Geste, die mir inzwischen schon ebenso natürlich erscheint wie zu atmen. Nur, dass das Atmen mein Herz nicht zum Stolpern bringt. »Nein, das denke ich nicht, Ruby. Ich denke, dass dir gestern Abend jemand Schaden zufügen wollte. Weshalb wir auch die Schlösser ausgetauscht haben und die Sicherheitsmaßnahmen erhöhen werden. Thompson und ich kümmern uns darum.«

»In eurer Freizeit.«

Ja, verdammt. Aber irgendjemand muss es tun, weil alles andere fahrlässig wäre. Und Thompson war gestern wilder als Rumpelstilzchen, als ich ihn informiert habe.

Ruby streichelt mit ihrem Daumen über meine Hand. »Du kannst mich nicht nonstop beschützen, Jake.« Das stimmt leider, aber ich werde weiter das tun, was ich am besten kann. Weil es das Einzige ist, was mich seit gestern Nacht davon abhält, den Verstand zu verlieren. Denn sonst würde ich mir unentwegt ausmalen, wie der Abend auch hätte ausgehen können, und das ist etwas, was ich dringend ganz weit wegschieben muss.

Wir parken in der Tiefgarage des Krankenhauses, in dem Nikki nach wie vor behandelt wird, bis ihre schwersten inneren Verletzungen ausgeheilt sind, auch wenn die Ärzte wissen, dass sie dafür nicht zahlen kann.

Während wir das Krankenhaus durchqueren und mit dem Lift in Nikkis Stockwerk fahren, streift Rubys Arm praktisch ständig meinen und umgekehrt, weil keiner von uns beiden weiter vom anderen entfernt sein möchte als notwendig. Ich melde uns beim Cop vom NYPD an, der für ihre Sicherheit sorgt und gleichzeitig ein Auge darauf hat, dass sie nicht abhaut. Auch sein Job endet laut Staatsanwalt mit dem Ende der Woche, und dann ist Nikki sprichwörtlich ausgeliefert.

Als wir ihr Zimmer betreten, streiten verschiedene Emotionen in ihrem Gesicht miteinander. Sofort fällt mir auf, dass sie ihren neuen Stewie-Pullover trägt, und ich verkneife mir ein Lächeln, weil ich keine große Sache daraus machen will. Letztlich dreht sie sich desinteressiert zurück zum Fernseher. »Kommt ihr mich auch jeden Tag besuchen, wenn ich im Frauengefängnis sitze?« Die provokative Frage gilt vermutlich vorrangig mir, also werde ich sie auch beantworten.

»Ich weiß, wer du bist, Nikki«, beginne ich, woraufhin sie kurz steif wird, aber bemüht stur weiter geradeaus blickt. »Ich weiß, dass du eben erst siebzehn geworden bist, aus Ohio kommst und seit zwei Jahren als vermisst giltst.«

Nikki schüttelt den Kopf, bevor sie zynisch für uns klatscht und Ruby hasserfüllt fixiert. »So viel zum Thema Vertrauen, stimmt's, Ruby?«

»Ruby hat damit nichts zu tun, Nikki«, verteidige ich Ruby, die sofort die Augen zusammenkneift. Ich weiß, sie hat es nicht nötig, dass ich für sie spreche. Macht aber nichts. »Aber herauszufinden, wer du bist, ist meine Aufgabe. Und das habe ich sicher nicht gemacht, um dich hinterher einzusperren, sondern um genau das zu verhindern.«

»Ach ja?« Nikki legt frech den Kopf schief. »Krieg ich ein Ticket nach Disneyland vom FBI?«

»Du bekommst Hilfe und Unterstützung, um ein Leben zu beginnen, das *du* leben möchtest. Frei von Missbrauch und Nötigung.«

»Das klingt für dich utopisch, ich weiß, Nikki«, fügt Ruby hinzu. »Wir garantieren auch nicht, dass der Weg leicht wird oder keine Zweifel und Hindernisse auf dich warten. Aber wir haben die Möglichkeiten und den Willen, alles dafür zu tun, wenn du das auch willst.«

Nikkis Augen sind voller Sehnsucht und Unglauben, ihre Haltung wirkt krumm und innerlich gebrochen, als sie

171

von Ruby zurück zu mir sieht. »Hast du meine Mutter schon informiert?«

»Ja.« Musste ich. Nikki ist siebzehn. Schnaubend sieht sie weg, als hätte sie nun endgültig mit mir abgeschlossen. »Ich habe ihr auch gesagt, dass sie dich nicht zurückkriegt.« Zum ersten Mal nehme ich Erleichterung in ihrem Blick wahr. Hoffnung. »Ich weiß, dass das Jugendamt schon lange vor deinem Verschwinden eingeschaltet war und du bereits zwei Mal für eine Weile aus der Familie genommen worden bist.« Ich sehe zu Nikki, die sich auf die Lippe beißt. »Und ich weiß auch, dass dich die Schule als vermisst gemeldet hat, nicht deine Mutter. Ich kann nachvollziehen, warum du weggelaufen bist. Damit sich vielleicht endlich langfristig etwas verändert.« Nikki zieht die Beine näher zu sich, woraufhin Ruby ihr vorsichtig eine Hand auf die Schulter legt. Sie erinnert mich an einen Engel, der still hinter ihrer Schutzbefohlenen steht. »Wir nehmen deinen Hilferuf ernst, Nikki. Deswegen sind wir hier.«

Nikki studiert mich ein paar lange Sekunden, bläst dann überschüssige Luft aus der Nase, bevor sie das Gesicht zwischen ihre Beine klemmt. »Einer unserer Nachbarn hat mich vergewaltigt, als ich dreizehn war. Was hat meine Mom gesagt, als ich es ihr erzählt habe? Dass ich mich nicht so anstellen und erwachsen werden soll. So seien Männer eben.« Ich balle die Hände zu Fäusten. Auch wenn miese Elternschaft strafbar ist, macht das noch lange nicht wett, was bei den Kindern kaputt gemacht wird. »Irgendwie war das der Anfang von allem. Ständig haben mich Jungs betatscht und beleidigt und mir ein paar Dollarscheine zugeworfen im Gegenzug für eine Gefälligkeit. Irgendwann bin ich darauf eingestiegen, weil mir Sex sowieso nie etwas bedeutet hat.« Sie holt tief Luft. »Und wie hat meine Mom reagiert, als sie Wind davon bekommen hat? Gar nicht. Es war ihr scheißegal. Wie immer.«

»Und dann bist du weggelaufen«, nehme ich vorweg. Nikki wiegt ihren Oberkörper nervös hin und her.

»Ich hab so 'nen Film gesehen. Wo ein Mädchen entführt wurde. Alle haben nach ihr gesucht.«

»Du wolltest, dass deine Mom nach dir sucht«, schließt Ruby, während ich mich frustriert zurücklehne.

»Hat sie aber nicht. Also bin ich erwachsen geworden und habe meine Entscheidungen getroffen, um zu überleben.« Nikki lächelt mich an, in dieser Mischung aus versuchter Arroganz und unbändiger Freudlosigkeit.

»Um eine Entscheidung zu treffen, braucht man mindestens zwei Möglichkeiten, aus denen man die beste wählen kann, Nikki«, erklärt Ruby mit fester Stimme. »In deiner Erzählung sehe ich die nicht. Und jeder Weg hat eine Abzweigung. Es muss nicht so weitergehen wie bisher.«

»Und ihr wollt mir immer noch weismachen, dass eure Hilfe nicht an Bedingungen geknüpft ist?«

»Ganz genau.« Ich nicke. »Wenn du uns etwas erzählst, dann, weil du es willst. Weil du weißt, dass deine Aussage für so viele andere Bedeutung haben wird. Ich weiß, du bist es gewöhnt, dass Leute durch dich hindurchsehen, als wärst du unsichtbar. Das bist du nicht mehr.«

Nikki fährt sich über das Gesicht und wischt sich die Augen. »Was wollt ihr denn genau wissen?«

»Alles, was du uns geben möchtest.«

Und dann beginnt sie. Fast drei Stunden sitzen wir mit ihr im Zimmer. Zwischendurch muss sie abbrechen, um sich zu übergeben, und ich bin kurz davor, Ruby rauszuschicken, weil sie aussieht, als wäre sie von all der Wut, Hilflosigkeit und Fassungslosigkeit über das Düsterste der Menschheit kurz vorm Implodieren. Und ja, ich habe sie auch gefühlt. Wie könnte man das nicht? Aber ich höre ihre Geschichte nicht, wie Ruby sie hört. Ich höre sie aus Sicht eines Ermittlers. Aus der Sicht

173

von jemandem, der ein paar der Arschlöcher drankriegen will, die ihr das angetan haben.

Als Nikki sich schließlich mit Ruby an ihrer Seite in den Schlaf geweint hat, verlassen wir das Zimmer. Ich bereite mich darauf vor, Ruby zu trösten, für sie da zu sein, wenn ihr Schutzschild nachlässt, doch wieder einmal überrascht sie mich mit ihrer Stärke und Entschiedenheit, auch wenn ihr Gesicht aschfahl ist, während sie im Kreis läuft, der Blick auf ihre Füße gerichtet. »Wir müssen diese Mädchen aus den Wohnungen holen.«

Nikki hat uns die unterschiedlichen Behausungen beschrieben, in denen sie gewohnt hat. Sie hatte keine Adressen, aber ihre Angaben sind wertvolle Anhaltspunkte, denen ich nachgehen werde, sobald ich Ruby zu Hause abgesetzt habe. »*Wir* müssen gar nichts machen, Ruby. *Du* hältst dich da raus.« Ich lege meine Hände auf ihre Wangen und fixiere sie eindringlich. »Weißt du, wie du *mir* am besten helfen kannst? Indem du sicher bist. Denn ich kann nicht klar denken, wenn ich dich in Gefahr weiß.« Ich beschwöre sie mit Blicken, weil mir das verdammt ernst ist. Ich würde für diese Frau sterben, das weiß ich inzwischen. Und nicht nur, weil es mein Job wäre.

»Jake«, flüstert sie, ihre Augen so wunderschön und traurig und hoffnungsvoll und alles, was ich will. »Zahara ist immer noch verschwunden. Die Chance, sie zu finden, wird mit jedem Tag geringer.«

»Ja.« Ich nicke. »Ich weiß. Trotzdem: keine Alleingänge, Ruby. Versprich es!«

Vielleicht hört und sieht sie meine Verzweiflung. Vielleicht sieht sie all die anderen Gefühle, die ich für sie entwickelt habe. Was immer es ist, es bewirkt, dass sie mit ihrer zarten Hand meinen Hals hinabwandert und ihren Fingern mit Blicken folgt. Verwirrung in ihren bernsteinfarbenen Augen, gemixt mit einer Entschlossenheit, die so bezeichnend für Ruby ist. Und

174

ich? Eine Berührung von dieser Frau und ich bin buchstäblich verloren. »Ich weiß, du meinst es gut, aber ich brauche keinen Beschützer. Ich brauche deinen Respekt. Und ich wünsche mir, nein, ich will, dass du mich nicht als zerbrechliche Vase betrachtest, sondern als gleichwertige Partnerin in dieser Sache, okay?«

Zerrissen starre ich sie einige Sekunden an. Sie *ist* keine gleichwertige Partnerin, auch wenn ich begreife, was sie meint. Sie will nicht wieder in die Opferrolle gesteckt werden. Aber darum geht es hier auch nicht.

»Okay?!«, hakt sie ein weiteres Mal nach, ihre Finger zupfen am Saum meines Shirts.

Ich raufe mir die Haare. »Okay, hör zu! Wenn ich Zahara in einer dieser Wohnungen finden sollte, bist du die Erste, die ich anrufe, in Ordnung?«

»Egal, wen du dort findest, Jake. Und wenn du niemanden findest und heil wieder draußen bist, wäre ich auch gerne die Erste, mit der du sprichst.«

Ich werfe einen kurzen, hilfesuchenden Blick an die Decke, bevor ich meine Stirn für den Bruchteil einer Sekunde an ihre lehne. »Du bist wirklich eine Nervensäge, weißt du das?«

Ein winziges Lächeln hebt ihre Mundwinkel. »Ja, Special Agent Brooks.«

Stunden später sitze ich mit meinem Team in einem der Besprechungsräume des FBI und gehe noch einmal den detaillierten Plan durch, den wir uns zurechtgelegt haben. »Wir müssen mit drei bis vier bewaffneten Männern rechnen, die die Mädchen bewachen. Fünf bis sechs Mädchen pro Haus, die rotierend dort untergebracht sind.« Ich tippe mit meinem Edding auf die Tafel, an der die Bilder der jungen Frauen hängen, die wir dort antreffen könnten. »Je zwei kleine Teams werden pro Haus stürmen. Agent Sanders und Agent Ramey haben an beiden Locations Anker ausgeworfen und warten auf unser Go.«

»Wir müssen uns aber bewusst sein, dass sie vielleicht nicht mehr dort sind«, wirft Agent Keaton ein.

Diesmal ist es Thompson, der antwortet. »Genau deshalb kommt es ja auf jede Minute an. Trotzdem müssen wir klug und mit äußerster Vorsicht vorgehen.«

»Ich finde es nicht schlau, jetzt zuzugreifen. Damit treiben wir Joker in die Enge, bis er abhaut und irgendwo anders neu anfängt«, wirft Agent Mulligan ein. »Wenn wir das versauen, dann war's das.«

Ich werfe die Hände in die Luft. »Tatsache ist, der Generalstaatsanwalt lässt alle Ermittlungen einstellen, wenn wir bis Ende der Woche nichts haben. Wer weiß, ob und wann wir dann die Chance kriegen, Joker noch einmal so nahe zu kommen. Außerdem haben wir den Van, den Nikki als Transportmittel zwischen Haus und Clubs beschrieben hat. Er ist um zwanzig Uhr dreizehn in die Garage dieses Hauses am Rande von Harlem gefahren.«

»Ist allen klar, was zu tun ist?«, fragt Thompson mit einem Blick auf die Uhr und beendet damit auch die Diskussion. Ich habe hier nichts zu sagen, und er hat immer noch das letzte Wort. »Gut, dann rücken wir aus!«

KAPITEL 23

JAKE

»Jake, hörst du mir zu?« River sieht von den Röntgenbildern zu mir, als ich ihm nicht antworte. Ich bin zu beschäftigt damit, mir Gedanken über den Verlauf der Nacht zu machen, über das, was passiert ist. »Das an der Hüfte war nur ein Streifschuss. Gröbere innere Verletzungen kann ich ausschließen. Die Prellungen am Oberkörper werden allerdings morgen früh ziemlich wehtun, also verschreibe ich dir etwas gegen die Schmerzen.«

Ich nicke unbeeindruckt. »Ist nicht mein erster Ritt, Kumpel.« Mühevoll greife ich nach meiner FBI-Jacke, weil ich sicher nicht versuchen werde, mein Shirt wieder anzuziehen. Ich schwöre bei Gott, sich Patronen in der kugelsicheren Weste einzufangen tut mindestens genauso weh, wie tatsächlich getroffen zu werden. Es fühlt sich ungefähr so an, als würde man aus nächster Nähe und voller Kraft mit einem Baseballschläger geschlagen. Die Wucht der Kugel haut dich nicht nur fast um, sie hinterlässt dich auch für ein paar Sekunden völlig nutzlos. Sekunden, die verdammt wesentlich sind, wenn du gerade in ein Haus spazierst, aus dem es Kugeln hagelt. »Man nennt mich nicht umsonst Ironman«, scherze ich, bevor ich die Luft anhalte, um einen Arm in die verfluchte Jacke zu kriegen.

River stemmt streng die Hände in die Hüften, bevor er mir zu Hilfe kommt und meinen Arm in den zweiten Ärmel steckt. »Ich bin der Einzige, der dich so nennt. Und langsam habe ich das Gefühl, dass du glaubst, du hättest tatsächlich den undurchdringlichen Anzug. Aber es gibt nur einen Tony Stark, mein Freund.«

Frustriert beende ich den Versuch, den Reißverschluss zu schließen, und schleppe mich stattdessen wie der Glöckner von Notre-Dame Richtung Tür. »Alles klar, Doctor Strange. Ich werde es mir nächstes Mal besser überlegen, ob ich mich treffen lasse oder nicht.« Ich mache einen Witz draus, denn die Realität ist, dass das Ganze irgendein krankes Spiel war, das ich noch nicht durchschaut habe. Man hat auf uns gewartet. Zumindest an der Location, an der ich war. Mit Maschinengewehren am Eingang und der Absicht, so viele von uns wie möglich auszuschalten, bevor wir überhaupt einen Fuß reinsetzen konnten. Keaton wurde am Arm getroffen. Gleich hinter ihm war ich. Er hat noch versucht, mich zurückzuschieben, nachdem er angeschossen wurde, aber bei dem Kugelhagel hatten wir keine Chance auszuweichen. Schätze, wir können uns beide bei unserer Ausrüstung und unseren Leuten bedanken, dass wir es wieder raus geschafft haben. Und das Gleiche gilt für die vier Mädchen, die wir eingeschlossen im Badezimmer gefunden haben.

Die andere Wohnung war hingegen komplett leer. Aber wenn sie offensichtlich längst wussten, dass wir kommen, warum sind sie dann nicht mit den Mädchen abgehauen?

Die Tür zum Behandlungszimmer fliegt auf und Ruby stürmt keuchend rein. »Jake!« Shit. Mit zusammengebissenen Zähnen richte ich mich auf und spüre ihre Sorge und Angst in diesem Moment stärker als meine eigenen Schmerzen. »Tut mir leid«, sagt sie verlegen, als sie River entdeckt. »Darius meinte, es wäre okay, einfach reinzugehen.« Ich werfe durch die offene Tür einen Blick auf Sanders, der draußen unschuldig pfeift und wegsieht. Ihre zitternden Hände verharren über meiner offenen Jacke, doch sie berührt mich nicht. Stattdessen schluckt sie hart. »Brian hat erzählt, du wärst angeschossen worden.«

»Alles gut. Nur Prellungen.« Und so. »Nichts Lebensbedrohliches.«

Sorge vermischt sich mit Missfallen, während sie an meiner Jacke zieht. »Du solltest mich doch anrufen, wenn die Sache vorbei ist.«

»Hätte ich auch. Sobald mein Doc hier mit mir fertig ist.« Ich versuche, sie mit meinem Grinsen zu beschwichtigen, jedoch vergeht es mir schnell, denn jeder Atemzug fühlt sich an wie ein verfluchter Messerstich. Vor allem im Stehen.

Kopfschüttelnd wirft sie ihre Arme um meinen Oberkörper. Ein Stromschlag jagt durch meinen Körper. Diesmal allerdings nicht nur wegen des Schmerzes, sondern weil es Ruby ist, die mich umarmt. »Gott sei Dank lebst du noch, sonst wäre ich stinksauer«, murmelt sie mit bebender Stimme in meine Jacke, und ich wickle amüsiert meine Arme um ihren Rücken. »Und du hast Zahara gefunden, Jake.« Sie seufzt erleichtert auf. »Was ist mit Lydia?« Ich schüttle den Kopf, will mir nicht anmerken lassen, wie sehr mich das fuchst. Ruby beißt sich auf die Unterlippe. »Tut mir echt leid, Jake«, bedauert sie aufrichtig. »Weißt du, wie es Zahara geht?«

»Sie ist stabil«, antworte ich. Mehr wage ich zumindest zu diesem Zeitpunkt nicht zu sagen. »Lassen sie dich nicht zu ihr?« Wie alle Mädchen steht Zahara jetzt unter Schutz, aber Ruby sollte eine Freigabe bekommen.

Sie zieht sich langsam von mir zurück. »Doch, aber ich wollte …« Sie blickt mich mit ihren braunen Augen an und faltet die Hände vor ihren Lippen. »Es ist einfach gerade alles ein bisschen viel. Brian wusste nicht genau, wie verletzt du wirklich bist, und ich dachte, du …« Sie bricht ab, ihre Stimme ist belegt.

»Hey!« Ich greife nach ihrem kleinen Finger, bewegt davon, dass Ruby meinetwegen durch den Wind ist. »Mir geht es gut, okay?«

River durchbricht unseren Moment durch ein lautes Räuspern, woraufhin sowohl Ruby als auch ich abrupt den Kopf herumreißen. Habe ich gerade ernsthaft vergessen, dass noch jemand im Raum ist? Das passiert mir nie. Ich bin nie unachtsam. »Ja, ähm … Also, ich bräuchte dann das Zimmer für die nächsten Patienten«, erklärt er etwas zu amüsiert für meinen Geschmack. »Ich bin übrigens River«, stellt er sich Ruby vor, die ihren Mund zu einem perfekten O formt.

»Der beste Freund.«

»Genau der«, lacht River, bevor er mir mein Rezept reicht. »Nimm die! Und ruf mich an, wenn es schlimmer wird.« Lächelnd sieht er Ruby an. »War nett, dich endlich kennenzulernen.«

Ich verdrehe über *endlich* die Augen, das hätte er sich auch wirklich sparen können, um mich hier nicht bloßzustellen.

»Ebenfalls«, erwidert sie, bevor wir das Zimmer verlassen und Sanders auf dem Gang treffen.

»Soll ich dich fahren, Mann?«, bietet der an.

»Ich finde alleine nach Hause. Danke …« Nachdem ich Ruby in ihres gebracht habe.

Sanders schlägt mir auf den Rücken, was ich mit einem Knurren beantworte. »Ups, sorry, Prinzessin!« Er entfernt sich langsam von uns. »Ach ja! Ich soll dir von Thompson ausrichten, dass du dich die nächsten achtundvierzig Stunden nicht im Büro blicken lassen sollst.«

Was?! »Warum?«

Sanders hebt eine Braue. »Weil du aussiehst, als wärst du von einem Lkw überfahren worden?«

Fühle mich ehrlich gesagt auch so, aber das werden weder er noch Thompson je erfahren. »Das kann er gar nicht wissen. Außerdem sehe ich sogar jetzt besser aus als du an jedem anderen Tag«, rufe ich ihm schmunzelnd hinterher. Als er weg ist, drehe ich mich wieder zu Ruby um, die schmerzerfüllt auf meinen Oberkörper starrt. Okay, vielleicht sollte ich den verfluchten Reißverschluss doch zumachen. Nachdem ich ein paar Sekunden kläglich fummle, schiebt Ruby sanft meine Finger weg.

»Lass mich dir helfen.«

»Danke«, sage ich, als sie den Zipper bis zu meinem Schlüsselbein gezogen hat. »Und nun suchen wir Zahara.« Ruby bemüht sich, tapfer zu nicken. Als die Oberschwester uns darüber informiert, dass derzeit noch niemand zu Zahara könne, setzt Ruby sich eben auf eine der Bänke im Wartebereich und stützt sich auf ihre Ellbogen.

»Kommen Sie doch in ein paar Stunden wieder, wenn die ersten Untersuchungen abgeschlossen sind«, schlägt die Schwester freundlich vor, doch Ruby schüttelt den Kopf.

»Danke, aber wenn ich darf, bleibe ich.«

Die Schwester wirft mir einen Blick zu, damit ich noch einmal mit ihr rede, weil es vier Uhr morgens ist. Ich ziehe allerdings lediglich die Unterlippe hoch und setze mich steif und verkrüppelt neben Ruby. »Dann bleibe ich auch noch.«

Sie beäugt mich besorgt, während die Krankenschwester uns sitzen lässt. »Du musst nicht bleib…« Ein Gähnen unterbricht ihren Satz, bevor sie die Beine ächzend an ihren Oberkörper zieht und reibt. Ihr ist kalt. Wahrscheinlich, weil sie übernächtigt ist.

»Mich erwartet niemand, wie ich gerade gehört habe.« Und wenn doch, soll derjenige anrufen. »Ich würde jetzt gerne meinen Arm um dich legen, aber ich fürchte, das würde momentan eher uncool aussehen.«

Ruby lächelt schwach, bevor sie ihren Kopf ganz vorsichtig an meine Schulter drückt. »Ist das hier okay?«, fragt sie, und obwohl es schon ziemlich wehtut, zusätzliches Gewicht auf mir zu haben, würde ich es nicht anders haben wollen. Bevor ich antworten kann, vibriert mein Handy, und ich ziehe es heimlich fluchend linkisch aus der Jackentasche. Es ist eine Nummer aus Iowa, wo meine Familie lebt, und das genügt schon, dass ich alarmiert bin. »Brooks«, melde ich mich, mein Telefon umklammert.

»Jake! Hier ist Piper.«

Piper?! Piper ist ein paar Straßen von mir entfernt aufgewachsen, ist ein paar Jahre älter als ich und hat Gabe einige Zeit lang Nachhilfeunterricht gegeben. Sie ruft mich nie an, und nun um diese Zeit? Mitten in der Nacht? »Was ist passiert?«

»Du musst nach Idaho fliegen und deinen Bruder aus dem Gefängnis holen.«

Jeder Muskel in meinem Körper verspannt sich und mein Blut gefriert. Ruby fühlt es und setzt sich kerzengerade hin, die Augen geweitet. Was zum Teufel … Idaho? »Warum?«, will ich mit rauer Stimme wissen.

»Seine Freundin Emerald wurde wohl von einem Typen mit einem Messer schwer verletzt, worauf Gabe ihn bewusstlos geschlagen hat.«

Fuck! Hört dieser Mist denn nie auf? »Schick mir bitte den Namen! Ich rufe dich dann gleich zurück.« Ich brauche mehr Details. Wenn sie Gabe ins Gefängnis gesteckt haben, ist das verdammt ernst. Vor allem, wenn er in einem anderen Bundesstaat ist, denn das heißt, dass er seine Bewährungsauflagen missachtet hat. Mein Hirn rattert, wie zur Hölle ich ihn da rausholen kann, denn das muss ich, alles andere ist keine Option. Besorgt beobachtet Ruby mich, wie ich aufstehe und mich etwas kopflos im Kreis drehe. »Was ist los?«

»Mein Bruder«, antworte ich brodelnd.

»Ist alles okay mit ihm?«

»Nein«, gebe ich zynisch zurück. »Das ist es nie.« Für den Bruchteil einer Sekunde wünschte ich, ich könnte mit ihr darüber reden, bevor ich die Nerven verliere. Aber das kann ich nicht. Nicht zwischen Tür und Angel. Nicht über etwas, das alles zerreißen wird, was gerade zwischen uns entsteht. Aufgewühlt schaue ich noch mal zu Ruby, die mich mit großen, fragenden Augen ansieht. Das Letzte, was ich will, ist, sie alleine zu lassen. Nicht nur momentan, sondern allgemein. Aber ganz besonders nicht nach heute Nacht. Nicht, wenn ich nicht weiß, wer uns verarscht und wie groß die Rolle ist, die Ruby darin spielt. Ich gehe vor ihr in die Hocke. »Ich muss nach Idaho fliegen, Ruby. Ich kann noch nicht sagen, für wie lange, aber ich habe keine Wahl.« Sie schluckt nervös, weshalb ich meine Hände auf ihre Oberschenkel lege, überrascht davon, wie geerdet ich mich sofort fühle. »Pass auf dich auf, okay?«

»Ich bin nicht diejenige, die heute angeschossen wurde.« Ruby formt die Augen zu schmalen Schlitzen und kommt näher, in einer Geste, die mich wohl einschüchtern soll.

Verzweifelt lachend lasse ich kurz den Kopf hängen, bis meine Stirn an ihrer lehnt. Dieses Mädchen schafft mich. »Denkst du, du könntest mir den Gefallen trotzdem tun, Ruby? Es fällt mir sowieso nicht besonders leicht, jetzt zu gehen.«

»Okay«, haucht sie, wobei mich ihr süßer Atem trifft und auf meiner Haut kribbelt. Meine Augen fallen zu, bevor ich den Kopf nach oben neige und sich unsere Nasenspitzen berühren. Meine Hand wandert unter ihr Ohr und meine Finger verfangen sich in ihren Haaren. Noch nie habe ich in so kurzer Zeit so viel für jemanden empfunden, wenngleich ich nicht weiß, wie ich mit diesen Gefühlen umgehen soll. Weil ich auch noch nie dermaßen große Angst hatte, jemanden zu verletzen. Eine Grenze zu übertreten und damit alles kaputt zu machen. Und doch stupst Ruby zurück, streichelt mit der Spitze ihrer Nase über meine und benebelt mit ihrem zittrigen Atem an meinen Lippen die Sinne.

Ich lächle, als ich darüber nachdenke, wie unschuldig diese Berührung ist und wie sie dennoch so viel mehr bedeutet als alles, was ich je getan habe. Der Raum verschwindet rund um uns und ich sehe – fühle – nichts anderes als Ruby. Nicht den Schmerz. Nicht die Angst. In diesem Moment gibt es für mich nur sie. Ihre weichen Haare, die meine Haut kitzeln. Ihre Hände, die am Kragen meiner Jacke landen. Ihr blumiger Jasmingeruch.

Ich öffne blinzelnd die Augen, suche ihre, weil ich wissen muss, ob das alles noch okay für sie ist. Doch ihre Augen sind zusammengekniffen, die Stirn gefurcht und sie sieht aus, als täte ihr etwas weh. Sofort will ich zurückweichen, aber Ruby zieht mich zurück, hält mich fest und legt ihre Hand vorsichtig an meine Wange. Dann reckt sie das Kinn, bis ihre Oberlippe hauchzart über meine streift. Und Herrgott – es raubt mir den Verstand. Ich will mehr, alles, und doch zwinge ich mich dazu, still zu bleiben, benutze jeden Funken Selbstdisziplin, um zu warten, statt mir mehr zu holen, weil ich mir niemals, niemals etwas nehmen werde, was Ruby nicht hundertprozentig zu geben bereit ist.

Das leise Vibrieren meines Handys könnte genauso gut der Krankenhauslautsprecher sein. Sofort ist der Bann gebrochen und ich werde mir wieder bewusst, was ich in den nächsten Stunden auf die Beine stellen muss. Schluckend verziehe ich das Gesicht, woraufhin Ruby erschrocken die Luft anhält. »Ich muss gehen«, murmle ich rau. Meine Stimme gibt preis, wie viel es mich kostet, das zu sagen. Ich greife nach ihrer Hand, die nach wie vor auf meiner Wange liegt, und küsse die Stelle über ihrem Puls. Rubys braune Augen folgen mir nickend, während ich mich zwinge aufzustehen, ohne dabei wie ein Idiot auf den Hintern zu fallen. Ihre Finger tasten nach ihrer Oberlippe, die eben noch meine berührt hat, während sie mich irgendwie entgeistert anblickt. Ich entferne mich ein paar Schritte, bevor ich noch etwas Bescheuerteres machen kann, sammle mich kurz und richte meinen Fokus zurück auf das, was trotz meiner Gefühle für Ruby immer an erster Stelle stehen wird: Gabe.

Kapitel 24

Ruby

Drei Stunden später hocke ich nach wie vor im Krankenhaus und warte darauf, dass jemand mir erlaubt, endlich zu Zahara zu gehen. Ich nippe an dem dritten Becher Kaffee, den ich mir gekauft habe, seit Jake gegangen ist, und wippe nervös mit dem Bein. Aber die Nervosität kommt nicht von der Menge Koffein in meinem Blut, sondern von etwas ganz anderem. Zum gefühlt dreitausendsten Mal heute wandern meine Finger zu meinen Lippen, die Jakes Lippen vorhin berührt haben und seitdem kribbeln. Gereizt reiße ich meine Hand weg und greife nach meinem Handy, bevor ich hier zu einem nervlichen Wrack werde, indem ich mir weiter den Kopf zerbreche.

Ich: Bist du wach?
Scar: Na klar. Was ist los?

Ich bin mir ziemlich sicher, dass sie schwindelt, aber Scar wäre immer für mich da, egal um welche Uhrzeit. Genau wie umgekehrt.

Ich: Ich habe Jake geküsst.

Scar: Waaaaaaaaaa… warte, ich muss mir kurz den Schlaf aus den Augen reiben.

Ich verdrehe lachend die Augen über meine beste Freundin, die so tippt, wie ihr der Schnabel gewachsen ist.

Scar: …aaaaaaaaaas?

Ruby: Na ja. Fast geküsst. Es war kein echter Kuss.

Scar: Wer zum Henker definiert einen echten Kuss. Wenn du sagst, es war ein Kuss, dann war es einer. RUBY! Wie hat es sich angefühlt?

Ich presse die Augen zusammen und massiere meine Schläfe, die mit meinem Herzen um die Wette pocht. Denn die Antwort darauf ist groß. Für mich zumindest.

Ich: Richtig gut.

So gut, dass ich Jake näher an mich gezogen, seine Lippen praktisch gesucht habe – um Himmels willen –, wohingegen ich bisher jeden anderen Mann von mir wegschieben wollte, ganz egal, wie attraktiv er gewesen sein mochte. Jake wollte ich küssen. Wollte, dass er mich richtig küsst. Wollte in dem Moment alles. Nur nicht, dass er geht. Und ehrlich gesagt habe ich keine Ahnung, wie ich damit umgehen soll. Ich bin vierundzwanzig Jahre alt und begreife zum ersten Mal, was es bedeutet, einen Mann zu mögen. Und mehr als das.

Ich lege das Handy kurz neben meine Tasse und schlage für einen Moment die Hände vor das Gesicht, bevor ich Scarletts Antwort lese.

Scar: Das ist toll, Ruby.

Ja, vielleicht.

Ruby: Es fühlt sich irgendwie falsch an, die ganze Zeit an Jake zu denken und mich … glücklich zu fühlen, während Zahara im Bett liegt und traumatisiert ist.
Scar: Das verstehe ich. Es bedeutet aber nicht, dass dein Leben stehen bleiben muss, Rubik's Cube. Du kannst glücklich sein und trotzdem mitfühlen, okay?

Gott, ich liebe meine beste Freundin. Weil sie immer die Worte findet, die mir irgendwie das Leben retten.

Scar: Und wenn du nach Hause kommst, will ich jedes kleinste Detail hören, klar?

Ich grinse und tippe einen Daumen, der nach oben zeigt, bevor die Krankenschwester von vorhin zu mir kommt. »Sie ist eben wach geworden und ziemlich durcheinander. Ich denke, sie könnte jetzt etwas gute Gesellschaft brauchen.«

Ich zögere keine Sekunde aufzuspringen, mich bei der Schwester zu bedanken und an Zaharas Tür zu klopfen. Bei ihrem leisen »Ja« lasse ich mich selbst rein und schließe die Tür hinter mir. Zahara sitzt auf dem Krankenbett, die Decke bis unter das Kinn gezogen, ihr Blick verängstigt, ein Finger auf der Notruftaste, und mein Herz bricht für sie, weil auch sie das Gefühl haben muss, immer mit dem Schlimmsten rechnen zu müssen. Zumindest noch. Aber sie lebt und das heftigste Gefühl von Erleichterung durchzieht mich. Ihre Augen werden feucht, als sie mich erkennt.

»Ruby«, haucht sie. »Du bist gekommen.«

»Na klar bin ich das.« Ich überwinde die Distanz zwischen uns, fange mich, bevor ich sie überrumple, erstaunt darüber,

188

dass ich mittlerweile nicht mehr zweimal darüber nachdenke, jemanden zu berühren. »Ist es okay, wenn ich dich umarme?«

Sie nickt, während Tränen ihr Gesicht hinablaufen. Schon sitze ich auf ihrem Bett und schlinge die Arme um sie. So sitzen wir da, bis mein Rücken protestiert und noch länger, denn ich bin nicht bereit, sie loszulassen, bevor sie das will. Sie erzählt mir nichts, aber damit habe ich auch nicht gerechnet. Es wird Tage dauern, bis sie sich wieder öffnen kann, und auch wenn ich weiß, dass man ihr diese Tage nicht wird geben können, weil noch so viele Mädchen fehlen, kann ich ihr wenigstens zeigen, dass sie mir nichts erklären muss.

»Wird es je aufhören?«, schluchzt sie an meiner Schulter, und ich wäre so gerne in der Lage, die Tränen mit ihr zu teilen.

»Ja. Zahara. Es wird aufhören. Wir bringen dich in ein Frauenhaus. Und das FBI und ich werden dafür sorgen, dass …«

»Das meine ich nicht«, unterbricht sie mich und wischt sich ungeduldig über das Gesicht. »Ich meine diese verfluchte Scham, Ruby. Über meine Dummheit. Dass ich mitgegangen bin, eingestiegen bin.«

Ich greife nach Zaharas Händen, die einbandagiert sind. »Das sollte nicht *deine* Scham sein, Zahara. Es gibt keine Schuld, die du zu tragen hast, verstehst du mich? Es ist ihre.« Ich zeige aus dem Fenster, so viel Feuer in meiner Stimme, weil ich das in diesem Moment nicht nur zu ihr sage. Ich sage es auch zu mir. Nicht zum ersten Mal und vermutlich auch nicht zum letzten Mal. Aber eines Tages werde ich es mit absoluter Überzeugung sagen können. Und bis es so weit ist, sage ich es mit Leidenschaft zu Zahara. »Alles, was die mit dir gemacht haben … die Erinnerung mag bleiben, aber sie muss nicht dein Leben bestimmen. Das ist von heute an deine Entscheidung.

Dein Leben. Deine Freiheit. Und wenn du das willst, werde ich dich jeden Schritt begleiten. Und du wirst sehen, so, wie du dich gerade fühlst, wirst du dich nicht für immer fühlen, Zahara. Okay?« Sie nickt schluchzend. »Du bist eine wunderbare Frau, und du hast so viel zu geben.« Mein Atem kommt schwer, weil es mir so wichtig ist, ihr das zu vermitteln. »Deinen Wert kann dir niemand nehmen, verstehst du?«

Schniefend lässt sie ihre Stirn zurück auf meine Schulter fallen. »Kannst du … Wirst du noch ein bisschen hierbleiben?«, murmelt sie.

»Ich hatte nichts anderes vor.« Ich streife meine Sneakers ab und drehe mich, bis ich neben Zahara im Bett liege. Dann nehme ich ihre Hand und verschränke unsere Finger ineinander, wie Scarlett es vor so vielen Jahren zum ersten Mal bei mir getan hat. Wie Jake es bereits getan hat. Und so liegen wir einfach da, an einem fremden und isolierten Ort, und sind füreinander da, bis Zaharas Atem gleichmäßig wird.

***

Ich versuche immer noch, mich daran zu gewöhnen, dass eine mir eigentlich ziemlich fremde Person ständig in meinem Krankenbett liegt und mich mit Sachen vollquasselt, von denen ich nie gedacht hätte, dass ich sie mir mal anhören würde. »Dieser Typ, von dem ich dir erzählt habe? Ethan? Der ist echt süß. Aufmerksam und so. Und auch ziemlich sensibel. Kannst du dir vorstellen, dass er bei Das Streben nach Glück *geweint hat? Dabei fand ich den Film gar nicht sooo traurig. Gut ja, aber nicht Heulmaterial. Kennst du den? Den Film meine ich? Ethan wahrscheinlich nicht.« Sie lacht, als wäre ich nicht die auf so viele verschiedene Weisen zerbrochene Prostituierte in einem Krankenhausbett, sondern ihre beste Freundin bei einer Pyjamaparty. Am Anfang hat mich das genervt.*

Weil sie dauernd Fragen stellt, die ich sowieso nur mit Nein beant-
worten kann, weil ich eben gar nichts kenne. Das heißt – wenn
ich antworten könnte. Was ich nur selten tue, da mein Kiefer nach
der zweiten OP schon wieder voller Drähte ist, die das Sprechen
sehr schwer machen. Ich verstehe auch nicht immer alles, was
Scarlett mir erzählt. Nach vier Jahren in diesem Land verstehe ich
viel, aber nicht alles. Wie auch immer, inzwischen nervt es mich
nicht mehr, dass Scarlett mir das alles erzählt. Ganz im Gegenteil.
Sie gibt mir dadurch etwas, das ich nicht in Worte fassen kann.
Normalität ist es nicht, weil mein Normal ganz anders aussieht
als das hier. Sie behandelt mich wie eine Ebenbürtige, wo ich es
gewohnt bin, wie Gesindel behandelt zu werden. Kümmert sich um
mich und erweckt den Eindruck, dass sie tatsächlich gerne hier ist.
Ja, wir haben uns im Jasmin schon gut verstanden, aber jetzt liegt
sie hier mit mir. Unsere Finger sind ineinander verschränkt, und
wenn sie gerade nicht quasselt, summt und tanzt sie im Liegen zu
einem der Lieder, die sie im Hintergrund eingeschaltet hat. Und
wenn ich ehrlich bin, vermisse ich sie inzwischen fast, wenn sie
abends zur Tür rausgeht. Nicht, weil ich einsam bin. Das war ich
schon immer. Sondern weil sie die erste Person in meinem Leben
ist, die nicht durch mich hindurchsieht, als wäre ich unsichtbar. Sie
sieht mich an, als wäre ich ihr wichtig, und das verändert irgend-
etwas in mir.

Jetzt greife ich doch nach meiner kleinen Tafel, auf der ich ab
und zu Dinge notiere, die ich brauche oder sagen will. »Scarlett?«,
schreibe ich auf, wahrscheinlich falsch, aber sie versteht.

»Nein«, kichert sie. »Keine Sorge. So egozentrisch bin ich auch
wieder nicht. Ich hatte mir nur gerade überlegt, was noch alles rot
ist. Rose vielleicht. Aber da denke ich immer an Titanic, *das ist*
nicht so gut.« Sie tippt sich ans Kinn und schnippt dann eupho-
risch. »Ruby. Was hältst du von Ruby? Das ist ein Edelstein, schau!«
Sie zeigt mir ihr Handy und liest gleichzeitig vor. »Die schönsten

Rubine werden in Myanmar und Thailand gefunden.« Meine Finger schließen sich unwillkürlich fester um ihre, weil ich eigentlich nicht an Thailand denken will und gleichzeitig den Gedanken unglaublich berührend finde. »Und hey! Twenty One Pilots haben ein Lied über dich geschrieben.« Sie tippt es an und hört sich konzentriert den Text an. Als ich zu ihr rüberschaue, um zu sehen, ob es ihr gefällt, rümpft sie die Nase. »Na gut, der Song ist ein bisschen Mist. Vielleicht der von Foster the People.« Sie hört sich den an und verzieht bei der traurigen Melodie das Gesicht. »Hm. Wir finden schon noch eines. Das hier ist irgendwie depri.« Das Einzige, was ich vom Text verstehe, ist Ruby, und dass sie endlich den Kopf heben und aus dem Bett kommen soll. Etwas, das sich derzeit ehrlich gesagt anfühlt wie ein Ding der Unmöglichkeit. Ich glaube, Scarlett fühlt den Shift meiner Gefühle. Sie hält meine Hand eine Spur fester und tippt auf ein weniger trauriges Lied. »Morgen werde ich dir helfen aufzustehen, Ruby. Heute bleiben wir zusammen liegen.«

KAPITEL 25

JAKE

»Du erscheinst auf meinem Telefon inzwischen als Favorit, Brooks, weil du mich ständig anrufst, ist dir das klar?« Thompson klingt genervt, aber ich lache. War das eben ein Scherz? Von Thompson? Der macht nie Witze.

»Vielleicht fehlt mir einfach Ihre Stimme, Boss.«

»Was willst du schon wieder?«

Ich räuspere mich, drehe mich weg von dem Gefängniswärter, der die Papiere und meine Dienstmarke studiert, die ich ihm vorgelegt habe. Thompson weiß, dass ich in eigener Sache hier bin. Verdammt, der Mann hat mir in wenigen Stunden bei der beinahe unmöglichen Aufgabe geholfen, Gabe vorübergehend auf Kaution freizubekommen, damit er zurück nach Iowa fliegen kann, bevor er auch noch wegen Verletzung der Auflagen eingebuchtet wird. Während des gesamten Fluges habe ich mit Thompson geschrieben, weil ich an Bord nicht telefonieren darf. Stattdessen habe ich einen Haufen E-Mails verschickt und bin nun direkt vom Richter, der mich nur wegen Thompson überhaupt um diese Zeit empfangen hat, in die Strafvollzugsanstalt gefahren. »Ruby hat nicht auf meine Nachrichten geantwortet. Wurde sie inzwischen nach Hause begleitet?«

Ich höre ihn beinahe am anderen Ende eine buschige Augenbraue heben, aber das ist mir egal. Es macht mich krank, dass ich genau zu diesem Zeitpunkt nicht in New York sein kann. Unaufhörlich spielt sich die Razzia von gestern Nacht wie ein Film in meinem Kopf ab. Das Ganze macht einfach keinen Sinn. Ich bin mir so sicher, dass die Sache organisiert war. Dass jemand wusste, was wir vorhatten, und wollte, dass wir diese vier Mädchen finden. Sonst wäre die Location geräumt gewesen. Aber warum bin ich dann nicht tot? Sie waren klar im Vorteil, hätten auf meinen Kopf zielen können. Stattdessen haben sie in meine Weste geschossen und sich selbst ausschalten lassen. Entweder waren es verdammt schlechte Schützen, die Joker von der Straße aufgelesen hat, oder jemand hat es so geplant. Aber warum? Mit jedem Mädchen, das wir rausgeholt haben, macht er sich verwundbarer.

»Sie schläft«, antwortet Thompson. »Sie hat sich ein Klappbett organisiert und sich eine Decke geben lassen, weil dieser Betonkopf erst bereit ist, von Zaharas Seite zu weichen, wenn die im Frauenhaus ist. Ich schwöre, in einem anderen Leben wäre Ruby Vermittlerin bei Geiselnahmen oder so. Sie redet so lange, bis sie bekommt, was sie will.« Ein Grinsen entsteht irgendwo tief in mir, trotz der Situation, in der ich stecke. »Und wenn du mir gleich auf den Geist gehst mit der Frage, ob ich einen Agent vor dem Jasmin stationiert habe, dann setze ich noch heute deine Rückkehr in den Innendienst auf. Ist das klar?«

»Ja, Sir«, antworte ich schmunzelnd.

»Ich habe übrigens gerade einen Anruf vom Herrn Generalstaatsanwalt bekommen«, erklärt er mir, sein Ton trocken und unbeirrt wie immer.

»Was haben Sie ihm gesagt?« Was der Generalstaatsanwalt wollte, kann ich mir nämlich auch ohne Erläuterung ziemlich gut vorstellen.

»Dass er mich eigentlich gut genug kennen müsste, um zu wissen, dass ich mit zunehmendem Alter wohl dazu neige, vergesslicher zu werden. Und ihn deshalb möglicherweise nicht darüber informiert habe, dass ich mir direkt beim Richter die Durchsuchungsbefehle geholt habe. Nach dem einen oder anderen Fluch seinerseits war das Gespräch dann zumindest vorerst beendet. Man wird sehen.« Ja, wird man wohl. Besonders erfolgreich war unsere Aktion aus Sicht des Generalstaatsanwalts ja nicht. Aber vier Mädchen können deswegen leben, also würde ich sie durchaus als Erfolg bezeichnen.

»So, und nun hol deinen Bruder da raus, Brooks, und dann sieh zu, dass du ins Bett kommst!«

Wie auf Knopfdruck schließe ich bei der Erinnerung die Augen, dass ich das letzte Mal vor mehr als einem Tag geschlafen habe, und das auch nur etwa zwei Stunden, bevor es zum Briefing und schließlich zu der Razzia ging. Wenigstens hauen die Schmerzmittel ordnungsgemäß rein, sonst müsste ich gebückt rumlaufen.

»Wenn das erledigt ist, schwingst du deinen Arsch zurück zu uns, wo er hingehört. Und bis dahin schaffen wir unsere Arbeit auch ohne deine Supervision.« Damit legt er auf und ich öffne die Augen, bereit, das hoffentlich letzte Hindernis für heute zu überwinden: meinen starrsinnigen Bruder dazu zu bringen, das Gefängnis *mit mir* zu verlassen. Er hat keine Ahnung, dass ich hier bin. Hat keine Ahnung, dass ich genau weiß, warum er eingebuchtet wurde. Und auch nicht, wie sehr ich mich eben reingekniet habe, den Richter von der Aussage seiner Freundin zu überzeugen, dass es Notwehr war. Jetzt muss er dringend nach Iowa und sich dort beim Bewährungshelfer melden, bevor er hierher zurückkommen und persönlich vor den Richter treten muss. Gott, es ist ein einziges Chaos.

Ich werde in einen abgeschotteten Raum geführt, den wenig später auch Gabe betritt. Es ist das erste Mal, dass ich ihn seit seiner Verurteilung im letzten Jahr treffe. Ich habe einen Kloß in der Größe der Freiheitsstatue im Hals, als ich die Narbe sehe, die von seinem Ohr beinahe bis zu seinem Mundwinkel reicht. Die Narbe, die ich ihm zwar nicht selbst zugefügt, aber durch meinen Job verschuldet habe. Wenn Gabe irgendwann davon erfährt, wird er mich noch mehr hassen.

»Was zur Hölle hast du hier zu suchen?«, sind seine ersten Worte an mich, obwohl seine Haltung und sein Gesichtsausdruck viel mehr sagen.

»Ich habe dir gesagt, ich würde kommen, um dir in den Arsch zu treten.« Verflucht, ich habe wirklich Talent darin, den richtigen Ton zu treffen, wenn es um Gabe geht.

»Du kannst gleich wieder abhauen. Ich brauch dich hier nicht.«

»Nein? Cool. Die Zelle, in der du übernachten sollst, sagt etwas anderes.« Ich halte seinem vernichtenden Blick stand. Er ist mein Bruder und wir sollten überhaupt nicht hier sein. Er nicht im Knast. Nie. Und ich nicht auf der anderen Seite, als wären wir Gegner, getrennt durch all das Unausgesprochene, was so dick in der Luft liegt, dass man sie schneiden könnte. »Verdammt noch mal, Gabe!«, knicke ich letztlich ein, meine coole Miene inzwischen verrutscht.

»Was. Willst. Du von mir?«

Ich gehe einen Schritt auf ihn zu, fahre mir frustriert durch die Haare. »Dass du mal den Kopf aus deinem Arsch ziehst. Ist dir eigentlich klar, in welche Scheiße du dich da wieder reingeritten hast? Und warum zur Hölle erfahre ich von Piper davon und nicht von dir?«

»Vielleicht, weil ich keine Lust auf eine Szene wie diese hatte?«

Bullshit. Er hätte mich in hundert Jahren nicht angerufen, weil sein verfluchter Stolz größer ist als sein Wunsch nach Freiheit.

»Wenn du also nicht hier bist, um deine FBI-Kontakte spielen zu lassen, und auch nicht irgendetwas Brauchbares zu sagen hast, dann würde ich jetzt gerne wieder gehen, bevor noch jemand hier drinnen mitkriegt, dass mein Bruder ein Cop ist.«

Wie letztes Mal, als man ihn deswegen fast getötet hätte. Schmerz breitet sich in meiner Brust aus, und so, wie er mich ansieht, frage ich mich, ob meine Augen ihn spiegeln, als sich seine Brauen zusammenziehen.

Im selben Moment steckt der Gefängniswärter seinen Kopf durch die geöffnete Panzerglastür. »Okay, Brooks. Du kannst gehen.« Gabe rührt sich nicht vom Fleck, scheint sich nicht angesprochen zu fühlen. Der Wärter sieht fragend zu mir, bevor er es noch mal versucht. »Ich bin nicht scharf darauf, dich in einem Leichensack rauszuholen, also lass dein Bettzeug drin – das ist nach der Nummer, die du vorhin abgezogen hast, sicherer.« Ich verspanne mich. Was zur Hölle hat Gabe schon wieder gemacht? »Hol dir deinen Kram am Schalter ab, verschwinde und tu mir einen Gefallen: Komm nicht wieder«, sagt der Wärter und verdreht die Augen, weil Gabe irgendwie immer noch nicht ganz mitkommt. Ich könnte es ihm erklären, aber in diesem Moment bin ich zu sauer, um irgendetwas zu sagen. »Na los. Beweg dich! Soweit ich gehört habe, hast du's eilig.« Endlich kommt er in die Gänge, würdigt mich keines weiteren Blickes, als er losspringt. Wir unterschreiben beide ein paar Erklärungen, bevor er seine Sachen bekommt und wir diesen beschissenen Ort endlich verlassen können.

Draußen bleibt Gabe stehen, scheint ein paar Minuten zu brauchen, um seine Freiheit zu realisieren. Doch dafür haben wir keine Zeit, denn besagte Freiheit ist nicht von Dauer. »Komm schon! Der Leihwagen steht da drüben.«

»Wie …?«, fragt er, kann sein Staunen und gleichzeitiges Missfallen daran, wer ihn rausgeholt hat, nicht verstecken. »Was hast du gemacht?«

»Ich habe jeden verfluchten Stein umgedreht, den ich in so kurzer Zeit finden konnte. Jetzt schwing dich ins Auto, ich fahr dich zum Flughafen und du machst dich sofort auf den Weg nach Iowa.«

»Ich kann noch nicht zurück. Ich habe erst noch etwas zu erledigen.«

Fast lache ich. »Ja, ich kann mir schon vorstellen, was das ist. Das Mädchen wird aber warten müssen. Das hier ist wichtig.«

»Das ist sie auch.« Seine Stimme ist viel fester als eben noch, die Intention klar. So schnell gibt er nicht auf. Aber ich auch nicht.

Endlich drehe ich mich um, hole tief Luft, um ruhig zu bleiben, und stemme die Hände in die Hüften. »Ich war bei ihr. Es geht ihr gut. Sie wird verstehen, warum du sie jetzt nicht besuchen kannst. Und auf die Intensivstation dürftest du sowieso nicht.«

»Was? Intensivstation? Und warum warst du bei ihr?«

Weil ich sichergehen musste, dass Gabe wirklich in Notwehr gehandelt und sie nicht gelogen hat, wenn ich dafür meinen Kopf hinhalte. Und dass auch die Cops, die ihn festgenommen haben, ihr glauben. Bei seinem besorgten Gesichtsausdruck tut mir Gabe einen kurzen Augenblick leid. Sieht aus, als wäre ihm dieses Mädchen wirklich wichtig. Und das nach all dem Dreck, den ihm die Frau, die ihn damals in den Knast gebracht hat, mit ihrer Behauptung angetan hat. Automatisch wandern meine Gedanken zu Ruby und ich stelle mir vor, wie ich Himmel und Hölle in Bewegung setzen würde, um zu ihr zu kommen. Was mich wiederum daran erinnert, dass ich eigentlich gar nicht hier sein sollte, und das macht mich neuerlich wütend, weil Gabe das alles hier nicht ernst genug nimmt und zudem für selbstverständlich zu nehmen scheint. Ist es aber nicht.

»Können wir jetzt endlich in das verfluchte Auto einsteigen und dich von hier wegbringen, bevor ich dir lang und breit erklären muss, womit ich die vergangenen neun Stunden verbracht habe, obwohl ich eigentlich in New York an einem verdammt wichtigen Fall sitze?«

»Ja, du hast recht. Tut mir extrem leid, dass ich dich von den wesentlichen Dingen des Lebens abgehalten habe, weil ich solche Sehnsucht nach dir hatte. Oder warte … Ach ja, richtig. Ich habe dich gar nicht angerufen. Seit drei Jahren nicht, wenn ich mich recht erinnere. Wie man sieht, aus gutem Grund.« Ich ziehe die Oberlippe kraus und sehe zu Boden. Warum kommt alles, was ich zu ihm sage, falsch raus? »Danke für deine kostbare Zeit, die du mir geopfert hast, Bruderherz. Du kannst jetzt gehen. Wird nicht wieder vorkommen.«

Verzweifelt fahre ich mir über das Kinn. Seit wann bringt mein kleiner Bruder mich dermaßen aus dem Konzept? »Vergiss, was ich gesagt habe. Ich bin hier, weil ich hier sein will. Nicht, weil ich muss. Die Sache ist aber die: Ich habe mir den Arsch aufgerissen, um dich aus diesem Drecksloch zu holen – schon wieder …« Fuck, Brooks! Wie wurdest du beim FBI aufgenommen? Wenn ich dort einfach alles sagen würde, was mir in den Sinn kommt, wäre ich längst arbeitslos. Ich schiebe es auf den verflixten Schlafmangel, der an Folter grenzt, und daran, dass ich nicht mehr klar denken kann, seit ich Ruby fast geküsst habe. »Ich will nicht, dass es umsonst war, also bitte … steig in den dämlichen Wagen.«

»Was zum Teufel soll das schon wieder heißen?«

Ich werfe die Hände in die Luft. »Ich will seit Monaten mit dir reden. Jetzt ist nicht die Zeit dafür.«

»Na klar. Wenn du das sagst, wird es ja stimmen. Jake, ich finde meinen Weg von hier. Ich brauche keinen Gefallen von dir. Brauchte ich da drinnen nicht und jetzt erst recht nicht.« Er dreht sich um und startet in die entgegengesetzte Richtung los. Wo er hinwill – keine Ahnung, aber langsam sehe ich rot.

»Tja, ist mir scheißegal. Du hast einen Gefallen bekommen. Jetzt tu mir einen, setz deinen Arsch in den Flieger und rede mit deinem Bewährungshelfer, bevor sich noch mehr Müll an deine Liste hängt.«

Gabe wirbelt herum. »Du musst dringend aufhören, mich herumzukommandieren, als hättest du irgendetwas in meinem Leben zu sagen.«

»Und du musst aufhören, zu schmollen wie ein Baby, Gabe.«

Es reicht ihm wohl, denn er marschiert wütend auf mich zu. Ich wappne mich dafür, einen Schlag einzustecken, doch er verpasst mir lediglich einen Stoß, der allerdings nicht weniger wehtut, da die Hämatome auf meiner Brust wie erwartet jetzt – Stunden später – noch kräftiger blühen als ursprünglich.

»Du. Warst. Nicht. Da«, schreit Gabe all seine Wut heraus. Seine Hände zittern, und ihm bricht die Stimme. »Während all der Scheiße, die abgegangen ist, hast du dich nicht ein einziges Mal blicken lassen. Du hast keine Ahnung …« Er muss abbrechen, ringt nach Luft, bevor er beginnt seine Brust zu reiben. Die Panik steht ihm buchstäblich ins Gesicht geschrieben und das Gefühl, das in mir ausgelöst wird, ist zehn Mal beengender und angsteinflößender als die Kugeln, die mich getroffen haben. »Du hast keine Ahnung, was im Knast abgegangen ist. Du kennst ihn ja nur von der richtigen Seite. Ich habe die andere Seite kennengelernt. Für eine Straftat, die ich nie begangen habe, an einer Frau, die zweieinhalb Jahre zu spät zugibt, dass sie immer wusste, wer sie vergewaltigt hatte.« Tränen treten ihm in die Augen, jede herabfallende ein Schlag in die Magengrube, bevor er sie grob wegwischt. »Ich bin seit vier Monaten raus und rieche noch diesen verfluchten Ort. Metall und Schweiß und Blut und Desinfektionsmittel. Ich höre noch immer das Surren der Gefängnistüren, die bestimmt haben, wann ich was zu tun hatte. Ich fühle ständig einen Schatten in meinem Rücken, sehe mich dauernd um und kann nicht einmal ...« Er sieht zum Himmel und schluckt schwer. »Kann nicht einmal meine Freundin im Krankenhaus besuchen, obwohl ich ganz genau weiß, wie scheiße es sich anfühlt, alleine dazuliegen, nachdem man fast abgestochen wurde.« Gabe fährt sich durch die Haare, ein Akt purer Verzweiflung. »Fuck!« Mein Bruder schüttelt die Hände und Arme aus, dreht sich hilflos im Kreis. Schließlich setzt er sich auf die Bordsteinkante und stützt Kopf und Arme auf die Knie. Sein Atem gleicht momentan eher einem Keuchen und es ist klar, dass er gerade eine Panikattacke durchmacht. Und doch stehe ich hier wie der größte Idiot, während mir selbst beim Anblick zum Heulen ist. Ich weiß absolut nicht, was ich machen soll. Ich kann nicht zu ihm gehen, denn der Grund für diese Panikattacken bin ich. Also bewege ich mich nicht vom Fleck, stehe das eben auf diese Weise mit meinem Bruder durch, ohne auch nur das Geringste zu tun, bis seine Atmung sich beruhigt hat. Erst dann kann auch ich wieder richtig Luft holen.

»Was zur Hölle ist da drinnen passiert?«, bringe ich hervor und meine damit nicht die paar Stunden in diesem Gefängnis. Ich rede von den elf Monaten, die Gabe zuvor im Knast verbracht hat, denn es ist offensichtlich, dass er an posttraumatischen Belastungsstörungen leidet. Ich bin nicht sicher, ob der einmalige Angriff auf sein Leben dort drinnen der einzige Auslöser war. Der Gedanke lässt die Galle in mir hochsteigen.

»Du hast recht. Jetzt ist nicht der richtige Zeitpunkt«, gibt er zynisch zurück, bevor er etwas schwerfällig aufsteht.

Abgekämpft hebe ich die Hände und lasse sie dann fallen. »Sei sauer auf mich, wenn es nötig ist, Gabe.« Jegliche konfrontative Ader, die ich vorhin noch in mir trug, ist nun verschwunden. »Aber wir wissen beide, dass du deiner Freundin keine Hilfe bist, wenn du im Knast hockst.« Ich zeige auf das verfluchte Gebäude hinter mir, aus dem ich ihn eben geholt habe. »Und das wirst du in ein paar Stunden, wenn du bis dahin nicht die Staatsgrenze überquert hast. Wenn du mir versprechen kannst, dass es reicht, Emerald kurz zu sehen, und wenn du dann mitkommst, fahre ich dich zu ihr. Danach setze ich dich in den nächsten Flieger nach Iowa, und wenn es das Letzte ist, was ich tue. Denn ich bürge für dich, Gabriel, ob es dir gefällt oder nicht.« Ich sehe ihn an. »Und selbst wenn ich das nicht täte: Du bist mein Bruder.«

Kapitel 26

Ruby

Ich erwache durch das leise Vibrieren meines Handys am Nachttisch, weil ich wie üblich nicht im Tiefschlaf bin. Die Angst vor dem, was mich auf der anderen Seite erwartet, sorgt dafür, dass ich oft ganze Nächte vor mich hin döse. Ich fasse rüber zum Handy und fühle, wie mein Herz einen Sprung macht, weil es eine Nachricht von Jake ist. Da wir beide den ganzen Tag im Krankenhaus waren – ich bei Zahara, er bei der Freundin seines Bruders –, war es praktisch unmöglich, miteinander zu telefonieren.

Jake: Wie geht es dir? Wie geht es Zahara?

Ich mag es total, dass er nach ihr fragt. Gerade als ich antworten will, öffnet sich meine Tür langsam und Scarlett linst hinein. Weil sie sieht, dass ich wach bin, bemüht sie sich nicht mehr, leise zu sein, marschiert zu meinem Bett und lässt sich frontal darauf fallen. Besorgt streife ich die Haare, die dabei ihr Gesicht verdecken, zur Seite. »Alles okay?«

»Ich kann nicht schlafen«, nuschelt sie ins Kissen. »Irgendwie schon die ganzen letzten Nächte nicht.«

Ich lege mich ebenfalls hin, zu ihr gedreht. »Warum?«

So gut das eben im Liegen geht, zuckt sie mit den Schultern. »Keine Ahnung. Wahrscheinlich habe ich einfach in letzter Zeit zu viele dumme Filme gesehen. Und seit dieser Sache mit dir im Jasmin fühle mich wie damals mit fünf, als Daddy erst mit seinem Monsterspray alle dunklen Ecken meines Zimmers besprühen musste, bevor ich schlafen konnte.« Sie schmunzelt, doch ich hasse es, dass sie sich so fühlt.

»Okay«, beschließe ich. »Dann sehen wir uns morgen eben mal *Findet Nemo* an und nicht einen deiner gruseligen Filme wie …« Ich überlege, was Scarlett sonst so schaut. Aber eigentlich sehen wir doch beide hauptsächlich Zeichentrickfilme. »*Rapunzel*.« Sie lacht und gibt mir einen Klaps. »Und wie der Zufall es will, habe ich tatsächlich erst vorhin mein Zimmer mit dem Monsterspray ausgesprüht, also bleibst du einfach hier. Dann bist du sicher.«

Meine beste Freundin rafft sich noch einmal auf, um mir einen kleinen Kuss auf die Wange zu geben. »Danke, Rubik's Cube. Ich wusste, auf dich ist Verlass.« Damit schließt sie stöhnend die Augen und murmelt irgendetwas, bevor sie nach ein paar Sekunden eingeschlafen sein dürfte. Ich lächle, bevor ich darüber nachdenke, wie gut ich nachempfinden kann, wovon Scarlett gesprochen hat. Denn das Erste, was ich zurzeit grundsätzlich mache, wenn ich heimkomme, ist, jede Ecke der Wohnung zu durchsuchen. Nach Monstern, die sehr real sind. Denen, die sich nicht mit Spray bekämpfen lassen.

Ich vergewissere mich noch mal, dass Scarlett wirklich schläft, und grinse, als sie sogar schnarcht. Langsam greife ich wieder nach dem Handy und stehe ganz allmählich auf. Auf Zehenspitzen verlasse ich mein Zimmer und schleiche ins Wohnzimmer, wo ich mich mit angewinkelten Beinen auf den

Boden setze und den Kopf gegen die Couch lehne. Es mag dunkel sein, doch die kleinen roten und blauen Lichter der elektrischen Geräte in der Küche hellen den Raum minimal auf. Nach einem tiefen Atemzug gehe ich zurück zu der Nachricht von Jake, meine Finger bereit, eine Antwort zu tippen, doch ich weiß nicht, was ich schreiben soll. Wie ich in Worte fassen kann, was in meinem Kopf gerade so wirr ist. Schließlich springe ich über meinen Schatten und tippe auf das Telefonsymbol.

»Ruby«, meldet er sich nach dem zweiten Klingeln. Beim Klang seiner ruhigen, tiefen Stimme sinkt mein Körper automatisch etwas mehr in das Sofa. »Habe ich dich mit meiner Nachricht geweckt?«

»Nein«, schwindle ich ein bisschen, weil es egal ist. »Ich habe es mir gerade im Wohnzimmer gemütlich gemacht.«

Er schnurrt leise und bei dem Geräusch fallen mir die Augen zu. »Um ein Uhr morgens?!« Bei ihm ist es zwei Stunden früher als bei uns. Ich habe nachgesehen.

»Dein Tag war recht stressig, hm?«

Jake lässt sich einen Moment Zeit und ich stelle mir vor, wie er sich durch die dichten braunen Haare fährt. »Die meiste Zeit habe ich bei Gabes Freundin verbracht, weil er die Krise kriegt, dass er nicht selbst bei ihr sein kann. Es ist einfach so ziemlich alles …«

Ich beiße mir auf die Lippe, während er mit den Worten ringt. »Durcheinander?«

»Könnte man so sagen, ja.«

»Und deinem Bruder geht es so weit gut?«

»Nicht wirklich«, antwortet er müde, wahrscheinlich nicht nur physisch. »Aber ich arbeite daran.« Das klingt, als würde er sich ziemlich viel Verantwortung aufbürden, und einmal mehr frage ich mich, was wohl die Geschichte zwischen den beiden ist, dass Jake sich eigentlich immer einen Hauch unglücklicher anhört, wenn er ihn erwähnt. So minimal, dass es vielleicht nicht gleich jedem auffallen würde, aber mir schon.

»Wenn du reden willst, höre ich dir gerne zu«, biete ich vorsichtig an, weil ich weiß, dass sein Bruder kein leichtes Thema ist.

»Ruby, ich würde gerne ...« Ich höre ihn am anderen Ende seufzen und beschließe, ihn zu unterbrechen, bevor er sich zu etwas gezwungen fühlt.

»Eines Tages wirst du mir von dir erzählen. Und ich kann's kaum erwarten.«

»Der Spruch kommt mir bekannt vor, kann das sein?«, fragt er mit einem hörbaren Lächeln auf den Lippen.

»Möglich. Ein gewisser Agent hat versucht, mich vor einiger Zeit damit zu beeindrucken.«

»Und? Hat es funktioniert?«

Ja! Aber nicht nur damit. Was ich für Jake empfinde, ist auf jeder Ebene neu. Ich bin nicht so naiv, um zu denken, dass das hier schon so was wie Liebe ist. Aber es ist definitiv mehr, als ich mir je für mich, von mir hätte vorstellen können. Die schwindelerregende Aufregung, wenn ich an ihn denke. Die Vorfreude darauf, ihn wiederzusehen. Der Wunsch, ihn wieder zu berühren. Vor ein paar Wochen wäre die Vorstellung, dass das für mich existieren kann, undenkbar gewesen. Lachhaft fast. Jetzt ist das einzig Gruselige daran, wie sehr ich mir mehr davon wünsche.

Zur Antwort gebe ich ihm in diesem Augenblick allerdings trotzdem nur einen wackeligen Ton, woraufhin er lacht. Als es im nächsten Moment draußen auf dem Gang direkt vor unserer Wohnung poltert, zucke ich zusammen. Eine Frau lacht glucksend, bevor eine andere laut »Pscht« macht. Die beiden sind bestimmt einfach nach einer heiteren Nacht nach Hause gekommen. Kein Grund zur Panik. Nur, dass mein Puls dem Aufruf nicht folgen will. Verflixt, ich weiß genau, wie Scarlett sich fühlt. »Jake«, beginne ich und ziehe beruhigende Kreise über mein Brustbein, weil es irgendwie guttut, seinen Namen laut auszusprechen.

»Hm?«

»Weißt du schon, wann …« Ich breche ab und schlage mir gegen die Stirn, weil das Letzte, was Jake gerade braucht, eine weitere Person ist, die darauf wartet, dass er ihr den Tag rettet. »Nicht so wichtig. Vergiss es bitte!«

Es wird einige Sekunden lang still am anderen Ende. »Was ist passiert, Ruby?«

»Nichts«, versuche ich, ihn zu beruhigen, weil es klingt, als hätte ich dumme Gurke seine Müdigkeit wieder vertrieben. »Wirklich nicht. Es ist einfach …« Ich denke daran, was Scarlett gesagt hat, und daran, wie ausgeliefert ich mich zum ersten Mal seit vier Jahren fühle, und wie sehr ich ja im Grunde selbst daran schuld bin. Klopft man wie ich an die Tür des bösen Wolfs, muss man sich nicht wundern, wenn er am Ende mehr wegpustet als nur das Haus. Vielleicht übertreibe ich auch maßlos und bin Joker völlig gleich. Aber Jahre umgeben von Monstern wie Joker und allen Jokers dieser Welt haben mir gezeigt, wozu diese Leute fähig sind, und dass sie vor nichts und niemandem haltmachen, wenn jemand versucht, ihr Kartenhaus zu Fall zu bringen.

»Was?!«, bohrt Jake nach.

Mit geschlossenen Augen lasse ich den Kopf zurückfallen. »Ich bin einfach müde, Jake. Weißt du?«, antworte ich leise, weil das die beste Antwort ist, die ich habe.

Das Rascheln von Bettzeug am anderen Ende lässt mich vermuten, dass Jake sich eben ins Bett gelegt hat. Er atmet tief durch. »Ja, Ruby. Ich weiß, was du meinst.« Mein Herz sticht, als er das sagt, weil er in dem Augenblick so verletzlich klingt, so erschöpft. Jake überspielt gut, aber je mehr Zeit man mit ihm verbringt, umso mehr erkennt man, was unter der Coolness, dem Ehrgeiz und den Witzen verborgen ist, nämlich ein Mann, der unter ständiger Anspannung steht, alles richtig machen zu wollen. Einer, der zerrissen ist, weil er denen, die er gernhat, die Last der Welt abnehmen will, und leidet, weil er beides nicht kann. Also ja, wenn jemand weiß, was es bedeutet, müde zu sein, dann Jake. Ohne Zweifel. »Was passiert, wenn zwei Netzwerktechniker heiraten?«, fragt er wie üblich aus dem Nichts, und ich bekomme feuchte Augen, weil er wie stets darum bemüht ist, *mich* zum Lachen zu bringen.

»Ich weiß nicht«, gestehe ich, während ich meinen Kopf zwischen die Knie fallen lasse.

»Sie haben den besten Empfang.«

Mein Glucksen hört sich eher an wie ein armseliges Schluchzen, weshalb ich mich räuspere. »Du wirst immer witziger.« Er lacht leise vor sich hin, bevor wir beide die Stille einfach mal hängen lassen.

»Morgen, Ruby. Morgen komme ich nach Hause.« Meine Augen fallen zu. Nach Hause kommen hört sich so schön an.

»Okay. Gute Nacht, Jake«, wünsche ich ihm, weil er unbedingt schlafen sollte, auch wenn ich noch nicht bereit bin, das Telefonat zu beenden.

»Gute Nacht, Ruby.« Er legt aber auch nicht auf, also lasse ich das Handy an meinem Ohr und höre ihm dabei zu, wie er nichts weiter tut, als da zu sein.

»Soll ich noch mit raufkommen?«, bietet Darius an, der mich wie jeden Tag, seit Jake weg ist, herumkutschiert, als wäre er ein privates Taxiunternehmen.

»Danke, aber ich glaube, Scarlett wäre nicht besonders glücklich, wenn du sie krank siehst.« Scarlett hatte nämlich vor allem deswegen so eine unruhige Nacht, weil sie Fieber hatte. Nicht mega hoch, aber gut geht es ihr nicht wirklich. Deswegen habe ich Darius eben auch genötigt, noch schnell bei einem

Seven Eleven zu halten, damit ich ihr ihre Lieblingsnachos mitbringen kann.

Er verzieht verständnislos das Gesicht. »Warum nicht?«

»Na ja, weil man sich halt nicht unbedingt mit Betthaaren, roter Nase und Schlabberklamotten am schönsten fühlt«, versuche ich, es diesem großen Kerl zu erklären, der offensichtlich immer noch nicht versteht, wo das Problem liegt.

»Als ob irgendetwas davon bei Scarlett eine Rolle spielen würde. Die Frau ist bildschön, vollkommen egal, in welchem Zustand.« Er sagt es so selbstverständlich, dass es nicht mal klingt wie ein Kompliment, auch wenn es das definitiv ist.

»Ich werde es ihr ausrichten. Danke jedenfalls fürs Angebot.« Ich greife nach meinem Kram und steige aus. »Und fürs Fahren«, ergänze ich und klopfe dabei auf das Autodach. »So nett dieser Service allerdings auch sein mag – erinnere deinen Special Agent in Charge bitte, dass ich bald sein Haus mit Eiern bewerfe, wenn er nicht aufhört, seine Ressourcen an mich zu verschwenden.«

Belustigt stützt Sanders den Ellbogen am Lenkrad ab. »Da wirst du ein anderes Haus mit Eiern bewerfen müssen.« Er tut so, als müsse er überlegen. »Oder war es eine Wohnung? Na ja, wie auch immer.«

Ich ziehe die Brauen zusammen. Meint er … »Jake?« Schmetterlinge flattern durch meinen Bauch, obwohl ich eigentlich sauer bin. »Jake ist derjenige, der dich nötigt, mich zu chauffieren?«

Sanders schüttelt den Kopf. »Keiner nötigt mich zu irgendetwas, Ruby. Ich halte ihm dem Rücken frei, weil ich weiß, dass er das ebenso für mich tun würde.«

Ich werfe die Arme in die Luft. Schlimm genug, dass ich selbst langsam das Gefühl bekomme, dass nicht nur meine Sicherheit, sondern auch mein Wohlbefinden von seiner Anwesenheit abhängt. Allem Anschein nach glaubt auch er, ich wäre ein zerbrechliches Etwas und unfähig, ohne den Schutz eines großen, starken Mannes meinen Alltag zu bestreiten. »Es ist unnötig«, meckere ich schließlich.

Sanders studiert mich kurz, der Gesichtsausdruck auf einmal ernst. »Ist es das?«

Ich hasse es, dass sich bei den wenigen Wörtern Gänsehaut auf meinen Armen ausbreitet, aber irgendetwas sagt mir, dass die Frage in Wahrheit keine ist. Ist es nun lediglich Paranoia, oder doch Instinkt, dass ich mich ständig umsehe? Mehr als sonst …

»Aber keine Sorge. In ein paar Stunden übernimmt Jake wieder persönlich. Dann kannst du ihn höchstpersönlich mit Eiern bewerfen.«

Mein Herz macht einen kleinen Sprung, als er das sagt. Sofort halte ich mir eine Hand an die Stelle, als könne es sonst womöglich rausfallen. Und selbst ich bin nicht unerfahren genug, um nicht zu erkennen, was das bedeutet. Nämlich, dass ich noch tiefer drinstecke, als ich selbst für möglich gehalten hätte. Sanders klimpert mit den Wimpern, weil ich immer noch blöd herumstehe, worauf ich die Augen zusammenkneife. »Ach, sei leise!«, sage ich grinsend und höre sein Lachen noch immer, nachdem ich die Beifahrertür zuwerfe.

Sanders wartet, bis die Tür unten ins Schloss gefallen ist, während ich auf dem Weg nach oben mein Handy zücke und genervt stöhne, weil ich bei dem Namen, der auf dem Display erscheint, von einem Ohr bis zum anderen lächeln muss. Und das, obwohl ich ihm eigentlich in den Hintern treten will, weil er einfach Entscheidungen über meinen Kopf hinweg trifft.

Jake: Schalte mein Handy gleich auf Flugmodus. Alles gut bei dir?

Der Lift hält in meinem Stock. Blind tapse ich zu meiner Wohnung, während ich schnell antworte.

Ich: Ja. Abgesehen davon, dass ich gerade mit Sanders gesprochen habe ...

Während ich jedes einzelne Bomben- und Waffenemoji raussuche, das ich auftreiben kann, schließe ich mit der anderen Hand linkisch die Tür auf, stoße allerdings beim Aufmachen sofort gegen etwas. Vorsichtig drücke ich noch mal, weil ich keine Ahnung habe, was Scarlett davor platziert haben könnte, doch es tut sich nichts. »Scarlett?« Als sie nicht antwortet, stopfe ich mein Handy in die hintere Hosentasche und schiebe etwas fester, bis ich zumindest meinen Kopf durch den Spalt stecken und sehen kann, was ... Mein Herz bleibt stehen. Ein Körper. Blut. Das ist Scarlett. »Nein!« Mit aller Kraft presse ich mich gegen die Tür, bis ich mich durchzwängen kann, falle neben ihr auf die Knie und drehe ihren leblosen Körper um. »Scar ...« Der Rest ihres Namens bleibt mir im Hals stecken, als ich einen Moment lang wie gelähmt auf das blutdurchtränkte Shirt starre, bevor ich unbeholfen ihre blonden Haare beiseiteschiebe, sodass ich nach ihrem Puls tasten kann. Meine Finger zittern so heftig, dass ich kaum Gefühl darin habe. Mit einem Wutschrei platziere ich sie neu und spüre endlich etwas. Schwach, aber da. Ich ziehe ihr Shirt hoch und entdecke eine klaffende Wunde in ihrer Seite. Das war ein Messer. Hyperventilierend schüttle ich mich aus meiner Jacke, bündle sie und drücke so fest ich mit einer Hand kann auf die Einstichstelle, im kläglichen Versuch, die Blutung zu stoppen, während ich mit der anderen nach meinem Handy greife. Scarletts leises, aber schmerzverzerrtes Stöhnen bringt mich zum Japsen. »O mein Gott, Scar!«

Ihre Augen, die sie unter sichtbarer Anstrengung zu öffnen versucht, verdrehen sich. Ihre Atmung ist flach und klingt grauenvoll. Sie versucht, etwas zu sagen, also halte ich mein Ohr an ihren Mund. »Er ist weg«, presst sie mühevoll hervor.

»Er ist weg? Wer? Wer war das, Scarlett?« Ich hatte nicht einmal darüber nachgedacht, ob ihr Angreifer noch im Raum sein könnte. Mein Tunnelblick war nur auf Scarlett gerichtet.

Scarlett ächzt schmerzerfüllt, bevor ihre Lider wiederholt flattern und sie völlig bleich wird. Sie braucht Hilfe. Sofort. Ich greife noch mal nach meinem Handy, sehe, dass ich die Nachricht an Jake noch gar nicht abgeschickt habe, und drücke mit zitternden Händen aufs Telefonsymbol. »Jake!«, rufe ich, sobald ich ein Freizeichen bekomme, doch es ist nur der Weg in die Mailbox. Fluchend lege ich auf und rufe stattdessen Sanders an, doch das Handy rutscht mir aus der blutverschmierten Hand, als er abhebt. Im selben Moment fallen Scarlett wieder die Augen zu, und ich schreie panisch um Hilfe, bete, dass irgendjemand mich hört.

Kapitel 27

Jake

Ich entschuldige mich bei der alten Frau, die ich eben auf dem Weg aus dem Flughafen fast zu Boden gerempelt habe, aber irgendein Arschloch war in Rubys Wohnung. Und ich war nicht da. Alles, was ich durch Sanders' kurze Mitteilungen weiß, ist, dass Scarlett angegriffen wurde. Aber es sind die offenen Fragen, die es mir schwer machen, Luft zu holen, seit mich die Nachricht erreicht hat. Ich musste mich buchstäblich zwingen, sitzen zu bleiben, bis das Flugzeug angedockt hatte, statt die Türen selbst aufzureißen. Jede Sekunde wie eine ganze Stunde. Denn diese Hilflosigkeit, das verfluchte Gefühl, dass einem die Hände gebunden sind, kenne ich seit Jahren verdammt gut, und es wird mich vermutlich eines Tages ins Grab bringen. Vor ein paar Stunden noch habe ich Erleichterung verspürt, als der Staatsanwalt in Idaho Gabriels Anklage zurückgezogen hat. Zumindest ein Brocken, der mir und vor allem ihm von den Schultern gefallen war, während der nächste und weit größere uns noch bevorsteht.

Doch die Vorstellung, was in der Zwischenzeit hier passiert sein könnte, überschattet im Augenblick die Sache mit

Gabe und brodelt wie schwarzes Gift in meinen Adern. Fester als nötig steige ich aufs Gaspedal, sodass die Reifen durchdrehen, als ich nach einer gefühlten Ewigkeit mein Auto erreiche. Irgendjemand schreit mich an und gestikuliert wild, weil ich viel zu schnell und vor allem gegen die Einbahnstraße hier rausfahre, aber das ist mir ehrlich gesagt scheißegal. Wenn es sein müsste, würde ich auch meine Dienstmarke sprechen lassen, wenn ich dadurch schneller ins Krankenhaus kommen könnte.

New Yorks beleuchtete Straßen scheinen sich wie eine Ewigkeit zu strecken, während es mir irgendwie gelingt, mir mein Schulterholster mit einer Hand am Lenkrad anzulegen. Hektisch versuche ich zum wiederholten Mal, erst Ruby zu erreichen, dann Sanders, dann Thompson. Aber keiner hebt ab. »Fuck!«, knurre ich mit einem Schlag gegen die Fahrertür, als ich die letzte Mailbox erreiche. Ich brauche Antworten! Ich brauche … Ruby. Als ich endlich beim Krankenhaus ankomme und das Auto im nächstgelegenen Parkhaus abgewürgt habe, nehme ich zwei Stufen auf einmal, weil mir der Lift viel zu langsam ist. Ich stürme durch die Brandschutztür in den Wartebereich und scanne den Raum ab, bis ich sie finde. Vornübergebeugt auf einem der Stühle neben Sanders. Die Erleichterung darüber, sie zu sehen, ist groß genug, um mich beinahe in die Knie zu zwingen. Sanders entdeckt mich als Erster und sagt etwas zu Ruby. Sie schaut auf, und die Art und Weise, wie gebrochen mein Name über ihre Lippen kommt, bringt mich um. Sie hebt die Hände, wahrscheinlich für eine Umarmung. Da entdecke ich Blut auf ihrem einst weißen Langarmshirt und verliere endgültig die Nerven. Mit wenigen Schritten bin ich bei ihr. »Jake!«, krächzt sie und legt ihre Arme um meinen Hals, als ich mich hinunterbeuge. Ich hebe sie in einer fließenden Bewegung aus dem Stuhl, bevor ich uns drehe, sie an die freie Wand gegenüber presse und ihren Oberkörper nach Verletzungen abtaste. Wahrscheinlich sollte ich sie nicht so berühren. Trotzdem kann ich mich nicht davon abhalten, meine inzwischen zitternden Hände fieberhaft nach der Ursache des ganzen Blutes suchen zu lassen. Irgendwann nimmt Ruby meine Finger und hält sie fest. »Es ist nicht meins, Jake. Das ist nicht mein Blut«, versichert sie mir, während mein Hirn nur langsam mitkommt. »Es ist Scarletts. Ich bin …« Tränen fluten ihre Augen. Verbissen presst sie die Augen zusammen, gibt alles, um nicht zu weinen. Ihr Schmerz trifft mich in Mark und Bein und ich drücke sie noch einmal an mich. Fühle, wie steif sie versucht, sich aus meinem Halt zu winden, während gleichzeitig ihre Knie ein wenig nachgeben, und daher lasse ich sie bestimmt nicht los. »Ich bin okay«, nuschelt sie mit Mühe. Was gelogen ist. Ruby mag unverletzt sein, doch Scarlett ist es nicht, und das ist für Ruby vermutlich schlimmer, als wäre sie selbst attackiert worden.

»Okay. Ich aber nicht. Gib mir noch eine Minute«, bitte ich sie leise. Das bringt sie dazu, kurz innezuhalten, bevor sie sich endlich in die Umarmung lehnt und ihre Arme fester um meine Taille schlingt. Ihre Fäuste verkrampfen sich in meinem Shirt, und für einen Moment bin ich nicht sicher, wer wen gerade tröstet. Während Ruby ihr Gesicht in meine Brust drückt, wende ich mich an Sanders und frage ihn wortlos, ob Scarlett lebt. Er deutet auf die schweren Türen der Notaufnahme und zuckt mit einer Schulter, dieselbe Wut und Niedergeschlagenheit im Blick, die ich gerade empfinde. Ich senke mein Kinn auf Rubys Kopf und halte sie noch ein Stück fester, habe es so verflucht satt, dass diese Schweine uns ständig einen Schritt voraus sind.

Zwei Stunden später warten Ruby und ich nach wie vor auf Nachricht von Scarlett. Sanders ist gefahren, um bei der Spurensuche in Rubys Wohnung dabei zu sein. Ruby ist eingeschlafen. Ihr Kopf liegt auf meiner gebündelten Jacke neben meiner Hüfte. Ich habe ihr vorhin meinen Pullover gegeben, damit weder sie noch ich ständig das getrocknete Blut auf ihrem

Shirt sehen müssen. Ihre Finger klammern sich im Schlaf an meine Jeans, und ich streichle immer wieder vorsichtig über ihre Haare. Mein Arsch ist inzwischen längst eingeschlafen, weil ich mich nicht traue, mich von der Stelle zu bewegen, aber das spielt keine Rolle. Die Türen zum abgesonderten Wartebereich für Angehörige öffnen sich zum wiederholten Mal und ich halte kurz den Atem an, als diesmal Thompson rauskommt. »Sir?«, beginne ich leise, hoffe auf gute Neuigkeiten, selbst wenn der Mann aussieht, als wäre er um zehn Jahre gealtert. Er bleibt vor uns stehen, lässt den Blick über Ruby und mich wandern. Über meine Hand in ihren Haaren und ihre an meinem Oberschenkel. Dann starrt er mir in die Augen, als wäre er nicht sicher, ob er mir erst den Kopf abreißen oder Ruby von mir wegzerren soll. Doch ich halte seinem Blick stand, vermittle mit meinem, dass es mir scheißegal ist, ob er das gut findet, ganz gleich, wie sehr ich ihn respektiere. Sein Gesichtsausdruck wandelt sich, wirkt für einen Moment verwirrt, bevor ich schwören könnte, dass sich sein Schnauzer für den Bruchteil einer Sekunde minimal hebt. Schließlich geht er weiter, ohne ein Wort zu sagen. Ruby zuckt leicht zusammen, woraufhin ich mich wieder auf sie konzentriere und meine freie Hand auf ihre lege, bis sich ihr Körper entspannt hat.

»Hier!«, murmelt Thompson wenig später und hält mir einen dampfenden Pappbecher entgegen. Widerwillig lasse ich Ruby los und nehme den Becher, weil der Mann gerade seine eigene persönliche Hölle durchlebt und mir trotzdem Kaffee bringt.

»Danke. Wie geht es Scarlett?«

Er setzt sich neben mich, stützt die Stirn in die Hände und seufzt. »Sie ist stabil.« Gott sei Dank. »Sie haben ihre Leber zusammengeflickt und ihr eine Menge Blutkonserven verabreicht. Es wird dauern, bis sie wieder ganz gesund ist, aber Scarlett ist stark.« Er nickt, und ich bekomme das Gefühl, dass er das vor allem sich selbst einredet. Also nicke ich mit. Im selben Moment piept Thompsons Handy, und ich sehe mit einem Seitenblick, dass es eine Nachricht von Agent Keaton ist.

»Ich scheine wirklich Ihr Lieblingsagent zu sein, Sir«, versuche ich, ihn ein bisschen zu zerstreuen. »Mich haben Sie in den Krankenstand versetzt, aber Keaton muss trotz zerfetztem Arm arbeiten?«

Thompson wirft mir einen Blick zu, der signalisiert, dass er meinen Humor gerade nicht zu schätzen weiß, aber wenn ich ihn damit zumindest kurz von seinen Sorgen ablenken kann, reicht mir das bereits. »Keaton wollte auf keinen Fall zu Hause bleiben, nachdem er von Scarlett gehört hat.«

Okay, verdammt. So viel zu meinem Plan, ihn abzulenken.

Thompson flucht leise. »Sie haben in der Wohnung nichts gefunden.«

Mist! Auch wenn das zu erwarten war. Joker hat sich noch nie einen Fehler erlaubt. Aber … »Was ich nicht begreife, ist, warum er Scarlett am Leben gelassen hat. Oder Ruby im Jasmin.« Nicht, dass ich nicht jede Minute dankbar dafür bin, aber *warum* dieses Risiko?

Thompson wirbelt seinen Kaffee im Becher herum. »Wenn du mich fragst, sind das alles Machtspielchen.« Das denke ich auch. Und wer auch immer da mit uns spielt, scheint bei jedem Zug ein Ass im Ärmel zu haben. »Ich will diesen Mistkerl, Jake«, zischt Thompson, während er aufsteht. Dann deutet er auf Ruby und sein Gesicht wird weicher. »Sag ihr bitte, sie kann kurz zu Scarlett, auch wenn es noch Tage dauern kann, bis sie ansprechbar ist.« Er räuspert sich, gefangen in der Emotion. »Und dann sorgst du dafür, dass Ruby in Sicherheit ist. Klar?« Auf die Antwort wartet er nicht, weil er sie bereits kennt, und verschwindet wieder durch die automatischen Türen.

K. o. und wütend über die ganze Situation lasse ich einen Moment lang den Kopf in den Nacken fallen. Ich atme tief durch, bevor ich mit dem Daumen über Rubys Wange streiche und leise ihren Namen rufe.

Zuerst regt sie sich langsam, bevor sie wie auch beim letzten Mal zusammenzuckt und sich ruckartig kerzengerade aufsetzt. »Was ist los? Scarlett?«

»Sie ist stabil. Thompson sagt, du kannst zu ihr, aber sie schläft.« Sofort springt Ruby auf, doch ich greife nach ihrer Hand. »Und dann bringe ich dich zu mir. Ich schlafe auf der Couch und du nimmst das Schlafzimmer.«

Perplex starrt sie auf mich herab, schüttelt dann den Kopf. »Nein, ich will … ich muss … Ich will nach Hause.«

Was? Warum? Nein! »Ruby, der Überfall war eine Nachricht an dich. An uns. Ich werde dich ganz sicher nicht dorthin bringen. Nicht heute.« Die Spurensicherung wird alles finden, was dort noch gepflanzt oder deponiert wurde. Da besteht für mich kein Zweifel. Darum geht es nicht. Eher darum, dass ich nicht weiß, ob derjenige, der so blöd war, sich mit uns anzulegen, vielleicht auch so blöd ist zurückzukommen.

»Und dann?«, fragt sie resigniert, schlingt die Arme um sich und reibt die Kälte darin weg. »Morgen ist ein neuer Tag, Jake. Aber ich werde immer noch dieselbe Frau mit derselben Vergangenheit sein, die mich andauernd wieder einholt und dabei mitnimmt, was immer ihr in den Weg kommt. Und diese Vergangenheit wird dir weder heute noch morgen noch an einem anderen Tag gefallen. Kein Grund, sie auch noch vor deine Haustür zu schleppen.«

Herrgott, diese Frau ist echt ahnungslos.

Ich stehe auf und hebe ihr Gesicht zu mir. »Zu dieser Vergangenheit gehören Leute, die dich verletzt und die dir massiven Schaden zugefügt haben. Dinge, für die ich alles tun würde, um sie zu verhindern. Zeiten, in denen du alleine um dein Leben kämpfen musstest und Todesangst hattest.« Rubys Augen glänzen, während sie zwischen meinen hin- und hersieht.

»Also nein, deine Vergangenheit wird mir nie gefallen, aber ich werde damit klarkommen, und zusammen werden wir dafür sorgen, dass du das Leben erhältst, das du verdienst, ohne dabei ständig über die Schulter schauen zu müssen. Aber dazu brauche ich dein Vertrauen, Ruby.«

Zwei Tränen laufen aus ihren Augen und sie rudert zurück. Als hätten sie ihre Haut verbrannt, wischt sie sich sie aus dem Gesicht, so schnell sie kann. Nicht nur ihre Tränen, sondern auch die Reaktion darauf bricht mir das verfluchte Herz. Ich senke den Kopf. Hier geht es schon lange nicht mehr um meinen Job.

»Ich vertraue dir, Jake«, flüstert sie. »Aber die Wohnung … Sie war – ist – der erste Ort in meinem Leben, an dem ich gerne bin und von dem ich gleichzeitig jederzeit weggehen kann, wenn ich will.«

Ich schlucke den bitteren Geschmack in meinem Mund runter. Ich darf gar nicht darüber nachdenken, wie lange dieser Frau die Freiheit gestohlen wurde. »Okay, in Ordnung«, beschließe ich, und Ruby entspannt ihre straffen Schultern. »Dann fahren wir eben vorher bei mir vorbei, sodass ich ein paar Sachen holen kann …«

»Warte! Was?«

»Ich lasse dich nicht alleine, Ruby«, erkläre ich ihr. Als ob das nicht selbsterklärend wäre! »Nicht, bis ich weiß, dass du sicher bist.« Bis diese Dreckskerle entweder eingebuchtet sind oder tot. An diesem Punkt ist mir beides recht.

»Das kann eine Ewigkeit dauern. Jahre …«

»Wir werden eine Lösung finden, Ruby«, wiederhole ich entschieden. »Zusammen.« Aufmunternd deute ich in die Richtung, in die Thompson verschwunden ist. »Ich warte hier auf dich.«

Langsam nickt Ruby, während sich die verschiedensten Emotionen auf ihrem Gesicht spiegeln. Letztlich greift sie nach meinem Shirt und stellt sich auf die Zehenspitzen. Und dann küsst sie mich mit geschlossenen Augen. Einmal. Zweimal. Kurz und impulsiv, bevor sie verharrt und zittrig angestaute Luft ausbläst. Jedes Molekül in meinem Körper schreit danach, sie zu berühren, sie an mich zu ziehen. Und als sie die Augen öffnet und die Verunsicherung darin mich umbringt, während sie sich zurück auf die Fersen rollt, tue ich es. Ich fasse sie am Nacken und folge ihrer Bewegung, um sie zurückzuküssen. Mit der anderen Hand greife ich nach ihrer und drücke sie gegen meine Brust. Sie soll wissen, dass ich zu zweihundert Prozent bei ihr bin. Dass ich ebenso nervös bin wie sie und mein Herz nur ihretwegen so schnell hämmert. Dass ich den Rest meines Lebens damit verbringen könnte, sie mit zarten, kleinen Küssen zu bedecken, weil ich Zeit habe. Weil ich so sehr alles von ihr will, was sie mir geben kann. Als sie sich schließlich von mir löst, stütze ich meine Stirn an ihrer ab, komplett außer Atem, obwohl der Kuss lediglich wenige Sekunden gedauert haben kann. Ihre langen Wimpern flattern, während sie mich anlächelt. Schüchtern, aber auch stolz. »Danke, Jake. Für alles«, flüstert sie, und ich lächele.

»Glaub mir! Es war mir ein Vergnügen«, antworte ich frech und gleichermaßen wahrheitsgetreu. Lachend stößt sie spielerisch gegen meine Brust und presst gleichzeitig ihr Gesicht in meine Halsbeuge. Dann rückt sie von mir ab und betätigt die Glocke zum anderen Warteraum. Ich starre ihr hinterher und mir wird klar, dass ich eben endgültig mein Herz verloren habe.

Kapitel 28

Ruby

So groß ich vorhin auch geredet haben mag, meine Hände zittern dermaßen, dass es mir unmöglich ist, das Schloss zu unserer Wohnung zu öffnen. Es macht null Sinn, weil ich genau weiß, dass diesmal nichts dahinter lauern wird. Die Leute von der Spurensicherung sind noch gar nicht lange weg. Trotzdem kriege ich die Erinnerung an das Gefühl, das Geräusch, nicht aus dem Kopf, als die Tür gegen Scarletts blutenden Körper gestoßen ist. Sie eben auf der Intensivstation zu sehen hat nicht unbedingt geholfen. Ich konnte zwar erkennen, dass sie atmet; ihre geschlossenen Augen, die Leblosigkeit ihres gebrochenen Körpers und das blasse Gesicht, umrahmt von ihren wunderschönen blonden Locken, waren allerdings zu viel für mich.

Ich halte die Luft an und probiere es noch mal mit der Tür, sauer auf mich selbst, weil ich doch unbedingt herkommen wollte, wo Jake mir so abgeraten hat. Aber er ist es jetzt auch, der meine Hände umschließt und mir sanft den Schlüssel wegnimmt, damit er aufsperren kann. »Gib mir ein paar Minuten, okay?«, bittet er gleichzeitig. Emotional völlig ausgelaugt protestiere ich nicht einmal, trete einfach zur Seite und lehne mich an die Wand, während ich vor der Tür warte, tatsächlich nicht mehr besonders scharf darauf, sofort reinzugehen. Was er wohl da drinnen macht? Durchsucht er etwa die Wohnung?

Als er nach einer gefühlten Ewigkeit immer noch nicht wieder da ist, werde ich nervös. Was, wenn doch jemand da ist? Wenn sie auch noch Jake wehgetan haben? Mein Bauch krampft und ich stolpere beinahe über meine eigenen Füße, während ich die Tür aufstoße und dann wie festgenagelt stehen bleibe. Jake kniet auf allen vieren vor mir auf dem Boden, einen Lappen in der einen Hand, einen Eimer mit heißem Wasser in der anderen, während er die Reste von Scarletts Blut für mich wegschrubbt. »Ich hatte Sanders gebeten, sich ums Gröbste zu kümmern. Aber ich fürchte, ich sehe schärfer als er.« Er hebt eine Braue und schaut mit seinen unfassbar blitzblauen Augen zu mir hoch. »Generell *bin* ich einfach schärfer als er.«

Mein Herz pocht so schnell in meiner Brust, dass ich jeden Schlag bis in die Fingerspitzen spüre. Ein Blick auf dieses Lächeln, das so einzigartig Jake ist, und ich weiß, dass ich mich in diesen Mann verliebt habe. Das hier ist kein Gefühl, von dem man gelesen haben muss, um es zu verstehen. Nichts, was man verkennen oder kleinreden kann. Es ist so eindeutig, so unwiderruflich, dass es mir kurz den Atem raubt. Jake muss den Schock in meinem Ausdruck missverstehen, denn sofort ist er auf den Beinen und zieht mich weg von der Tür. »Hey, alles okay?« Und da fällt mir wieder ein, was Jake da eben gemacht hat und warum. Meine beste Freundin wäre fast in meinen Armen verblutet. Und ich habe nichts Besseres zu tun, als auf Wolke sieben zu schweben.

Angewidert von mir selbst zerre ich mich aus seinem Halt und laufe rückwärts ins Badezimmer. »Ich muss duschen«, verkünde ich und schmeiße die Tür zu. Ungeschickt werfe ich zuerst Jeans und Socken ab und ziehe mir dann Jakes Pullover über den Kopf, den er mir geliehen hat. Das Shirt, das ich vorhin getragen habe, habe ich schon im Krankenhaus entsorgt, weil der metallische Geruch von Blut mich immer wieder zum Würgen gebracht hatte. Doch als ich nun in den Spiegel sehe, finde ich auch getrocknetes Blut auf dem Trägertop und auf meinen Armen, das ich vorhin im Krankenhaus übersehen haben muss. Und das ist genug, dass ich den Schluchzer, den ich bisher unterdrückt habe, nicht mehr zurückhalten kann. Sofort schlage ich mir eine Hand vor den Mund, weil ich nicht will, dass Jake mich hört. Ich drehe den Wasserhahn auf heiß, bevor ich in die Hocke gehe. In Top und Unterwäsche krabble ich unter die Dusche, halte mich selbst fest, während meine Tränen sich mit dem Wasser vermischen und gemeinsam den Abfluss hinabfließen.

Als ich mich endlich gefangen habe, ist das Wasser kalt und meine Gelenke sind steif. Ich will mir das nasse Zeug ausziehen, doch dann müsste ich praktisch in Nichts an Jake vorbei, und ich glaube, das schaffe ich nicht. Werde ich das je? Und ist das momentan wirklich meine größte Sorge?

Frustriert greife ich nach meinem Handtuch und wickle mich darin ein, bemühe mich nicht einmal, meine Haare zu trocknen, geschweige denn, sie zu kämmen. Als ich die Tür öffne, sitzt Jake am Boden. Seine Ellbogen sind auf seine Knie gestützt und er lehnt an der Wand. Keine Ahnung, wie lange schon, doch so unglücklich, wie er mich ansieht, auf jeden Fall lange genug, um mich im Bad gehört zu haben.

Ich räuspere mich. »Ähm … wenn du hungrig bist, kann ich dir irgendetwas machen oder vielleicht besser bestellen«, quatsche ich vor mich hin und bin mir auf einmal sehr bewusst, dass er alleine meinetwegen hier ist. »Du kannst dir sonst auch gerne alles aus dem Kühlschrank nehmen, was du brauchst. Bettzeug und so bringe ich dir gleich.«

Jake kippt den Kopf zurück und rappelt sich hoch. »Ich bin nicht dein Gast, Ruby. Du musst mich nicht bedienen.«

Komplett unbeholfen, weil ich nichts mit mir anzufangen weiß, nicht weiß, was man in einer solchen Situation sagt – macht –, fuchtle ich am Knoten meines Handtuchs herum. »Okay, ähm … dann gehe ich mich mal anziehen und dann gleich ins Bett.« Er nickt, während seine wachsamen Augen über mein Gesicht wandern. Auf dem Weg in mein Zimmer verharre ich kurz und überlege, was ich sagen soll, aber ich bringe keinen Ton hervor, als ich auf mein ungemachtes Bett blicke, in dem Scarlett geschlafen hat, weil sie keinen Bock auf ihr eigenes hatte. Unwillkürlich japse ich nach Luft und höre im nächsten Moment, dass Jake hinter mir näher kommt.

»Ruby«, sagt er leise, doch ich hebe eine Hand und zwinge mich, die Türschwelle zu überqueren, denn wenn ich mich jetzt umdrehe und in Jakes Armen Zuflucht suche, dann falle ich ganz bestimmt auseinander. Also gebe ich mir die allergrößte Mühe, Jake über die Schulter hinweg anzulächeln und die Tür zu meinem Zimmer ganz sanft zu schließen. Dort rutsche ich dann daran hinab und rolle mich am Boden zu einem Ball zusammen.

Es kommt mir nur wie ein paar Sekunden vor, bis ich brutal zusammenzucke, weil mich eine Hand aus dem Halbschlaf reißt. Aus einem Traum, bei dem Scarlett neben mir im East River liegt, ihre Haut blau, die Augen offen, aber leer. Ein Blick, den ich in meinem Leben schon so oft gesehen habe. Ein lebendiger Körper, aber tote Augen. Die Seele rausgerissen. Aber Scarlett darf nicht die sein, die mich so ansieht. Nicht sie. Die Frau, die mich wieder unter die Lebenden gebracht hat.

Die Hand liegt auf meinem Arm, nicht meinem Hals, trotzdem kann ich nicht atmen. Und ich bin nass. Außerdem kann ich nichts sehen. Warum nicht? Unsicher, ob das nun Realität ist oder ob ich immer noch träume, mache ich das, was Darius mir beigebracht hat. Meine freie Hand greift nach dem Handgelenk, das über mir liegt, die andere packt seinen Trizeps.

Dann ramme ich die Hüfte nach oben, um meinen Angreifer von mir abzuwerfen, doch es passiert nichts.

»Ruby«, sagt er, und ich kenne diese Stimme. Tief in mir weiß ich: Der, dem sie gehört, würde mir nie wehtun, doch mein Kopf versteht es nicht. Zu frisch ist der Albtraum, zu rau die Erinnerung. Das Licht geht an und blendet mich, also versuche ich, mich eben blind zu verteidigen mit den Taktiken, die ich trainiert habe, und trete nach allem, was ich finde. Ich höre ihn ächzen und weiß, dass ich etwas Wichtiges getroffen haben muss, doch im nächsten Moment liege ich wieder flach auf dem Boden. Ein schwerer Körper über meinen Beinen, seine Hand hält meine über meinem Kopf, während seine andere meine Wange berührt. So sanft, dass es überhaupt nicht ins Bild passt. »Ruby!« Ruby … Warum nicht Joy?

Ich erlaube der Verwirrung nicht, mich abzulenken, und fokussiere mich darauf, dass er jetzt in der Position ist, in der ich ihn haben will. Dort, wo ich einsetzen kann, was ich gelernt habe. Erneut werfe ich meine Hüfte nach oben und nutze den Moment, in dem er sich selbst stützen muss, um meine Hände freizubekommen. Dann umfasse ich erneut seinen Arm, verhake meinen Fuß neben seinem und versuche mich, mit ihm zu drehen, doch es geht nicht. Er weiß, was ich mache, und hält dagegen. Und er ist so viel stärker als ich. Ich schreie heiser auf und bin kurz vorm Hyperventilieren, als ich spüre, wie er entgegen seinem Instinkt nachgibt. Jetzt gelingt es mir endlich, uns zu drehen, sodass ich auf ihm sitze, meinen Arm gegen seine Luftröhre drücke und seinen Ellbogen in einem schmerzhaften Winkel halte. Und endlich kann ich die Augen aufmachen. Sehe, dass es der Fußboden meines Zimmers ist, auf dem ich liege, und nicht das Ufer des East River. Sehe Jake unter mir. *Seine* Augen sind es, die mich mit Mitgefühl und Wärme ansehen und nicht mit Lust und Begierde über meine Angst. Und ich habe Angst. O mein Gott, habe ich Angst, weil ich so gebetet habe, nie wieder – nie wieder – gewürgt zu werden. Der Druck im Hals, im Kopf, im Herzen, weil es zu schnell schlägt. Das Erbrechen danach und die Unfähigkeit, klar zu sehen oder zu hören. Die Halluzinationen währenddessen.

Ich lasse Jake los und zerre stattdessen am Handtuch, das von den durchtränkten Sachen darunter klitschnass ist, bis sich der Knoten löst. Taste nach der imaginären Hand, die mich immer noch ersticken will, finde aber nichts.

Jake setzt sich auf, sodass ich praktisch auf seinem Schoß hocke, und schiebt seinen Arm hinter meinen Rücken, um mich zu stützen. »Ruby! Sieh mich an!«

Ich schlage mit meiner freien Hand auf seine Brust, weil er nicht versteht. »Ich kriege keine Luft, Jake.«

Er löst meine Finger von meinem Hals, mit denen ich mich gerade selbst erwürge, und verschränkt sie mit seinen. »Du bist in Sicherheit.« Der beruhigende Ton seiner warmen Stimme passt gar nicht zu dem mörderisch wütenden Ausdruck in seinem Gesicht, also schließe ich die Augen und konzentriere mich auf das, was unter meiner Hand ist. Sein Herz. Das im Gegensatz zu meinem in einem stetigen Tempo schlägt. »Hey … was passiert, wenn der Kannibale zu spät zum Büfett kommt?« Ich sehe ihn entgeistert an, weil mir gerade wirklich nicht zum Lachen ist. »Sie zeigen ihm die kalte Schulter.« Die Antwort kommt so unerwartet, dass ich meine Panik einen Augenblick lang vergesse. Aber er ist noch nicht fertig. »Warum muss die Kuh eine Glocke tragen? Weil das Horn nicht funktioniert.« Verzweifelt stöhnend presse ich meine Stirn in seine Brust. »Noch einen?«

»Bitte nicht«, flüstere ich, obwohl wir beide wissen, dass sein Plan funktioniert. Die Angst verschwindet.

»Wie reagierte die Frau, als der Mann ihr sagte, sie würde die Augenbrauen zu hoch zeichnen?«

»Sie sah überrascht aus«, antworte ich, hebe mit der kleinsten Portion Stolz darüber, dass ich tatsächlich mal einen dieser dummen Witze kenne, den Kopf. Als ich sehe, wie sich Jakes Mundwinkel zu einem vorsichtigen Lächeln hochziehen, entspannt sich mein Körper.

Jake kämmt mir eine meiner feuchten Haarsträhnen hinters Ohr. »Da bist du ja.«

Nun, wo der innere Stress nachlässt, bemerke ich nicht nur, wie ich hier halb nass und spärlich bekleidet auf ihm hocke, sondern auch, dass Jake in nichts weiter als einem T-Shirt und Boxershorts unter mir sitzt. Seine Glock liegt neben ihm, einsatzbereit, weil ich mich eben benommen habe wie eine Irre. All das lässt mich die Hände über dem Gesicht zusammenschlagen und mich von ihm runterrollen, wo ich müde liegen bleibe.

»Du hast hier auf dem Boden geschlafen«, merkt Jake an.

»Ja.« Ich überkreuze die Arme über meinen Augen. »Ich konnte ... wollte nicht im Bett liegen.«

Er antwortet eine Weile nicht, aber weil Jake eben Jake ist, höre ich im nächsten Moment Bettzeug rascheln, bevor er meinen Kopf hebt, ein Kissen darunter stopft und meine dicke Decke über mich legt. Als ich unter meinem Sichtschutz hervorluge, macht er es sich gerade neben mir bequem und verschränkt die Arme unter seinem Kopf. Gott, dieser Mann ... Jede Faser meines Körpers möchte sich zu ihm kuscheln, sich in ihm verkriechen, bei ihm Zuflucht suchen, bis sich die Welt wieder normal weiterdreht. Und zum ersten Mal macht mir dieses Bedürfnis überhaupt keine Angst. Vielmehr macht es mich mutig genug, meine Bettdecke auf seiner Seite hochzuheben. Er blickt von der offenen Einladung zurück zu mir, lächelt mich an und rutscht näher, bis ich die Decke über uns beide werfen kann. Und dann liegt er hier mit mir am Boden, bis mir in den frühen Morgenstunden die Augen doch wieder zufallen.

Kapitel 29

Jake

Als ich mich das nächste Mal rühre, seufzt Ruby im Schlaf neben mir auf. Müde hebe ich den Kopf von dem unbequemen Boden und sehe zu ihr. Sie liegt eingerollt unter der Decke, die schwarzen Haare sind über ihr Gesicht gefächert, das sie in meine Schulter drückt. Ihre zarten Finger sind mit meinen verschränkt, während sie sich mit der anderen Hand an meinem Oberarm festhält. Etwas an dem Anblick, dem Gefühl, macht mich dämlich stolz. Dämlich, weil Ruby bestimmt nicht einmal weiß, dass sie gerade mit mir kuschelt. Dem fahlen Licht nach ist es noch nicht besonders lange her, dass wir eingeschlafen sind. Ich mag noch im Halbschlaf sein, sie allerdings fröstelt es, weshalb ich sie dichter an mich ziehe und meinen Arm über ihren lege. Ihre Haut ist eiskalt. Wahrscheinlich, weil wir hier am Boden liegen und der Schock des Vortages nun endgültig abgeflaut ist. Das Seufzen wird wieder zu einem Wimmern, wie damals im Auto, als sie einen dieser verfluchten Albträume zu haben schien, den ich vorhin live miterlebt habe. Blanke Panik, die in Wellen von ihr ausgegangen ist, während sie mit allen verfügbaren Mitteln gegen welches Arschloch auch immer gekämpft hat, das sie im Traum heimgesucht hat. Das, gepaart mit all den Narben, die ich an ihren Beinen gesehen habe, als sie aus der Dusche kam, den Schnitt- und Brandwunden, verheilten Bissspuren, hat eine Wut in mir ausgelöst, die mich meine Faust durch die Wand rammen lassen wollte. Und als sich ihre Fingernägel nun fester in meinen Oberarm bohren, warte ich nicht, bis sich das Ganze wiederholt.

»Ruby!« Sie zuckt zusammen, reißt die Augen auf und schiebt sich ein Stück von mir weg. »Ich bin's, Jake«, erkläre ich, während ich die Hand drücke, die ich halte. Nach ein paar Sekunden holt sie wieder Luft und ihre Lider flattern. Ich streiche ihr die Haare aus dem Gesicht. »Darf ich dich jetzt ins Bett bringen?«

Todmüde schüttelt sie den Kopf. »Bitte nicht.«

Auch wenn ich nicht weiß, wovor sie Angst hat, heißt das nicht, dass ich es nicht ernst nehmen werde. »Okay, dann nicht das Bett.« Ich greife nach meiner Waffe und stopfe sie hinten in den Bund meiner Boxershorts. »Dann trage ich dich eben zur Couch, in Ordnung?«, bereite ich sie vor, bevor ich mich von ihr löse, in die Hocke gehe und meine Arme unter ihren Rücken und die Kniekehlen schiebe, um sie vom Boden hochzuheben. Ruby macht kurz die Augen auf, als wolle sie sichergehen, wer sie da hält, und lässt sich dann in meinen Armen fallen. Und es ist das beste Gefühl, das ich kenne, weil es ihr Vertrauen in mich widerspiegelt. Ihre Couch ist weder breit noch lang genug, um darauf zu liegen, also setze ich mich einfach mit ihr zusammen hin, Ruby auf meinem Schoß, ihr Rücken an der Seitenlehne. Während sie mit Mühe versucht, ihre schweren Augen offen zu halten, lächle ich sie an. »Ist schon okay. Wir bleiben einfach zusammen hier sitzen.« Sie blinzelt einige Male, bevor sie den Kampf aufgibt und wieder einschläft. Ein paar Minuten streichle ich sie, bis die Falte auf ihrer Stirn glatt ist. Irgendwann lasse auch ich den Kopf gegen die Rückenlehne fallen und schaue sie an. »Dir wird niemand mehr wehtun, das schwöre ich«, flüstere ich und bete im nächsten Augenblick, dass ich mein Versprechen halten kann.

Ein schrilles Klingeln reißt mich aus der Wärme, die mich umgibt, während Rubys heißer Atem mein Schlüsselbein kitzelt. Ich weiß ganz genau, wo ich bin und warum und welches Geräusch da im Hintergrund nervt. Aber nach einer kurzen Pause läutet das Ding noch mal. Frustriert rolle ich den Kopf hin und her, weil ich einfach nicht aufstehen will. Mit einem niedlichen Ächzen neigt Ruby ihr Gesicht in meine Richtung, wobei ihre Nase an meinen Hals stupst und dort meine Haut entlangfährt. Mutig oder bescheuert, je nachdem, presse ich einen kleinen Kuss auf ihre Schläfe, weil ich mir nicht helfen kann. Dann versteift sie sich. Nun ist sie wohl wach.

»Ich muss rangehen, Ruby«, erkläre ich, meine Stimme strapaziert von all dem Theater der letzten Tage. Sofort zieht sie sich zurück, der Schock über die Intimität zwischen uns steht ihr klar ins Gesicht geschrieben. »Hey! Es ist alles in Ordnung. Nichts passiert.« Ihre Atmung wird etwas ruhiger, während sie sich den restlichen Schlaf aus den Augen blinzelt.

»Tut mir leid.«

»Was denn? Dass ich mein Handy lieber aus dem Fenster werfen würde, um weiter hier mit dir liegen zu bleiben?«, frage ich, um klarzustellen, dass ihr nichts unangenehm sein muss. »Ja, das sollte dir wirklich leidtun«, ergänze ich im Spaß und massiere einen verspannten Muskel im Nacken, der nach der Nacht auf dem harten Boden und anschließend hier im Sitzen vermutlich nicht der einzige sein wird. Aber es hilft alles nichts. Das Telefon bimmelt erneut und ich stöhne genervt. »Ich bin gleich wieder da.« Ich stehe auf und greife nach dem Diensthandy. Es ist Sanders. »Was gibt's?«

»Wo zum Teufel steckst du? Ich habe dich schon zehn Mal angerufen.«

Um sechs Uhr morgens? Ich ziehe mir bereits das Shirt aus, weil ich davon ausgehe, dass er nicht nur anruft, um zu plaudern.

»Was ist los?«

»Joker ist abgetaucht.« Mein Kopf schnellt hoch. »Das Prestige wurde verlassen aufgefunden, ebenso wie alle seiner anderen Clubs. Und die ersten Leichen sind aufgetaucht.«

Verdammter Mist! »Wer?«

»Zwei seiner Unterbosse. Eine Frau.«

Es war zu erwarten und trotzdem fuchst es mich gewaltig. Wir haben ihn verloren. Ich fahre mir durch die Haare und fische nach meiner Zahnbürste. »Es macht auch bereits Schlagzeilen. Irgendwie sind Informationen durchgesickert, die verdammt noch mal nicht für die Öffentlichkeit bestimmt waren.«

»Was heißt das?«

»Dass sie Namen der Opfer genannt haben, bevor wir sie gezwungen haben, das wieder runterzunehmen.« Fuck! Die Hälfte der Zahnpasta, die ich auf die Bürste quetsche, landet im Spülbecken. »Und jetzt ist auch noch eins der Mädchen aus dem Krankenhaus abgehauen. Dana.«

»Freiwillig?« Ich versuche, so vorsichtig und vage wie möglich in der Formulierung zu sein, um Ruby nicht zu alarmieren.

»Sie hat sich selbst entlassen und wir können nichts machen, weil sie die Einzige ist, die achtzehn ist.« Scheiße! Dann können wir nur hoffen, dass wir sie nicht demnächst als Leiche finden werden. »Nikki ist im Frauenhaus?«

»Sie ist in Sicherheit. Aber du solltest zusehen, dass du deinen Arsch herschaffst. Thompson will, dass wir Jagd auf das Leck machen.«

»Ja, alles klar«, erwidere ich, nachdem ich ausgespuckt habe, und er legt auf. Gedankenverloren glotze ich die Zahnbürste an, als hätte sie alle Antworten. Ein Leck? Das würde tatsächlich Sinn machen. Dass einer von uns die Informationen weitergibt. Es würde erklären, warum wir ständig den Eindruck hatten, dass Joker und seine Bande uns einen Schritt voraus waren.

»Was ist los?« Ich drehe mich um zu Ruby, die dicht hinter mir steht und sich inzwischen einen dicken Pullover übergezogen hat. »Du hast von Nikki gesprochen. Ist sie okay?«

»Sie ist in Sicherheit«, sage ich und umgehe damit bewusst ihre erste Frage. Am liebsten würde ich sie vorerst vor den restlichen Neuigkeiten bewahren, auch wenn es nur eine Frage der Zeit sein wird, bis sie die Nachrichten sieht. »Hey, ich muss los. Was hältst du davon, wenn ich dich im Krankenhaus absetze?« Weil mir weit wohler wäre, wenn ich weiß, dass sie von Cops umgeben ist, die sowohl Scarletts als auch Zaharas Zimmer bewachen, als hier in der Wohnung. Ruby nickt, wobei ihr Blick auf meine Brust fällt, und ihre Augenbrauen zucken.

»Tut es noch weh?«, will sie wissen, während ihre kühlen Finger über die Haut an meinen Rippen geistern, wo sich eins der Hämatome ausbreitet. Es kostet mich jeden Funken Selbstbeherrschung, nicht scharf einzuatmen, weil es sich verdammt gut anfühlt, von ihr berührt zu werden.

»Nicht wirklich.«

Sie legt ihre Hand schützend auf die Stelle und nimmt damit sowieso spätestens in diesem Moment den verbleibenden Schmerz raus.

»Halb so schlimm, ehrlich.« Ich fasse nach ihren Fingern auf meinen Rippen und küsse sie. Ihr Mund öffnet sich und ihr Blick bleibt an meinen Lippen hängen, bevor sie mir voller Vertrauen und vielleicht sogar Hoffnung in die Augen sieht. Mein Herz pocht schneller – noch nie habe ich etwas Schöneres gesehen. Dann stellt sie sich auf die Zehenspitzen und presst ihre

Lippen auf meine. Ähnlich kurz und stürmisch wie gestern im Krankenhaus, aber als ich den Kuss erwidern will, schmiegt sie ihre Wange an meine und schüttelt den Kopf. »Morgendlicher Atem«, nuschelt sie, woraufhin ich ächze, weil sie keine Ahnung hat, wie scheißegal mir das ist.

»Du bist perfekt!«, erkläre ich demnach voller Überzeugung und küsse eben ihren Mundwinkel. Dann ziehe ich eine langsame Linie entlang ihres Kieferknochens bis unter ihr Ohr. Seufzend verfestigt sich ihr Griff an meiner Schulter, in meinen Haaren, was mich nur noch stärker anheizt. Was genau der Grund ist, warum ich nicht weiter runtergehe. Weil ich gerne den Rest meines Lebens damit verbringen werde, ihr zu beweisen, dass sie – ja, wunderschön und unglaublich sexy ist. Dass sie mir aber so viel mehr bedeutet als das. Eher schneide ich mir die Eier ab, bevor sie wieder das Gefühl bekommt, nichts weiter als ein Objekt der Begierde zu sein.

Deswegen fange ich lediglich ihre Oberlippe wieder ein und küsse sie, danach die Unterlippe. Und als hätte Ruby genau darauf gewartet, schießt die Spitze ihrer Zunge raus und kostet meine Lippen, erkundet mich. Erst zaghaft, schließlich fordernder, während der Kuss stetig tiefer wird. Und ich schmecke nichts von ihrem morgendlichen Atem. Nur Rubys Süße, ihr Feuer.

Ihre Hände wandern meinen Hals hinab, ertasten meine Arme, halten sich dort kurz an meinen Muskeln fest, bevor sie ihre Reise fortsetzen. Als ihre Finger meine Seite entlangkratzen, bebt mein Körper. Entgegen dem, wie dringend ich sie ebenfalls erkunden will, lasse ich meine Hände an ihrer Taille, ihrem Pulli, der gerade mein Anker ist.

Nach ein paar Sekunden löst Ruby sich von mir und lehnt sich zurück. »Alles okay?«, erkundige ich mich atemlos, während sie mich ansieht. Sowohl die Lust als auch die Unsicherheit darüber in ihrem Blick lassen mich schlucken. Sie beißt sich auf die Unterlippe und legt wie die letzten Male ihre Hand auf mein Herz. Wie immer klopft es beinahe aus meiner Brust. Für sie. Das bringt sie dazu, schüchtern zu lächeln.

»Ich bin inzwischen ziemlich sicher, dass es Superhelden nicht nur in Comics gibt, Jake.«

»Nein?«, frage ich, froh, dass ich gerade überhaupt in der Lage bin zu sprechen.

»Nein.« Sie lächelt. »Aber das, was die besten Helden ausmacht, ist nicht irgendeine Superkraft. Es ist ihr Herz, Jake. Und deins ist ziemlich außergewöhnlich.«

Kapitel 30

Ruby

Mit angehaltenem Atem klopfe ich an die Tür des Krankenzimmers auf der Intensivstation und öffne, als Scarletts Mom mich hereinbittet. Sofort fällt mein Blick auf Scarlett, die mit dem Gesicht zum Fenster schläft. Die Monitore rund um sie fiepen leise und Gänsehaut überzieht meinen Körper, weil ich es so leid bin, Leute, die ich gernhabe, im Krankenhaus zu sehen. »Ruby!«, begrüßt mich Monica und lächelt mich an. Ob sie seit dem Angriff auf Scar eine einzige Sekunde geschlafen hat? Ich kann es mir nicht vorstellen. Trotzdem steht sie sofort auf und schließt mich in eine warme Umarmung, von der mir gar nicht klar war, wie sehr ich sie gebraucht habe. Seufzend lehne ich mich tiefer hinein und koste jede Sekunde davon aus. Dann werfe ich meine Arme um sie und halte sie ebenso fest, weil es *ihre Tochter* ist, die dort liegt.

»Wie geht es ihr?«, flüstere ich, als könne Scar sonst nicht schlafen. Dabei ist die Wahrheit eher, dass sie wohl noch nicht aufwachen kann.

»Die Ärzte sagen, sie sei stabil. Morgen wird sie noch einmal operiert, um den Verband, den sie um ihre Leber gewickelt haben, zu entfernen. Danach wird man sehen, ob noch weitere Schritte notwendig sind, sofern ich das richtig verstanden habe. Sie aufzuwecken wäre jetzt jedenfalls noch zu anstrengend für ihren Körper.«

Ich presse die Augen zusammen. »Das heißt, wir wissen nicht, wann sie nach Hause darf?«

»Wir müssen mit ein paar Wochen auf der Intensivstation rechnen.«

Ein paar Wochen … Weder Monica noch ich lösen uns aus der Umarmung. »Es tut mir so leid«, nuschle ich an die Schulter der Frau, die geholfen hat, mich durch meine schwierigste Zeit zu tragen.

»Was?«, fragt sie, ihre Stimme so sanft.

Dass ich sie nicht beschützen konnte. Dass ich nicht da war, als sie mich gebraucht hat. Dass ich vielleicht sogar der Auslöser für das hier bin, weil ich sie in all das reingezogen habe. Aber nichts davon kann ich sagen, bringe keinen Ton hervor.

»Ruby, sieh mich an!« Monica schiebt mich sanft weg und hebt mein Kinn mit einem energischen Blick, als ich ihrer Bitte nicht gleich nachkommen kann. »Denk nicht mal eine Sekunde daran, dass du schuld bist. Verstanden? Da draußen gibt es böse Menschen, die böse Dinge tun. Das hier ist nicht die Schuld der guten.« Sie zieht mein Gesicht zu sich und gibt mir einen dicken Kuss auf die Stirn. »Ich werde euch beide mal alleine lassen und mir einen Kaffee holen. Sollte etwas sein, läute einfach.« Sie drückt mich noch einmal fest, als ich nicke, und verlässt dann das Zimmer.

Mit einem tiefen Atemzug, der doch etwas bebend kommt, gehe ich die paar Schritte zu Scarletts Bett, setze mich auf den Stuhl, auf dem Monica vorhin saß, und falte die Hände zwischen meinen Knien. Scarletts Lippen sind ebenso blass wie ihre Haut. Der Schlauch, der über ihren Mund Sauerstoff zu ihrer Lunge transportiert, macht alles optisch so viel schlimmer. Ich vermisse ihre lebhaften grünen Augen. Mit zusammengepressten Lippen greife ich nach ihrer Hand, verschränke unsere Finger miteinander und lege meine Stirn auf die Absturzsicherung neben ihrem Arm. »Ich werde mich nicht bei dir entschuldigen, weil du es ganz bestimmt hören, dir merken und mir dann in den Hintern treten wirst, sobald du aufwachst. Denn du wirst aufwachen, klar?! Sonst trete *ich dir* in den Hintern.« Eigentlich sollte das ein Scherz sein, doch allein der Gedanke, dass sie es nicht tun könnte, fühlt sich an, als würde ein zehnstöckiges Gebäude über mir einstürzen. Also lenke ich ab. »Jake und ich haben uns vorhin wieder geküsst«, erzähle ich ihr, wie ich es eben tun würde, *wäre* sie wach. Erzähle ihr alles, was mir einfällt, wie sie mir alles erzählt hat, als ich die war, die nicht reden konnte. »Und ich bin mir ziemlich sicher, dass ich mich in ihn verliebt habe, Scar.« Ich bohre mir Zeigefinger und Daumen in die Augenhöhlen, weil ich mir so blöd vorkomme, meiner besten Freundin von meinen erstmaligen Gefühlen für einen Mann zu berichten, während sie hier um ihr Leben kämpft. Trotzdem rede ich weiter. »Zumindest glaube ich, dass es das ist, und ich würde dich so gerne fragen, ob ...«

Es klopft. Der Mann, der leise mit Blumen in der Hand eintritt, bringt mich sofort dazu, Scarlett loszulassen und aufzustehen. Diesen Menschen wollte ich eigentlich nie wieder sehen. »Soweit ich weiß, ist hier nur Familie erlaubt«, erkläre ich, mein Ton eiskalt, denn für diesen Mann habe ich nicht das geringste bisschen Wärme übrig. Es ist der Generalstaatsanwalt, der mich vor vier Jahren wie Dreck behandelt und dafür gesorgt hat, dass ich mir damals versprach, meine Geschichte nie wieder zu teilen.

Hier steht er nun, mit Pokerface, zurückgegelten Haaren und feinem Anzug, und reicht mir die Hand, weil *er* sich natürlich nicht mehr an *mich* erinnert. »Kyle Jetson«, stellt er sich vor. »Ich bin ein Freund der Familie und hatte gehofft, Monica oder Brian hier anzutreffen.« Ich weiß genau, wer er ist, und auch, dass Brian und er recht gut befreundet waren, bis ich dazwischenkam. Weil Brian absolut nicht einverstanden damit war, wie Jetson mit mir umgegangen ist. »Und Sie sind?« Die, die eure Freundschaft ruiniert hat …

»Ihre Schwester«, erzähle ich die Halbwahrheit, weil es ihn nichts angeht und die Bezeichnung am ehesten das wiedergibt, was ich für Scar bin. Verwirrt zieht er kurz die Brauen zusammen, doch bevor er mich infrage stellen kann, kommt Monica ins Zimmer.

»Kyle!« Sie umarmt ihn sofort, etwas kürzer, aber beinahe ebenso warm wie mich vorhin, weil das eben Monica ist. »Danke, dass du gekommen bist. Wir haben uns ja ewig nicht mehr gesehen.«

»Seit Carrys Geburtstagsfeier im Frühjahr, glaube ich. Seither war eine Menge los, aber wem erzähle ich das?« Er reibt freundschaftlich ihren Rücken hoch und runter und plötzlich fühle ich mich in diesem Zimmer völlig fehl an Platz.

»Ich hole mir etwas zu essen«, entschuldige ich mich, auch wenn ich spätestens jetzt jeglichen Appetit verloren habe.

Kapitel 31

Jake

»Gott, mein Kopf explodiert«, meckert Sanders und streift sich die Kopfhörer ab. »Wenn ich noch bei einem einzigen Streit zwischen Ramey und seiner Frau zuhören muss, werfe ich das Handtuch und werde Calvin-Klein-Model.«

Das bringt mich zum Lachen. »Wunderbar. Jetzt will ich mir die Augen auskratzen, wenn ich daran denke, dich in nichts als Boxer Briefs am Times Square hängen zu sehen.«

»Danke, Mann, für dein Vertrauen in meine Modelkarriere.«

Er wackelt mit den Augenbrauen, bis ich ihn mit einer Fritte abschieße. Den ganzen Tag schon sitzen wir hier im Auto und machen nichts anderes, als aufgezeichnete Telefonate abzuhören. Noch in der Nacht nach der Razzia hat Thompson dafür gesorgt, dass jedes einzelne Handy – privat und Firma – der Mitarbeiter unseres Teams abgehört wird und jedes Auto einen Tracker erhält. Da er allerdings unmöglich alles alleine abhören kann und noch dazu dabei ist, seinen Job aufs Spiel zu setzen, weil er keine offizielle

Untersuchung daraus machen kann, riskieren Sanders und ich nun eben auch unsere Ärsche. Im Auto, weil das Büro nicht unbedingt der beste Ort ist, um die Kollegen illegal abzuhören. »Außerdem hat keiner gesagt, dass du dir die irrelevanten Telefonate anhören musst. Ich mach auch was anderes, wenn Daniels täglich mit seiner steinalten Mutter telefoniert, während er kackt.«

Sanders verschluckt sich fast an seinem Burger. »Gute Zeiteinteilung, muss ich aber sagen.« Er setzt seine Kopfhörer wieder auf, während ich mich strecke.

»Also, wenn ich mir vorstelle, das hier die nächsten Wochen, vielleicht sogar Monate zu machen, bis sich der vermutliche Maulwurf einen Fehler erlaubt, dann erwarte ich eine saftige Gehaltserhöhung.«

Ich lache. »Beim FBI? Na klar.«

Sanders brummt und tippt auf eine neue Datei auf seinem Laptop. »Verdammt. Mir vorzustellen, dass einer von den Leuten, mit denen ich seit drei Jahren zusammenarbeite, wirklich Dreck am Stecken haben und mit Joker unter einer Decke stecken könnte, kotzt mich echt an. Für kein Geld der Welt würde ich meine Seele an dieses Geschäft verkaufen, scheißegal, wie viele versteckte Villen, Jachten oder Autos man dafür bekommt.« Ich spare mir die Antwort, aber ich weiß genau, was er meint. Darüber nachzudenken, dass einer unserer eigenen Männer, die geschworen haben, unser Land und die Menschen, die darin leben, zu beschützen, insgeheim Informationen an Joker und weiß Gott wen weitergibt, vielleicht sogar Beweise oder Zeugen verschwinden lässt, ist abartig. Ist mir vollkommen gleich, was die Motive dahinter sind – wenn sich die Theorie bewahrheiten sollte, wünsche ich mir ein paar Minuten alleine mit dem Mistkerl.

Eine hereinkommende Nachricht holt mich aus meinen Gedanken.

Dad: Ruf mich an!

»Fuck!«, murmle ich. Laut genug, dass Sanders aufmerksam wird.

»Was ist? Hast du was gefunden?«

Ich schüttle den Kopf. »Privat.« Dad hat von Gabriels neuerlichem Gefängnisaufenthalt erfahren. Dazu muss ich kein Genie sein, um das aus den drei Wörtern rauszulesen. Und nun ist er sicher angepisst, weil ich es ihm nicht erzählt habe. Das ist die Dynamik dieser Familie, seit mein kleiner Bruder auf der Welt ist. Gabe baut Mist und ich stehe dafür vor allen gerade.

»Was ist los, Brooks?«, hakt Sanders nach, und ich bin kurz davor, ihn anzuschnauzen. Aber er kann nichts dafür.

»Nichts, was dich kümmern muss.«

»Ach, komm, Jake. Wir sind Partner. Was dich kümmert, kümmert mich. So läuft das.«

Verdammt! Er hat recht. Vorher schon und vor allem jetzt, wo wir auch noch in dieser Scheiße gegen das restliche Team zusammenhängen. Alles, was mich betrifft, betrifft auch ihn. Gutes wie Schlechtes. Umgekehrt genauso. Und was soll's? Es ist ja nicht so, als wüsste er nicht wie der Rest des FBIs über Gabe Bescheid.

»Es geht um meine Familie. Sie treibt mich in den Wahnsinn. Aber das ist ja nicht unbedingt neu.«

»Wegen der Sache in Idaho?«, bietet er an, weniger Frage als Feststellung, weil er natürlich auch davon weiß.

»Vermutlich«, bestätige ich.

»Kann ich dich mal was Persönliches fragen?«

Ich hebe eine Augenbraue. »Hast du das nicht eben bereits getan?«

Sanders rollt mit den Augen und fragt trotzdem. »Weiß Ruby schon von Gabe?«

Autsch! Die verdammte offene Wunde. Das Thema, das mir im Magen liegt, da mir klar ist, dass sie die ganze Wahrheit verdient. Aber ich weiß, dass ich mich bei ihr vorsichtig an die Sache herantasten muss. Weil das keine beiläufige Angelegenheit ist, die ich nebenbei raushauen kann. Und ich spüre, dass es alles verändern kann. »Dass er im Knast war? ... Ja«, antworte ich schließlich. »Wofür? Nein.«

Kapitel 32

Ruby

Heute Nacht liege ich zwar in meinem Bett statt auf dem Boden, doch der Schlaf will wieder nicht kommen. Ich war den halben Tag bei Scarlett und die restliche Zeit bei Zahara, bevor Jake mich abgeholt hat und wir gemeinsam nach Hause gefahren sind. Ebenso wie ich war auch er während der Fahrt sehr ruhig, nachdenklich, während er mit einer Hand wiederholt auf das Lenkrad getippt hat, als stehe er komplett unter Strom. Mit der anderen jedoch hat er die gesamte Zeit meine festgehalten und gestreichelt. Das hat mir mehr bedeutet, als ich ihm je sagen kann, weil er mir das Gefühl gegeben hat, dass er mich selbst dann nicht verlässt, wenn hinter uns Feuer auf Sodom und Gomorra herabfällt. Trotzdem konnte ich die Schatten in seinen Augen sehen. Ich bin nicht blöd, der Anruf, den er heute Morgen bekommen hat, war nicht gut. Irgendetwas läuft gerade hinter den Kulissen ab, das Jake und die anderen in Atem hält. Nicht umsonst hing er mit Kopfhörern am Laptop, bis ich ins Bett gegangen bin.

Zum wahrscheinlich fünfzigsten Mal wälze ich mich nun von einer Seite auf die andere. Der pochende Kopfschmerz, den ich seit heute Morgen habe, wird schlimmer, ebenso wie die innere Unruhe. Ich brauche Wasser, Schmerzmittel. Jake.

Ich schleiche ins Wohnzimmer und verharre, als ich Jake höre, bevor ich ihn sehe. Mit angehaltenem Atem linse ich über die Couch und kann trotz all der düsteren Gedanken nicht anders, als zu schmunzeln. Darüber, wie die Couch zwar breit, aber nicht lange genug für ihn ist, weshalb er ein Bein hochgestellt hat, während ein Fuß über der Seitenlehne runter-hängt. Wie ihn unsere rosa Decke sogar sexy aussehen lässt, wie sie dort unter seinen Bauchmuskeln endet. Wie er einen Arm über seine Stirn geworfen hat, als wolle er sich von den kleinen Lichtern rundherum abschirmen, obwohl es die Geräusche aus seiner Nase sind, die ihn viel wahrscheinlicher vom Tiefschlaf abhalten. Ich kichere, als das nächste laute Schnarchen die Wände zum Vibrieren bringt, und halte mir eine Hand vor den Mund, um ihn nicht zu wecken. Gut zu wissen, dass sogar Jake Brooks, der vermutlich am besten aussehende Kerl, den ich je getroffen habe, ein kleines Manko hat. Er hört sich an wie eine Kettensäge. Blöd nur, dass er dabei so niedlich rüberkommt. Seine Augenbrauen sind höher als sonst, seine dichten Wimpern fächern einen dunklen Kranz über der helleren Haut darunter und sein Mund ist leicht geöffnet. Der große Badass-FBI-Agent wirkt auf einmal angreifbar und verletzlich. Das Bild löst in mir den Wunsch aus, ihn zu beschützen. Etwas, das ich in Bezug auf einen Mann noch nie gefühlt habe. Als er sich im Schlaf bewegt und schließlich dreht, rücke ich ab, bevor er denkt, ich hätte ihn beobachtet. Was ich genau genommen auch getan habe, aber das muss er ja nicht wissen.

Doch bevor ich es zurück in mein Zimmer schaffe, weil es mir leidtut, dass ich ihn gestört habe, sitzt er aufrecht da, blinzelt sich einmal aus dem Schlaf und sieht sich in der nächs-ten Sekunde sofort hyperwachsam um, Waffe in der Hand. Wo auch immer das Ding herkam, denn er trägt nur Shorts.

Meine Augen werden so groß wie Teller und ein überraschter Laut entfährt mir, bevor er mich fixiert und sofort aufsteht. Die Muskeln, die eben noch von der Decke bedeckt waren, spannen sich über seinen Oberkörper, als hätte er gerade trainiert und nicht geschlafen. So viel zum Thema angreifbar und verletzlich. Ich sollte wahrscheinlich die Hände heben und ihm versichern, dass ich kein Einbrecher bin, doch ich kann mich nicht dazu bringen, Angst vor Jake zu haben. Nicht einmal jetzt. Weil ich weiß, dass die Waffe nicht zu seinem Schutz dient. Sondern zu meinem. Dass er nicht nur hier draußen auf der Couch schläft, um mir Privatsphäre zu geben, sondern auch, damit alles, was durch die Tür kommt, zuerst an ihm vorbeimuss. Meinetwegen. Hätte ich auf ihn gehört und wäre mit zu ihm gegangen, müsste er nicht daliegen wie Rambo.

»Alles okay bei dir?« Seine raue Stimme durchbricht die Stille wie eine abgefeuerte Kugel. Sofort nicke ich und gehe vorsichtig auf ihn zu.

»Ja. Es geht mir gut.«

Luft entlädt sich aus seiner Brust, bevor er die Pistole sichert und in seine Boxershorts klemmt.

Barfuß tapse ich in die Küche. »Sorry, dass ich dich erschreckt habe. Willst du auch etwas trinken?«

»Nein, danke«, meint er, während ich gierig mein Wasser leere. »Und kein Thema, Ruby. Hattest du einen Albtraum?« Er setzt sich zurück auf die Couch, als ich das leere Glas in die Spüle stelle und mich müde abstütze.

»Ich kann einfach nicht einschlafen«, gebe ich frustriert zu und raufe mir die Haare. »Ich wollte es mir nicht eingestehen, aber ich glaube, du hattest recht. Ich weiß nicht, ob ich hierbleiben kann.«

»Okay. Lass uns gehen!«, sagt er ohne Umschweife und streckt eine Hand nach mir aus.

Ich lächle, weil Jake wahrscheinlich sogar einen Weg fände, mich zum Mond zu befördern, wenn ich mich dort sicherer fühlen würde. »Nein, Jake«, sage ich, nicht nur, weil es zwei Uhr morgens ist. Ich liebe es, dass er da ist. Dass er mich sogar zu sich mitnehmen würde. Und nicht nur, weil er mir Sicherheit gibt. Es ist viel mehr als das. Es ist die Tatsache, dass seine Art mein Herz zur Ruhe bringt, obwohl es in seiner Gegenwart flattert. Auf die gute Weise. Dass er mich mutig genug macht, zu ihm zu gehen, weil ich ihm näher sein will. Dass ich nicht das Gefühl habe, ihm etwas vorspielen zu müssen, wenn es mir dreckig geht. Also nehme ich seine Hand und setze mich neben ihn. »Ich will nicht, dass du das Gefühl hast, meinen Vierundzwanzig-Stunden-Bodyguard spielen zu müssen. Ich will nicht dein Job sein.«

Er streicht eine meiner Haarsträhnen hinters Ohr und kneift amüsiert die Augen zusammen. »Nur damit eins klar ist, Ruby. Ich bin hier, weil ich hier sein will. Nicht, weil ich mich verpflichtet fühle. Ich mag dich – und das ist ein Understatement. Du bist mir wichtig, und ganz egal, ob du auch so empfindest oder was aus uns wird, ich bin für dich da. Klar?«

Mein Herz klopft so wild, ich mache mir Sorgen, dass es gleich den Geist aufgibt, während ich mich in seinen blauen Augen verliere. Vorsichtig krabble ich an ihm vorbei und lege mich zwischen ihn und die Rückenlehne der Couch. Ich mache mich klein genug, damit er neben mir Platz hat, und umfasse seinen Arm. Und obwohl ich nicht einmal im Ansatz die Kraft hätte, ihn zu etwas zu bringen, was er nicht will, lässt er sich letztlich von mir runterziehen und legt sich seitlich neben mich, den Ellbogen abgewinkelt, den Kopf in die Hand gestützt. »Du bist eigentlich auch ganz okay«, schmunzle ich, woraufhin er niedlich lacht und mein Herz damit überflutet. Und bevor ich den Mut verliere, den er mir eben gemacht hat, beuge ich mich vor, um meine Lippen auf seine zu legen. Weil ich liebe, wie es sich anfühlt, ihn zu küssen. Liebe, was es in mir auslöst, und dass ich mehr davon will. Doch die Position ist unbequem, also senke ich den Kopf zurück auf die Couch und ziehe ihn mit. Er antwortet, indem er seine Lippen ganz zart mit meinen bewegt. Und ich spüre an der Spannung seiner Muskeln, an seinem rasenden Puls unter meiner Hand, dass er sich zurückhält. Dass er darauf achtet, mich sonst nirgendwo zu berühren oder körperlichen Druck auf mich auszuüben, und selbst das liebe ich. Aber ich will mehr. Entschlossen sauge ich seine Unterlippe ein und koste sie mit meiner Zungenspitze. Ich seufze, weil es sich so gut anfühlt. Richtig. Spüre Jake vor Anspannung zittern, bevor seine freie Hand an meiner Taille landet und sich dort festhält. Wie gestern schon.

»Ich weiß, dass du dich zurückhältst, Jake. Aber du bist der erste Mann, für den ich mich entschieden habe. Mit dem *ich* zusammen sein *will*.« Ich betone jedes Wort, damit kein Hauch von Zweifel mehr übrig bleibt. »Also küss mich zurück!«

Einen Moment lang sieht er mich an, bewegt, mit Bewunderung, und ich fühle mich geschätzt, nicht nur begehrt. Respektiert und alles andere als ausgeliefert. Und als hätte ich einen Schalter umgelegt, wandert die Hand von meiner Taille meinen Rücken hinauf und er presst mich an sich. Jegliche Vorsicht ist verschwunden, während ich den Mund öffne und mit Jake verschmelze. Ich halte mich an ihm fest, weil ich das Gefühl habe abzuheben, zu schweben – und genau weiß, dass Jake mich nie fallen lassen wird. Seine Lippen sind so unendlich gefühlvoll und sanft, obwohl der Kuss jegliche Unschuld der letzten Male verloren hat. Er ist fordernd und leidenschaftlich und überwältigend und ich liebe es. Jake drückt mich so fest an sich, dass nichts anderes zwischen uns Platz hat, und genauso fühlt es sich an.

»Ruby«, murmelt er zwischen Küssen und verankert mich damit im Hier und Jetzt. Erinnert mich daran, wo ich bin und mit wem.

Meine Finger wandern über seinen nackten Rücken, seine weiche Haut, über seine Muskeln, die sich so hart anfühlen, als wäre er aus Granit geschnitzt. Die Hitze seiner Brust versengt mich beinahe, selbst durch mein Shirt hindurch. Und zum ersten Mal macht es mir keine Angst, weil ich weiß, dass mir hier in seinen Armen nichts passieren wird. Dass mir niemand schaden kann. All diese Gefühle, die Gedanken, diese neue Sicherheit übermannen mich und bringen Tränen zum Überlaufen, die ich weder erwartet habe, noch zurückhalten kann.

Und natürlich merkt Jake das und wird über mir zu Stein. »Habe ich dir wehgetan?«, fragt er alarmiert, worauf ich mir die Hände vor das Gesicht schlage und den Kopf schüttle.

»Nein!«, versichere ich mit Vehemenz. »Aber alles mit dir ist einfach neu. Und manchmal ist das sogar gruseliger als das Bekannte.« Das, was fast zehn verdammte Jahre lang für mich *normal* war und so viel in mir kaputt gemacht hat.

Jake sagt erst mal gar nichts, bevor er beginnt, mich gefühlvoll entlang meines Kieferknochens zu küssen. Sanft nimmt er meine Hände weg, lässt seine Lippen von meinen Tränen benetzen, während sie die Wange hinaufgleiten. Und der Moment ist so bittersüß, so voll von einer Zärtlichkeit, die mir die meiste Zeit meines Lebens ein Fremdwort war, dass es mich zum ersten Mal nicht stört zu weinen. Denn selbst da kann ich mich bei Jake fallen lassen.

»Ruby, hör mir zu!«

»Hm?« Meine Stimme ist nichts weiter als ein Hauch, so gefangen in der Schönheit dieses Augenblickes.

Er streicht über meine Haare, während er mich fixiert. »Mag sein, dass es sehr früh ist, das zu sagen, aber für mich besteht kein Zweifel, dass ich alles mit dir will.« O Gott, mein

Herz. »Du bist der unglaublichste Mensch, den ich je kennengelernt habe. Und ich kenne ziemlich erstaunliche Menschen. Starke. Belastbare. Fröhliche Leute.« Er lächelt mich an und ich halte die Luft an, aus Angst, sonst nicht zu hören, was er als Nächstes sagt. »Aber du bist wie dieser Zündfunke, der sein gesamtes Umfeld automatisch mit Licht füllt, von dem andere nur träumen können. Ich habe keine Ahnung, wie du es machst – woher du die Kraft nimmst –, aber ich fühle mich wie der reichste Mistkerl da draußen, dass ich derjenige sein darf, mit dem du dein Licht teilst.«

Reglos liege ich da und sauge nicht nur die Worte, sondern vor allem die Aufrichtigkeit dahinter in mich auf. Halte mich fest an der Liebe in seinen Augen, die mich erzittern lässt und gleichzeitig Feuer in allen Ecken meiner Seele entfacht, von denen ich dachte, dass sie für immer zu Eis gefroren seien.

»Aber ich erwarte nichts von dir und will nicht eine einzige Sekunde, dass du je Angst vor mir hast.«

»Ich hatte noch nie Angst vor dir, Jake«, flüstere ich, weil es die Wahrheit ist. Sogar damals im Prestige habe ich mich vor allem aus Gewohnheit verteidigt. Nicht aus Instinkt.

Er küsst meine Stirn und dann meine Nase, bevor er auch die letzten Tränen für mich wegwischt. »Okay. Das ist gut. Trotzdem. Es reicht ein Wort und wir hören auf. Egal wann. Egal warum. Wir haben alle Zeit der Welt, um alles gemeinsam herauszufinden.«

Ich lege meinen Kopf auf seine Brust, worauf er sich zurücklehnt und mich näher an sich zieht. Und ich liebe das Gefühl. All die Stärke seines Körpers und im Herzen dieses Mannes, die er einsetzt, um mir zu helfen, um mich zu beschützen. Nicht, um mir wehzutun. Dominanz auszuüben. »Bist du real, Jake?«, frage ich halb lächelnd, halb zweifelnd, während die Wärme, die von ihm ausgeht, endlich alle Gedanken zum Schweigen bringt.

Müdigkeit übermannt mich und meine Augen fallen zu. »Du kommst mir ein bisschen zu perfekt vor.«

Ich spüre, wie sich sein Oberkörper verspannt, und höre ihn schlucken. »Ruby, ich bin so weit weg von perfekt.« Er atmet tief durch und es kommt mir vor, als würde er mich einen Moment lang fester halten. »Und es gibt da etwas, das ich dir wirklich erzählen muss.«

Gott, ich bin so müde. Aber nicht müde genug, um die Schwere in seinem Ton zu überhören. »Ist es etwas Schlechtes? Über dich?«

»Gut ist es nicht.« Natürlich nicht. Weil Leute wie wir wohl keine Pause verdienen. »Und nein, vorrangig geht es nicht um mich.«

»Dann erzähl es mir morgen.«

»Ruby …«, beginnt er, worauf ich meine Stirn tiefer in seine Brust bohre, unfähig, die Augen noch einmal zu öffnen, geschweige denn, den Kopf zu heben.

»Bitte, Jake. Nur diese eine Nacht, okay?«, flehe ich praktisch, weil ich nicht bereit bin, heute noch irgendetwas anderes zu fühlen als das Glück in meinem Herzen, das seine Worte, seine Gegenwart ausgelöst haben. »Lass uns für eine Nacht so tun, als wären wir einfach sorglos und normal. Lass uns kuscheln und mit einem Lächeln aufwachen und uns dann wieder allen Problemen widmen, denen wir die Stirn bieten müssen.«

Ich fühle, dass es ihm schwerfällt, doch er behält jeglichen weiteren Protest für sich und zieht die Couchdecke, die er vorhin beiseite geworfen hat, über uns beide. Das Letzte, was ich spüre, bevor ich endlich wegdrifte, sind seine Lippen an meinen Haaren.

Kapitel 33

Ruby

Mein Wunsch geht in Erfüllung. Ich werde wach mit einem Lächeln im Gesicht, als ich spüre, wie Jakes Finger rhythmisch meinen Rücken auf und ab streifen. Seine andere Hand hält mich dicht an seinem Körper und seine Wange liegt auf meiner Stirn. Ich hole tief Luft, wobei mir die Lider wieder zufallen, weil sein Geruch mich wie immer um den Verstand bringt. Ein kleines Seufzen entfährt mir und ich bewege vorsichtig meine Glieder, die sich überall irgendwie an Jake festhalten. Mein Arm liegt auf seiner Brust, mein Bein über seinem. Der arme Mann musste die ganze Nacht auf gefühlten zwei Zentimetern der Couch liegen, während ich den Rest davon und auch noch *ihn* komplett okkupiert habe. Aber irgendwie ist es mir nicht peinlich. Es ist das schönste Gefühl, das ich beim Aufwachen je hatte. Ich recke meinen Kopf, damit ich sein Kinn küssen kann, und finde dann seine blauen Augen, die mit seiner ruhigen Wachsamkeit auf mich herunterstrahlen.

»Guten Morgen!«, sagt er mit rauer Stimme.

»Guten Morgen«, gebe ich schmunzelnd zurück und lege mich dann wieder hin. »Weißt du, dass du der einzige Mann bist, mit dem ich je geschlafen habe?«, verrate ich ihm, ohne vorher nachzudenken, um gleich darauf von Scham überfallen zu werden. Denn wir alle wissen ja, dass das so absolut nicht stimmt. Ein Schauer jagt durch meinen Körper. »Also, ich meine … wirklich geschlafen.« Warum musste ich den Mund überhaupt aufmachen?

Jake allerdings presst seine Lippen in meine Haare und reibt die Gänsehaut von meinem Arm. »Du bist die einzige Frau, *neben* der ich schlafen *will*.« Wie weiß dieser Typ eigentlich immer genau das Richtige zu sagen? Jetzt grinse ich vermutlich wie eine Vierjährige und kuschle mich noch ein Stück näher an ihn. Falls das überhaupt möglich ist.

»Es gefällt mir ganz gut, muss ich sagen. Könnte mich daran gewöhnen.«

»Ja?« Er klingt amüsiert.

Mein Mittelfinger beginnt, Kreise auf seiner Brust zu ziehen. »Mhm«, summe ich. »Hängt aber vielleicht auch mit dem betroffenen Mann selbst zusammen.«

»Phh. Selbstverständlich tut es das«, kontert er und deutet mit seiner Hand selbstbewusst seinen Körper hinab, womit er mich zum Lachen bringt.

»Wie spät ist es?«, frage ich, obwohl ich die Antwort eigentlich nicht hören will, weil er ganz bestimmt aufstehen muss.

»Halb sieben.«

Wusste ich's doch. »Bist du schon lange wach?«

Seine Hand streichelt ein letztes Mal meinen Arm, bevor er sie darauf liegen lässt. »Mein Handy vibriert seit einiger Zeit.«

Mist. Weil er definitiv aufstehen muss. Widerwillig löse ich mich von ihm und setze mich auf die Knie. Doch anstatt gleich aufzustehen und ranzugehen, verschränkt er die Arme hinter seinem Kopf und schenkt mir ein halbes Lächeln, während er mich anschaut, als wäre ich das schönste Gemälde, das er je gesehen hat, und als hätte er alle Zeit der Welt, es zu betrachten.

Ich lächle zurück, meine Gefühle für diesen Mann außer Rand und Band, als ich beschließe, dass auch ich alles mit ihm will. Und das werde ich ihm auch sagen. Aber nicht unter Zeitdruck. Sein Handy, das auf dem Couchtisch liegt, fängt nach einer kurzen Pause erneut an zu vibrieren, und Jake schließt kurz die Augen.

»Wer ist es?«, will ich wissen, weil er aussieht, als hätte er Kummer.

»Mein Dad.«

Hoffentlich keine schlechten Neuigkeiten, wenn er schon so oft angerufen hat. Ich werde Jake jedenfalls nicht länger davon abhalten dranzugehen. »Okay, ich bin dann mal im Bad«, erkläre ich, vor allem, um ihn ungestört telefonieren zu lassen. Doch bevor ich aufstehen kann, fasst Jake noch einmal nach meiner Hand und zieht sich selbst gleichzeitig in einer fließenden Bewegung hoch. Seine Lippen finden meine und ich schmelze sofort in den Kuss. Doch etwas daran fühlt sich anders an als die vorigen Küsse. Es liegt Verzweiflung darin, und in mir wächst das Gefühl, dass er nach Abschied schmeckt. Mit meinen Händen auf seinen Wangen halte ich den Kuss an, suche seinen Blick. »Jake, ist alles okay?« Seine Lider schließen sich bei meiner Frage und er lehnt sich tiefer in meine Berührung, eine tiefe Furche auf seiner Stirn, als hätte er Schmerzen.

Im Zeitraffer öffnet er die Augen und der Ausdruck, den ich darin finde, lässt mich ein Stück zurückrudern. Es ist die seltsamste Mischung aus Entschlossenheit und Unsicherheit.

»Ich muss meinen Dad zurückrufen. Danach sollten wir reden.«

Okay, mit diesen Worten macht er mich nervös. Nickend löse ich mich von ihm und gehe mit einem unangenehmen Gefühl ins Bad.

»Natürlich … Gabe rausgeholt«, höre ich abgehackt mit, was er mit seinem Vater bespricht. Ich drehe das Wasser auf, um ihm so viel Privatsphäre zu geben, wie es in einer kleinen Wohnung mit dünnen Wänden möglich ist. Trotzdem dringt seine murmelnde Stimme zu mir durch. »Was … sonst …?« Jakes Ton klingt befangen, entmutigt, und es tut mir weh für ihn. Schluckend fange ich das Wasser in meinen Händen auf und wasche mir damit das Gesicht. »Er … im Gefängnis … sein Leben verloren hätte … sicher, dass Gabe den Ernst … versteht.«

Mit klopfendem Herzen und wachsender Unruhe in meiner Brust greife ich nach meinem Handtuch und presse mein Gesicht hinein, als Jake lauter wird. »Dad! Es war Notwehr. Und das mit Hannah *war* er nicht. Sie und all ihre Freundinnen haben ihre Aussagen zurückgezogen.« Gänsehaut überzieht meinen Körper. Langsam nehme ich das Handtuch von meinem Gesicht und beobachte, wie es in meinen Händen zu zittern beginnt. Worum geht es hier? »Nein, Dad, ich rede mit niemandem darüber, weil es niemanden etwas angeht, nicht, weil ich ihm nicht glaube. Das ist ein Unterschied.« Ein Gefühl, als würde jemand mit einem Rasiermesser über meine Haut fahren, kriecht meine Arme hinauf. Ich verstehe gar nichts und doch lehne ich mich schwer atmend gegen die Tür. Ich halte mich daran fest, bis ich Jake länger nicht mehr sprechen höre. Erst dann öffne ich zögerlich die Tür, weil ich Angst habe. Angst davor, dass sich gleich einfach alles ändern wird. Ich fühle es und er wusste es bereits gestern Nacht. Auf unsicheren Beinen gehe ich zurück ins Wohnzimmer und zwinge mich, ihn anzusehen. Er sitzt auf der Couch, auf der wir vorhin noch gekuschelt haben, die Hände über Mund und Nase gefaltet, während seine gebrochene Körpersprache den Anschein erweckt, als hätte er einen Kampf ausgefochten und verloren.

»Ich habe versucht, nicht zu lauschen«, erkläre ich, meine Stimme wackelig, vor allem, weil er so erschöpft wirkt – so leer. Und weil ich an die Stelle zurück möchte, an der wir vorhin waren, ihn trösten und ihm die Last von den Schultern nehmen will. Gleichzeitig komme ich mir dumm vor. »Das war es, was du mir heute Nacht sagen wolltest, nicht wahr? Es ging um deinen Bruder.« Jake will aufstehen, zu mir kommen, doch ich halte eine Hand vor meinen Körper, weil ich weiß, dass eine Berührung von ihm reichen wird, um mich auf die bestmöglichste Weise durcheinanderzubringen. Sofort verharrt er stattdessen, maskiert die Kränkung in seinen Augen und nickt mit gesenktem Kopf. Ich schlinge die Arme um meinen Körper. »Dann sag es mir bitte jetzt, und *bitte* lüg mich nicht an, Jake. Nicht du«, flehe ich förmlich.

»Ich habe dich nie angelogen, Ruby. Ich habe dir erzählt, dass mein Bruder für eine Tat im Gefängnis saß, die er nicht begangen hat, und dass das Urteil aufgrund mangelnder Beweise aufgehoben wurde. Und das ist die Wahrheit.« Okay, aber warum kann ich dann immer noch nicht Luft holen? Warum kann er mir nicht in die Augen sehen?

»Aber?«

»In vier Tagen ist die Gerichtsverhandlung darüber, ob er freigesprochen oder das Verfahren einfach eingestellt wird.«

Ich verstehe grundsätzlich, was er da berichtet, und gleichzeitig auch nicht. Beides klingt ja positiv. »Was wurde ihm vorgeworfen?« Das hätte ich vermutlich schon damals in der Pizzeria fragen sollen, als es mich aber tatsächlich noch nichts anging.

»Schwere Körperverletzung, sexuelle Nötigung und Vergewaltigung.«

Nein, nein, nein …

Die Worte rauben mir buchstäblich den Atem. Fühlen sich an, als hätte er mir in den Magen geboxt. »Und der Mangel an Beweisen bedeutet was?«, presse ich hervor. »Gibt es denn Beweise, dass er es *nicht* war?«

»Die revidierten Aussagen. Gabe und diese Frau haben miteinander geschlafen, jedoch einvernehmlich. Die Vergewaltigung muss danach passiert sein.«

Meine Hände wandern an meinen Kopf, als müsse ich die Informationen da drinnen festhalten. »Sie wurde also vergewaltigt, genötigt und verletzt, aber nicht von deinem Bruder.«

Jake lässt seine Hände fallen und starrt mit angespanntem Kiefer an die Decke. »Ich weiß, wie das klingt«, gibt er zu.

Unglaubwürdig. So klingt es. »Und trotzdem beschützt du ihn.«

Jake schließt die Augen. »Er hat es *nicht* getan.«

Ich presse die Lippen zusammen, spüre seinen Schmerz. »Jake! Wie vielen Mädchen und Frauen hat niemand geglaubt, nur weil sie keine Beweise hatten. Nichts in der Hand hatten. Mir …« Meine Sicht verschwimmt, weil es so wehtut, dass ich das ausgerechnet Jake erklären muss. »Auch mir wurde nicht geglaubt. Und das, obwohl ich Narben habe, die alles beweisen. Verbrennungen, Schnitte, verfluchte Peitschenschläge.« Ich verlagere das Gewicht von einem Bein aufs andere, weil sie sich anfühlen wie Gummi. »Ich habe Bisse von Polizeihunden, die auf mich gehetzt wurden, als ich um mein Leben gelaufen bin.«

Sein Gesicht verzieht sich, und die Wut darin, die Traurigkeit darüber strahlt aus, als er mich zum ersten Mal wieder direkt ansieht. Beschwört. »Ruby, ich würde alles dafür geben, wenn ich die Zeit zurückdrehen und dich früher finden könnte. Wenn ich rückgängig machen könnte, was dir passiert ist. Aber Gabes Geschichte ist eine andere. Er hat dem Mädchen nichts getan.« Auch seine Augen haben sich inzwischen mit Tränen gefüllt. Ich lege eine Hand auf mein Herz, weil es sich anfühlt, als würde es Stück für Stück gequetscht. »Und deswegen werde ich ihn bis zu meinem letzten Atemzug verteidigen, wenn es sein muss.«

Ich hole tief Luft, bevor ich lächle. Es ist das wahrscheinlich unglücklichste Lächeln, das ich je aufgebracht habe. »Ich weiß.«

Nickend setze ich mich auf den Couchtisch und lege meine Hände auf seine Wangen, wische ihm mit meinen Daumen die Tränen weg, weil es mich zerreißt, ihn weinen zu sehen. Einen Teil dazu beigetragen zu haben. »Das ist eines der Dinge, in die ich mich verliebt habe, Jake. Deine Selbstlosigkeit. Deine Treue. Deine Einsatzbereitschaft für das, was du für richtig hältst.« Wer hätte gedacht, dass ich zum ersten Mal einem Mann meine Liebe gestehen würde, während ich uns beiden das Herz breche? »Aber ich weiß nicht, ob *ich* es kann.« Als hätte er genau das erwartet, befürchtet, fallen seine Lider zu, was einen neuerlichen Schwung stiller Tränen bei uns beiden auslöst. Ich beuge mich hinunter, lege meine bebenden Lippen auf seine, küsse ihn ein letztes Mal, bevor ein lautloses Schluchzen meinen Körper durchfährt. »Es tut mir leid, Jake.«

KAPITEL 34

JAKE

Die frisch verheilte Wunde über meiner Hüfte schmerzt bereits seit zwei Kilometern wie Sau, als River mir mit der flachen Hand auf die Brust schlägt und mich dazu zwingt anzuhalten. »Alter! Ernsthaft! Wenn du nicht endlich stehen bleibst, muss ich dich leider in den Hudson werfen.« Er hechelt wie sein Hund Balu, während ich mich an den Beinen abstütze und tief durch die Nase atme. Heute habe ich mich selbst so sehr gepusht wie selten und ehrlich gesagt ist mir jetzt zum Kotzen, nun, wo wir zum Stillstand gekommen sind. Meine Hand wandert etwas höher an meine neue Narbe.

Als er mit einer Hand das Shirt hochzieht, hebe ich eine Augenbraue. »River, du bist echt heiß und alles, aber meine Tür schwingt leider in die andere Richtung.«

Er würdigt meinen dummen Spruch gar nicht mit einer Antwort, während er meine Hüfte inspiziert. »Du bist wirklich ein Idiot, weißt du das?«

Ich lache zynisch. »Danke für die aufmunternden Worte, Kumpel.« Ich klopfe ihm auf die Schulter.

258

»Du wurdest von einer Kugel getroffen, Jake. Normalerweise dürftest du überhaupt keinen Sport machen, bis die Nähte gezogen worden sind, und selbst dann ist es eine Kackidee.«

»Du wolltest ja unbedingt mitkommen«, kontere ich wie ein Fünfjähriger.

»Damit ich deinen Arsch zusammenflicken kann, wenn du es übertreibst. Nicht *falls*«, betont er. »*Wenn*. Keine Ahnung, wie du morgen zu der Gerichtsverhandlung fliegen willst, wenn du mit Fieber und entzündeter Wunde flachliegst.«

»Okay, *Daddy*! Ich verspreche, dass ich keine Süßigkeiten vorm Mittagessen mehr naschen werde.« Ich verdrehe die Augen.

»Lass den Müll, Jake. Du kannst deine Witze bei jemandem reißen, der dich nicht so gut kennt wie ich.« Das aufgesetzte Grinsen rutscht mir langsam, aber sicher vom Gesicht. »Hör auf damit, dich selbst zu foltern, und rede einfach noch einmal mit ihr!«

Kopfschüttelnd drehe ich mich zum Gitter, das den Fluss von unserer Laufroute trennt, und halte mich daran fest. »Da gibt es nichts zu reden, River. Sie ist fertig mit mir, da bin ich mir ziemlich sicher. Schließlich ist sie gegangen, um vorerst bei Thompson zu wohnen, und hat sich seit drei Tagen nicht mehr gemeldet.«

In seinem stärksten Akzent nuschelt River ein paar seiner besten australischen Flüche vor sich hin. Dann lehnt er sich ebenfalls an das Geländer. »Du warst noch nie ein Feigling, Jake. Also fang jetzt verdammt noch mal nicht an, einer zu sein.«

Angepisst beiße ich die Zähne zusammen und fixiere Lower Manhattan, während ich mit langsamen, bedachten Worten antworte. »Es geht hier nicht um eine Debatte zur Unschuldsfrage von O. J. Simpson, wo es am Ende des Tages keine Rolle spielt, ob wir einer Meinung sind. Es dreht sich um meinen Bruder.

Meinen Bruder, den ich schon oft genug im Stich gelassen habe, indem ich nicht hinter ihm stand.«

»Du glaubst das wirklich, nicht wahr?« River rauft sich neben mir die Haare und blickt zum Himmel. »Du hast Gabriel nie im Stich gelassen, Jake. Du hast dich von ihm ferngehalten, um ihn zu beschützen, und hast hinter den Kulissen getan, was du konntest. Verflucht, Jake, ich kenne dich seit einem Jahr, und wenn ich eines über dich weiß, dann, dass du die Art von Familie bist, die ich mir immer gewünscht habe.« Ich stütze meine Ellbogen ab und schiele in Rivers Richtung. »Irgendwann wirst du mit ihm reden müssen. Wirst alles auf den Tisch legen, den ganzen Dreck mit ihm klären und dein scheißschlechtes Gewissen loswerden müssen, das einfach unangebracht ist. Und was Ruby angeht …«

»Sie hat das Recht, ihre eigenen Entscheidungen zu treffen«, unterbreche ich ihn, bevor er mir erklärt, dass ich mit ihr reden muss.

»Lass mich dir eine Frage stellen. Liebst du sie?«

»River«, warne ich und wende mich zum Weiterlaufen ab, weil dieses Gespräch nichts bringt.

Aber er gibt natürlich nicht auf und zerrt an meinem Arm. »Verdammt noch mal, Jake!«

Fluchend reiße ich meinen Arm zurück. »*Ja!* Ich liebe sie.«

»Dann sag es ihr!«

»Ich *kann* nicht!«

Verständnislos hebt er die Hände in die Luft, während Balu nervös zwischen uns hin- und hersieht. »Warum?«

»Weil ich vor einem Monat noch keinen Plan hatte, was Liebe wirklich bedeutet, River«, fahre ich ihn an und verschränke die Hände in meinem Nacken. Wenn ich die drei Worte bisher ausgesprochen habe, hatte ich in Wahrheit keine Ahnung. »Inzwischen weiß ich es. Ich *weiß* es, weil ich zum ersten Mal in meinem Leben das Herz einer anderen Person

260

vor mein eigenes stellen möchte. Weil es mir wichtiger ist, ihres zu schützen, statt meinem zu geben, was es mehr will als alles andere.« Sie. Den roten Edelstein, der in mein Leben gekommen ist und es komplett auf den Kopf gestellt hat mit ihrer Stärke. Ihrer Verletzlichkeit. Ihrem Vertrauen und ihrem Kampfgeist. »Ich weiß es, weil ich bereit wäre, sie gehen zu lassen, wenn …« Wenn ich ihr dafür den gebrochenen Gesichtsausdruck erspa-ren könnte, mit dem sie mich angesehen hat. Enttäuscht und verraten. Verdammt – egal, ob in Freundschaften oder Beziehungen, die, mit denen ich in die Tiefe gegangen bin, kann ich an einer Hand abzählen. Ruby ist nach der kürzesten Zeit so verdammt tief drin, dass mich der Gedanke umbringt, sie ohne Widerstand loszulassen. Und wenn es um ein anderes Thema ginge, ganz egal welches, würde ich es ihr auch bestimmt nicht so leicht machen. Aber Gabriels Unschuld? Das Thema, das seit zwei Jahren polarisiert, sogar innerhalb meiner eigenen Familie? Ich kann niemanden zwingen, an seine Unschuld zu glauben. Vor allem nicht Ruby. Die vermutlich schon verge-waltigt wurde, bevor sie ein zweistelliges Alter erreicht hatte. Der Gedanke bringt das Fass zum Überlaufen und ich übergebe mich neben der Straße. Stöhnend richte ich mich wieder auf, trinke einen Schluck aus meiner Wasserflasche und spucke ihn zu dem Rest meines Mageninhaltes, den ich mit dem übrigen Wasser aus der Flasche vom Boden spüle. »Fuck!«, fluche ich leise, weil ich mir total erbärmlich vorkomme.

»Mann, du siehst echt scheiße aus«, murmelt River, dessen Blick ich meide, als ich mir Daumen und Zeigefinger in die Augenhöhlen presse, bis ich Sterne sehe.

»Wirklich? Verdammt, dabei fühle ich mich heute eigent-lich richtig sexy«, erwidere ich sarkastisch, weil es der ein-zige Weg ist, den ich kenne, um nicht gleich wieder wie eine Memme zu heulen. Ich vermisse Ruby, als wäre sie ein Teil von mir, und morgen ist Gabriels Verhandlung, die über seine

Zukunft entscheidet. Was zur Hölle mache ich, wenn er doch zurück in den Knast muss?

River stößt sich vom Geländer ab, drückt beide Hände auf meine Schultern und zwingt mich in eine aufrechte Haltung. »Jake, ich weiß nicht viel über Ruby. Aber eines weiß ich: Nämlich, dass sie das Beste ist, was dir passiert ist, seit du nach New York gekommen bist.« Blinzelnd stehe ich da wie ein Idiot, weil er verdammt noch mal recht hat. »Also das Beste nach mir, versteht sich«, hängt River zwinkernd an, bevor er wieder ernst wird. »Gib sie nicht auf!« Mit einem kleinen Klaps auf meine Wange schiebt er sich an mir vorbei und lässt mich stehen.

KAPITEL 35

RUBY

Brian weckt mich vorsichtig, weil ich mal wieder hier auf dem Stuhl im Zimmer der Intensivstation eingenickt bin. Benebelt vom Schlaf, den ich irgendwie nur an diesem Ort finde, schrecke ich hoch und sehe sofort zu Scarlett, die allerdings schläft. »Du kannst nach Hause gehen, Ruby. Es ist schon spät.«

Kopfschüttelnd massiere ich meine Schulter. »Ich möchte unbedingt hier sein, wenn sie aufwacht«, erkläre ich dem Mann, der mit müden Augen auf mich herabblickt und nickt, weil es uns allen gleich geht. Da die Wunde an Scarletts Leber nicht zu bluten aufgehört hat, haben die Ärzte ihr heute Morgen in einer dritten Operation den Teil entfernt, der zu kaputt war, um zu heilen. Mittags war sie ganz kurz wach, als man ihr den Beatmungsschlauch rausgenommen hat, ist aber sofort wieder eingeschlafen. Laut den Ärzten ist das normal, weil ihr Körper gerade versucht, Kraft und Energie zu sparen. Trotzdem ist es die Hölle, sie so zu sehen.

Brian zieht seinen Stuhl, mit dem er eben noch beim kleinen Tisch gearbeitet hat, rüber zu uns und setzt sich seufzend neben mich. Ohne große Worte gucken wir uns an und teilen mit Blicken den Kummer, den wir empfinden, bevor ich meinen Kopf auf seine Schulter bette. Er zögert nicht eine Sekunde und legt seinen Arm um meine Schulter, zieht mich an sich. »Ich habe vorhin mit Jake telefoniert«, erzählt er mir, und allein seinen Namen zu hören reicht aus, dass mein Herz einen schmerzhaften Sprung macht. Ich schließe die Augen. Brian hat von Monica erfahren, was zwischen mir und Jake vorgefallen ist. Nicht, dass ich vorhatte, einem von beiden irgendetwas darüber zu erzählen, vor allem nicht, wenn sie gerade weitaus größere Sorgen haben als mein Liebesleben. Aber Monica besitzt die Gabe, einem das Gefühl zu geben, der wichtigste Mensch im Universum zu sein, und einen glauben zu lassen, dass man keine Bürde für sie ist, wenn man sich ihr anvertraut. Also habe ich geredet, und sie hat einfach zugehört. Keine Lösungsvorschläge gemacht, weil sie darauf vertraut, dass ich sie selbst finden kann.

»Okay«, murmle ich an seine Schulter, da mir bewusst ist, dass Brian da anders ist als Monica. Er ist ein Problemlöser.

»Er hat nach Scarlett gefragt und nach dir.« Ich beiße die Zähne zusammen. »Und dann hat er mir erzählt, dass die Gerichtsverhandlung nicht nach Plan verlaufen ist und in drei Monaten wiederholt werden muss.«

Ruckartig richte ich mich wieder auf. Verwirrt und traurig und zugleich wütend, da er mir doch erklärt hat, wie sicher er sei, dass sich die Sache klären würde. »Also ist Gabriel nicht unschuldig?«

Brians Blick wandert zwischen meinen Augen hin und her. »Weißt du, was ich dachte, als Jake das erste Mal in mein Büro getreten ist? Hier ist ein Anfänger mit einem Heldenkomplex und einem Ego, das größer ist, als es sein sollte. Aber sein Herz sitzt am rechten Fleck.« Das stimmt. Der Teil steht ja auch überhaupt nicht zur Debatte. Aber um Jakes Herz geht es hier nicht. »Er ist einer der ehrlichsten, getriebensten und geradlinigsten Agents, die ich habe. Er würde eher sein Leben geben, bevor er etwas tut, das unmoralisch ist.« Ich schlucke den Kloß in meinem Hals runter, während der Mann, den ich am meisten respektiere, über den Mann redet, den ich am meisten liebe. »Ich habe Jake damals geholfen, Gabriels Verlegung und letztlich auch den Antrag auf Aufhebung des Urteils durchzukriegen. Wusstest du das?«

Entsetzt sauge ich scharf Luft ein und starre ihn mit geweiteten Augen an. »Du glaubst auch an Gabriels Unschuld?«

Brian dreht den Kopf zu mir, Überzeugung im Blick. »Mittlerweile tatsächlich. Aber ich habe Jake nicht deshalb geholfen.« Verständnislos furche ich die Stirn, mein Herz klopft mir bis zum Hals. »Ich habe es für ihn getan.« Er lässt die Worte in der Luft hängen, während ich mir auf die Unterlippe beiße, als mir klar wird, worauf er hinauswill. »Jake würde nie zulassen, dass jemand ungestraft davonkommt. Nicht einmal sein eigener Bruder. Wenn er auch nur den kleinsten Zweifel an Gabriels Unschuld gehabt hätte, hätte er sich zwar für seine Sicherheit eingesetzt, ihn aber nicht in Schutz genommen.«

Ich lasse meinen Kopf auf die Lehne hinter mir fallen und spüre, dass sich Tränen ankündigen. Als wären die Schleusentore nun plötzlich offen, seit mein Herz es auch ist. »Ich verstehe«, flüstere ich, während der Damm bricht und die Tränen fließen, die mich so verflixt verletzlich machen und gleichzeitig so befreiend sind. Deswegen hat er mich gehen lassen. Hat nicht versucht, mich zu überzeugen oder umzustimmen, mich zurückzuhalten oder unter Druck zu setzen. Er hat sich das Herz brechen lassen, weil er nicht bereit war, meines zu brechen mit einer Last, die ich nicht tragen kann.

Brian legt seine große Hand auf meinen Kopf und drückt mir einen winzigen Kuss auf die Schläfe, bevor er mir ein Taschentuch reicht. »Hier. Hab mich zwar auch schon damit abgewischt, aber …«

Ich lächele, als er zwinkert, und bin so dankbar für ihn und diese Familie.

»Solltet ihr euch die Tränen nicht für meine Beerdigung aufheben?«, ertönt Scarletts heisere Stimme neben uns, und ich japse, bevor ich mich mehr oder minder auf sie werfe. »Au! Rubik's Cube. Sie geben mir gute Drogen, aber so gut dann auch wieder nicht.« Ich schlage die Hände vor den Mund und rücke ab. Meine beste Freundin mit ihrem charakteristischen Strahlen zu sehen legt ein Pflaster über die unsichtbare Wunde, die in mir klafft. »Willst du mir denn gar nicht sagen, wie unlustig meine Bemerkung eben war?«

Etwas vorsichtiger setze ich mich zu ihr ans Bett. »Das mit der Beerdigung? Ehrlich gesagt bin ich gerade einfach froh, dich überhaupt reden zu hören.« Ich greife nach der Hand, die frei ist von Zugängen, und drücke sie, so fest ich kann.

»Scarlett …« Brian tritt nun ebenfalls an ihr Bett und lächelt sie an, bevor er sich eine Hand vor die Augen hält und lautlos weint.

»Daddy!«, flüstert Scar, und jetzt heulen wir alle. Aber Scarlett lebt und sie wird okay sein.

Weil Scar es gerade nicht kann, lege ich meinen Arm um Brian, dankbar, dass *ich* es inzwischen kann, und reiche ihm sein altes Taschentuch. »Hier«, sage ich, worauf er die Hand von seinen Augen nimmt und tief einatmet. »Mein Rotz ist zwar schon drin, aber …« Er lacht, und als ich auf Scarlett runterschaue, die mit rissigen Lippen und blassem Gesicht so schwach aussieht, wie sie ist, aber trotzdem strahlt, weiß ich, dass wir über dem Berg sind.

Stunden später liege ich wieder in Scarletts altem Kinderzimmer und höre dem Sekundenzeiger ihrer Wanduhr zu, wie er sich zum gefühlt siebzigsten Mal um seine eigene Achse drehen muss. Mein Blick fällt auf das Fenster, wo Scarlett als Teenager fluoreszierende Sterne aufgehängt hat, die heute immer noch dort hängen. Ich lächle in mich hinein, weil alles in diesem Zimmer auf Scarlett hinweist. Die alten Poster von Justin Timberlake und Orlando Bloom hängen an der Tür, eine Wand ist beschrieben mit Sprüchen und Namen der Jungs, in die sie mal verknallt war, mit Edding geschrieben und dann durchgestrichen, da neue dazukamen. Und ebenso wie auf unserer Couch musste ich erst zweiundzwanzig Kissen auf den Boden werfen, bevor ich mich ins Bett legen konnte. Und ich liebe es. Liebe es, dass all das noch da ist. Liebe es, dass ich einen Einblick in eine liebevolle und behütete Kindheit und Jugend bekomme, wenn ich mit dieser Familie zusammen bin, und Hoffnung schöpfe, dass ich irgendwann einmal eine eigene Familie haben könnte, mit der ich diese Geborgenheit, diese Sicherheit und bedingungslose Liebe erfahren kann.

All die Gefühle, die ich bereits jetzt mit Jake erleben durfte.

Ich ziehe Scarletts Decke bis zum Kinn, weil mir auf einmal richtig kalt ist. Er fehlt mir so sehr. Nicht nur, weil er mich »glücklich gemacht« oder es sich »gut angefühlt« hat, mit ihm zusammen zu sein. Es ist so viel mehr als das. Mit Jake fühle ich mich ganz. Als hätte er mir geholfen, die fehlenden Teile meines Herzens wiederzufinden, die ich unwiderruflich verloren glaubte. Weil Jake mich zwar rücksichtsvoll und achtsam behandelt, nicht aber, als wäre ich kaputt oder zerbrechlich. So kann ich diese Teile zu meiner eigenen Zeit wieder zusammensetzen. Ich. Nicht er. Weil das meine Aufgabe ist.

Ich wälze mich auf die andere Seite und greife nach meinem Handy, scrolle zu seinem Namen und starre auf die vier Buchstaben, wie ich es all die letzten Tage unzählige Male getan habe, als ich ihn so dringend anrufen wollte, mein Stolz mich aber als Geisel hielt. Ich denke über das nach, was Brian heute gesagt hat, und darüber, wie es Jake wohl gerade gehen muss. Und genau das lässt mich dieses Mal tatsächlich auf den Namen tippen. Ich beiße mir auf die Unterlippe, während ich auf das Läuten warte, frage mich, ob das hier dumm ist, frage mich, was ich überhaupt sagen soll.

»Ruby«, meldet er sich dann leise, und jegliche Zweifel, Befürchtungen verpuffen in der Luft. Die Art, wie er meinen Namen nicht als Frage, sondern als Wunsch, als Gebet ausspricht, bewirkt, dass ich mich zusammenrolle wie ein Ball. Ich habe die Wärme so vermisst, die mit dieser Stimme, diesem Mann einhergeht.

»Hey!«, flüstere ich und schließe die Augen, weil es wehtut.

»Alles okay?«

Ich reibe mir die Stirn. Natürlich ist er alarmiert. Es ist halb drei Uhr morgens. Ich habe ihn ganz sicher schon wieder geweckt. »Ja, ähm … Scarlett ist heute aufgewacht.«

Ich höre dabei zu, wie er sich wieder hinlegt, stelle mir vor, wie er wohl eben bei meinem Anruf aufrecht im Bett gesessen haben muss, buchstäblich bereit, zu mir zu fliegen, hätte ich ihn gebraucht. »Das ist toll, Ruby.« Er klingt total erschöpft; ich will ihn einfach in den Arm nehmen und halten, ihm eine Pause geben, damit er einmal in seinem Leben selbst auftanken kann, statt immer nur zu geben.

»Brian hat mir von der Verhandlung erzählt. Es tut mir wirklich leid, Jake«, sage ich aufrichtig. Ich weiß, wie sehr er ein positives Ergebnis gebraucht hätte. Ich hätte es mir für ihn gewünscht, ganz gleich, was ich selbst dabei fühle.

»Ja«, murmelt Jake, gefolgt von einer Pause, in der er bebend durchatmet, und meine Hand klammert sich fester um die Decke. »Mir auch.«

Wir verfallen in ein Schweigen, das keiner von uns zu füllen versucht, egal, wie viel mir auf der Zunge, auf dem Herzen brennt. *Ich vermisse dich. Ich liebe dich. Lass uns eine Lösung suchen, trotzdem zusammen zu sein.* Nichts davon sage ich, denn das ist nicht die Zeit dafür. Gerade geht es auch gar nicht um mich. Ich will einfach, dass er weiß, dass ich für ihn da sein will, so wie er es immer für mich war. Dass auch er jemanden hat, der an seiner Seite kämpft, egal, wofür. »Gute Nacht, Jake«, sage ich stattdessen mit gedämpfter Stimme.

»Gute Nacht, Ruby«, erwidert er, und genau wie beim letzten Mal legt keiner von uns auf. Wir hören einander einfach beim Dasein zu, bis Jakes regelmäßiger und lauter werdender Atem signalisiert, dass er eingeschlafen ist, und schon bald folge ich ihm.

Kapitel 36

Jake

»Alter, hier riecht's wie in einer Gruft«, spricht Gabriels bester Freund Ollie aus, was ich denke, als wir Gabes Wohnung betreten, die tatsächlich so dunkel ist wie ein Grab.

»Hat dich ja keiner gezwungen zu kommen«, murmelt Gabe vom Schlafzimmer mit belegter Stimme.

»Na ja, irgendwie schon«, widerspricht Ollie und schiebt die Tür vom Schlafzimmer auf. Das ist der Moment, in dem Gabe mich sieht und sein Gesicht sich hasserfüllt verzieht. Grundsätzlich kenne ich den Blick schon. Es ist derselbe, den er mir zugeworfen hat, als ich ihn letzte Woche aus dem Gefängnis geholt habe. Nur weiß er nicht, dass ich diesmal sogar noch weniger Geduld habe. Dann bekommt Ollie einen ähnlichen Blick von meinem Bruder, weil er derjenige war, der mich mitgenommen hat. »Was soll ich machen, Gabe?«, versucht Ollie, sich zu verteidigen. »Wir waren uns nicht mal sicher, ob du überhaupt hier bist.«

»Hast du seit der Verhandlung mal gegessen?«, frage ich und stelle das Mittagessen, das ich von Mom mitgebracht habe,

270

auf den Tisch, bevor ich beginne, im Wohnzimmer Fenster und Jalousien zu öffnen.

»Oder geduscht?«, hakt Ollie nach.

»Ihr könnt gerne wieder gehen. Ich komme dann irgendwann nach«, erklärt uns Gabe, und als ich mich in die Tür hinter Ollie stelle, dreht Gabe uns den Rücken zu.

Ollie seufzt und versucht, ihn aus dem Bett zu ziehen. »Komm schon, Kumpel! Wir haben dir was zu essen mitgebracht, und du musst raus aus diesem Bett.«

»Ihr könnt euch eure Intervention sparen, Ollie. Nimm das Essen wieder mit und ihn auch«, sagt er abwertend, und sein Verhalten mir gegenüber kotzt mich jetzt regelrecht an. Ehe ich mich versehe, bin ich in zwei Schritten bei seinem Bett und stoße ihn von der Matratze.

»Was zur Hölle!«, faucht er, nachdem er hart auf dem Boden gelandet ist und sich am Bettlaken wieder hochzieht.

»Es reicht, Gabriel«, herrsche ich ihn an, meine Arme vor der Brust verschränkt. »Ist mir scheißegal, ob du mich hasst oder nicht, ob du mich sehen oder hier haben willst oder nicht. Ich habe dich lange genug in Ruhe gelassen. Wir klären das jetzt, und dann rappelst du dich verdammt noch mal hoch, anstatt hier rumzuhängen und aufzugeben.«

Gabriels Fassungslosigkeit verwandelt sich in Wut, als er mit einem heiseren Schrei auf mich losgeht, mich gegen die Wand schiebt und mit der Faust ausholt, um endlich das zu tun, was er so offensichtlich schon lange tun will. Und ich warte drauf. Bereit, ihm diesen einen Schlag zu geben, wenn er denkt, dass es ihm dann besser geht. Einen einzigen. Mehr kriegt er nicht. Doch statt endlich zuzuschlagen, steht er einfach schwer atmend und mit zitternder Hand da. Dann dreht er sich um, greift nach einer Sporttasche und fetzt sie gegen die Wand. Das Gleiche macht er mit einem Glas. Zum Schluss greift er nach einem Stuhl und knallt ihn wiederholt gegen den

Kleiderschrank. Und als er dadurch die Lehne abgeschlagen hat, aber dennoch weitermacht, während das abgerissene Holz, das er umklammert, seine Hände zum Bluten bringt, habe ich genug gesehen.

Kurz vorm Heulen wickle ich meine Arme um den Oberkörper meines kleinen Bruders und trage ihn aus dem Schlafzimmer, während er mich anbrüllt und um sich tritt. »Lass los!«, schreit er, aber ich kann nicht. Ich kann ihn nicht loslassen.

Und irgendwann hört er tatsächlich auf, sich zu wehren. »Okay?« Keuchend signalisiere ich ihm, dass eher die Hölle zufriert, als dass ich ihn hier sich selbst überlasse.

»Ja, okay!«, faucht er. »Okay!« Erst dann lasse ich los, bereit, das Gleiche noch mal zu tun, wenn es nötig wird. »Fuck!«, flucht er, nachdem ich bereits aufgestanden bin und ihm die Hand reiche. Natürlich nimmt er sie nicht.

Ollie springt ein und zieht Gabe in eine Umarmung, während ich fast vergessen hatte, dass Ollie überhaupt da ist. »Es tut mir wirklich leid, Mann«, nuschelt er an Gabes Schulter, der da hängt, als wäre er gerade einen Marathon gelaufen. »Jake, ich werde jetzt fahren, Alter. Sei kein Arschloch zu ihm, okay?«

Ich kneife die Augen in Ollies Richtung zusammen, weil der Junge keine Ahnung hat, wovon er da redet. Als er weg ist, und Gabe weiterhin mit verzerrtem Gesicht den Boden fixiert, versuche ich, mich zu sammeln. Was wir beide jetzt *nicht* brauchen, ist eine erneute Konfrontation. Also gehe ich zu seinem Fernseher, stecke die X-Box an und setze mich auf seine Couch. Verwirrt beobachtet er mich dabei.

»Wir müssen heute dringend über diese Nacht auf der Party reden«, erkläre ich ihm und bin sicher, dass ich ebenso ausgelaugt klinge, wie ich mich fühle. »Ich will jedes Detail, bis hin zu der Kleidung, die du anhattest. Uhrzeiten, Namen, die Worte, die du mit Hannah gewechselt hast. Alles. Klar?« Ich greife nach den Controllern und halte ihm einen als Einladung hin, nach außen hin entspannt, innen verflucht nervös, ob er ihn nehmen wird oder nicht. »Wenn in drei Monaten die nächste Verhandlung vonstattengeht, will ich, dass es die letzte ist. Dass Staatsanwalt und Richter dich nicht aus mangelnden Beweisen freilassen, sondern mit eindeutiger Beweislast, dass du unschuldig bist.«

Ich schlucke, als Gabe die Arme vor der Brust verschränkt. »Bin ich das denn, Jake?«

Wann – verdammt noch mal – wird er checken, dass ich ihm immer – immer – Rückendeckung gegeben habe? In dieser Sache. In allen. Schon sein ganzes Leben. »Hätte ich für eine Sekunde geglaubt, dass du es getan hast, hätte ich dir schon lange den Arsch aufgerissen, Gabriel. Du bist mein Bruder. Ich kenne dich und weiß, dass du ihr nichts getan hast.«

Ich rechne fast damit, dass er mich gleich wieder anschreit, mich auslacht, was auch immer. Stattdessen starrt er mich einfach ein paar Sekunden lang an und setzt sich dann schweigend neben mich. Noch einmal reiche ich ihm den Controller, weil mein Stolz gerade nichts bringt.

»Ich bin keine zehn mehr, Jake«, sagt er. »Videospiele werden wohl kaum meine Probleme lösen.«

»Du hast recht.« Erschöpft bis auf die Knochen sehe ich ihn an. »Das werden sie nicht. Aber du kannst versuchen, mir zumindest in der virtuellen Welt in den Arsch zu treten, wenn du schon in der Realität nicht die Chance dazu bekommst.«

Ich ringe mir ein Lächeln ab, das Gabe allerdings nicht erwidert. Wie immer sind meine Sprüche in Momenten wie diesen unerwünscht. »Jake, keine Sorge, ich habe und werde nie vergessen, dass du FBI-Training hast. Aber ich weiß auch, wie man in der echten Welt um sein Leben kämpft. Glaub mir.«

Ich lasse die Controller auf den Couchtisch fallen. »Jede. Einzige. Sekunde, in der du da drinnen warst, hat mich umgebracht, Gabby. Du dachtest, du warst alleine?«, stelle ich ihm die rhetorische Frage. »Dass ich nicht an dich gedacht hätte, weil ich dich nicht besucht oder angerufen habe?«

Mit einem verächtlichen Schnauben, als wären meine Worte bedeutungslos, greift er nach dem Controller. »Na ja, ich würde mal sagen, Taten sprechen lauter als Worte im Nachhinein, glaubst du nicht auch?«

Jetzt bin ich es, in dem die Wut aufkeimt, weil er es einfach nicht checkt. Ich nehme den Controller und donnere ihn zu Boden, bevor ich mich an Gabe wende.

»Ich habe jeden Tag an dich gedacht. Jeden verfluchten Moment. Du hattest Angst? *Ich* hatte Angst. Du warst wütend? Das war *ich* verflucht noch mal auch. Denn wegen meiner Position konnte ich nicht das Geringste für dich tun. Im Gegenteil: Es hat alles schlimmer gemacht«, spreche ich es zum ersten Mal aus, mein ganzer Körper bebt innerlich.

Gabes Augenbrauen ziehen sich fragend zusammen. »Was soll das heißen?«

Ich sehe an die Decke, weil nun wohl der Zeitpunkt der Wahrheit gekommen ist. »Der Kerl, der dich fast umgebracht hat? Das war für mich. Nicht für dich.« Gabes Gesicht verzieht sich in Verständnislosigkeit. »Nach Quantico war ich nicht sofort in New York. Ich war in Chicago eingesetzt. Relativ zeitgleich mit deiner Anklage«, erzähle ich, was längst überfällig ist. »Einer meiner ersten Fälle endete mit einer Razzia. Die Verdächtigen ließen Kugeln auf uns regnen, also mussten wir sie außer Gefecht setzen. Waren meine ersten Toten. Und Gang-Brüder von deinem Typen im Knast.«

»Du hast ihn erschossen?«, will Gabe wissen, sein Ton anders als eben noch.

»Nein.« Zumindest nicht den. »Aber ich war da, und du warst dort. Der Agent, der ihn erschossen hat, hatte keinen Bruder im Knast. Alles andere spielt bei Blutrache keine Rolle,

Gabe.« Ich balle meine Hände so fest zu Fäusten, dass ich das Gefühl habe, die Knöchel platzen gleich auf. »Gefangene haben überall ihre Fühler. Die wussten von der ersten Minute, wer du warst. Dauerte nicht lange, bis das Netz an Kontakten, Augen und Ohren da drinnen die Verbindung zu mir geknüpft hatte.« Ich kratze mir den Kopf, fühle mich unbeholfener denn je und weiß, dass Gabe es sieht. »Während ich dich also nicht besucht habe, habe ich Himmel und Hölle in Bewegung gesetzt, um dich verlegen und mich versetzen zu lassen, um so weit wie möglich von dir wegzukommen. Zehn Jahre sind eine verflucht lange Zeit, wenn die Insassen einmal wissen, dass dein Bruder für deren Verhältnisse noch dreckiger ist als ein Cop.«

Als ich fertig bin, studiert Gabe mich einfach weiterhin, hebt dann aber lediglich den Controller vom Boden auf und hält ihn mir hin. Dann schaltet er die X-Box ein und richtet ohne ein weiteres Wort ein Spiel von *Call of Duty* ein.

Also spielen wir. Danach erzählt er mir alles, was ich wissen muss. Und erst, als ich Stunden später aus seiner Wohnung gehe und die Tür hinter mir schließe, halte ich auf der letzten Stufe im Treppenhaus an und erlaube den Tränen, frei zu fallen, die ich seit mehr als zwei Jahren für meinen Bruder zurückhalte. Ich hole mein Handy aus der Hosentasche und lasse meinen zitternden Daumen über Rubys Namen schweben, weil ich gerade einfach ihre Stimme hören will. Das, was River so treffend als das Beste in meinem Leben beschrieben hat, bei mir haben will. Doch bevor ich dazu komme, kündigt mein Handy einen Anruf von Sanders an. Ich schüttle den Kopf über meine Enttäuschung, wische mir mit dem Handrücken die Wangen trocken und stehe auf.

»Jap? Was gibt's?«, melde ich mich und hoffe, dass er nicht hören kann, dass ich eben geheult habe wie ein kleines Kind.

»Darf ich dich denn nicht einfach anrufen, weil ich dich vermisse?«, kontert er, während ich zu meinem Leihwagen gehe, und schafft es damit unwissentlich, mich wieder zum Schmunzeln zu bringen. »Die ganzen letzten Tage alleine ohne meinen Partner im Auto waren ziemlich langweilig.«

»Oh, ich vermisse dich auch, Kumpel«, antworte ich. »Ehrlich gesagt würde ich aber lieber mit dir auf ein Bier gehen, als in deinem Auto zu sitzen, wo es riecht, als hätte ich mich im Wald verirrt, und wo mir ständig der Arsch einschläft.« Wobei mir der Arsch eben hier einschläft, denn ich verbringe trotzdem jede freie Minute damit, mir die Tapes anzuhören. Manchmal auch nachts, aber ich lasse Sanders und Thompson bestimmt nicht im Stich mit all dem Müll.

»Hey! Attackier gefälligst nicht meinen Wunderbaum, klar?«, motzt er und lacht. »Aber das mit dem Bier klingt gut. Wenn du zurück bist, machen wir das, und du erzählst mir, wie ich wegen Gabriel helfen kann, okay?«

Ich schlage die Fahrertür zu und lege meine Stirn dann für einen Moment aufs Lenkrad. Die nächsten drei Monate werden verflucht intensiv. Jedes Fitzelchen Info, das Gabe mir eben gegeben hat, muss geprüft werden. Alles, was bei der ersten Verhandlung schlampig behandelt oder für unwichtig befunden wurde, alles, was seither ans Licht gekommen ist, muss durchgekaut werden. »Danke, Mann. Ich weiß es zu schätzen.« Ich hole tief Luft und setze mich dann wieder aufrecht hin, weil dies nicht der Zeitpunkt ist, um aufzugeben. »Und der einzige Grund für deinen Anruf war, mir mitzuteilen, wie sehr ich dir fehle?«, hake ich belustigt nach, weil wir beide genau wissen, dass das nicht stimmt.

»Nicht ganz«, bestätigt er und seufzt auf. »Wir haben eine Leiche gefunden. Sieht aus wie unser Mädchen Dana.«

Scheiße! Ich schließe die Augen, als das Gefühl unbeschreiblicher Wut meine Adern flutet. Weil genau das eingetreten ist, was wir befürchtet haben, aber nicht verhindern konnten.

»Kopfschuss. Die Autopsie läuft gerade.«

Ich balle die Hände zu Fäusten. »Verdammt noch mal!«

»Ja. Das trifft's. Außerdem bin ich über Keatons FBI-Handy auf einen Anruf gestoßen, der ein paar Fragen aufwirft.«

Hellhörig warte ich noch damit, den Motor anzumachen, weil ich nichts verpassen will. »Inwiefern?«

»Hör dir das hier mal an!«, sagt er, bevor er ein paar Mal mit der Maus herumklickt. »*Keaton, ich habe Vivians Aussage gehört. Wird deine Leichtsinnigkeit ein Problem für uns? – Ruf hier nicht mehr an!*«

Damit endet das Gespräch, und sofort stellen sich meine Nackenhaare auf.

»Wer ist Vivian?«

»Keine Ahnung. Kein einziger Fall von Keaton dreht sich um eine Vivian. Aber unser IT-Mann hat die Nummer auf ein Wegwerfhandy rückverfolgt. Nur eine Minute später wurde damit noch einmal telefoniert, und zwar mit jemandem, der den Hotspot des Krankenhauses genutzt hat. Drei Mal darfst du raten, wo Keatons Firmentelefon zu der Zeit gerade eingeloggt war.«

Ich klammere meine Hände fester ums Lenkrad. »Keaton ist unser Maulwurf.« Verdammt noch mal! Damit ist die Hoffnung, dass wir uns irren, endgültig tot. Mindestens einer von uns ist übergelaufen. Und wenn ich auf jemanden hätte tippen müssen, dann wäre es bestimmt nicht er gewesen. Der Mann, der schon in der Menschenhandelsdivision gearbeitet hat, als ich gerade mit der Highschool begonnen habe. Der, der gefühlt ewige Dienste geschoben und sich Zeit genommen hat, jeden aus seinem Team möglichst gut kennenzulernen. Er wirkt sympathisch und vor allem korrekt. Verflucht, er hat mich bei der Razzia sogar noch zu decken versucht, nachdem er sich selbst einen Schuss in den Arm eingefangen hatte. Umso mehr nervt es mich, dass das alles nur Show gewesen sein soll.

»Sieht so aus. Die Frage ist nur, mit wem er noch unter einer Decke steckt. Wir müssen verdammt vorsichtig sein, dass er nichts von unserem Verdacht wittert, bevor wir die Verbindung zu all den Hintermännern haben.«

»Haben wir bereits Zugriff auf dieses Wegwerfhandy?«

»IT ist dran. Wir werden sehen, ob und was wir damit rausfinden können. Bis dahin muss ich den Typen jeden Morgen grüßen und freundlich nach seinem verletzten Arm fragen, wenn ich ihm eigentlich ins Gesicht schlagen will«, beschwert sich Sanders, und ich kann's nachvollziehen. Mir vorzustellen, wie viele Fälle und Aktionen, Beweismittel und Zeugen er in seiner Eigenschaft als Assistant Special Agent in Charge vermutlich mittlerweile manipuliert, gefälscht oder verschwinden lassen hat, kotzt mich an.

»Ich check's aber trotzdem nicht«, beginne ich. »Warum hat er sich anschießen lassen? Wenn er mit Joker unter einer Decke steckt, hätte er sich doch in dein Team einteilen können, wo keiner verletzt wurde, weil niemand dort war.« Oder als Letzter reingehen und nicht als Erster, wodurch er sein Leben riskiert hat.

»Vielleicht ging es darum, jeglichen Verdacht von sich selbst abzulenken. Ihm war sicher klar, dass Fragen aufkommen würden, wie Joker von der Razzia erfahren konnte, wenn nur unsere Taskforce Bescheid wusste.«

Haareraufend schüttle ich den Kopf. Wenn er es absichtlich so inszeniert hat, dann müssen die Kerle da drinnen verdammt gute Schützen gewesen sein und noch dazu Selbstmordattentäter. Die müssen doch gewusst haben, dass sie keine Chance hätten, da lebend rauszukommen, sobald sie den ersten Schuss abfeuern.

»Wie auch immer, erst müssen wir mal rausfinden, für wen der Name Vivian steht, und sie und die anderen Mädchen beschützen, bevor sie enden wie Dana«, sagt Sanders angewidert.

»Du glaubst, das war ebenfalls Keaton?«

»Er oder wer immer noch drinsteckt. Zahara hat sich auf Rubys Drängen hin ins Frauenhaus bringen lassen. Bethany ist bei ihren Eltern. Die anderen beiden wollen immer noch nicht mit uns reden. Ich bin am Überlegen, Ruby zu fragen, ob …«

»Nein«, unterbreche ich ihn, das Bedürfnis gerade groß, dort zu sein, statt hier, wo ich machtlos bin. »Ich will Ruby auf gar keinen Fall tiefer drin haben, als sie ohnehin ist.« Es ist scheiße genug, hier auf Nadeln zu sitzen, während sie dort ist. Fahrig reibe ich mir das Gesicht. »Ich kann hier noch nicht weg«, sage ich mehr zu mir selbst, weil ich Gabe so nicht im Stich lassen kann. Nicht nach der Szene heute. Nicht, nachdem ich ihm gerade versprochen habe, für ihn da zu sein. Scheiße!

»Musst du auch nicht, Jake. Wir machen das hier schon, okay? Thompson lässt Ruby sowieso nicht aus den Augen, sein Haus ist sicherer als Fort Knox und sie hat mit sofortiger Wirkung Polizeischutz.«

Gut, auch wenn Ruby es mit hundertprozentiger Sicherheit hasst. Und Keaton im blödesten Fall misstrauisch macht. Ich lege auf und werfe das Handy achtlos auf die Beifahrerseite. Ein paar Sekunden sitze ich einfach in Stille da. Dann kommt die Wut, und ich donnere meine Faust gegen das Lenkrad. Weil jeder eine Belastbarkeitsgrenze hat. Meine ist langsam, aber sicher überschritten.

Als ich fertig damit bin, mein Leihauto zu ruinieren, hole ich mit geschlossenen Augen tief Luft. »Drei Tage noch, Ruby. Bitte bleib währenddessen sicher!«

KAPITEL 37

RUBY

Im Fernsehen läuft *Findet Nemo*, und Scarlett und ich teilen uns nicht nur ihr Krankenbett, sondern auch den Erdbeershake, den ich mitgebracht habe. Während ich mir den Film ansehe, glotzt Scar immer wieder grinsend zu mir rüber. »Was ist?!«, frage ich schließlich und schalte auf stumm.

»Weißt du, dass Jake heute zurückgekommen ist?« Und wie immer, wenn jemand seinen Namen erwähnt, durchfährt mich ein bittersüßer Schmerz, der meine Hand automatisch an meine Brust wandern lässt, wo ich die Stelle über meinem Herzen reibe. »Ich schätze nicht, hm?«, folgert sie anhand meiner Reaktion, und ich senke den Blick.

»Wir haben uns die letzten paar Tage eigentlich nur ein paar Nachrichten geschickt. Wie es ihm geht, wie es mir geht. Ich glaube, er will mir Zeit und Freiraum geben.« Das, worum ich ihn im Grunde gebeten habe.

Scarlett reicht mir den Shake und greift mit der anderen Hand nach meiner. »Und was willst *du*, Rubik's Cube?«

Seufzend lehne ich den Kopf an ihre Schulter. »Alles, was ich weiß, ist, dass ich ihn vermisse. So als würde ein Stück von mir fehlen, verstehst du, was ich meine?« Verstehe ich es denn? Zynisch lachend verdrehe ich die Augen. »Es hört sich so doof an, so klischeehaft, aber es ist, als würde mein Herz auf einmal langsamer schlagen, weil es aus dem Rhythmus gekommen ist.«

Scarlett gibt einen nachdenklichen Ton von sich. »Für mich hört sich das gar nicht doof an, Ruby. Es hört sich so an, als würde dein Herz dich daran erinnern, wie gern du ihn hast.«

Ich presse die Lippen aufeinander, weil mich ihre einfache und doch so treffende Schlussfolgerung total berührt. »Ich will wirklich eine Chance mit ihm haben, weißt du? Ohne Drama.« Noch nie habe ich jemanden kennengelernt, bei dem ich mich zu einhundert Prozent wohl und sicher fühle. Auf verschiedenen Ebenen verstanden fühle, und er ist jemand, der einfach richtig zuhört, selbst wenn er mich nicht verstehen kann. »Ich habe meinen Körper so vielen Leuten geben *müssen*, Scar. Aber Jake *will* ich alles geben. Alles, was ich vorher nie geben wollte.« Ich klopfe kraftlos auf meine Brust, als müsse ich unterstreichen, was ich da sage.

Scarlett nickt und legt ihren Kopf auf meinen. »Dann solltest du genau das machen, Ruby. Einen Schritt nach dem anderen, richtig? Keiner von uns kann in die Zukunft sehen. Aber ich kenne kaum jemanden mit einer Menschenkenntnis wie deiner, und wenn du so für Jake empfindest, ihm dermaßen vertrauen kannst, dann sagt mir das einen Haufen über *seinen* Charakter.«

Ich blinzle Tränen weg, langsam eine echte Heulsuse und gleichzeitig so dankbar für meine beste Freundin. »Ich hab dich so lieb, Scar.«

Sie drückt mich enger an sich. »Wer hat das nicht?!«, schnieft sie und bringt uns beide damit zum Lachen.

»Von wem hast du eigentlich gehört, dass Jake zurück ist? Denn *mir* hat dein Dad zum Beispiel nichts gesagt.« Mit einem Seitenblick schiele ich zu ihr, weil ich genau weiß, dass vor mir ein gewisser anderer Special Agent hier war, auf den *sie* ein Auge geworfen hat.

»Ist das wichtig?«, fragt sie grinsend und reißt mir den Shake theatralisch aus der Hand. Natürlich ist es das. Und wenn sie jetzt zur Abwechslung nicht ins Detail darüber geht, wie sehr sie sich in Darius verliebt hat, verrät mir das umso mehr über *ihre* Gefühle. Mit gespielter Arroganz greift sie nach der Fernbedienung und schaltet den Ton wieder ein. Und ich halte den Mund, weil ich weiß, dass sie mir mehr erzählen wird, sobald sie bereit dazu ist.

Als Monica später mit einem Strauß rot-weißer Blumen ins Zimmer kommt, schläft Scarlett. Vorsichtig klettere ich aus dem Bett, weil sie mehr oder weniger hier ist, um mich abzulösen, bis die Besuchszeit für heute vorbei ist. Mit einem stummen Winken und einem breiten Lächeln begrüßt sie mich und nimmt mich fest in die Arme, bevor sie mir einen Kuss auf die Wange drückt. »Du musst müde sein«, flüstert sie, während ich mich strecke. »Ich habe Lasagne gemacht. Iss unbedingt so viel, wie du möchtest.«

Ich schenke ihr ein kleines Lächeln, weil sie mich einfach jedes Mal aufs Neue mit ihrer Fürsorge und Liebe erstaunt. »Danke, Monica!« Jetzt bin ich es, die sie umarmt, und ich bin auch gar nicht bereit, sie loszulassen. Sie streicht mir liebevoll über den Rücken. Dabei steigt mir der Geruch der Blumen in die Nase, den sie noch hält. »Der Strauß ist übrigens wunderschön.« Es sind weiße Callas, orange Rosen und rotes Schleierkraut mit Grünzeug, und er passt insgesamt perfekt zu Scarlett.

»Ja, nicht wahr? Ist von einem netten, jungen Mann, der draußen wartet.« Unwillkürlich bohren sich meine Finger tiefer in ihre Schulterblätter, bevor ich sie dann doch freigebe.

»Jake?«

Sie lächelt breit und nickt und plötzlich bin ich richtig nervös. Weil es Jake ist, der einzige Mann, der mich eben eigentlich überhaupt *nicht* nervös macht. »Na los, geh schon! Wir sehen uns dann später zu Hause«, ermutigt sie mich, und ich atme tief durch, bevor ich die Tür öffne und fühle, wie mein Herz automatisch zur Ruhe kommt, egal, wie schnell es dabei schlägt.

Da sitzt er, den Kopf in die Hände gestützt, Blick nach unten, die Augen geschlossen. Ich will die Hand nach ihm ausstrecken, seine Wange streicheln, ihn küssen, ihm geben, was er mir gegeben hat. Wärme und Sicherheit. Doch bevor ich überhaupt einen Schritt weitergehen kann, fährt sein Blick hoch, die tiefe Falte von seiner Stirn verschwindet und er steht abrupt auf. So abrupt, dass der kleine Hörer, den er im Ohr hatte, rausrutscht und in letzter Sekunde von Jake aufgehalten werden kann, bevor er auf den Boden fällt. Dabei prallt das kleine Teil allerdings von seiner Handfläche ab und er fängt es mit Mühe mit der zweiten Hand. Rasch versteckt er es hinter seinem Rücken, grinst wie ein kleiner Junge und nimmt mir damit jeglichen Stress. Weil auch er offensichtlich nervös war, mich zu sehen. Und das ist alles, was ich brauche, um die unsichtbare Mauer zwischen uns zu überbrücken und direkt auf ihn zuzumarschieren. Als wäre es das Natürlichste auf der Welt, umschließen mich seine Arme, noch bevor meine das Gleiche bei ihm tun, und ich kuschle mich an ihn, während ich mich von dieser Geborgenheit umgeben fühle, die ich so liebe. Ich schließe die Augen, während ich einfach sein Herz schlagen höre, und spüre, wie er mich ebenso einatmet wie umgekehrt.

»Hi«, nuschle ich an sein Shirt.

»Hey!«, murmelt er zurück, und ich genieße es, dass das zumindest für den Moment alles ist, was wir brauchen.

»Geht es dir gut?«, frage ich eine gefühlte Ewigkeit später.

»Jetzt schon«, antwortet er und bringt mich zum Lächeln.

»Ja. Ich weiß, was du meinst.« Als der Alarmknopf in einem der Zimmer betätigt wird und eine Krankenschwester an uns vorbeibraust, wird mir klar, dass das hier nicht der beste Ort für unsere Wiedervereinigung ist. Zwangsläufig löse ich mich aus der Umarmung.

»Darf ich dich nach Hause fahren?«, bietet Jake an, und ich will nichts lieber als das.

Ich nicke, doch da fällt mir etwas ein. »Ich müsste es meiner Eskorte sagen. Ich werde jetzt nämlich wieder überallhin begleitet«, erkläre ich, nur wenig überrascht, dass Jake keine Regung zeigt. »Aber das wusstest du bestimmt schon.«

»Ich wusste es, ja, und ich finde es gut, Ruby. Sonst hätte ich keine Sekunde die Augen zumachen können, ohne den Verstand zu verlieren.« Wow, das klingt überhaupt nicht gut, und doch flattern diese Schmetterlinge, die zwischenzeitlich offensichtlich nie verlernt haben zu fliegen.

Wir gehen den Gang entlang, wo die beiden Officers sitzen, die mich normalerweise nach Hause bringen würden. Danach würden sie vor der Tür im unmarkierten Wagen sitzen, bis die Nachtschicht sie ablöst. Und so nett die Polizisten auch sein mögen, der Gedanke, dass ich nicht weiß, warum all das notwendig ist, macht es nicht unbedingt leichter, Schlaf zu finden. Doch nach der ersten Diskussion mit Brian, in der er mich praktisch angefleht hat, ihm zu vertrauen, habe ich die Klappe gehalten und es geschluckt.

Nachdem Jake sich vorgestellt und ausgewiesen hat, die Officers das geprüft haben und einverstanden sind, uns einfach hinterherzufahren, bringt Jake mich zu seinem Auto, hält mir die Tür auf und steigt dann selbst ein. Und als hätte man einen Schalter umgelegt, kann ich automatisch leichter atmen. Ich lehne mich zurück, als er losfährt, fühle mich mehr zu Hause als an vielen anderen Orten in meinem bisherigen Leben. Und das, obwohl es nur ein Auto ist. »Bist du müde?«, erkundigt sich

Jake, woraufhin ich lächle und den Kopf an der Lehne hin- und herrollen lasse, bevor ich an Jakes Gesicht hängen bleibe.

»Im Moment bin ich einfach nur glücklich, dass du wieder da bist«, gestehe ich die absolute Wahrheit, auch wenn meine Nerven dabei mit mir durchgehen, weil es furchterregend ist, sich so verletzlich zu machen. Weil ich so viel sagen will und gleichzeitig nichts, um den Moment nicht schon wieder zu zerstören, wo uns doch bereits so viele andere Momente gestohlen worden sind, die uns alleine hätten gehören sollen.

Er lässt seinen Blick über mein Gesicht wandern, als würde er mich damit streicheln, bevor er meine Hand nimmt und unsere Finger miteinander verschränkt. »Ich auch, Ruby.«

Und auch, wenn ich in diesem Augenblick darin bade, dass er außer mir nichts zu sehen scheint, deute ich letztlich nach vorne. »Die Schranke ist offen.« Schmunzelnd schaue ich dabei zu, wie er sich daran erinnert, wo wir sind und dass eine ganze Reihe Autos hinter uns darauf wartet, das Parkhaus zu verlassen. Meine Hand lässt er während der gesamten Fahrt keine Sekunde lang los, während wir die paar Minuten einfach nutzen, um uns nach dem Chaos der letzten Tage in der Gegenwart des anderen auszuruhen. Aufzutanken, bevor wir aussteigen und uns wieder der Realität stellen müssen.

KAPITEL 38

JAKE

Ich bitte Ruby, bei den beiden Officers zu warten, während ich das Haus durchsuche. Nicht nach irgendwelchen Typen, denn so dumm wären weder Keaton noch irgendeiner von Jokers Männern. Vielmehr überprüfe ich, dass jegliche Technik, die Thompson hier installiert hat, einwandfrei funktioniert.

In den letzten Tagen haben wir uns intensiv mit Keatons Telefonaten beschäftigt und Stück für Stück mitbekommen, dass er und der Komplize, mit dem er sich mittels Code über die Mädchen unterhält, weder damit gerechnet haben, noch glücklich darüber sind, dass wir die jungen Frauen lebend in der Wohnung gefunden haben. Außerdem haben wir gehört, wie er Informationen über die Mädchen im Krankenhaus geteilt hat, die wir offiziell gar nicht wissen. Dinge, die diese jungen Frauen mit Sozialarbeiterinnen oder Psychologen, vielleicht sogar Eltern besprochen haben müssen. So unauffällig wie möglich haben wir deswegen mit dem Krankenhauspersonal inszeniert, dass ein Mädchen in ein anderes Zimmer verlegt werden muss, und das alte danach auf Wanzen durchsucht. Wir haben gleich zwei gefunden, die Audiodateien mit einem Transmitter einmal die

Stunde an Keatons Handy senden, sie aber vorerst dort gelassen, um ihn nicht misstrauisch werden zu lassen. Zumindest so lange, bis wir wissen, mit wem wir es hier außerdem zu tun haben. Viel Zeit haben wir sowieso nicht mehr. Weil Keaton und sein Komplize immer öfter streiten, nervöser werden und darüber diskutieren, wie sie Vivian und die anderen Mädchen endgültig loswerden können, ohne dabei erst recht aufzufliegen. Und weil wir die übrigen Mädchen nicht ewig im Krankenhaus beschützen können. Auch sie werden in den nächsten Tagen entlassen werden. Und was dann mit ihnen passiert, entscheiden die Eltern.

Aber allein der Gedanke, dass eines dieser Schweine auch jeden Atemzug hören könnte, den Ruby hier tätigt, oder sie sogar per Videoüberwachung beobachten könnte, macht mich krank.

Erst, als ich sicher bin, dass hier alles so ist, wie es sein soll, gehe ich wieder raus und bringe Ruby hinein. »Keine Monster, die unter dem Bett auf mich warten?«, fragt sie im Versuch, es humorvoll rüberzubringen, doch ich merke, wie zögerlich sie das Haus betritt, wie ihre Atmung schneller kommt als eben noch in meinem Wagen, erkenne die Angst in ihren Augen, während sie sich bemüht heimlich umsieht. Und ich hasse es für sie.

»Hey!«, beginne ich und fasse vorsichtig nach ihrer Hand. Ich habe keine Ahnung, wo wir stehen, aber das spielt im Moment auch keine Rolle. »Fühlst du dich hier sicher?«

Ruby guckt mich suchend an, während sie beide Mundwinkel auf eine Seite zieht und eine Schulter zuckt. »Die ehrliche Antwort ist, dass ich mich nicht sicher gefühlt habe, seit du gegangen bist«, murmelt sie und senkt dann kopfschüttelnd den Blick. Der Sturm, der bei ihrem Anblick in meiner Brust tobt, wird urplötzlich windstill. »Seit der Polizeieskorte umso weniger, weil ich das Gefühl habe, die Freiheit zu verlieren, die ich mir erkämpft habe.« Sie schiebt sich eine Haarsträhne hinters Ohr. »Ich weiß, das ist dumm und egozentrisch, weil rundherum viel größere Dinge passieren, aber du hast gefragt und ich will dich nicht anlügen.«

Ohne eine weitere Sekunde zu zögern, ziehe ich Ruby sanft an mich, umarme sie noch einmal so wie eben im Krankenhaus, weil ich die Berührung vielleicht sogar mehr brauche als sie gerade. Am liebsten will ich sie irgendwohin bringen, wo sie nie wieder Angst haben muss. Vor nichts und niemandem. Aber das ist nicht unsere Realität und ich kann Ruby nicht hinter gepanzertes Glas stellen, um sie vor allem zu bewahren.

»Was kann ich tun?«, erkundige ich mich daher lediglich, auch wenn die Frage und die Hilflosigkeit dahinter sich richtig mies anfühlen.

Sie presst ihre Stirn an meine Brust, während sie tief durchatmet. »Einfach da sein. Das reicht schon. Denn ich muss dir etwas sagen.«

Mein Puls beschleunigt sich, als ich fühle, wie ihr Körper immer mehr zittert, und ich halte sie etwas fester an meinem.

»Der Hauptgrund, warum ich mich nicht sicher gefühlt habe, seit du weg warst, ist, dass du einen Teil von mir mitgenommen hast. Und zum ersten Mal in meinem Leben will ich ihn nicht zurückhaben. Das ist ziemlich unheimlich.«

Sie spricht die Worte so sanft und leise aus, dass ich kurz glaube, sie falsch verstanden zu haben. Aber mein Herz hat sie laut und deutlich gehört und lässt es mich eindeutig spüren.

»Und es tut mir leid, dass ich genau das getan habe, was ich verachte: Ich habe über dich und über Gabriel geurteilt, ohne die ganze Geschichte zu kennen. Wenn du sie mir also immer noch erzählen willst, dann möchte ich dir versprechen, wertfrei zuzuhören.«

Ruby tritt einen Schritt zurück und strafft die Schultern. Während sie ein paar entlaufene Tränen von ihren Wangen wischt, halte ich den Mund. »Ich will damit nicht sagen, dass das Ganze plötzlich kein Problem mehr für mich ist. Aber ich will versuchen, deinem Bruder das gleiche Vertrauen entgegenzubringen wie du, auch wenn ich es nicht versprechen kann. Alles, was ich sagen kann, ist, dass ich *dir* vertraue, Jake. Mit meinem Leben. Meinem Herzen. Ohne Zweifel. Und wenn dir das für den Anfang reicht, dann reicht es mir auch.«

Zu sehen, wie die Frau, die ich liebe, dort verunsichert und fragend steht, als wäre ihr tatsächlich noch nicht klar, wie viel ich für sie empfinde, zerbricht etwas in mir. Vielleicht meinen Stolz. Oder mein selbstloses Vorhaben, sie einfach gehen zu lassen, obwohl es das Letzte ist, was ich will. Was auch immer es ist, bringt mich dazu, die Distanz zwischen uns zu überbrücken und ihr Gesicht in meine Hände zu nehmen, damit sie mich dieses Mal auch wirklich hört.

»Ruby, die letzten zwei Jahre waren für mich wirklich hart. Ich musste zusehen, wie mein kleiner Bruder ins Gefängnis ging und dort schwer verletzt wurde, und mich währenddessen völlig hilf- und nutzlos fühlen. Dann wurde ich angeschossen, und es war so lang und zäh, gesund zu werden, mit allen Rückschlägen.« Ihr wunderschönes Gesicht ist gezeichnet von Schmerz, als sie die Lider senkt. Diesmal bin ich es, der ihre Tränen wegwischt. »Aber hör zu!«, bitte ich sie und hebe ihr Kinn. »So sehr ich es mir auch anders gewünscht hätte: Ich würde nichts davon rückgängig machen wollen, wenn das bedeutet hätte, dich nie kennenzulernen.«

Rubys Brustkorb hebt und senkt sich wild, bevor sie ihre Hände über meinem Shirt zu Fäusten ballt.

»Gabe und ich haben eine Menge Gepäck, das aufgearbeitet werden muss, und ich werde ihn nicht im Stich lassen. Aber auch wenn ich mir natürlich wünsche, dass du ihm eine Chance gibst, ist es dennoch keine Bedingung für meine Liebe. Er wird immer mein Bruder sein, aber dir gehört mein Herz, Ruby.«

Ihre bernsteinfarbenen Augen funkeln, bevor sie mich ruckartig am Shirt zu sich zieht und ihre Lippen auf meine presst. Wie immer, wenn Ruby mich küsst, werden meine Seele warm, mein Körper heiß und mein Grinsen breit, weil sie alles, was sie macht, mit Leidenschaft tut. Ich zögere keine Sekunde, sie mit derselben Intensität zurückzuküssen, die sich mit den Tagen, in denen ich nicht bei ihr sein konnte, nur gesteigert hat. Und als Ruby leise in meinen Mund seufzt, ist es, als würde ich zum ersten Mal in meinem Leben ein Feuerwerk sehen. Und bei jedem Atemzug, wenn ihre Zunge meine berührt, verbrenne ich innerlich auf die bestmögliche Weise. Ruby stellt sich auf die Zehenspitzen und zieht gleichzeitig meinen Nacken weiter runter, um besser an meine Lippen zu kommen. Ich reagiere darauf, indem ich meine Hände auf ihre Oberschenkel lege und sie hochhebe. Sofort schlingt sie ihre Beine um meine Taille und ich trage sie ins Wohnzimmer, ohne meine Lippen länger als nötig von ihren zu nehmen. Jegliche Sehnsucht, die sich aufgebaut hat, seit ich sie das letzte Mal loslassen musste, schmecke ich nun auf ihrer Zunge und beantworte sie mit meiner eigenen. Ich taste nach der Couch und setze mich so mit ihr hin, dass sie rittlings auf meinem Schoß landet. Ein zitternder Atemzug entfährt ihr, als sie dort spürt, wie sehr mich die letzten Minuten mit ihr nicht kalt gelassen haben. Anstatt allerdings mehr Abstand zwischen uns zu bringen, rutscht sie in einer sanften, rollenden Bewegung weiter nach vorne, bis kein Platz mehr zwischen uns ist. Der Kontakt erweckt jeden Nervenrezeptor in meinem Körper zum Leben und meine Hände wandern an ihre Taille. Entgegen meinem Instinkt, mich gegen ihre Mitte zu pressen, halte ich absolut still. Das ist ihr Moment. Sie soll wissen, dass sie die Kontrolle hat. Dass sie zwar einen Kopf kleiner ist als ich und halb so viel wiegt, aber trotzdem diejenige ist, die mich in der Hand hält. Ich sitze gerade auf irgendeiner DVD-Hülle oder so etwas, aber das interessiert mich nicht im Geringsten.

Ihr Atem wird unregelmäßiger, ihre Finger wandern unter mein Schulterholster, versuchen, es zu lösen, bevor sie die Haut unter meinem Shirt suchen, beinahe kratzen. Und ich liebe es, kann kaum klar denken, doch als ich beobachte, wie ihr schönes Gesicht einen verwirrten, fast erschrockenen Ausdruck annimmt, stoppe ich sie, selbst komplett außer Atem. »Wir haben Zeit, Ruby!«

»Ja, ich weiß.«

»Wir können jederzeit aufhören«, verspreche ich, was sie mit einem Nicken und einem nervösen Lächeln beantwortet.

»Ich weiß!«, wiederholt sie langsamer. »Ich will auch noch nicht so weit gehen. Ich will nur …« Vorsichtig beginnt sie erneut, sich zu bewegen. »Ich will nur zum ersten Mal nicht aufhören.«

Wieder treffen mich ihre Worte in Mark und Bein. Mit zerknautschtem Gesicht, als wäre sie entsetzt über sich selbst, sieht sie zwischen uns hinab. »Halt dich an mir fest!«, fordere ich sie auf, als ihre Lider flattern.

Ihre Finger schließen sich wieder um meine Bizepse und ihre geweiteten Augen treffen meine, als hätte sie etwas falsch gemacht. »Meinst du so?«

Kopfschüttelnd schiebe ich Haarsträhnen, die aus dem Pferdeschwanz gefallen sind, hinter ihr Ohr und tippe dann auf meinen Augenwinkel. »Nein. Halt dich *hier* fest!« Ich will, dass sie nicht vergisst, mit wem sie hier ist. Will, dass sie nicht das Gefühl hat, Scham für ihre Lust empfinden zu müssen. Ich will, dass sie weiß, dass sie sicher ist, und dass ich eher töten würde, ehe ich zulasse, dass ihr je wieder jemand wehtut.

Da klingelt mein Handy, und abrupt hält alles an. Mal wieder … Ruby legt ihren Kopf auf meine Schulter, während wir beide versuchen, wieder zu Sinnen zu kommen. Ungern nehme ich eine Hand von ihr und fische damit nach meinem Telefon.

Sanders … Kreative Wege, ihm das hier heimzuzahlen, flackern durch meinen Kopf.

»Darf ich dieses Handy aus dem Fenster werfen?«, nuschelt Ruby an mein Shirt.

»Mit Vergnügen«, antworte ich in Versuchung.

Der Anruf geht zu meiner Mailbox, während ich die DVD-Hülle unter meinem Hintern hervorziehe und genervt beiseite werfe. Dabei fällt mein Blick auf das Cover, und ein Stromschlag fährt durch meinen Körper. »*Vom Winde verweht*«, flüstere ich, woraufhin Ruby den Kopf an meiner Schulter dreht.

»Ja. Brian liebt diese alten Filme.«

Meine Augenbrauen ziehen sich zusammen. »Vivian Leigh«, lese ich den Namen der Hauptdarstellerin auf dem Cover.

»Sie spielt die Scarlett O'Hara«, erklärt Ruby lächelnd. »Woher, denkst du, hatte Brian die Inspiration für Scars Namen?« Ich reibe mit der flachen Hand über mein Gesicht, und fühle mich, als hätte ich eiskalt geduscht, während mich die Erkenntnis mit voller Wucht trifft.

Vivian ist Scarlett.

Keines der Mädchen, die wir in der Wohnung gefunden haben. *Ich habe Vivians Aussage. Wird deine Leichtsinnigkeit ein Problem werden?* Die Worte, die seit Tagen in meinem Kopf herumgeistern, ergeben plötzlich Sinn. Keaton hat Scarlett angegriffen. Leichtsinn, weil er sie am Leben gelassen hat? War es kein Machtspiel, sondern schlicht und ergreifend ein Fehler? Schlampigkeit? Nachsichtigkeit?

»Jake? Was ist los?«, will Ruby wissen, die natürlich sofort den Umschwung in meiner Stimmung spürt und von mir herunterklettert. Ich stehe auf, überlege, was zur Hölle ich ihr sagen soll, während ich Thompson schreibe.

Ihr müsst nachsehen, ob in Rubys und Scarletts Wohnung ebenfalls eine Wanze versteckt ist. Und verdoppelt die

Security von Scarlett und den anderen Mädchen im Krankenhaus.

Ich lege meine Hand dafür ins Feuer, dass wir in der Wohnung fündig werden. So vieles passt plötzlich zusammen. Etwa, warum Keaton so scharf darauf war, trotz Krankenstand selbst bei der Spurensicherung dabei zu sein. Nur so konnte er sichergehen, dass die Wanze, die er zuvor eigenhändig platziert hat, eben *nicht* entdeckt wird. Oder die Sache in der Wohnung, die wir gestürmt haben. Er hat Joker von der Razzia erzählt, damit wir *keine* Mädchen finden würden. Keaton dachte offensichtlich, dass die Wohnung ebenso leer wäre wie bei der zweiten Location. Sonst wäre er doch nie als Erster reingegangen und hätte sein Leben beim Kugelhagel aufs Spiel gesetzt.

Nur wenige Sekunden, nachdem meine Nachricht durch ist, bekomme ich plötzlich eine von Sanders.

Mann, sie haben die Kugel aus Danas Kopf deiner Waffe zugeordnet! Was zur Hölle?!

Und bevor ich begreifen kann, was ich da eben gelesen habe, kriege ich eine von Thompson.

Mach dich auf direktem Weg ins FBI-Gebäude! Gegen dich wurde soeben eine offizielle Untersuchung eingeleitet und der Deputy Director ist hier, um mit dir zu reden. Es ist verdammt ernst. Ich schicke Sanders jetzt zu Ruby und versuche hier inzwischen, deinen Arsch zu retten.

Eine offizielle Untersuchung gegen mich? Hat Keaton auch das alles inszeniert? Aber das ist doch Schwachsinn. Ich habe meine

Waffe nie aus der Hand gegeben, mal abgesehen davon, dass ich gar nicht in New York war, als Dana erschossen wurde.

Trotzdem … Ich raufe mir die Haare und ziehe daran, bevor ich zu Ruby sehe, die mich mit großen Augen anstarrt. Wenn ich noch länger hierbleibe und mich einem direkten Befehl widersetze, wird sie mir gleich dabei zusehen können, wie ich persönlich abgeholt und mitgenommen werde. Ich gehe vor ihr in die Hocke und greife nach ihren Händen.

»Tut mir leid, Ruby, ich muss weg. Sanders wird gleich da sein und bei dir bleiben.«

Ruby schluckt und legt ihre Hände in meinen Nacken. »Wie schlimm ist es?« Ich wünschte, ich könnte ihr die Angst nehmen. Ihr zumindest alles erklären, selbst wenn das bedeuten würde, dass ich die Angst schüren müsste. Denn es ist sehr schlimm. Aber ich kann ihr nichts erzählen. Aus so vielen Gründen. Persönlichen und rechtlichen.

Also verzichte ich auf Lügen und Ausreden, küsse lediglich Rubys Finger und behalte sie an meinen Lippen. »Ich komme zurück, sobald ich kann.« Ja, mal sehen. Nicht wahr?! »Schließ bitte hinter mir zu und verlass das Haus heute nicht mehr, okay? Lass außer Sanders niemanden rein, hörst du?«

Sie nickt beunruhigt und lehnt sich vor, um mir noch einen letzten sanften Kuss auf die Oberlippe zu geben. »Pass bitte auf dich auf, Jake!«

Ich küsse sie zurück, nur kurz, bevor ich nicht mehr aufhören kann, und verlasse das Haus. Auf dem Weg zu meinem Auto bleibe ich noch vor dem der beiden Polizisten stehen und klopfe ans Fenster. »Abgesehen von Agent Sanders und den Thompsons betritt niemand dieses Haus, ist das klar? Sichert nicht nur den Eingang, sondern auch die Rückseite, bis Agent Sanders eintrifft.« Die Cops werfen sich einen Blick zu, der so alt ist wie das FBI selbst. Einen, der belächelt, dass ich glaube, ihnen irgendetwas zu sagen zu haben. Nur leider habe ich gerade weder Zeit noch Geduld, mit ihnen zu diskutieren. Also lasse ich das Arschloch raushängen, das sie erwarten. »Wenn der Frau da drinnen irgendetwas zustößt, dann gehört mir Ihre Dienstmarke, haben wir uns verstanden?«

Sie murmeln etwas vor sich hin, bevor ich zu meinem eigenen Wagen jogge und zuerst Thompsons, dann Sanders' Mailbox erreiche. Verdammt noch mal! Warum hebt keiner ab?

KAPITEL 39

RUBY

Ich werfe einen letzten Blick auf die Lasagne, bevor ich den Ofen ächzend schließe. Das Letzte, was ich gerade will, ist essen. Ich schiele zurück zu der blöden DVD, die noch immer dort auf der Couch liegt, wo ich eigentlich gerade mit Jake liegen sollte, und schlage die Hände vors Gesicht. Am liebsten würde ich jetzt laufen gehen, um mich abzureagieren, aber das Haus zu verlassen, ist ja momentan keine Option. Ich sehe auf die Uhr über der Küchentür und verfluche den Zeiger dafür, dass er so vor sich hin kriecht, seit Jake weg ist. Und das war erst vor ein paar Minuten. Ich setze mich auf die Couch und schalte den Fernseher ein, vorrangig, um mich von der Erinnerung an Jakes Gesichtsausdruck abzulenken, bevor er gegangen ist. Irgendetwas hat ihm Angst gemacht. Was es war, weiß ich nicht, aber wenn Jake Angst hat, dann muss es schlimm sein. Und das macht *mir* Angst.

Ich zappe mich durch den fünften Kanal, als es an der Tür klingelt. Sofort springe ich auf und laufe zur Gegensprechanlage, die mit Video ausgestattet ist, in der Hoffnung, dass Jakes Versprechen, bald wiederzukommen, hiermit wahr wird. Es ist aber nicht Jake. Auch nicht Darius. Es ist jemand, den ich weder heute noch sonst irgendwann sehen will. Ich spiele mit dem Gedanken, ihn einfach zu ignorieren, als er noch mal klingelt.

Ich beiße die Zähne fest aufeinander, während ich einen der Officers anrufe, die die Tagschicht vor nicht mehr als zwei Minuten abgelöst haben müssten.

»Malone?«

»Hallo. Hier ist Ruby. Der Generalstaatsanwalt steht vor meiner Tür.«

»Wir sehen ihn«, gibt Officer Malone zurück.

»Zumindest seine Schultern«, ergänzt Officer Vasquez im Hintergrund amüsiert. »Er ist einer dieser Anzugträger, die nur den Oberkörper trainieren und Beine haben wie Spaghetti.«

Ich schmunzle unwillig, obwohl an der Situation leider nicht allzu viel lustig ist. »Wie hoch stehen meine Chancen, so zu tun, als wäre ich nicht zu Hause?«

Malone lacht. »Wenn Sie schnell alle Lichter ausmachen und wir unauffällig wegfahren, kommt er vielleicht nicht drauf, dass Sie drinnen sind.« Missmutig werfe ich den Kopf zurück. »Das weit größere Problem ist, dass er eine Genehmigung hat, Ihre Aussage zu einem Fall einzuholen.«

Ich furche die Stirn. »Zu welchem Fall?«

»FBI, Miss Danes. Da bekommen wir leider keinen Einblick.« Er klingt genervt.

Es klingelt noch mal, gefolgt von einem Klopfen. »Miss Danes, öffnen Sie bitte die Tür?«, höre ich den Generalstaatsanwalt. Stöhnend bedanke ich mich bei Officer Malone und mache dem Ekelpaket dann nur so weit auf, wie die Kette eines der Schlösser reicht. »Bitte entschuldigen Sie die späte Störung. Es ist jedoch dringend. Darf ich reinkommen?«

»Eigentlich nicht. Ich bin derzeit sehr vorsichtig. Das verstehen Sie doch bestimmt.«

Er antwortet mir mit einem Lächeln, das seine Augen nicht erreicht. »Natürlich. Allerdings geht es hier um einen Fall, bei dem strengste Diskretion verlangt ist. Hier draußen lässt sich das nicht wirklich gewährleisten.«

Dann muss er eben ein anderes Mal wiederkommen oder mich zu einem offiziellen Termin bitten, will ich zurückgeben.

Stattdessen scrolle ich auf dem Handy zu Brians Nummer, um ihn zu fragen, wie ich mich verhalten soll. »Einen Moment bitte. Ich kläre das.«

»Aber nicht mit Agent Brooks, Miss Danes. Ich fürchte, das kann ich Ihnen nicht gestatten.«

Ich kneife die Augen zusammen. Ich hatte nicht vor, Jake anzurufen, aber nun will ich es wissen. »Und warum nicht?«

»Weil er als Tatverdächtiger im Fokus der Untersuchung steht.«

»Wie bitte?« Ich muss mich verhört haben.

»Miss Danes, öffnen Sie bitte die Tür?«

Das Herz schlägt mir bis zum Hals, als ich letztlich doch aufmache und zur Seite trete, um ihn hereinzulassen. Ich spähe kurz rüber zu den Officers, die mich beobachten, bevor ich die Tür schließe. Was zum Henker geht hier vor? »Ich fürchte, ich konnte Ihnen da eben nicht folgen. Wie kommen Sie darauf, dass Agent Brooks in irgendetwas involviert ist?«

»Sie werden verstehen, dass ich die Details nicht teilen kann. Nur so viel: Es wurde eine offizielle Untersuchung eingeleitet und Agent Brooks wird gerade befragt.«

Meine Hand fährt an meinen Bauch, weil mir schlecht wird. Deswegen musste Jake so schnell weg? Ich schüttle den Kopf. »Das ist völlig absurd.«

»Miss Danes, Sie sind derzeit sein einziges Alibi für einige Tatvorwürfe. Deswegen muss ich Sie leider bitten, mich zu begleiten, damit ich Ihre Aussage aufnehmen kann.«

Kopfschüttelnd trete ich einen Schritt zurück. »Warum Sie?«

Geduldig steckt er die Hände in seine Anzughosentaschen. »Wie bei jeder offiziellen Untersuchung von FBI-Personen ist automatisch die Generalstaatsanwaltschaft zuständig.«

Okay, das mag sein, trotzdem …

»Tut mir leid, ich gehe heute nirgendwo mehr hin. Sie haben Ihre Vorschriften und ich meine.«

Seine Geduld scheint langsam zu schwinden. »Ich glaube, Sie verstehen den Ernst der Lage nicht. Sie könnten wegen Mittäterschaft angeklagt werden, wenn sich die Verdachtsfälle bestätigen.«

Mein Mund klappt auf. »Ich? Soll Mittäterin sein? Wovon denn überhaupt?«

»Haben Sie Agent Brooks als Erstes benachrichtigt, nachdem Miss Thompson angegriffen wurde? Und dann Agent Sanders? Anstatt den Notruf zu wählen?«

Fassungslos verziehe ich das Gesicht. »Agent Sanders war gerade erst weggefahren, ich dachte, er wäre einfach schneller hier, und Jake war zu dem Zeitpunkt nicht einmal in …« Der Rest des Satzes löst sich in meinem Kopf in Luft auf, als ihn etwas viel Größeres einnimmt. Ich habe niemandem erzählt, dass ich in meiner Panik damals zuerst Jake angerufen habe. Nicht einmal Scar. Weil mir meine Unlogik darin peinlich war. Hat Jake den Anruf erwähnt? Aber wieso sollte er?

Ohne zu wissen, welche Turbulenzen mich innerlich gerade hin- und herwerfen, geht Jetson zurück Richtung Tür. »Miss Danes, ich werde das nicht mit Ihnen besprechen. Da Sie mit Agent Brooks weder verwandt, verheiratet noch verschwägert sind, können Sie nicht die Aussage verweigern, und ich muss leider darauf bestehen, Sie jetzt mitzunehmen, bevor Sie Zeit haben, sich mit ihm abzusprechen.«

Ich könnte heulen vor Wut und Panik und doch straffe ich lediglich die Schultern und bete, dass meine Stimme ebenso fest ist wie mein Vertrauen darauf, dass das hier alles nicht wahr sein kann. Weil sich nichts davon richtig anfühlt. An dem, was er sagt. An der Situation. Am Zeitpunkt. Ich kann es nicht erklären, aber mein Instinkt weigert sich, ihn zu begleiten. »Sie können mich *hier* befragen oder mit einem Haftbefehl und einem der Cops da draußen zurückkommen, aber ich verlasse dieses Haus nicht ohne Brian oder meinen Anwalt.«

Damit marschiere ich an ihm vorbei, bereit, ihn rauszuwerfen. Um einen Haftbefehl zu bekommen, braucht er Stunden. So viel weiß ich, und bis dahin habe ich mit Brian gesprochen.

Doch bevor ich die Tür erreiche, werde ich plötzlich am Hals gepackt und gegen die Wand geschleudert. Der Schock darüber lähmt mich einen Moment lang. Dann siegt der Ärger, vor allem über mich selbst, weil ich gefühlt habe, dass etwas nicht stimmt, und ihn trotzdem reingelassen habe. »Das hier hätte anders laufen können«, seufzt Jetson, als wäre er genervt von mir. Und ich verstehe überhaupt nichts. Wie hätte *was* laufen sollen? Was will er von mir?

Seine Hand schnürt mir dermaßen die Kehle zu, dass ich nicht atmen, keinen Laut von mir geben kann. Meine Versuche, an seinem Gesicht, seinem Hals, seiner Kleidung zu kratzen, wehrt er ab, indem er seine körperliche Überlegenheit benutzt, um mich mit dem Gesicht zur Wand weiter zu würgen. So, dass ich nicht schreien kann, aber auch nicht umfalle. Diese Technik kenne ich nur zu gut.

»Ich sag dir jetzt, wie die nächsten Minuten laufen. Du wirst den netten Officers da draußen erklären, dass sie für heute entlassen sind. Ich bringe dich zu meinem Auto, du wirst einsteigen und mit mir kommen, ohne Theater zu machen. Alternativ können wir auch noch die achtzehn Minuten abwarten, bis Monica nach Hause kommt, und sie in das Ganze hier mit hineinziehen. Was denkst du?« Es wird immer schwerer, überhaupt zu denken, weil ich keine Luft bekomme, doch durch die Sterne, die ich sehe, bahnt sich ein Gedanke, an dem ich mich festklammere. Jake.

Manchmal geht es einfach darum, sich lange genug zu wehren, zu kämpfen, bis Hilfe kommt.

Ich muss kämpfen und mich wehren, denn sobald ich in dem Auto da draußen sitze, bin ich tot. Ganz egal, wohin er mich bringen will.

Ich werfe meinen Kopf gegen Jetsons und nutze das Überraschungsmoment und den Schwung, um mich umzudrehen. In die Hand, die nun meinen Hals loslässt, beiße ich so fest, bis er brüllend von mir ablässt und ich laufen kann. Raus. Ich muss hier raus. Aber er blockiert die Tür, also muss ich zur Terrasse. Doch noch bevor ich mit zitternden Händen das Schloss geöffnet habe, höre ich das charakteristische Geräusch einer Waffe, deren Kugel gerade in den Lauf der Pistole geschoben wird. Im nächsten Moment spüre ich die Mündung an meinem Hinterkopf.

»Ich bin es leid, Spiele mit dir zu spielen, Joy.«

KAPITEL 40

JAKE

Ich bin nur ein paar Kilometer von Thompsons Haus entfernt, weil ich mitten in der Rushhour gefahren bin und kaum vorankomme. Während ich die ganze Zeit versuche, mir einen Reim daraus zu machen, wie irgendjemand glauben kann, dass eine *meiner* Kugeln in Dana aufgetaucht sein soll, wenn ich doch meine Waffe und meine Magazine bei mir in Iowa hatte, habe ich Thompson und Sanders an die zehn Mal angerufen. Doch keiner von ihnen nimmt ab und langsam werde ich stutzig. Ganz besonders wegen Sanders. Der sollte doch schon längst bei Ruby sein und dann auch abheben. Bei Ruby habe ich es ebenfalls versucht, aber auch da kommt nur die Mailbox. »Verdammt noch mal!« Irgendetwas stimmt nicht und das Gefühl frisst mich mit jedem Meter innerlich mehr auf. Fuck! Ich hätte sie nie alleine lassen dürfen. Ich versuche es noch einmal bei Sanders, bekomme dieses Mal allerdings nicht einmal ein Freizeichen. Scheiß auf das hier!

In einer Kurzschlussreaktion biege ich an der nächsten Kreuzung ab und fahre zurück. Wenn sie mich holen wollen, dann müssen sie das mit Handschellen tun. Aber mein Job ist mir nicht wichtiger als Ruby. Vor allem nicht, wenn mein Bauchgefühl mich anschreit, dass hier irgendetwas faul ist. Ich wähle das NYPD und frage nach einem der Officers, die vor Thompsons Haus stehen. »Durchstellen kann ich Sie nicht. Ich frage mal nach und melde mich gleich wieder.« Und schon setzt die Zentrale mich in die Warteschleife. Verdammt! Für diese dämlichen Machtkämpfe zwischen FBI und Polizei habe ich keinen Nerv. Da kommt mir eine letzte Idee. Scarlett. Ich lasse den anderen Anruf offen, wähle Scarletts Nummer und danke Gott, als sie beim vierten Klingeln abhebt.

»Jake?«

»Scarlett! Alles okay?«

»Ja, warum?«

»Wann hast du deinen Dad oder Sanders das letzte Mal gesehen?«, will ich wissen, als der nächste Stau auf der Atlantic Avenue die Straße blockiert. Diesmal schalte ich mein Blaulicht ein.

»Ähm, Dad sitzt hier neben mir und wo Darius ist, weiß ich nicht.«

Was? Angeblich ist Thompson doch im Büro und wartet auf mich!

Mir wird plötzlich eiskalt.

»Gib ihn mir bitte!«

Ich höre Gemurmel im Hintergrund, bevor seine tiefe Stimme ihre ablöst. »Jake, was ist los?«

»Haben Sie mir gerade eine Nachricht geschrieben, dass gegen mich eine Untersuchung eingeleitet ist?«

»Wovon redest du?«

Ich fahre mir über das Gesicht, bin kurz vorm Ausrasten. Weil ich drauf reingefallen bin. Weil ich gegangen bin, anstatt es drauf ankommen zu lassen. Weil ich versprochen habe, Ruby zu beschützen, und sie jetzt im Grunde direkt ausgeliefert habe.

Denn Sanders war mit Sicherheit auch nicht auf dem Weg zu ihr.

»Ich vermute, Ihr Handy wurde gehackt, Sir. Scheiße!«, fluche ich laut. »Schicken Sie sofort Agents zu Ihrem Haus. Ich glaube, Ruby ist in Gefahr.« Ich beende den Anruf, weil ich Kontakt zu den Officers brauche. Doch die Dame in der Zentrale hat aufgelegt. Verdammt!

Da kommt ein neuer Anruf durch. Sanders!

»Alter, warum rufst du mich die ganze Zeit an?«

»Bist du bei Ruby?«, brülle ich ins Telefon, kurz davor, das verfluchte Lenkrad rauszureißen, weil die Autos trotz Blaulicht vor mir dahinkriechen, während sie versuchen, Platz für mich zu machen. Dabei ist es nur noch ein knapper Kilometer.

»Nein, bin ich nicht. Ich bin bei Keatons Frau. Er hat sich nicht gemeldet, seit er heute Morgen aus dem Haus gegangen ist, und eben hat sie einen Abschiedsbrief gefunden.«

Ich beiße mir so fest auf die Zähne, dass es knackst. Ist das sein feiger Weg, aus der Sache rauszukommen, ohne dafür lebenslang in den Knast zu gehen? Möglich. Doch was, wenn das Ganze inszeniert ist, um abtauchen zu können und ebenfalls nicht für seine Sünden bezahlen zu müssen?

»Was steht drin?«

»Bin gerade dabei, ihn zu lesen. Tut mir leid … bla, bla, bla. Dass er eigentlich nur ein einziges Mal Geld von Joker im Gegenzug für vertrauliche Informationen über Zeuginnen annehmen wollte, als sie beinahe ihr Familienhaus verkaufen mussten. Dass Joker ihn damit allerdings am Haken hatte und damit bis zum Schluss erpresst hat. Dass er versucht hätte, seine Fehler auszubügeln …« Mit jedem Satz werde ich wütender. »Shit!«, faucht Sanders da.

»Was?«

»*Joker hat mich mit diesen Mädchen verführt. Ich schwöre, ich wollte eigentlich nie mit ihnen schlafen. Wollte nie, dass du Grund*

304

hättest, an meiner Liebe zu zweifeln. Und jetzt geißelt er mich mit denen, die noch übrig sind. Ich kann meine Sünden nicht rückgängig machen, aber ich habe versucht, all diese Mädchen daran zu hindern, diese Familie in den Schmutz zu ziehen. Ich weiß, dass man mir auf den Fersen ist, aber ich kann nicht ins Gefängnis gehen, Marge. Was ich aber kann, ist, so viele von ihnen mit mir in den Tod zu nehmen, wie ich nur kann, damit wenigstens du Frieden findest. Bitte vergib mir«, liest er vor. »Und dann steht da eine Liste an Namen und wo er sie umgebracht hat. Dana steht hier, und fuck!« Ich fahre das Auto bereits rechts ran und schleudere meinen Gurt zur Seite, weil ich ahne, was gleich kommt. »Bethany und Ruby auch, Jake.« Ich springe aus dem Wagen, während ich innerlich taub werde, weil ich mir nicht leisten kann, jetzt zusammenzubrechen.

»Wo?«, keuche ich, während ich losrenne. Deswegen dieses verdammte Spiel mit den Nachrichten. Er wollte mich aus dem Haus haben.

»Bei den beiden steht kein Ort dabei.«

Gut. Dann sind sie im besten Fall noch am Leben. Sie müssen es sein. »Du musst sofort zu Thompsons Haus fahren«, sage ich, keine Zeit für Erklärungen und Fragen, und lege auf. Denn auch ich brauche gerade keine Antworten, keinen Reim auf die ganze Sache. Nicht in diesem Augenblick. Das Einzige, was im Moment zählt, ist, dass es Ruby gut geht. Ich renne schneller als je zuvor, ignoriere den Restschmerz in meinem Bein, während ich immer wieder wie verrückt damit auf den Asphalt donnere. Alles andere ist nebensächlich.

Als ich endlich das Polizeiauto vor dem schmalen vierstöckigen Haus erreiche, bin ich schweißgebadet und meine Lungen brennen. Trotzdem reiße ich die Beifahrertür auf, worauf beide Cops ihre Waffe auf mich richten. »Ist jemand in das Haus gegangen?«

»Ja!«, antwortet der eine und flucht. »Was zum Teufel soll das hier?«

Verdammt! Ich hatte doch extra gesagt, dass keiner das Haus betreten darf! Aber das wurde der Nachtschicht wohl nicht richtig weitergegeben. Wer auch immer da drinnen ist, muss das getimt haben. »Wer?«

»Der Generalstaatsanwalt hat uns einen schriftlichen Bescheid vorgelegt, Miss Danes mitnehmen zu dürfen.« *Jetson?* Nicht Keaton? Er ist der Komplize? Fuck! Natürlich ist er das. Warum sonst hätte er den Fall damals wie heute fallen lassen und uns ständig Steine in den Weg gelegt, wenn es um Joker ging? Nur waren wir zu blind, um den Zusammenhang zu erkennen.

»Sind sie schon weg?«

»Also, durch die Haustür ist bisher keiner rausgekommen.«

Ich ziehe meine Pistole. Das sind die ersten guten Neuigkeiten heute. Denn solange sie da drinnen sind, besteht die Chance noch, dass sie lebt. »Mögliche Entführung im Gange.« Die Officers reagieren sofort und steigen aus dem Auto.

Ich laufe allerdings schon lautlos die Treppen zur Tür hoch, wo ich mir einen Moment Zeit nehme, mich zu sammeln, meine Atmung wieder zu verlangsamen, meine Gedanken abzuschalten. Ganz vorsichtig probiere ich die Tür, die sich allerdings nur mit Schlüssel öffnen lässt. Ich klettere über die Brüstung, um durch das Fenster in die Küche zu schauen, ohne selbst entdeckt zu werden. Doch da ist niemand.

»Bleiben Sie hier stehen! Wenn er mit ihr rauskommt, schießen Sie auf ihn!«

Betend, dass ich nicht zu spät bin, lasse ich mich in den kleinen Vorgarten fallen und laufe auf die andere Seite des Hauses. Mit etwas Anlauf springe ich auf die Gartenmauer und ziehe mich dann daran hoch. Vorsichtig schleiche ich am Zaun entlang und verstecke mich neben der Terrassentür. Mit Bedacht spähe ich noch einmal hinein, dankbar für die Vorhänge, die mich zumindest ein wenig abschirmen, bevor ich prüfe, ob sich die hohe Glastür öffnen lässt. Natürlich ohne Erfolg. Wenn ich einfach die Tür aufbreche und sie noch da sind, könnte das Rubys Todesurteil sein. Wenn sie schon weg sind, verschwende ich Zeit. Als ich plötzlich Gemurmel höre, drücke ich mich gegen die Mauer zwischen dem Fenster und der Tür. Während ich sichergehe, dass ich außer Sichtweite bleibe, spähe ich erneut durch die Scheibe.

»Beweg dich! Na los!«

Das ist Jetson. Dieses Arschloch schiebt Ruby gerade aus dem Wohnzimmer, eine Waffe an ihrem Kopf, und ich zwinge mich, ruhig und kontrolliert zu bleiben, weil alles andere nicht hilfreich wäre.

»Okay, ich gehe. Ich gehe.«

Obwohl ich ihr Gesicht nicht sehen kann, höre ich die Panik in ihrer Stimme. Ich muss sofort handeln. Durch die Tür richte ich meine Waffe auf Jetson, weil mir klar ist, dass ich nur noch Sekunden habe, bis er aus meinem Schussfeld verschwindet. Er scheint jedoch die Bewegung im Augenwinkel zu registrieren, denn im nächsten Moment zerrt er Ruby vor sich und schleift sie hinter die nächste Wand. Weil ich mich weigere, Ruby auch nur eine Sekunde länger mit ihm alleine zu lassen, trete ich zurück und feuere drei Schüsse durch die Glastür. Mit einem der Blumentöpfe von der Terrasse schlage ich das zersplitterte Glas weg, bis ich durchspringen kann. Scherben schneiden in mein Fleisch, als ich mich am Boden abrolle und zur Wand hechte, hinter der Jetson verschwunden ist. Als ich mich mit der Waffe zuerst ums Eck bewege, hält Jetson ein paar Meter vor der Eingangstür an. Mit seinem Arm um Rubys Hals und der Waffe an ihrer Schläfe benutzt er sie als Schutzschild und blockiert mir dadurch die freie Sicht auf ihn.

»Lassen Sie sie gehen!«, knurre ich wütend.

»Verflucht! Konntet ihr euch nicht einfach fernhalten?« Er klingt wütend, enttäuscht, kurz vorm Heulen. Aber hat er denn wirklich gedacht, dass er hier mit Ruby rausspazieren und sie verschwinden lassen könnte, ohne damit mit dem Finger auf sich zu zeigen? Mit zitternden Händen bringt er Ruby dazu, rückwärts weiterzugehen, und ich folge ihnen, festige den Griff um meine Pistole, bereit, bei der kleinsten Eröffnung einen sauberen Schuss abzugeben. Und dann mache ich den Fehler, Ruby direkt anzusehen. Ihr Gesicht ist weiß, ihre Unterlippe bebt, während sich ihr Blick an mir festklammert. Ich zwinge mich, keine Emotionen zu zeigen, obwohl ich innerlich den Verstand verliere. Ich hatte ihr versprochen, nie wieder zuzulassen, dass ihr jemand wehtut. Aber damit darf ich mich jetzt nicht befassen. Ich darf mich nicht lähmen lassen von der Vorstellung, was passiert, wenn er diesen Schuss abfeuert.

»Lassen Sie sie gehen!«, wiederhole ich und versuche, nicht so ohnmächtig zu klingen, wie ich mich fühle. Wie gern würde ich ihm stattdessen sagen, dass es vorbei für ihn ist. Dass das gesamte FBI bereits auf dem Weg hierher ist. Doch ich werde ihm keinen Grund liefern, den Abzug zu drücken, egal, was passiert. »Sobald Sie sie erschießen, verlieren Sie Ihre Deckung und sind tot.« Das lässt ihn anhalten, während sein Gesicht sich zu einer hässlichen Grimasse verzieht.

»Euertwegen bin ich das doch sowieso«, schreit er mich an. »Was denkst du, was passiert, wenn ein Generalstaatsanwalt ins Gefängnis geht? Keine zwei Tage lässt man mich da drinnen am Leben.« Er wischt sich linkisch den Schweiß von der Stirn, ohne seine Deckung dabei aufzugeben. Verdammt!

»Wir können über alles reden«, lüge ich, doch er schüttelt den Kopf. Er weiß, wie das hier läuft und was man in Situationen wie diesen alles sagt, um sie zu entschärfen.

»Ich hatte nie vor, eines dieser Mädchen umzubringen, aber je mehr ihr geschnüffelt habt, umso mehr drohte ich aufzufliegen.« Jetson bohrt Ruby die Mündung tiefer ins Fleisch und ich spanne jeden Muskel an, um keine Impulsentscheidung zu treffen und sie dadurch noch mehr in Gefahr zu bringen.

»Was glaubst du, wieso ich den Fall vor vier Jahren abgewiesen habe?«, fragt er sie. »Doch nur, um dich zu beschützen. Joker hätte sonst keine Sekunde gezögert, dich loszuwerden wie all die Mädchen vor und nach dir, die ihm zu Problemen hätten werden können. Aber du hast weitergemacht und nicht einmal auf meine letzte Warnung mit dem Gas gehört, dich einfach endlich aus der ganzen Sache fernzuhalten, was für uns alle besser gewesen wäre.« Das mit dem Gas war *er* ...

»Sie haben den Fall rausgeworfen, weil er Ihre Geldquelle bedroht hat, Jetson, nicht um Rubys willen«, widerspreche ich in ruhigem Ton, hauptsächlich, um Zeit zu schinden, bis Sanders und hoffentlich ein FBI-Sniper-Team aufkreuzen.

Und es funktioniert zumindest dahingehend, dass sich sein Zorn wieder gegen mich richtet und nicht gegen Ruby. »*Ich* habe Joker benutzt statt umgekehrt, wie *er* dachte. Es war eine Zweckgemeinschaft. Auf der Straße war Joker weit mehr wert für mich als im Knast. So konnte er einen seiner Konkurrenten nach dem anderen an mich verfüttern. Was ich in den letzten vier Jahren durch seine Gier, der Größte und Beste in seinem schmutzigen Geschäft zu sein, an organisierten Verbrechern und Geldwäschern wegsperren konnte, sollte gewürdigt werden.«

Dass er bereit war, einen Pakt mit dem Teufel einzugehen, um seine Wiederwahl zu garantieren, sollte gewürdigt werden?

Ich folge ihm, als er Ruby weiterzieht. »Sie wollten die Mädchen nicht umbringen und doch haben Sie es getan?«, stachele ich ihn weiter zum Reden an, weil ich nicht weiß, was er tun wird, wenn er aufhört, sich zu erklären. Verzweifelte Wut ist eine gefährliche Kombination, je näher er der Sackgasse kommt. Denn sobald er die Tür öffnet, warten die Officers auf ihn. Und ich bin sicher, er weiß das auch. Trotzdem weiten sich bei meiner Anschuldigung seine Augen und er verzieht das Gesicht.

»Nicht ich. Keaton. Er hat diese Mädchen getötet, als er Gefahr lief aufzufliegen. Jede Einzelne. Ich habe euch doch eine ganze Liste hinterlassen.«

Jedes Wort aus seinem Mund fühlt sich wie Schleifpapier auf meiner Haut an. »Der Brief war von Ihnen?«

»Natürlich. Dachtet ihr ernsthaft, Keaton hätte alles zugegeben? Aber die Welt soll es wissen. Er hat es verdient. Er hat all diese Mädchen benutzt.« Ruckartig zerrt er an Ruby, sodass sie scharf Luft einsaugt. »Dich, Joy. Wusstest du das? An dir hat er sich damals genauso vergriffen. Sich mit deinem Körper bezahlen lassen.« Ruby schließt die Augen, ihr Gesicht schmerzverzerrt. Ganz bestimmt nicht allein von physischem Schmerz, während er sie retraumatisiert. Und für sie will ich ihn dazu bringen, die Klappe zu halten. Gleichzeitig bin ich sicher, dass es nicht mehr lange dauern kann, bis Verstärkung eintrifft. *Halt durch, Ruby!* »All die Jahre konnte ich nur zusehen, weil ich wusste, dass er mich ebenso in der Hand hatte wie umgekehrt. Aber nun hätte Schluss sein sollen. Ein für alle Mal.«

»Sie haben ihn umgebracht?«

»Noch nicht. Noch liegt er betäubt in einem Lieferwagen – mit Bethany.« Sein Blick wird leer. »Aber ich hätte es getan. Er am Fahrersitz. Die letzten beiden Mädchen im Lieferraum, an denen er sich vergriffen hat. Eine simple Kohlenmonoxidvergiftung. Schmerzlos für alle. Weil ich kein Sadist bin. Ein einziger Mord, Jake. Um es zu vergelten. Dann wäre das alles hier vorbei gewesen. Jetzt ist es sowieso vorbei.«

Ich schüttle verzweifelt den Kopf, spüre, dass ich hier verlieren werde, und öffne meine Arme, lasse die Waffe an meinem Zeigefinger baumeln, flehe ihn mit den Augen an. »Sehen Sie her! Sie können gehen. Ohne Ruby. Ich werde Ihnen nicht folgen. Sie können hier lebend rausspazieren.« Scheißegal, dass das nicht stimmt. Im Moment würde ich wirklich alles sagen. Aber Jetson weiß sowieso, dass ich bluffe.

Unglücklich schüttelt er den Kopf. »Dafür ist es längst zu spät!« Er nimmt seine Waffe von Rubys Kopf und richtet sie auf mich.

»Nein!«, schreit Ruby und wirft sich gegen Jetson rückwärts gegen die Wand, bevor sie ihm gegen das Knie tritt. Er grunzt schmerzerfüllt, als er den Abzug drückt. Ich muss in Deckung gehen, weil der Schuss die Wand nur Zentimeter vor meinem Gesicht zersplittert, bevor ich mich neu positionieren kann, das Pfeifen in meinem Ohr ignoriere und auf Jetson ziele, in der Hoffnung, nun freie Bahn zu haben. Doch bevor mein Schuss die Waffe verlässt, löst sich ein weiterer aus Jetsons, und es fühlt sich an, als hätte er mir direkt ins Herz geschossen. Denn es ist Ruby, die mit ihm zu Boden geht.

Kapitel 41

Ruby

Ich lande relativ weich auf dem Mistkerl, bevor ich durch den Aufprall auf die Seite rolle. Es fühlt sich an, als hätte ich einen K.-o.-Schlag eines Boxprofis abbekommen. Ich kriege keine Luft und ärgere mich darüber, dass ich mich nicht vom Fleck bewegen kann, gerade jetzt, wo es darauf ankommt. Rund um mich ist es laut, und doch höre ich eigentlich nichts. Wegen der Schüsse? Etwas, was sich anhört wie ein dritter Schuss und dann ein Knall lassen mich innerlich zusammenzucken. Trotzdem reagiert mein Körper überhaupt nicht darauf. Was zur Hölle ist denn mit mir lo…

Und da setzt der Schmerz ein. Schmerz, wie ich ihn noch nie gefühlt habe. Als würde jemand mich von innen verbrennen. Mir jegliche Organe zerquetschen und wiederholt mit einem spitzen Gegenstand in mir herumbohren. Ich werde von hinten getreten, geschoben, keine Ahnung, und irgendjemand spricht. »Wir brauchen einen Krankenwagen. Sofort.« Jake.

»Schon auf dem Weg. Ich hab ihn! Hilf ihr!«

War das einer der Officers? Ich sehe nur schwarz vor Augen.

Der Druck, der mir den Oberkörper zerquetscht, wird augenblicklich schwächer, als ich auf den Rücken gedreht werde und absolut alles an Sauerstoff einsauge, was ich kriegen kann. »Ruby!« Da ist wieder Jakes schöne Stimme. Und ich bin so dankbar, sie zu hören, dass ich lächle. Er ist nicht verletzt.

Ich hebe eine Hand und strecke sie nach seinem Gesicht aus, das langsam in meinen Fokus rückt. »Du bist okay«, röchle ich. Der Ausdruck in seinen Augen verwirrt mich. Ich sehe nicht dieselbe Freude, die ich trotz der Schmerzen empfinde. Ich sehe verzweifelte Angst. Etwas, das ich bei ihm erst einmal wahrgenommen habe, und das war im Krankenhaus, als er mich auf Verletzungen durchsucht hatte.

Er greift nach meiner ausgestreckten Hand und küsst meine Finger, bevor er sie neben meinen Körper legt. »Hör auf, dich zu bewegen!«, bittet er mich, während er hektisch an mir herumfuhrwerkt. Ich schiele an mir runter, um zu begreifen, was er macht, und erschrecke, als ich registriere, wie sich Blut direkt unter meiner Brust staut. Ich wurde angeschossen. Wie konnte ich das nicht mitkriegen?

»Ich brauche Handtücher«, schreit Jake. »Küchentücher. Irgendetwas. Und Plastikbeutel.« Meine Lider sind plötzlich schwer, was mich mehr ärgert, als es mir Angst macht. Es ärgert mich, weil es Zeiten in meinem Leben gab, wo ich sterben wollte. Wo der Gedanken an ein ewiges Leben im Himmel – mit einem Gott, der mich mit offenen Armen empfangen würde – das Einzige war, das mich getragen hat. Doch in diesem Moment bin ich nicht bereit zu gehen. Nicht, wo ich zum ersten Mal von Leuten umgeben bin, die mir gezeigt haben, dass es nicht meine einzige Bestimmung ist, benutzt zu werden. Die mir gezeigt haben, dass es Menschen gibt, für die es sich wahrhaftig zu leben lohnt. Und nun, wo ich erfahren habe, was dieses Leben außerdem beinhalten kann, will ich es unbedingt.

»Jake«, beginne ich, weil ich ihm genau das sagen möchte, bevor ich es vielleicht nicht mehr kann, doch er verzieht das Gesicht.

»Nicht reden!«, warnt er, bevor er mir wieder den Atem raubt, als er einen Plastikbeutel hinten und vorne an meine Wunde drückt und dann mit dem Handtuch sein gesamtes Gewicht darauf presst. Ich glaube, ich schreie auf, und mir wird wieder schwarz vor Augen. Doch wenn das hier das Letzte sein soll, was ich sehe, bevor sich meine Lider vielleicht für immer schließen, dann will ich Jake sehen. Also kämpfe ich mit aller Macht gegen die Bewusstlosigkeit und probiere es noch einmal.

»Jake! Ich liebe dich!«, bringe ich nach ein paar kläglichen Versuchen raus. Das ist die Kurzversion, weil mein Kopf abgesehen von dem Schmerz gerade keinen klaren Gedanken fassen kann.

Vehement schüttelt Jake den Kopf. Ein finsterer Blick lässt das Vergissmeinnichtblau seiner Augen eiskalt erscheinen. »Hör auf damit, Ruby!«

»Womit?«

»Hör auf, mir eine schöne letzte Erinnerung von dir hinterlassen zu wollen. Du gehst nirgendwohin. Hast du mich verstanden?« Ich will mich darüber beschweren, wie frech er gerade ist, aber in seinem autoritären FBI-Ton liegt eine tiefe Not begraben, sodass ich einfach nicke. »Hier drüben!«, ruft er, und ich schätze, die Sanitäter sind hier.

»Jake!«, wiederhole ich, diesmal panisch, und greife nach seiner Hand, weil ich mich immer benebelter fühle, hilflos, wie unter Wasser, und nicht will, dass er geht.

»Ich bin hier, Ruby. Ich werde die ganze Zeit da sein, okay?«

Und das ist er, selbst als ihn die Sanitäter bitten, Platz zu machen. Er ist da, während sie mich auf die Trage heben und mich in den Krankenwagen schieben. Er hält meine Hand, als sie mir einen Zugang legen und mir hundert Fragen stellen, damit ich wach bleibe. Und als er mich letztlich doch vor dem OP-Saal loslassen muss und verspricht, da zu sein, wenn ich aufwache, erlaube ich mir endlich, die Augen zu schließen, und lächle in mich hinein, weil Jake am Ende trotzdem das Letzte war, was ich sehen durfte.

Kapitel 42

Jake

Ich glaube nicht, dass ich je etwas anderes gebetet habe als ein Tischgebet. Ganz bestimmt habe ich noch nie so viel gebetet wie in den vergangenen acht Stunden. Und als ich keine Worte mehr übrig habe, sitze ich einfach da, in der Kapelle des Krankenhauses, und starre auf das Kreuz, das ganz vorne hängt. Irgendwann hat sich Thompson neben mich gesetzt und blickt seitdem ebenfalls starr geradeaus. Zwischendurch hat er mich darüber informiert, dass Keaton gefunden wurde. Lebendig. Ich bin erleichtert, dass beide leben. Sie sollen vor Gericht stehen, sollen ihre gerechte Strafe dafür erhalten, dass sie ihre Dienstmarke und ihre Stellung benutzt und beschmutzt haben. Und dann sollen sie erleben, wie es ist, im Gefängnis täglich um ihr Leben fürchten zu müssen.

Doch im Moment spielt das noch keine Rolle, während ich leer hier sitze. Ich weiß, Thompson geht es ähnlich, weshalb das auch alles war, was er zu dem Thema zu sagen hatte.

Ich bin nicht sicher, wie viel Zeit verstrichen ist, als die Bank neben mir knarrt. Meine Hände, die inzwischen taub geworden sind, weil ich schon so lange meinen schweren Kopf stütze, fallen in meinen Schoß, bevor ich aufsehe. River legt seine Hand auf meinen Rücken. »Sie ist gerade in den Aufwachraum gebracht worden. Demnächst sollte jemand zu ihr dürfen.«

Meine Augen fallen zu und ich lasse den Kopf nach hinten kippen, während ich auch Thompsons Erleichterung höre. »Danke!«, flüstere ich diesem Gott zu, an dessen Kreuz ich mich seit Stunden mental festhalte.

»Sie mussten ihr die Milz entfernen, obwohl davon sowieso nicht mehr viel übrig war. Der linke Lungenflügel musste auch zusammengeflickt werden, allerdings hast du scheinbar durch die Aktion mit dem Plastikbeutel geholfen, ein Kollabieren der Lunge zu vermeiden. Sie atmet selbst, also ist das ein Gewinn.« Er klopft mir auf den Rücken, bevor ich das freigebe, was sich wie der längste Atemzug anfühlen muss, den ich je angehalten habe. Als er aufsteht, vergrabe ich erneut mein Gesicht.

»Kommst du nicht mit?«, will Thompson wissen, als er mir gegen die Schulter boxt.

Müde raufe ich mir die Haare. »Ich bin nicht Familie.«

»Wer sagt das?«, antwortet Thompson. Ich ringe mir ein schwaches Schmunzeln ab, bevor River mich hochzieht.

»Komm schon, Kumpel. Wenn ich das nicht irgendwie für dich hinbiegen kann, muss ich meine Berufswahl überdenken. Bei Partnern sind sie außerdem schon lange nicht mehr so streng.«

Bin ich das denn? Ihr Partner? Technisch gesehen nicht. Aber wen zum Teufel interessiert das? Wenn ich zu ihr darf, werden mich keine zehn Pferde davon abhalten können.

Es dauert noch fast zwei Stunden, bis man mich tatsächlich zu Ruby lässt. So gut wie alle Schläuche sind inzwischen entfernt worden, bis auf den Zugang zu ihrer Vene und der Sauerstoffbrille, die sie beim Atmen unterstützen soll. Der Beutel, der über ihr hängt, tropft gleichmäßig und die Maschine neben ihr piept im selben Rhythmus wie ihr Herz. Das beste

Geräusch, das ich je gehört habe. Je näher ich komme, umso blasser sieht sie aus, ihre Haare liegen in einem unordentlichen Knoten wie ihr persönlicher Heiligenschein über ihrem Kopf. Ihre Augen sind geschlossen, ihr Atem ist dafür tief. Lautlos greife ich nach einem Stuhl und stelle ihn so nahe an ihr Bett, dass ich meine Hand in ihre gleiten lassen kann. Ihre Finger zucken und schließen sich schwach um meine. Ein kleines Seufzen verlässt ihre Lippen und sie dreht das Gesicht zu mir, zu erschöpft, um die Augen zu öffnen. »Du bist hier«, nuschelt sie trotzdem leise.

»Immer«, verspreche ich und lege meinen Kopf auf das Gitter neben ihrer Hüfte, sodass ich sie weiterhin ansehen kann. Ist vielleicht nicht gerade bequem, aber ich habe nicht vor, das Zimmer wieder zu verlassen, bis Ruby es auch kann. Ihre Lider flattern und ihre Finger verlieren langsam den Halt, während sie kurz davor ist, wieder einzuschlafen. »Ich liebe dich zurück, Ruby«, sage ich, weil ich nicht eine weitere Minute verstreichen lassen will, ohne dass sie es weiß. Da ist so viel mehr, was ich loswerden will, aber für den Moment ist das das Wichtigste.

Das schwächste, schönste Lächeln der Welt geistert langsam über ihre Lippen, bevor sie sie mit Mühe noch einmal öffnet. »Na endlich, Brooks.« Ich weiß nicht, warum es mich erstaunt, dass sie mich sogar in der unmöglichsten Situation zum Lachen bringt, aber wer, wenn nicht sie? Ja, ich liebe diese Frau. Und wie.

Kapitel 43

Ruby

Keine Ahnung, wie oft ich in den letzten Tagen aufgetaucht und wieder weggedämmert bin. So sehr ich auch wach bleiben wollte, es ging nicht. Was ich allerdings weiß, ist, dass Jake jedes Mal da war, wie er es versprochen hatte. Meistens auf dem Stuhl neben meinem Bett. Ab und zu beim Fenster, vor allem, wenn Scarlett, Brian oder Monica mit im Zimmer waren. Fast immer war er wach. Als ich in diesem Moment die Augen öffne und zum ersten Mal das Gefühl habe, nicht gleich wieder in die Bewusstlosigkeit abzutauchen, liegt er mehr oder minder auf dem Stuhl. Sein Gesicht ist alles andere als friedlich. Linien, die ihn älter aussehen lassen als vor ein paar Tagen noch, zeichnen seine blass wirkende Haut. Da ist ein Bartschatten, den er beim FBI nie tragen dürfte, auch wenn er ihm steht. Seine wunderschönen Lippen wirken schmal und zwischen seinen Augenbrauen befindet sich eine tiefe Sorgenfalte. Am liebsten würde ich hingehen und sie so lange küssen, bis sie verschwindet. Seine Füße stützen ihn zwar am Boden, aber sein Hintern hängt praktisch auf der äußersten Kante, sodass er den Kopf an der Rückenlehne abstützen kann. Seine Arme hat er vor der

Brust verschränkt. Es sieht furchtbar unbequem aus, aber ich bin mir zu hundert Prozent sicher, dass Jake sich nicht einmal beschweren würde, wenn er auf dem Boden schlafen müsste. Und in diesem Moment fühle ich noch mehr für ihn als davor schon. Ich frage mich, ob Liebe generell so ist. Dass sie kontinuierlich wächst, obwohl man das Gefühl hat, man könne nicht noch mehr empfinden.

Ich gähne, wobei meine trockenen Lippen reißen und mir unwillkürlich ein kleines, schmerzerfülltes Geräusch entweicht. Sofort öffnet Jake seine traumhaften Augen und schiebt sich vom Stuhl. »Was kann ich tun?«, lautet seine erste Frage, und ich tippe mit der Hand auf das Stück Matratze neben mir.

»Setz dich zu mir!«, bitte ich ihn. Das tut er auch, allerdings nicht, bevor er mir etwas Wasser in ein Glas schüttet und mir hilft, davon zu nippen. Ich bemühe mich, nicht zu zeigen, wie sehr mir jede Bewegung wehtut, doch wenn ich den Ausdruck in seinem Gesicht richtig deute, scheitere ich wohl kläglich. Ich greife nach seiner Hand und lege sie auf meine Wange. »Du siehst traurig aus«, wispere ich.

»Du siehst wunderschön aus.«

Amüsiert summe ich, während ich bei dem Gefühl, das seine Hand auf meiner Haut auslöst, die Augen schließe. Ich habe ihn so sehr vermisst. »Hm, das hört sich an, als würden sie dir auch ziemlich gutes Zeug verabreichen.«

Die Sorge in seinen Augen bekommt einen missbilligenden Stich. »Nein. Das ist nicht nötig. Dafür hat meine verrückte Freundin gesorgt, als sie sich für mich hat anschießen lassen.« Wäre sein Ton nicht so scharf, würde ich wie ein kleines Mädchen darauf herumreiten, dass er mich eben zum ersten Mal seine Freundin genannt hat.

»Na, wenn das der Dank ist, war es, glaube ich, das letzte Mal.« Ich versuche, es wie einen Witz klingen zu lassen, damit klar ist, dass ich nur die Stimmung auflockern möchte. Denn stünde ich in Wirklichkeit noch einmal in der Situation, würde ich es genauso machen.

»Da liegst du verflucht richtig, Ruby«, schimpft er allerdings. »Herrgott! Was hast du dir nur dabei gedacht?«

»Nicht viel, um ehrlich zu sein. Dass ich handeln musste, weil die Kugel sonst dich getroffen hätte.«

Er senkt den Blick, das Gesicht verzogen. »Wäre nicht das erste Mal für mich gewesen.«

Wie kann er denken, dass das einen Unterschied machen würde? Er hätte doch das Gleiche für mich getan. »Ja, aber so haben wir jetzt aufeinander abgestimmte Narben. Tattoos sind was für Weicheier.«

Jake presst Daumen und Zeigefinger seiner freien Hand in seine Augenhöhlen. »Das ist nicht lustig, Ruby«, schimpft er und klingt dabei richtig ärgerlich, bis seine Stimme bricht, und endlich halte ich die Klappe.

»Weinst du?«, flüstere ich, während sich alles in mir zusammenzieht. Er antwortet nicht. Muss er aber auch gar nicht. Alleine das Wissen, dass er weint, zersprengt jegliches Bedürfnis, das herunterzuspielen, was passiert ist. Ich ziehe seine Hand an meiner Wange hoch, bis ich sie küssen kann, während ich selbst erste Tränen vergieße.

»Als du den Boden berührt hast, da war es, als ob … alles in mir hat aufgehört zu funktionieren, verstehst du? Als wüsste mein Herz nicht mehr, wie es schlagen sollte, wenn es deines nicht tut«, bemüht er sich, es zu erklären, obwohl es ihm sichtlich schwerfällt, überhaupt zu reden. »Ich habe schon viel gesehen, Ruby. Viel erlebt, viel verloren. Aber nichts von alldem hat mich auf den Moment vorbereitet, in dem ich dachte, ich hätte dich verloren. Nichts hätte mich darauf vorbereiten können, wie sehr ich dich liebe.«

Ganz langsam schüttelt er den Kopf, sein Mund verzogen, als würde es ihm körperlich wehtun.

Ich halte kurz inne, überlege, wie ich ihm je ausreichend erklären könnte, was ich sagen will. »Jake, weißt du, warum ich immer so lange gelaufen bin, bis ich vor Überforderung fast umgefallen bin?« Er schüttelt den Kopf, als neue Tränen in mir aufwallen. »Das war, weil ich kein Ziel hatte. Ich hatte Pläne, das Beste aus dem kaputten Ich zu machen, das von mir übrig war. Aber ich hatte kein Ziel.« Er wischt meine Wangen trocken, während ich seine Hand nun mit beiden Händen ergreife. »*Du* bist mein Ziel, Jake«, erkläre ich ihm mit derselben Überzeugung, die längst in meinem Herzen Platz genommen hat. »Und weißt du, was ich gefühlt habe, als ich dachte, dass ich dieses Mal wirklich sterben würde?« Er schüttelt wieder den Kopf. »Kummer. Weil ich nie die Chance bekommen würde, dir zu sagen, wie dankbar ich dir bin. Denn ja, vielleicht habe ich dir das Leben gerettet. Aber du hast meines zuerst gerettet.« Jake schnieft, während er den Kopf wegdreht. Ich will ihn halten, küssen, nie wieder loslassen. »Hörst du mich, Jake? Ich weiß, es fällt dir schwer, Lob anzunehmen, aber du hast mich zuerst gerettet.«

Jake lacht leise, zumindest ein Funke Unbeschwertheit zurück in seinem jungenhaften Lächeln. »Das fällt mir schwer? Bist du sicher, dass du den richtigen Typen vor dir hast?«

Grinsend krümme ich meinen Zeigefinger, um anzudeuten, dass er gefälligst näher kommen soll. »Ja, Jake. Ich bin mir ganz sicher, dass ich den richtigen vor mir habe.« Ich liebe es, wie ich sein Schmunzeln nicht nur fühlen, sondern auch auf meinen Lippen schmecken kann, als er endlich die Distanz überbrückt und mich küsst. Ich kichere gegen seinen Mund, als der Monitor neben mir schneller vor sich hin piepst, während ich zwischen uns fasse, um die komische Nasenbrille festzuhalten, die ständig rausfällt. »Das ist nicht ganz so sexy, wie ich es mir vorgestellt hatte«, murmle ich und ernte ein verführerisches Schnurren von Jake.

»Wir haben alle Zeit der Welt, Ruby«, versichert er mir erneut, und langsam gefällt es mir, wie das klingt.

»Mag sein, aber jetzt bin ich dafür, dass du dieses dämliche Gitter abbaust und dich zu deiner Freundin legst.«

Jakes Augen leuchten auf, bevor er tut, worum ich ihn gebeten habe. »Das ist hängen geblieben, hm?«

Vorsichtig hebe ich den Kopf, nachdem er den Arm um mich gelegt hat, und schmiege mich an seine Schulter. »O ja! Das ist es.«

Kapitel 44

Ruby

»Bist du bereit?«, fragt Jake, der meine Hand hält, seit er mir vor dem Krankenhaus geholfen hat, ins Auto zu steigen. Ich bin frisch entlassen und fühle mich noch dementsprechend schwach. Außerdem ist es das erste Mal, seit Jake damals den Anruf von seinem Dad bekommen hat, dass ich wieder meine Wohnung betreten soll. Die Wohnung, die so viele schöne Erinnerungen hervorruft, aber inzwischen eben auch grauenvolle, die damit verschmolzen sind. Also keine Ahnung, ob ich grundsätzlich bereit bin. Aber Jake ist hier bei mir, hält meine Hand und gibt mir damit das Gefühl, dass wir gemeinsam durchstehen werden, was auch immer das Leben uns vor die Füße wirft.

»Ja«, antworte ich demnach mit einem Lächeln, das er erwidert, ehe er mir einen Kuss auf die Nase gibt.

»Gut, denn möglicherweise wartet da drinnen etwas auf dich«, erklärt er mir, als wir aus dem Aufzug steigen und vor meiner Wohnungstür stehen bleiben. Ruckartig hebe ich den Blick. »Ich wollte dich nur kurz vorwarnen, aber bitte tu so, als wärst du überrascht, sonst tritt Scarlett mir in den Hintern.«

Jetzt bin ich neugierig und beeile mich umso mehr, die Tür zu öffnen. Als ich das festlich dekorierte Wohnzimmer sehe, halte ich mir die Hände vor den Mund. Dort steht Scarlett mit einer zweistöckigen Torte. Hinter ihr sind die Thompsons, Darius, River und Liza, meine Chefinnen aus dem Jasmin und Nikki und Zahara. »Fröhlichen Wiedergeburtstag!«, rufen sie alle. Überwältigt, aber auf die bestmögliche Weise, drücke ich Jakes Hand, die er nach wie vor hält, dankbar für jeden Einzelnen, der hier ist.

»War der nicht gerade erst vor drei Monaten?«, frage ich, während meine Nase verdächtig kitzelt.

Scarlett stellt den Kuchen ab und presst mir einen Kuss auf die Wange. »Ich finde, du verdienst einen zweiten, Rubik's Cube.«

»Bei dem Tempo werde ich aber ziemlich schnell ziemlich alt aussehen«, kichere ich leise, bevor ich sie umarme, so fest ich kann. »Danke, Scarlett! Für alles!« Ich vergrabe mein Gesicht kurz tiefer in ihrer Halsbeuge, bevor ich auch die anderen Gäste begrüße.

»Ich habe Partyhüte mitgebracht, weil die zu jedem Geburtstag gehören, aber diese Party-Pooper hier wollen keine tragen«, beklagt sich Liza und bringt mich damit zum Lachen, während sie zuerst sich selbst und dann mir doch einen dieser lustigen Hüte aufsetzt. Danach dreht sie sich zu River, der ausdruckslos den Kopf schüttelt. »Siehst du?«, wendet sie sich an mich.

»Ich liebe ihn, danke!«

»Alles gut, nachdem die Fäden gezogen wurden? Keine auffälligen Rötungen oder Schmerzen?«, erkundigt sich River, und ich lege ihm vorsichtig eine Hand auf die Schulter. River ist einer der zuvorkommendsten Menschen, die ich kenne. Ich freue mich für Jake, dass er einen so guten Freund hat.

»Alles bestens. Habe ja auch einen ziemlich guten Arzt«, versichere ich ihm, woraufhin er verlegen lächelt.

Gleich neben ihm steht Darius. »Danke, dass du da bist«, sage ich zu ihm. Vielleicht bilde ich es mir nur ein, aber ich bin mir ziemlich sicher, dass er Scarlett ansieht, bevor er verlegen den Blick senkt. »Na klar, Ruby. Und du kannst dich auch in Zukunft auf meine Rückendeckung verlassen. Gewöhn dich daran!« Ich überrasche mich selbst damit, dass ich ihn kurz umarme.

Nachdem ich auch die Thompsons und meine Chefinnen begrüßt habe, marschiere ich zu den letzten beiden Personen, die auf mich warten. Nikki, etwas verunsichert in ihrem Stewie-Pullover, und Zahara mit einem wunderschönen Lächeln im Gesicht. »Ich freue mich so sehr, euch beide zu sehen.«

Zahara fällt mir ohne Umschweife um den Hals. »Noch nie hat sich jemand so für mich eingesetzt wie du, Ruby. Ich stehe für immer in deiner Schuld.«

Ich schüttle den Kopf. »Nein, Zahara. Nicht für eine einzige Minute stehst du in meiner Schuld, hörst du? Das gilt für euch beide. Ihr seid all das wert und so viel mehr. Und eines Tages werdet ihr es auch glauben können«, verspreche ich, weil ich weiß, dass sie noch nicht so weit sind. War ich an meinem ersten Wiedergeburtstag auch noch nicht. Genau genommen wahrscheinlich nicht einmal beim letzten. Aber ich komme langsam dahin.

Scarlett verkündet, dass jetzt gesungen werden müsse, und zündet die Kerzen auf der Torte an. Das Strahlen, das sie dabei Darius schenkt, der plötzlich ziemlich nahe bei ihr steht, erhellt den ganzen Raum. Zumindest so lange, bis Brian, der die beiden genau beobachtet, sich räuspert, und Darius einen Schritt zurücktritt. Die ganze Szene bringt mich zum Lachen.

Jake verschränkt seine Arme vor meinem Bauch. »Bist du glücklich?«, fragt er und küsst meinen Hals. Ich lege meine Hände auf seine und lehne mich an ihn. Hier stehe ich, gehalten von dem Mann, den ich liebe, umgeben von den Menschen, die mir am meisten bedeuten. Alles, was ich erlebt habe, hat mich an diesen Punkt geführt. Mich zu der Person gemacht hat, die ich heute bin. Lächelnd nicke ich. »Ich bin glücklich.«

KAPITEL 45

JAKE

»Ist die Jury zu einem einstimmigen Urteil gekommen?«, will der Richter wissen, nachdem die zwölf Geschworenen sich gesetzt haben und alle außer meinem Bruder das auch tun dürfen.

»Ja, Euer Ehren.«

»Würde der Deputy mir bitte die Beschlüsse zur Durchsicht reichen?« Mein Puls rast so, dass mir schwindelig wird, während Emerald nach meiner Hand greift und diese so fest drückt, dass es wehtut. Doch das ist mir im Augenblick gleich. Ich drücke zurück. Die andere Hand hält meine Mom, neben der Dad sitzt.

Nach einer gefühlten Ewigkeit nickt der Richter und gibt die Formulare zurück. »Ich bitte nun den Sprecher der Jury, das Urteil zu verlesen.«

Ein breiter Mann mit Vollbart steht auf und räuspert sich, bevor er Gabriels Fallnummer und den ganzen restlichen Kram runtergebetet hat, der für den Protokollführer wichtig ist. Danach sieht er Gabriel direkt ins Gesicht. »Wir, die Jury, befinden den Angeklagten Gabriel Elijah Brooks in allen Anklagepunkten für *nicht* schuldig.«

Emerald neben mir saugt den größten Atemzug ein, während mir die Luft komplett wegbleibt und Gabriel vorne in sich zusammensackt. Emerald ist es, die mich zurückhält, als ich aufspringen und zu ihm rennen will, weil das da verdammt noch mal mein kleiner Bruder ist, mit dem ich als Neunjähriger an seinem ersten Schultag zwanzig Minuten vor seinem Klassenzimmer ausgeharrt habe, weil er Angst hatte reinzugehen. Den ich mit elf aus dem Wasser geholt habe, als er beim Eislaufen eingebrochen ist. Und der mich nach Hause geschleppt hat, als er zwölf war, weil ich mir beim Versuch, meine erste Freundin zu beeindrucken, das Bein gebrochen hatte.

Doch dort vorne muss er alleine durch. Zum letzten Mal!

Seine Anwältin hilft ihm, sich hinzusetzen, und dann dreht er sich um, Fassungslosigkeit im Gesicht, weil er es nicht glauben kann. Die Bitte, ihm zu bestätigen, dass er nicht nur träumt. Die Frage, ob das nun tatsächlich das Ende ist. Und auch, wenn ich ihm noch nicht direkt antworten kann, nicke ich ihm zu.

»Du hast es geschafft«, flüstert Emerald, die weinend beide Daumen hochhält.

Als der Richter den Hammer niederfallen lässt und das Ende der Verhandlung verkündet, ist meine Mom nicht mehr zu halten und fällt Gabe um den Hals. Emerald lässt meine Hand los und schiebt mich grinsend zu ihm. »Na los, Jake! Das haben wir alles nur dir zu verdanken.« Das stimmt so nicht. Ja, ich war beteiligt, aber ich war nicht der Einzige. Sanders hat uns unterstützt und Thompson und Gabriels Anwältin sowieso. So konnten wir zusammen Videoaufnahmen, Statements der Ärzte und ausreichend Beweise sammeln. Was am Ende vielleicht gar nicht nötig gewesen wäre, weil es Emerald war, die schließlich dem wahren Täter das Geständnis entlockt und damit den Durchbruch besiegelt hat. Aber jetzt ist nicht die Zeit, darüber zu diskutieren. Also umarme ich sie einfach kurz und gehe dann die paar Schritte zu Gabe. Stoppe erst, als ich direkt vor ihm stehe und seine Stirn an meine presse. So sehe ich ihn einfach ein paar Sekunden an, während er das Gleiche tut und wir uns ohne große Worte Halt geben. Irgendwann finde ich dann meine Stimme.

»Es ist vorbei, Gabby!«, versichere ich ihm, obwohl ich es selbst noch gar nicht fassen kann. »Ein für alle Mal.«

Gabe nickt und atmet scharf aus, wobei sich sein gesamter Körper entspannt. Ich fahre ihm einmal über die kurzen Haare und lasse ihn dann los, weil ich weiß, dass er Emerald sucht. Das Mädchen, das die ganze Zeit an seiner Seite war und ihn begleitet und unterstützt hat, als meine eigenen Eltern sich nicht sicher waren. Das Mädchen, das immer einen besonderen Platz in meinem Herzen haben wird, weil sie der Grund ist, warum Gabe nicht schon längst aufgegeben hat. Ich sehe ihm hinterher, während er sich seinen Weg zu ihr bahnt und die beiden einen gemeinsamen Augenblick teilen. Mein Bruder ist frei. Frei zu leben, frei zu lieben, frei, neu anzufangen.

Nachdem wir den ganzen Tag im Gebäude waren, überrascht mich die Dunkelheit, als wir das Gericht verlassen und ich mich mit zitternden Händen an der Säule davor abstütze, unfähig zu beschreiben, was ich gerade fühle. Erleichterung, Dankbarkeit, aber auch absolute Erschöpfung und Schwermut, weil unsere Familie seit drei Jahren auf diesen Moment gewartet hat. Und dann schließen sich Arme um mich und mein persönlicher Engel hält mich aufrecht, als ich das Gefühl habe, dass meine Beine unter mir nachgeben.

»Jake?«, fragt sie flüsternd, bangend, und ich vergrabe mein Gesicht in ihrer Halsbeuge.

»Nicht schuldig«, nuschle ich gegen ihre Haut, woraufhin sie zusammen mit mir zu Boden sinkt, wo wir beide ineinander verschlungen auf einer der eiskalten Stufen sitzen bleiben und sie mir Zeit gibt, zum ersten Mal seit drei Jahren ohne diese enorme Last auf meinen Schultern durchzuatmen. Die kühle Abendluft einzuatmen.

Ruby wollte draußen warten, weil sie fand, dass es nicht der passende Anlass wäre, meine Familie persönlich kennenzulernen. Auch wenn ich es kaum erwarten kann, sie ihnen bald vorzustellen, denn Ruby ist es für mich. Da besteht überhaupt kein Zweifel für mich. Ich mag mich in ihren Kampfgeist verliebt haben, doch ich *liebe sie.* Alles an ihr. Ihre Empathie. Ihre Sturheit. Ihren Geist. Ihre Leidenschaft und Selbstlosigkeit.

In diesem Moment lässt sie Küsse auf mein Gesicht und meine Haare regnen, bevor sie sich abrupt zurücklehnt. »Ach, ehe ich es vergesse.« Sie löst sich von mir, um einen XXL-Erdbeershake hinter meinem Rücken hervorzuholen, den sie in der Hand hält. »Zur Feier des Tages …«, sagt sie lächelnd, Tränen in ihren Augen, »… bin ich vorbereitet gekommen.« Ich lächle, lege meine Hand über ihre eiskalte und führe den Strohhalm zuerst zu ihrem Mund.

»Ein Erdbeershake im Winter?«

Ruby gibt den Strohhalm frei und leckt sich die Reste von den Lippen. »Erdbeershakes machen alles besser. Behauptet zumindest Scar und die hat immer recht.«

Es berührt mich, wie die Bernsteine in ihren Augen im Licht der Beleuchtung funkeln und mein persönlicher Edelstein durch die hellste Nacht strahlt, die ich seit Jahren gesehen habe. Weil ihr Licht heller leuchtet, als jede Straßenlaterne es je könnte. Kopfschüttelnd über mein Glück neige ich den Kopf und küsse sie tief und mit aller Kraft, die ich nur durch ihre Gegenwart gerade wieder auftanke. Und als ich mir danach selbst die Lippen lecke, den Geschmack von Ruby und Erdbeeren darauf, grinse ich noch breiter. »Ich glaube, sie hat wirklich recht. Erdbeershakes machen alles besser.«

KAPITEL 46

JAKE

Zwei Monate später schnalle ich mir die Einsatzweste um die Brust, stecke mein Funkgerät und die zusätzliche Waffe ein, bevor ich nach dem Sturmgewehr greife und mich mit den anderen um das Haus platziere, das wir gleich gewaltsam aufbrechen werden. Es ist eines von zwei Häusern, in denen das FBI in Baltimore heute eine Razzia durchführt. Thompson und ich haben die Ehre, dabei zu sein.

Jetson, dieser Feigling, hat es am zweiten Tag seiner Inhaftierung geschafft, sich das Leben zu nehmen, worauf Keaton uns alles gegeben hat, was er wusste, und im Gegenzug dazu Einzelhaft in einem Hochsicherheitsgefängnis ausgehandelt hat. Er weiß genau, dass er auf sich alleine gestellt im Knast ein lebendiger Toter ist. Und dank allem, was Keaton ausgeplaudert hat, hefteten wir uns Stück für Stück an die Fersen des Mannes, der nicht nur auf meiner »Most Wanted«-Liste ganz oben steht. Doch momentan ist das, was in dem zweiten Haus passiert, in dem Joker sich befinden soll, nicht meine Aufgabe. Meine Aufgabe ist es, die fünf Mädchen aus diesem Haus zu holen, die Joker hier gegen ihren Willen festhält. Ich schließe kurz die Augen, denke an Ruby und halte mich an ihrem Gesicht fest, das mich jedes Mal aufs Neue erinnert, warum ich diesen Job mache.

Beim Countdown stürmen wir das Haus. Die nächsten zwei Minuten sind laut und hektisch, mögen chaotisch erscheinen, sind jedoch bis ins Detail geplant. Bis hin zu dem Punkt, an dem ich das Zimmer betrete, in dem die Mädchen zusammengepfercht auf zwei Matratzen liegen. Wimmernd und zu Tode verängstigt. Weil es stockdunkel ist, leuchte ich mit der Taschenlampe auf den Boden und stecke meine Waffe weg, nachdem ich den Raum ohne Fenster gesichert habe. »Wir sind vom FBI und hier, um euch rauszuholen«, sagt einer der Kollegen. »Vorsicht! Ich drehe das Licht an, damit ihr mich erkennen könnt, in Ordnung?« Sie ächzen und verstecken sich hinter ihren Händen und Armen, als hätten sie schon länger kein Licht mehr gesehen.

»Und? Ist das Mädchen, das Sie suchen, dabei?«, fragt eine Kollegin, während wir uns ein schnelles Bild von der Situation machen.

Ich lasse meinen Blick über die Gesichter streifen. Zwei kenne ich von den Videos, die Sergej Novak letztes Jahr gedreht hat. Mädchen, die wir nicht identifizieren konnten. Jetzt können wir es endlich tun. Die junge Frau in der Mitte kenne ich nicht, doch es ist die vierte, an der ich hängen bleibe. »Didi …«

Als Lydia den Spitznamen hört, den sie einst von ihrer großen Schwester bekommen hat, werden ihre Augen groß wie Teller und die Furcht darin verwandelt sich in Verwirrung, während sie mich mustert. Ich nehme meinen Helm ab und gehe mit Abstand vor ihr in die Hocke, warte ab, bis der Moment, in dem sie mich wiedererkennt, ihre gesamte Haltung verändert.

»Jake?«, haucht sie mit brüchiger Stimme und beginnt, unkontrolliert zu zittern.

»Ja. Wir haben dich gefunden.«

Ihre Lippen beben. »Ich habe nicht gedacht, dass mich noch jemand sucht.«

Ich schlucke, übermannt von Emotionen, die ich erst nach und nach zulasse. Ich hatte gehofft, dass sie hier ist, und doch kann ich es kaum fassen. »Wir haben nie aufgehört, nach dir zu suchen.« Unsicher, ob sie mich berühren kann oder nicht, streckt sie erst ihre Hände nach mir aus, wickelt sie dann aber um ihre Knie. »Kannst du aufstehen?«, will ich wissen, weil sie krank und abgemagert wirkt und zehn Jahre älter, als sie eigentlich ist. Unter Schüttelfrost vom Schock steht sie auf, indem sie sich an der Wand abstützt. »Möchtest du Hilfe?«, biete ich mit ausgestreckter Hand an. Weil ich sie nicht zwingen werde. Nie wieder soll sie sich gezwungen fühlen. Es muss ihre freie Entscheidung sein, denn der Heilungsprozess beginnt genau jetzt. Und den Kampf, der in ihren Augen tobt, während sie meine Hand anstarrt, warte ich ab, ohne sie zu drängen, und werde letztlich damit belohnt, dass sie ihre in meine legt. Ich habe das Gefühl, dass wir bei dem Kontakt beide aufatmen, bevor ihre Knie nachgeben und ich sie auffange.

Und während ich durch das Funkgerät die Bestätigung erhalte, dass Joker in Gewahrsam ist, erlaube ich mir, zum ersten Mal daran zu glauben, dass dieser Albtraum für Ruby, Lydia, Zahara, Nikki und viele andere ein Ende genommen hat.

Zwölf Stunden später stehe ich am Fenster des Krankenzimmers und sehe runter auf die Straße vor dem Krankenhaus, wo Lydias Vater Hank gerade förmlich aus einem Taxi fällt und dann Richtung Eingang humpelt. »Er ist hier, Lydia. Bist du so weit?«

»Nein …«, antwortet sie ehrlich, und ich kann es nachempfinden. Es muss verflucht schwer sein, seinen Vater nach langer Zeit wiederzusehen, in der so viel passiert ist, was man niemals erklären könnte. So viel, was einen maßgeblich verändert hat. Nicht nur sie, sondern auch ihn. »Versprecht ihr, dass ihr bleibt?

334

Ich weiß nicht, was ich zu ihm sagen soll«, murmelt sie, und das gilt nicht mir, sondern Ruby, die an ihrer Seite steht.

»Natürlich. Aber vielleicht sind Worte erst mal gar nicht nötig. Und wir sind hier, wenn du einen Puffer oder eine Pause brauchst«, verspricht sie ihr. Mein Engel ohne Flügel.

»Ich habe Angst«, gesteht Lydia. »Was ist, wenn er mich so nicht mehr will?« Ihre Worte sind leise, kaum hörbar, und doch zerreißen sie mich. Aber ich bin der Falsche, um etwas dazu zu sagen. Was weiß ich denn schon, wie es ihr gerade geht. »Wenn er mich genauso wenig anschauen kann wie ich mich selbst? Ohne meine … ohne Violet …« Sie bricht ab, beißt sich auf die rissige Lippe. »Ich fühle mich wie Staub. Als gäbe es überhaupt keine Stücke mehr, die ich zusammensetzen könnte, weil alles, was von mir übrig ist, ein Häufchen Staub ist. Und Staub kann man nicht zusammenkleben. Was ist, wenn er das nicht aushält?«

Ruby antwortet nicht sofort, versucht nicht, eine einfache Lösung für ein Problem zu finden, das sich nicht einfach lösen lässt. Letztlich setzt sie sich an Lydias Bettkante. »Soll ich dir ein Geheimnis verraten? In der Bibel steht, dass Gott von all der Fülle, die er zuvor erschaffen hatte, Staub gewählt hätte, um das ihm liebste Geschöpf zu bilden. Er blies ihm Lebensatem in die Nase und der Mensch wurde lebendig.« Lydias Augenbrauen zucken, als Ruby ermutigend lächelt. »Staub muss nicht immer das Ende bedeuten. Manchmal kann man ihn verwenden, um etwas Neues zu kreieren.«

Ich höre Hank draußen lautstark nach seiner Tochter fragen, während ich meine Freundin betrachte. Jedoch will ich diesen Moment weder unterbrechen, noch hetzen, wenn Lydia noch Zeit braucht. Allerdings hört sie ihn auch und blinzelt sich aus Rubys Erzählung. Nickend strafft sie die Schultern und sieht mich an. »Okay, ich bin so weit.«

Ich öffne die Tür und werde mehr oder weniger überrumpelt von dem Mann, der sich trotz allem immer an der Hoffnung festgehalten hat. Als er Lydia erblickt, bleibt er kreidebleich und stocksteif stehen. »Didi …«, haucht er und fällt dann mitten im Raum auf die Knie, ist unfähig weiterzugehen. Ich hocke mich neben ihn, lege seinen Arm um meine Schulter und stütze sein Gewicht, bis er auf dem Stuhl neben seiner Tochter Platz nehmen kann. Hank nimmt Lydias Hand in seine und küsst sie wiederholt, bevor er seinen Kopf schluchzend auf die Bettdecke fallen lässt.

Ruby stellt sich an meine Seite und legt ihre Arme um mich. »Wie fühlst du dich?«, fragt sie leise murmelnd, weil sie Hank und Lydia nicht stören will. Mit absoluter Bewunderung betrachte ich sie – die Frau, die mich auch nach all der Zeit mit ihrer Leidenschaft, ihrem Willen, ihrer Weisheit zum Staunen bringt. Die mir täglich Neues beibringt und selbst nicht zu stolz ist, Neues zu lernen. Am meisten dankbar bin ich ihr aber dafür, dass sie mir gezeigt hat, dass Stärke kein Produkt aus Furchtlosigkeit und Risikobereitschaft ist. Dass Heldentum nicht bedeuten muss, Superkräfte zu haben. Sie hat mir gezeigt, dass ich vor allem dann das Beste aus mir herausholen kann, wenn ich einfach Mensch bin. Ich lächle sie an und kämme ihr eine ihrer weichen Haarsträhnen hinters Ohr. »Gut, Ruby«, gestehe ich mit einem Kuss. »Ich fühle mich richtig gut.«

Ein Jahr später

Ruby

»Wer hatte noch mal die tolle Idee, das hier zu machen?«, frage ich vorwurfsvoll und komplett außer Atem.

Jake besitzt die Frechheit zu lachen. »Du!«, antwortet er.

Ich versuche, genug Energie aufzubringen, um ihn böse anzusehen, aber ich bin sicher, wenn ich meinen Blick jetzt von der Straße nehme, falle ich auf die Nase. Meine offenen Haare schwingen mit jedem Schritt von einer Seite auf die andere. Irgendwo bei Kilometer zwölf habe ich mein Haargummi verloren. »Dann lass mich bitte nie wieder Entscheidungen treffen«, flehe ich, verrückt glucksend. »Wenn das hier vorbei ist, will ich den größten Milkshake, den die Welt je gesehen hat.« Denn darauf habe ich seit Wochen verzichtet, während wir für unseren ersten Marathon trainiert haben, einfach, weil ich das hier richtig machen wollte. Als der Startschuss abgefeuert wurde, war ich noch komplett positiv gestimmt. Jake und ich haben uns optimal vorbereitet. Wir sind einen Halbmarathon gelaufen und haben an einem Spendenlauf teilgenommen. Trotzdem fühlt es sich seit zwei Kilometern an, als hätten meine Beine den Dienst quittiert. Als müsste ich sie bei jedem Schritt nehmen und nach vorne stellen, um mich überhaupt weiter fortbewegen zu können.

»Juuuhuuu! Ruuuby! Wir sehen uns im Ziel«, kreischen Liza und Scarlett wie verrückt aus der wartenden Menge unter der Queensboro Bridge, nachdem wir gerade den mühsamsten und zuschauerärmsten Hügel erklommen haben, den die New Yorker Strecke zu bieten hat. Trotz der Schmerzen lächle ich breit, einfach, weil ich mich freue, dass sie tatsächlich hier sind und seit Stunden in der prallen Hitze warten, um uns mit Jubel und Applaus anzufeuern und mit Wasser und Proteinriegeln zu versorgen, bevor sie sich zusammen mit Tausenden anderen auf den Weg in den Central Park machen, wo sie uns am Ziel empfangen werden. Auch wenn es heute vermutlich drei Mal länger dauern wird als sonst, dorthin zu kommen. Es bedeutet mir unendlich viel, dass sie das auf sich nehmen, und motiviert mich weiterzumachen, selbst wenn ich wirklich, wirklich keine Lust mehr habe.

»Du machst das toll, Ruby!«, versichert mir Jake, und ich liebe ihn umso mehr, weil er an meiner Seite läuft, obwohl wir beide wissen, dass er die Ziellinie ohne mich weit schneller überqueren könnte.

Die Zeit nach der Schussverletzung war nicht gerade leicht für mich. Durch meine fehlende Milz war ich auf einmal viel anfälliger für Krankheiten, was es mir schwer gemacht hat, längerfristig gesund zu bleiben. Es gab viele Rückschritte und ich hatte das Gefühl, ständig von vorne anfangen zu müssen. Jake war geduldig mit mir, wenn ich zickig war, und ermutigte mich dranzubleiben. Er wusste, warum ich diesen Marathon laufen wollte. Weiß, dass ich mir selbst beweisen muss, dass ich jedes Hindernis bewältigen kann. Weil ich inzwischen nicht nur dieses physische Ziel vor Augen habe, sondern so viele, die ich erreichen will und kann, da ich die Freiheit dazu habe.

River kommt uns entgegen und läuft ein kleines Stück mit. »Immer mit der Ruhe, ihr zwei, okay? Gleich geht's ein bisschen bergab. Und bald habt ihr es geschafft.«

»Danke, River!« Ich nehme ihm die Wasserflasche ab und trinke ein paar Schlucke, bevor ich sie an Jake weiterreiche.

»Alles okay bei dir?«, fragt Jake.

»Ich weiß nicht. Ich glaube, ich bin so geschrumpft, weil wir schon so lange rennen, dass meine Hüften inzwischen meine Brüste sind. Und bei dir so?«

Jake lacht herzhaft. »Mir geht's blendend, ehrlich gesagt. Ich habe gehört, an der Ziellinie wartet eine kleine Überraschung auf dich.«

Ich bin zu kaputt, um die Augenbrauen zu heben, trotzdem fühle ich neue Motivation aufkeimen. »Ja? Ich hoffe, was auch immer es ist, hat etwas mit einem monströsen Erdbeershake zu tun.«

Nur noch zwei Kilometer. Ich weiß ehrlich gesagt nicht, wie ich noch vorwärtskomme, denn mir tut buchstäblich alles weh. Jake muss es fühlen, wie er eben so viel von mir fühlt, selbst wenn ich es nicht ausspreche, und nimmt meine Hand.

»Ich bin stolz auf dich, Engel. Wir schaffen das zusammen. Und wenn ich dich über die Ziellinie tragen muss.«

»Oder ich dich«, sage ich scherzhaft, weil ich irgendetwas brauche, um mich abzulenken. Wir laufen Hand in Hand weiter, was bewegungstechnisch eine richtig dumme Idee ist, doch das ist mir egal. Ich brauche Jake, um aufrecht weiterzulaufen, und ich bin nicht zu stolz, das zuzugeben. »Jake«, hechle ich, als ich die Ziellinie erkennen kann, und würde am liebsten lossprinten, doch das schaffe ich nicht. »O mein Gott! Wir sind da.«

»Wir sind da«, wiederholt Jake ebenso glücklich. Ich schaue ihn an, während wir unter dem großen Zielbanner durchlaufen, und fühle mich besser als je zuvor in meinem Leben.

»Wir haben es geschafft!«, nuschle ich im selben Moment, in dem Jake mich an sich zieht und hochhebt, bis meine tauben Füße in der Luft baumeln. »Bereit für die nächste Runde?« Ich lache und umarme ihn noch fester, weil das die Frage ist, die er mir gestellt hat, als wir das erste Mal miteinander gesprochen haben.

Man reicht uns unsere Medaillen und es ist mir egal, wie kitschig das ist. Jake legt mir meine um den Hals und ich tue das Gleiche bei ihm. Die Medaille, der gesamte Marathon hat für uns beide eine andere Bedeutung als für die meisten hier. Es ging nie um die zweiundvierzig Komma sechs Kilometer. Es ging darum, wie wir hierhergekommen sind. Und dass wir es zusammen geschafft haben.

»Sieh mal, wer dort steht«, murmelt Jake in mein Ohr, und ich nehme an, wer auch immer es ist, ist meine Überraschung. Keuchend drehe ich mich um und beginne zu strahlen, als ich neben Scarlett, River und Liza auch Gabe und seine Freundin Emerald erkenne. In den vergangenen Monaten durfte ich die beiden nicht nur richtig gut kennenlernen, wir haben uns tatsächlich auch angefreundet. Es bedeutet mir viel, dass sie extra für unseren Lauf nach New York geflogen sind.

Winkend gehe ich auf sie zu, um sie zu begrüßen, als alle fünf mit einem fetten Grinsen in meine Richtung weisen, als hätte ich irgendetwas Großes verpasst. Verdutzt sehe ich mich um und japse laut auf, als ich Jake plötzlich auf ein Knie gestützt hinter mir finde.

»Ruby …« Ich falte meine Hände vor meinem Mund. »Dieses Rennen war ziemlich symbolisch für das Jahr, das wir hinter uns haben. Wir haben so manche Tiefen, aber auch viele Höhen erlebt und zusammen durchgestanden. Ich bin so dankbar, dass du immer für mich da warst, in schwierigen Situationen genauso wie in guten. Ich liebe dich und kann mir nicht mehr vorstellen, einen einzigen Marathon ohne dich zu laufen.« Jake streckt die Hand nach einer schwarzen Box aus, die sein Bruder ihm grinsend überreicht, und öffnet sie. Dann atmet er scharf aus und lächelt mit feuchten Augen. Mein Herz pocht schneller als je zuvor in meinem Leben. »Also … wirst du mir die Ehre erweisen, meine Frau zu werden?« Ich schwitze, stinke und falle ihm gleich wie ein Kegel vor die Füße, jedoch könnte ich mir keinen besseren Moment vorstellen, an dem er mich hätte fragen können. Nickend ziehe ich an seinen Unterarmen, sodass er wieder aufsteht, und höre nur beiläufig, wie um uns herum gejubelt wird – diesmal allerdings aus anderen Gründen als dem Marathon –, während er mir den Ring mit dem winzigen Rubin auf den Finger schiebt. Die Sonne, die bereits untergeht, hüllt alles in ein warmes orangenes Licht, als ich mich an seinem weißen Shirt festhalte und mit der tiefsten Liebe und der größten Vorfreude auf unser gemeinsames Leben zu ihm hochsehe.

»Natürlich werde ich das.«

Das schönste und stolzeste Lächeln, das ich je bei Jake gesehen habe, erfüllt sein Gesicht, bevor er mich für einen Kuss an sich drückt.

»Das war definitiv eine Überraschung«, murmle ich gegen seine Lippen, worauf er den Kopf zurückzieht und amüsiert schnipst.

»Ach ja, die Überraschung.« Verwirrt nehme ich wahr, wie er die Hand erneut ausstreckt und diesmal Scarlett etwas abnimmt. Grinsend dreht er sich um und hält mir einen Erdbeereismilkshake hin. Ein Gackern purzelt aus mir heraus, während ich mich mit solcher Wucht an ihn werfe, dass auch er um ein Haar umkippt.

Wir mögen alles andere als perfekt sein und eine Menge Hindernisse vor uns haben, doch ich kann es kaum erwarten, den Rest meines Lebens mit diesem Mann zu verbringen. Dem Superhelden, der womöglich genau deshalb einer ist, weil er es selbst nicht sehen kann.

Das Licht leuchtet in der Finsternis, und die Finsternis hat es nicht auslöschen können.
    Johannes 1,5

Nachwort

Bevor wir Kinder hatten, wohnten mein Mann und ich in einem netten, kleinen Ort mit nur rund 1.400 Einwohnern außerhalb der Stadt. Ziemlich nahe lag ein Laufhaus, das männlichen Besuchern ein paar schöne Stunden bescheren sollte, wenn sie mal eben die Autobahnabfahrt verlassen wollten.

Eines Tages kam ich nach Hause, eigentlich nur, um mich schnell umzuziehen, weil ich gleich den nächsten Termin hatte. Es dämmerte schon und war ziemlich frisch draußen. Ein kleines Mädchen, vielleicht gerade mal sechs Jahre alt, stand vor der Terrassentür unseres Nachbarhauses und versuchte hineinzuschauen. Ich war etwas verwirrt, weil die Nachbarn überhaupt nicht daheim waren und es schon sehr spät für die Kleine war, um alleine ohne Jacke und ohne Hund draußen zu sein. Also fragte ich sie, ob sie etwas bräuchte. Sie erklärte mir: »Mama hat gesagt, ich soll zum Max gehen.« (Den Namen habe ich natürlich geändert.)

Ich fragte sie, wo sie wohnen würde, was sie jedoch nicht preisgeben wollte. Ich bot ihr an, sie nach Hause zu bringen, weil ich merkte, dass sie Angst hatte und ihr kalt war. Doch sie entgegnete mir, sie dürfe noch nicht nach Hause kommen. Ich war schon kurz davor, die Polizei zu rufen, da ich nicht wusste, was ich sonst mit diesem Mädchen anstellen sollte. Außerdem lief mir selber die Zeit davon. Letztlich kam ein anderer Nachbar mit seiner Tochter vorbei und nahm sie eine Weile bei sich auf, bis er sie dann doch nach Hause bringen durfte.

Später erfuhr ich, dass diese Familie weder beim Jugendamt noch bei der Polizei ein unbeschriebenes Blatt war. Es war eigentlich allgemein bekannt, dass das Mädchen deswegen zu Hause nicht erwünscht war, weil ihr Zimmer regelmäßig von ihrer Mutter dafür benutzt wurde, Freier zu beglücken, die der Stiefvater des Mädchens an Land zog.

An diesem Tag zerbrach mein Weltbild ein bisschen. Ich wusste, dass es so was gab, aber doch nicht hier – in meinem Dorf! Meinem Umfeld. Wenn ich Frauen aus dem Laufhaus kommen sah, bemitleidete ich sie vielleicht, weil ich mir nicht ausmalen konnte, dass das irgendjemand freiwillig machen wollen würde, aber wenn ich ehrlich zu mir war, waren meine Gedanken bald wieder ganz woanders. Doch diese Sache ließ mich nicht los. Denn hier war ein Kind beteiligt. Bisher vielleicht nur so, dass das Mädchen das Haus verlassen musste. Doch was, wenn es nicht dabei blieb?

Prostitution ist ein Thema, bei dem wir oft wegschauen. Es ist entweder gar nicht auf unserem Schirm oder einfach nichts, worüber wir lange nachdenken. Vielleicht ekelt es uns, vielleicht ist es uns egal. Vielleicht empfinden wir beim genaueren Hinsehen Scham oder sogar Angst. All das ist verständlich. Aber was wäre, wenn das Bild, das wir von manchen Prostituierten haben, in Wahrheit verzerrt ist? Was, wenn jemand unter Vorspiegelung falscher Tatsachen hineingelockt wurde und nun nicht mehr rauskommt? Was, wenn die Frau vielleicht tatsächlich freiwillig eingestiegen ist, doch inzwischen nicht mehr rauskommt, weil sie am selben Ort lebt, an dem sie arbeitet, jahrelang diskriminiert, stigmatisiert und ausgebeutet wurde und gar nicht weiß, WIE sie aussteigen könnte?

Ich möchte euch mit diesem Nachwort keine Bürde auferlegen. Möchte nicht, dass ihr das Buch hinlegt und deprimiert seid, weil die Welt Schattenseiten hat. Ich will euch ermutigen, überhaupt hinzusehen. Und wenn es nur darum geht, einer dieser Frauen das nächste Mal in die Augen zu blicken, wenn ihr sie seht. Ihr vielleicht ein freundliches Lächeln zu schenken, obwohl sie es eher gewöhnt ist, übersehen zu werden. Ich will euch auch ermuntern, mutig zu sein, wenn euer Bauchgefühl euch sagt, dass etwas nicht stimmt.

Nach meiner Begegnung mit diesem Mädchen habe ich zwei Wochen lang an meiner Unterlippe geknabbert, bevor ich endlich den Mut aufgebracht habe, beim Bundeskriminalamt anzurufen, wo eine eigene Taskforce gegen Schlepperei und Menschenhandel existiert. Auch die hatten diesen Mann bereits auf dem Radar und versicherten mir, dass sie dran wären. Das beruhigte mich etwas und gab mir gleichzeitig die Bestätigung, dass es doch nicht doof gewesen war, mich in etwas einzumischen, was mich normalerweise gar nichts anging.

Und zum Schluss möchte ich euch noch etwas sagen: Es gibt Gott sei Dank bereits manche Organisationen, die sich mit diesem Thema beschäftigen und helfen, wo sie können. Ob sie sich nun gegen den Menschenhandel engagieren oder für die Frau, die sich irgendwie hilflos und verloren fühlt in einer schrecklichen Welt, in der sie schon zu tief drinsteckt. Zwei dieser Organisationen möchte ich euch heute ans Herz legen. Zum Kennenlernen, Weitergeben, oder um einfach mehr darüber zu erfahren und sie eventuell finanziell zu unterstützen, sodass sie ihre Arbeit weiterhin machen können.

Verein Aurora
Soziale Initiative für Menschen in der Prostitution
Aurora unterstützt Menschen sozialarbeiterisch und ganzheitlich, die in der Prostitution tätig sind. Ihr Ziel ist es, einen Ort der Annahme und Wertschätzung zu schaffen. Sie begleiten die Personen dabei, ihre Handlungsoptionen zu erweitern.

Als soziale Initiative setzen sie sich für deren Rechte ein und stehen gegen Ungerechtigkeit und Ausbeutung auf.
https://www.verein-aurora.at

The Justice Project Deutschland
The Justice Project e. V. ist ein gemeinnütziger Verein in Karlsruhe, der Betroffene von Menschenhandel und in der Prostitution tätige Frauen mit klient:innenorientierter, ganzheitlicher und akzeptierender Hilfe unterstützt. Zielgruppe ihrer Arbeit sind schwerpunktmäßig Betroffene von Menschenhandel aus (West-)Afrika sowie in der Prostitution tätige Frauen.

Ziel ist es, all ihre Klient:innen dahingehend zu befähigen, ihr Leben zu bewältigen und ein unabhängiges, selbstbestimmtes Leben führen zu können.
https://www.thejusticeproject.de

DANKSAGUNG

Wenn Sie an dieser Stelle angekommen sind, lieber Leser, liebe Leserin, dann hören Sie hier jetzt ein tiefes Seufzen meinerseits. Es ist ein wehmütiges Seufzen, weil es immer schwer ist loszulassen. Ein zufriedenes Seufzen, weil die emotionale Achterbahnfahrt, die dieses Buch mir und vielleicht auch Ihnen beschert hat, ein Happy End bekommen hat. Vor allem aber ist es ein dankbares Seufzen.

Ich bin dankbar für Sie, die Sie dieses Buch zu Ende gelesen und damit nicht die Augen verschlossen haben vor einem Thema, das hart ist. Es war hart, sich damit auseinanderzusetzen, es war hart, es zu schreiben, und ich bin mir sicher, dass es beizeiten auch hart war, es zu lesen. Weil es ein Thema ist, das ein unangenehmes Gefühl in uns hinterlässt. Eines, das uns etwas vor Augen führt, was wir nicht nur nicht erleben wollen, sondern auch am liebsten aus der Realität radieren würden. Aber an dieser Stelle möchte ich einfach sagen: Es IST eben die Realität, und diese Frauen, Mädchen, Männer und Jungen, die betroffen sind, können ihre Augen leider auch nicht davor verschließen, sondern müssen es Tag für Tag durchleben. Ich denke, wenn alles, was wir für sie tun können, ist, ihnen ab und zu einen Gedanken, ein Gebet zu opfern oder einfach ein bisschen wachsamer durch unseren Alltag zu gehen, dann ist das auf jeden Fall mehr als gar nichts.

Ich möchte mich bedanken bei meiner Familie, die eine Menge Zeit mit mir opfern musste, während dieses Buch entstanden ist und dann mehrmals überarbeitet wurde. Jacob und Alissa, wenn ich Glück habe, werdet ihr irgendwann stolz auf eure Mommy sein, weil sie 120 Prozent ihrer Energie, Zeit und Emotionen in dieses Buch gesteckt hat, aber ich weiß auch, dass ihr eigentlich einfach gerne mehr von dieser Energie, der Zeit und Emotionen für euch gehabt hättet. Danke, dass ihr mich trotzdem immer mit offenen Armen und einer Menge Küsschen empfangen habt, als wäre ich eure Heldin, wenn ich bei euch war. Danke an dich, Lukas, dass du mich entlastet hast, wo es ging, und meine Launen ausgehalten hast, wenn ich wieder mal eine Nacht durchgearbeitet habe. Du hast mir nicht nur viel abgenommen, sondern auch wieder einmal bewiesen, dass du der beste Daddy bist, den ich meinen Kids wünschen könnte.

Danke an dich, Jenny, weil du eine Menge Geduld und freundliche Worte aufgebracht hast, wenn ich all das für mich selbst nicht hatte.

Danke an Sie, Frau Fiedler-Tresp, dass Sie verständnisvoll waren, als eine kleine Welt für mich zusammengebrochen ist, und bereit waren, Ihren zeitlichen Gürtel enger zu schnallen, damit ich meinen etwas lockern konnte. Keine Ahnung, wie ich es sonst hätte schaffen sollen. Das werde ich Ihnen nie vergessen.

Danke, Franziska, dass du immer und in allem an meiner Seite warst und mir nicht das Gefühl gegeben hast, die Entscheidung zu bereuen, meine Agentin zu werden: Danke für dein offenes Ohr und dass ich wusste, dass du mich verstehst.

Danke an meine liebste Luise, weil du teilweise drei Mal dieselben Kapitel lesen musstest und trotzdem noch ausgiebig Rückmeldung dazu gegeben hast, als wäre es das erste Mal. Danke, dass deine Leidenschaft, Freude und Traurigkeit über

Szenen so ansteckend waren, dass sie mich in dunklen Zeiten total motiviert haben, am Ball zu bleiben.

Danke an den Herrn Brigadier Gerald Tatzgern, den Leiter der Zentralstelle zur Bekämpfung der Schlepperkriminalität, des Menschenhandels und des grenzüberschreitenden Prostitutionshandels im Bundeskriminalamt Österreich, der sich Zeit genommen hat, meine tausend Fragen zu einem Thema zu beantworten, das so unglaublich komplex und weitläufig ist. Ich frage mich trotzdem, an wie vielen Stellen Sie wohl geschmunzelt haben, weil die Realität eben leider nicht immer ein Happy End bringt. Danke für alles, was Sie tun!

Danke an alle da draußen, die in meinen Augen Superhelden sind, weil sie sich mit diesem furchtbar düsteren Thema auseinandersetzen und so dafür sorgen, dass die Welt vielleicht doch ein etwas besser Ort wird. Vor allem für die, die im Dunkeln leben und das Gefühl haben, nicht gesehen zu werden.

FSC
www.fsc.org

MIX

Papier | Fördert
gute Waldnutzung

FSC® C083411

Zeitfracht Medien GmbH
Ferdinand-Jühlke-Straße 7
99095 Erfurt, Deutschland
produktsicherheit@kolibri360.de

Druck:
CPI Druckdienstleistungen GmbH
im Auftrag der
Zeitfracht Medien GmbH
Ein Unternehmen der Zeitfracht - Gruppe
Ferdinand-Jühlke-Str. 7
99095 Erfurt